MATS STRANDBERG

DIE KONFERENZ

THRILLER

Aus dem Schwedischen
von Nina Hoyer und Justus Carl

❧ | TOR

Aus Verantwortung für die Umwelt hat sich der S. Fischer Verlag zu einer nachhaltigen Buchproduktion verpflichtet. Der bewusste Umgang mit unseren Ressourcen, der Schutz unseres Klimas und der Natur gehören zu unseren obersten Unternehmenszielen.

Gemeinsam mit unseren Partnern und Lieferanten setzen wir uns für eine klimaneutrale Buchproduktion ein, die den Erwerb von Klimazertifikaten zur Kompensation des CO_2-Ausstoßes einschließt.

Weitere Informationen finden Sie unter: www.klimaneutralerverlag.de

Erschienen bei FISCHER Tor
Frankfurt am Main, Oktober 2022

Copyright © 2022 Mats Strandberg
by Agreement with Grand Agency
Die Erstausgabe erschien 2021 unter dem
Titel »Konferensen« bei Norstedts, Stockholm

Für die deutschsprachige Erstausgabe:
© 2022 S. Fischer Verlag GmbH,
Hedderichstr. 114, D-60596 Frankfurt a.M.

Abb. Seite 412: Lina Neidestam
Satz: Pinkuin Satz und Datentechnik, Berlin
Druck und Bindung: GGP Media GmbH, Pößneck
Printed in Germany
ISBN 978-3-596-70686-0

PROLOG

Es heißt, am Fuß des Berges, wo heute der Vorplatz des Tagungshotels liegt, hätten einst Birger Jarls Männer gegen ein Heer der Folkunger gekämpft. Metall schlug gegen Metall. Pferde wieherten panisch. Blut tränkte den Boden. Jetzt ist es gleich halb neun, an einem Septembermorgen 2019, und frisches Blut ist in die Erde gesickert, hat sich mit dem Regen der Nacht vermischt.

Das rot gestrichene dreigeschossige Haus steht hier seit zweihundert Jahren und ruht auf den Überresten eines noch älteren Gebäudes. In der Eingangshalle hängt die Kopie eines Dokuments aus dem 17. Jahrhundert an der Wand, das einen Gasthof namens *Kålarsjöns krogh* erwähnt. Die geblümte Tapete ist neu, aber auf Retro getrimmt.

Daneben hängen Schwarz-Weiß-Fotografien von Köhlern, aufgereiht vor ihren Meilern am Ufer des langgestreckten Sees, des Kolarsjön, stehend. Die Augen in ihren verrußten, faltigen Gesichtern scheinen zu glühen. Auf einigen Bildern sind die Männer nur als Silhouetten zu erahnen, eingehüllt in dicken Rauch.

Es schließen sich die ersten Aufnahmen aus den Glanzzeiten des Gasthofs an, als das alte Jahrhundert noch jung ist. Ein überbordendes Weihnachtsbuffet, rundherum ernst dreinblickende Kellnerinnen. Krocketpartien am See. Eine Gruppe Männer posiert in gestreiften Badeanzügen im Wasser. Ein Felsen im Hintergrund, der sanft zum See hin abfällt. Dicht stehendes Schilfrohr. Dampfschiffe auf dem Strömsholm-Kanal, auf ihrem Weg von den Bergwerken in Mittelschweden bis zum Mälaren westlich von Stockholm. Die bebilderte Zeitreise geht weiter. Eine Rosskastanie wächst mitten auf der Wiese heran, ein Feuerwerk aus hellen Blüten im Frühjahr. Im Spätsommer spielen Kinder mit den Früchten des Baums, giftige Schätze in stacheliger Hülle. Noch später im Jahr verwandeln sich die steilen Berghänge vor dem Gasthof in Skipisten, bedeckt von blendend weißem Schnee. Es ist Nachkriegszeit. Die Menschen vor den Kameras stehen nicht länger still, sie werden in der Bewegung eingefangen. Fahren nebeneinander auf Holzskiern, halten sich lachend an den Händen. Gleiten auf Schlittschuhen über den See. Kinder braten Würstchen über der Feuerstelle am Wasser, bauen einen Schneemann neben dem Spielhaus. Im Sommer tanzt man um die Mittsommerstange und trinkt Kaffee auf dem neu erbauten Balkon auf der Rückseite des Hauses. Er bietet einen herrlichen Ausblick über den großen Garten und den See, wo immer seltener Schiffe vorüberziehen. Züge und Autos haben inzwischen die Gütertransporte übernommen, und es ist die Rede davon, den Strömsholm-Kanal nicht mehr zu nutzen.

Doch die Gemeinden schließen sich zusammen und setzen ihn wieder ordentlich instand. Zu Beginn der Siebzigerjahre schippern Touristenboote statt Lastschiffen auf dem Kolarsjön vorbei. Und an einem Winterwochenende strömen über fünftausend Besucher auf die Skipisten. Die Besitzer des Gasthofs entschließen sich, aufs Ganze zu gehen. Sie fällen Bäume und entfernen das Haseldickicht entlang des Seeufers, auch das Schilf muss weichen. Am Wasser errichten sie dann neun *stugor*, kleine Schlafhütten, ebenfalls rot gestrichen mit weißen Hausecken und Fensterrahmen. Davor ein gemeinsames Holzdeck, das auf Pfeilern im Uferwasser steht. Ein Stück davon entfernt legt man einen einfachen Badesteg an. Zum ersten Mal erhält der Ort den Namen *Kolarsjöns Stugby*. Dann kommen die Achtziger und mit ihnen solariumgebräunte Wintertouristen mit aufgebauschten Frisuren. Die Gäste werden immer weniger, was man auf den Bildern allerdings nicht sieht. Die Winter werden mit jedem Jahr unzuverlässiger, und die Besucher werden an andere Orte gelockt, mit größeren Pisten und Schneekanonen. Und hiermit enden die Fotografien.

Die Liftanlage schloss damals. Auf den Pisten breitete sich ungehemmt das Heidekraut aus. Auch die Sommertouristen kehrten dem Ort den Rücken, als an einem weniger abgelegenen See Wasserrutschen gebaut wurden. Ende der Neunzigerjahre wurde das Haus zu einem Jugendheim für schwererziehbare Mädchen. Böse Leserbriefe über »Rotzgören« und wie man Steuergelder für deren »Luxusleben« verschleudere, wurden verfasst. Kurz vor der Jahrtausendwende machte auch das Heim dicht. Gerüchte über sexuelle Übergriffe und andere Skandale machten die Runde, alles wurde heruntergespielt, aber nicht wirklich entkräftet. Bis die Leute irgendwann gar nicht mehr über den alten Gasthof am Kolarsjön sprachen.

Die Gebäude hatten fünf Jahre leer gestanden, als Stockholmer Investoren das Anwesen für sich entdeckten. Sie steckten Millionen in die Renovierung des Hauptgebäudes. Warfen alles hinaus, was an die ehemalige Erziehungsanstalt erinnerte. Legten alte Holzböden frei. Brachten die geblümte Tapete in der Eingangshalle an. Bestückten das Haus und die Hütten mit teuren Möbeln. Verlegten Teppichboden im

Speiseraum und errichteten davor eine große Terrasse. Unterhalb des Gartens wurde ein kleiner Strandstreifen mit einem neuen, stabileren Steg geschaffen, und auch der Felsen erhielt ein kleines Holzdeck mit Sauna und Outdoor-Whirlpool. Ein Sternekoch wurde für das Restaurant eingestellt, das man auf den etwas altmodischen Namen *Kolarsjöns Gästgifveri* taufte. Die Besitzer hofften auf mindestens einen Michelin-Stern. Sie eröffneten mitten in der Finanzkrise und schlossen nach nicht einmal einem Jahr wieder. Die Möbel wurden als Teil der Konkursmasse verkauft.

Das Schilfrohr am Holzdeck vor den Hütten und an dem alten Badesteg schoss wieder in die Höhe. Die Rosskastanie auf der Wiese bekam die Bluterkrankheit, und aus den offenen Wunden in der Rinde troff eine rötlich braune Flüssigkeit. Zum Schluss wurde der Baum von dem Ehepaar gefällt, das den Gasthof im letzten Jahr kaufte und ihm wieder den Namen *Kolarsjöns Stugby* gab.

An diesem verregneten Morgen steht die Luft in der Eingangshalle vollkommen still. Es ist, als würde das Haus den Atem anhalten. Staubkörner schweben im Raum. Die Kristallkronleuchter im Speiseraum sind erloschen, aber das fahle Licht, das durch die Fenster hereinfällt, wird von den Spiegelscherben auf dem moosgrünen Teppichboden reflektiert. Die Scheiben der Terrassentür sind blutbespritzt. Draußen wird der Himmel von einem Drahtseil geteilt, das zwischen den Bäumen auf der gegenüberliegenden Seite des Sees verschwindet. Es ist die erste Etappe der neugebauten Zipline, einer V-förmigen Seilrutsche, die zweimal über das Wasser führt.

Im ersten Stock sind die Balkontüren einen Spaltbreit geöffnet. Ein leichter Windhauch dringt in den dahinter liegenden Konferenzraum. Einige Stühle liegen umgestoßen auf dem Boden. Auf dem Parkett eine eingetrocknete Blutlache. Nur das Prasseln des Regens ist zu hören. Ein Auto ist auf dem Weg hierher, doch der Motor ist leise, noch ist es weit entfernt.

Es ist ein Toyota, weiß und rein wie frisch gefallener Schnee, auf den Seiten prangt das Logo des Baukonzerns SBFF. Die Frau hinter dem Steuer heißt Wilma. Zur Mittagszeit soll sie etwa zehn Kilometer von hier entfernt an einer Zeremonie zum Baubeginn eines Einkaufszentrums in Kolarängen teilnehmen. Davor ist es ihre Aufgabe, auf einer Konferenz des kommunalen Erschließungsamts Enthusiasmus unter den Mitarbeitern zu verbreiten und ihnen ein Pressecoaching zu geben.

Wilma ist vor zweieinhalb Stunden in Stockholm losgefahren. Jetzt trinkt sie lauwarmen Kaffee aus einem Pappbecher und telefoniert über die Freisprechanlage des Wagens mit ihrem Chef. Hin und wieder wirft sie einen Blick auf die Zeitung, die aufgeschlagen auf dem Beifahrersitz liegt. Das Bild eines Mannes an einem Cafétisch nimmt eine ganze Seite ein. Er schaut nachdenklich aus einem Fenster, offensichtlich ein arrangiertes Foto. Das grau melierte Haar ist füllig und kurz geschnitten, seine Augen sind eisblau. »*Sie haben mir meine gesamte Zukunft geraubt*« lautet die Überschrift, ein Zitat des Mannes, der glaubt, den moralischen Anspruch auf das Grundstück zu besitzen, das jetzt SBFF gehört.

Es ist eindeutig zu erkennen, dass der Journalist auf seiner Seite steht, dass der Artikel für Leute geschrieben ist, die es ebenfalls tun. Wilma verabscheut die lächerlichen Ambitionen dieses talentfreien Schreiberlings, weiß aber, dass sie und der Konzern den Text nicht einfach ignorieren können.

Sie trinkt noch einen Schluck von dem Kaffee, den sie vor einer Viertelstunde an einer Tankstelle gekauft hat. Als sie den Wagen getankt hatte und gerade bezahlen wollte, war ihr das Foto des Bauern auf der Titelseite der *Bergslagens Tidning* ins Auge gestochen. Wilma legte die Zeitung auf den Tresen und nannte der Verkäuferin die Nummer der Zapfsäule. Die Dame war um die fünfzig, kaute mit offenem Mund ein Kaugummi und guckte aus dem Fenster; sie hielt abrupt mit dem Kauen inne, als sie die eckigen Großbuchstaben des SBFF-Logos auf Wilmas Autotür entdeckte. Sie verzog den Mund. Ein paar Kerle, allem Anschein nach Lkw-Fahrer, warfen Wilma böse Blicke zu, als sie wieder zur Tür hinausging. Das hatte ihr ein mulmiges Gefühl bereitet, doch sie hat nicht vor, ihren Chef etwas davon merken zu lassen. Stattdessen fragt sie, welche Strategie sie anwenden soll, falls Demonstranten die Zeremonie stören.

Keine Antwort aus den Lautsprechern. Nur der Regen, der auf das Autodach trommelt. Das leichte Quietschen der Scheibenwischer. Das Knirschen der geschotterten Straße unter den Reifen.

»Hallo?« Wilma schaut auf das Display im Armaturenbrett. Kein Empfang. Sie schlägt mit der Faust aufs Lenkrad. Richtet einen anklagenden Blick auf den Berghang, der sich rechts der Straße steil nach oben erstreckt. Zwischen den vielen Nadelbäumen leuchten die herbstlich gefärbten Blätter vereinzelter Birken und Eschen hervor. Auf der linken Seite des Autos rückt der Kolarsjön hinter den Stämmen immer näher. Wilma versucht, ihren Chef zurückzurufen, doch es kommt keine Verbindung zustande. Sie schaltet das Radio ein. Laute, alberne Stimmen reden von einem Schulstreik für das Klima. Aber Wilma hört nicht zu. Sie gibt Gas und denkt an den Projektleiter der Gemeinde. Der ihr versichert hatte, die öffentliche Meinung in der Gegend habe sich gewandelt.

Jetzt geht es einen Hügel hinauf. Ein paar Angelschnüre,

die quer über die Straße gespannt sind, reißen beim Kontakt mit der Karosserie, aber Wilma merkt nichts davon. Der Regen ist viel zu laut. Sie fährt weiter, während sich der See zwischen die Bäume zurückzieht. Die Straße macht eine scharfe Linkskurve, und als sie wieder geradeaus führt, sieht Wilma ein paar hundert Meter entfernt das Hauptgebäude der Hotelanlage. Sie bremst ab.

Vor ihr ist ein alter weinroter SUV im Graben gelandet. Er liegt halb auf der Seite, die Räder auf der Fahrerseite berühren die Straße noch. Im blassen Morgenlicht kann sie nicht erkennen, ob die Frontscheinwerfer leuchten oder ob das nur eine optische Täuschung ist.

Wilma wird immer unbehaglicher zumute, während sie sich auf der engen Straße langsam dem Gebäude nähert. Sie hält auf gleicher Höhe mit dem anderen Auto, aber niemand ist darin zu sehen. Hinter dem Graben erstreckt sich eine Wiese bis zum See hinunter. Die immer noch weißen Blüten der Schafgarbe wogen an langen Stängeln im Wind. Wilma zögert, ehe sie wieder aufs Gaspedal tritt.

Sie fährt auf den Parkplatz, der bis auf einen dunkelblauen Kleinbus mit dem Aufkleber einer örtlichen Autovermietung auf der Heckscheibe leer steht. Wilma stellt ihren Wagen daneben ab. Lässt die Scheibenwischer weiterlaufen, während ihr Blick auf den von Linden gesäumten Kiesweg fällt, der zu den Schlafhütten führt. Zwischen den Stämmen funkeln auf niedrigen Pfosten dieselben Lampen, die auch den Parkplatz umgeben.

Die Stimmen aus den Lautsprechern verstummen unvermittelt, als sie den Motor ausschaltet. Sie beugt sich zur Rückbank und greift nach ihrer Aktentasche und dem Regenschirm. Öffnet die Tür und spannt ihn auf, bevor sie aussteigt. Während sie über den Parkplatz eilt, prasseln die

Regentropfen auf den Schirm ein, als wollten sie ihn durchlöchern. Als Wilma die Straße überquert, schaut sie zurück. Sieht, dass die Rücklichter des SUVs eingeschaltet sind. Zögert wieder.

Da ist heute Nacht wohl jemand betrunken gefahren. Man weiß ja, wie es auf solchen Veranstaltungen zugehen kann.

Sie läuft weiter über den großen Vorplatz auf das Tagungshotel zu. Eine durchnässte Flagge hängt schlaff an dem Fahnenmast herab, der inmitten eines Steingartens, in dem noch Platterbsen und Bergminze blühen, in die Höhe ragt. Wilma bemerkt die Pflanzen nicht, nimmt auch die Töpfe mit Heidekraut, die auf der Treppe zur Eingangstür stehen, kaum wahr.

Sie drückt die Klinke herunter. Abgeschlossen. Ein Messingschild teilt mit, dass das Hauptgebäude zwischen 1 und 6 Uhr nachts geschlossen ist. Wilma schaut auf ihr Handy. 8.48 Uhr. Und immer noch kein Empfang.

Als sie die Klingel betätigt, ist aus dem Haus eine fröhlich bimmelnde Melodie zu hören. Sie lauscht nach Schritten, aber niemand kommt an die Tür. Sie klingelt noch einmal. Dreht sich auf der Steintreppe um. Lässt den Blick über den Spielplatz gleiten, der zur Hälfte hinter Bäumen versteckt auf der anderen Seite des Vorplatzes liegt. Ein Metallgestell mit drei Schaukeln, ein Karussell und ein abgedeckter Sandkasten, umgeben von einem niedrigen Holzzaun. Ein Schild mit einer weißen Aufschrift, die sie nicht entziffern kann, weist in Richtung Wald.

Die Uhr springt um auf 8.49 Uhr, und Wilma geht die Treppe wieder hinunter, tritt auf den Vorplatz. Sie blickt an der Hausfassade hoch. Kalte Tropfen fallen auf ihr Gesicht. Von dem Zipline-Seil hoch über dem Hausdach nimmt sie kaum Notiz. Die Spiegelung des Himmels und der bewaldeten

Berghänge in den Fensterscheiben wird von weißen Holzsprossen gebrochen. Wilma sieht Spitzengardinen und Geranien, doch die Zimmer wirken leer.

Andere Tagungshotels kann es hier draußen doch eigentlich nicht geben, oder?, denkt sie, und ihr fällt ein, dass sie ohne Empfang nicht einmal danach googeln kann. Frustriert sieht sie auf ihr Handy. Wider besseres Wissen wählt sie die Nummer des Projektleiters der Gemeinde. Wieder kein Signal, ihr Telefon bleibt stumm. Doch die Stille scheint mit irgendetwas gefüllt zu sein. Mit einer Art elektrischem Knistern, so als würde man gleich einen Schlag abbekommen.

Wilma lässt das Handy sinken und blickt die Straße hinunter, zu dem SUV im Straßengraben. Seit ihrer Kindheit hat sie keine Angst mehr vor der Dunkelheit gespürt, aber jetzt ist das Gefühl zurück, so als wäre es nie fort gewesen – und das, obwohl hellichter Tag ist. Sie will nur noch weg von hier, aber der Gedanke ist absurd. Was sollte sie ihrem Chef sagen? Und all den Leuten von der Gemeinde, die auf sie warten?

Aber das ist es ja, sie sind nicht hier.

Irgendetwas stimmt hier nicht.

Es ist, als wäre sie der letzte lebende Mensch auf der Welt. Wilma läuft es eiskalt den Rücken herunter. Sie wirft einen sehnsüchtigen Blick zu ihrem Firmenwagen auf dem Parkplatz.

Dafür gibt es sicher eine logische Erklärung. Die haben bestimmt alle einen Kater und liegen noch in den Federn.

Sie zwingt sich, auf den gepflasterten Gehweg abzubiegen, der um die Hausecke führt. Auch in den Giebelfenstern des Hauptgebäudes ist niemand zu sehen. Noch immer trommelt der Regen auf den Schirm, das Geräusch hüllt sie ein. Sie schaut über den Rasen bis zum See. Noch mehr erleuchtete Lampen markieren einen weiteren Gehweg entlang des Ufers, vom Felsen bis zu den kleinen Hütten. Auf der ihr zugewandten Seite haben sie keine Fenster. Die Türen sind geschlossen. Und trotzdem beschleicht sie das Gefühl, von jemandem beobachtet zu werden.

Sie geht weiter zur rückwärtigen Seite des ehemaligen Gasthofs. Betrachtet die weiß gestrichenen Holzpfeiler, die den Balkon im ersten Stock tragen. Auf der Terrasse darunter liegen Wachstücher auf den Tischen, die Sonnenschirme sind eingeklappt. Wilma entdeckt die Terrassentür, entschließt sich, dort zu klopfen. Sie geht auf die niedrige Terrassentreppe zu, während ihr Blick über weitere dunkle, leere Fensterscheiben gleitet. Ihr kommt der Zeitungsartikel über diesen Landwirt in den Sinn. An den Widerstand gegen das Bauvorhaben. Sie denkt an die Konferenz, die hier gestern angefangen hat, und dass alle, die jetzt hier sein sollten, in das Kolarängen-Projekt involviert sind. Und sie will kehrtmachen. Zum Auto zurückrennen. Von hier wegfahren. Doch sie geht weiter.

Die Treppe zur Terrasse besteht nur aus drei Stufen, und Wilma hat gerade den Fuß auf die zweite gesetzt, als sie die rotverschmierten Flecken auf den Fenstersprossen der Glastür bemerkt. Irgendetwas liegt auf dem Boden, und im ersten Moment denkt sie, es sei ein Haufen Schmutzwäsche.

Erst als sie die Terrasse betritt, beginnt ihr Gehirn zu verstehen. Tatsächlich zu begreifen. Wilma hält inne, muss sich mit einer Hand am Geländer festhalten. Starrt auf den Haufen. Kann sich nicht rühren.

Dort liegt ein menschlicher Körper. Das sieht sie jetzt ganz deutlich. Aber er ist so *falsch*. Die Kapuze der Regenjacke scheint aufgestellt gewesen zu sein. Doch der halbe Kopf fehlt. Oberhalb der zerfetzten Zahnreihe des Unterkiefers ist nichts mehr übrig. Der Regen hat das Blut weggespült, und Wilma kann die Zunge erkennen. Sie sieht aus wie ein Meerestier, dem sein schützender Panzer abhandengekommen ist.

Wenn sie könnte, würde sie schreien, aber ihre Kehle ist wie zugeschnürt. Der erstickte Laut, den sie herausbringt, ist kaum hörbar. Sie schaut wieder zur Tür, auf das Dunkel hinter der Scheibe.

Ist jemand dort drinnen? Jemand, der mich beobachtet?

Sie hastet die Treppe nach unten und rennt den gepflasterten Weg zurück. Aus dem Augenwinkel bemerkt sie eine plötzliche Bewegung, und ein Wimmern dringt aus ihrer Kehle, als sie sich zum See dreht und sieht, wie eine der Hüttentüren geöffnet wird.

Die Person, die heraustritt, hat heute Nacht hier am Kolarsjön getötet.

Bergslagens Tidning

4. September 2019

»Sie haben mir meine gesamte Zukunft geraubt«

Heute wird bei einer pompösen Zeremonie der Grundstein für das neue Einkaufszentrum in Kolarängen gelegt. Für einen ist dieses Ereignis jedoch kein Grund zum Feiern: Der Landwirt Lars-Erik »Lappå« Pålsson hat den Kampf um seinen Grund und Boden verloren.

Es ist ein großer, breitschultriger und ein wenig rastlos wirkender Mann, der sich da gerade eine üppige Portion Zucker in den Kaffee schüttet. Wenn man die vielen Bilder und Fernsehreportagen über den Hof der Familie Pålsson in Kolarängen kennt, wirkt es sonderbar, Lappå in einem Café in der Stadt sitzen zu sehen. Wie er sagt, kann er sich nur schwer daran gewöhnen, nicht mehr jeden Tag mit dem ersten Hahnenschrei aufstehen zu müssen.

Ab und an kommen Menschen zu ihm und sagen hallo. Drücken ihr Bedauern darüber aus, was passiert ist. Eigentlich ist er es leid, darüber zu reden, sagt er und beschreibt die letzten Jahre als einen Kampf wie David gegen Goliath. Nur dass David diesmal gegen den Riesen verloren hat. Wie geht es für ihn weiter? Was macht er jetzt?

»Wenn ich das nur wüsste«, sagt Lappå mit einem Seufzen. »Früher musste ich mir über solche Dinge keine Gedanken machen. Ich war zu beschäftigt mit der Arbeit auf dem Hof. Sicher, es waren lange Tage, aber ich hatte alles, was ich mir nur wünschen konnte.«

»Der Hof war mein Leben«

Der Hof der Familie Pålsson lieferte jährlich bis zu 450 000 Liter Milch und produzierte außerdem Getreide, Kartoffeln und Fleisch. Der Betrieb beschäftigte acht Angestellte in Vollzeit.

»Aber es war mehr als nur ein

Job«, hält Lappå fest. »Der Hof war mein Leben.« Was nicht sehr verwunderlich ist. Der Hof befand sich seit mehreren Generationen im Besitz der Familie. Lappå übernahm den Betrieb 1989, im Alter von nur 23 Jahren, nachdem sein Vater bei einem Autounfall ums Leben kam.

»Mein Vater hatte den Hof 1964 von meinem Großvater übernommen«, erklärt Lappå. »Als Vater und seine Brüder klein waren, gab es so etwas wie Sommerferien nicht. Ganz im Gegenteil, der Sommer war eine hektische Zeit, in der jeder die Ärmel hochkrempeln und mit anpacken musste. Damals war alles noch reine Handarbeit.«

Seitdem ist viel geschehen. Der fruchtbare Ackerboden in Kolarängen erwirtschaftete Millionenbeträge, das Geschäft brummte. Zur Zeit von Lappås Großvater gab es kaum mehr als zehn Kühe, doch Lappå und sein Vater modernisierten die Arbeitsabläufe auf dem Hof. Zuletzt besaßen sie fünfundfünfzig Milchkühe. Durch eine sorgfältige Zucht optimierte man die Nachkommen der Tiere, bis die Kühe 60 Liter Milch pro Tag gaben. Lappå wirkt immer noch stolz, wenn er das erzählt. Jetzt sind alle Tiere fort, genauso wie sein gesamtes Lebenswerk. Das Haus, in dem er aufgewachsen ist, wurde abgerissen. Bald soll dort ein Parkplatz entstehen.

»Ich dachte, das kann nicht wahr sein«

Als der Brief der Gemeinde eintraf, in dem man ihm die Kündigung des Pachtvertrags über das Landstück mitteilte, traf ihn der Schock seines Lebens.

»Ich dachte, das kann nicht wahr sein. Man hat uns immer versichert, dass wir wichtig für die Region seien und dass wir das Land als unser Eigentum ansehen können.«

Es war der multinationale Baukonzern SBFF, der der Gemeinde ein Angebot machte, von dem man dort meinte, es nicht ablehnen zu können. Zu groß, zu reizvoll erschien die Möglichkeit, auf dem Landstück ein Einkaufszentrum zu errichten. Doch die Meinungen darüber waren längst nicht uneingeschränkt positiv. Der Umweltaspekt bereitete vielen Bürgern Sorge, während andere das Risiko fürchteten, das Projekt könne das Stadtzentrum verwaisen lassen. Der stärkste Widerstand allerdings regte sich in der Bewegung für die Familie Pålsson und den Erhalt ihres Hofs. Viele verärgerte Leserbriefe wurden hier in der *Bergslagens Tidning* abgedruckt. Bei der Kommunalverwaltung wurde eine Protestliste mit über einhundert Unterschriften eingereicht. So gut wie jede Woche meldeten sich Menschen und fragten, wie sie helfen könnten, erzählt Lappå und merkt dazu trocken an:

»Natürlich haben wir uns darüber gefreut. Aber geändert hat's ja trotzdem nichts.«

56 000 Quadratmeter
Lediglich die Abgeordneten der Linkspartei und der Zentrumspartei stimmten gegen den Bebauungsplan, die Schwedendemokraten enthielten sich der Stimmabgabe. In knapp einem Jahr sollen in Kolarängen 56 000 m² Glas und Beton stehen. Wenn es im Herbst 2020 eröffnet, wird das Einkaufszentrum in Kolarängen zu den zwanzig größten in Schweden zählen.

Heute fällt mit der Grundsteinlegung der Startschuss für den Großbau, und gegen Mittag wird der Baubeginn mit einer großen Zeremonie gefeiert. Innerhalb weniger Tage hat sich eine in Rekordzeit wachsende Facebook-Gruppe gebildet, die ihre Mitglieder dazu auffordert, vor Ort zu demonstrieren. Manche der Kommentare ermunterten sogar zur Sabotage, wurden aber schnell wieder entfernt. Lappå weist mehrmals darauf hin, dass er gesetzeswidrige Aktionen, mit welchen gutgemeinten Absichten auch immer sie erfolgen mögen, in keiner Weise unterstützen will.

Er selbst wird der Zeremonie nicht beiwohnen.

»Ich will das Land, so wie es jetzt ist, nicht sehen«, sagt er kurz und knapp.

Er winkt nur ab, als ich ihn bitte, seine Gefühle zu beschreiben, aber den Zorn, der in seinen Augen aufflammt, kann er nicht verbergen.

Weiß mehr als die Politiker
Lappå schildert, dass er gegen seinen Willen zu einer Art Experte in Sachen Kommunalpoli-

tik geworden ist, und bemerkt seufzend, dass er manchmal glaubt, sogar mehr zu wissen als die Politiker selbst.

»Ich kann wirklich nicht begreifen, wie sie diese Sache durchgebracht haben. Zuerst einmal verstößt das Projekt gegen das Umweltschutzgesetz, das besagt, dass nur dann auf landwirtschaftlich genutzten Flächen gebaut werden darf, wenn das Vorhaben ein ›wesentliches gesellschaftliches Interesse‹ besitzt. Und das kann im Fall dieses Einkaufszentrums ja wohl niemand ernsthaft behaupten.«

Lappå blickt nachdenklich aus dem Fenster.

»Das Schlimmste ist nicht, dass ich selbst das Land verloren habe, sondern dass sie es meinen Kindern gestohlen haben. Mein Ältester studiert Agrarwissenschaften in Uppsala. Er wird einmal ein besserer Bauer als ich und mein Vater sein, und natürlich hatte ich gehofft, dass er den Hof übernimmt, wenn ich einmal zu alt für die Arbeit bin. Sie haben mir nicht nur meine Familiengeschichte geraubt. Sondern auch meine gesamte Zukunft.«

Olof Anderzon

24 STUNDEN ZUVOR

INGELA

Vor der Frontscheibe verschluckt der gemietete Kleinbus einen Meter Autobahn nach dem anderen. Sie haben das letzte Wohngebiet hinter sich gelassen. Unter der strahlenden Sonne erstrecken sich Felder mit Wintersaat bis zu den waldbedeckten Berghängen. Aber Ingela hat nur Augen für Jonas, der neben ihr hinter dem Steuer sitzt. Für seine verstrubbelten Haare, die er nie richtig geglättet bekommt. Seine braun gebrannten Hände, die den Takt zur Countrymusik klopfen. Sie lächelt. Typisch Jonas, für jeden Anlass erstellt er eine spezielle Playlist.

Er erwidert ihren Blick, und Ingela sieht schnell weg. Eine Hitzewelle erfasst sie, und mit reiner Willenskraft versucht sie zu verhindern, dass sich rote Flecken auf ihrem Hals ausbreiten. Hinter ihr im Wagen sitzen sieben weitere Personen, die eventuell missverstehen könnten, was sie sehen. Einige von ihnen würden es missverstehen *wollen*. Sie weiß, dass die anderen von giftigem Neid erfüllt sind, seit Jonas zum Projektleiter für den Bau in Kolarängen befördert wurde.

Was sie für ihn empfindet, ist definitiv keine Verliebtheit. Das zu glauben, wäre völlig idiotisch. Jonas ist beinahe fünfzehn Jahre jünger als sie, sie sind beide verheiratet, und sie ist seine Chefin. Nur lassen sich Gefühle manchmal so leicht verwechseln, sogar ihr ist das schon passiert. Jonas lässt es in ihrem Bauch manchmal vor Angst und Erwartung kribbeln, auf eine Art, die sie fast schon vergessen hatte.

Er war es, der sie hatte begreifen lassen, dass sie die Gemeinde mitgestalten, ja prägen konnte. Ohne ihn wäre sie nicht einmal in der Lage gewesen, sich ein Projekt wie Kolarängen überhaupt *vorzustellen*. Dafür lässt sie sich viel zu leicht beunruhigen, und es fällt ihr viel zu schwer, ihre Position geltend zu machen. Um die Stelle als Chefin des Erschließungsamts hatte sie nie gebeten, es war irgendwie einfach passiert. Letztlich hatte sie schon so lange in der Kommunalverwaltung gearbeitet, dass dieser Weg gewissermaßen vorgezeichnet war. Aber Ingela hasste es. Hasste die Verantwortung, die endlose Verwaltungsarbeit und den unmöglichen Balanceakt, für die Zufriedenheit von sowohl Vorgesetzten als auch Angestellten zu sorgen. Ihr Mann versuchte sogar, sie zu einer Kündigung zu überreden. Aber als Jonas als Bauingenieur bei ihnen anfing, machte es ihr zum ersten Mal wirklich *Spaß*, Vorgesetzte zu sein. Es hatte fast ein wenig Glamour. Dank ihm erkannte sie ihr eigenes Potenzial. Sie nahm Einladungen zu Abendessen an, kleidete sich eleganter. Er weckte in ihr ganz einfach den *Mut*, Chefin zu sein. Den Mut, sich selbst ernst zu nehmen, so dass sie der Chefinnenrolle endlich gerecht werden konnte.

Rechts rauscht die Abfahrt zur Tankstelle an ihnen vorbei. Und wieder kribbelt es in Ingelas Bauch, denn jetzt befinden sich die Baukräne in Sichtweite.

Morgen lernt sie endlich Jonas' Kontakt bei SBFF kennen. Politiker und Vertreter aus der Wirtschaft werden ebenfalls vor Ort sein, und natürlich die Zeitungen und das Lokalradio.

»Bist du fertig mit der Rede?«, fragt sie.

»So fertig ich eben sein kann. Ein kleines bisschen Spontaneität ist ja auch wichtig.«

Ingela weiß, dass er nicht ganz so entspannt ist, wie er sich nach außen hin gibt. Er hat wochenlang an der Rede gearbeitet.

»Es wird ganz bestimmt super«, sagt sie munter.

Jetzt fahren sie an dem Schild mit einer realistischen Abbildung des Einkaufszentrums Kolarängen vorbei, das ein Architekturbüro aus Stockholm angefertigt hat. In nur einem Jahr soll das gigantische zweistöckige Gebäude fertiggestellt sein.

Jonas grinst ihr zu, er wirkt beinahe beschämt über seine eigene Freude. Es ist rührend anzusehen, und diesmal weicht sie seinem Blick nicht aus. Für einen Moment fühlt es sich an, als wären sie allein in dem Kleinbus.

Aber die Realität drängt sich wieder in ihr Bewusstsein – und trübt ein, was eigentlich ein schöner Moment hätte sein sollen. Gestern hatte sie dieser Reporter der *Bergslagens Tidning* angerufen und erzählt, dass er an einer Artikelserie über Kolarängen schreibe. Morgen wird der erste Teil erscheinen, ein Porträt über Lappå, und jetzt wollte der Reporter mehr darüber wissen, wie die Dinge rund um den Landverkauf abgelaufen sind. Seine Fragen klangen vage, tastend. Aber er erwähnte eine Quelle, die gesagt hatte, dass es intern große Widerstände gegen das Projekt gebe.

Es macht Ingela rasend, dass jemand aus dem Team versucht hat, das Projekt schlechtzureden. Dass jemand, der hier mit im Bus sitzt, Jonas seine Freude nehmen will. Und sie hat bereits einen Verdacht, wer das ist.

Sie passieren die neue Ausfahrt, der dunkle Asphalt glänzt im strahlenden Sonnenlicht. Ingela greift hinüber zum Lenkrad. Ihre Finger streifen die von Jonas, als sie ein paar Mal vergnügt hupt, ehe sie sich auf dem Sitz nach hinten dreht und ihre Angestellten ansieht.

Sie wird es schaffen, sie wieder zu einem echten Team zu machen. Es wird gutes Essen geben, etwas Wein, und sie werden Spaß haben. Vor allem aber wird sie ihnen klarmachen, welche Chancen dieses Abenteuer bietet.

»Endlich ist es so weit, ist das nicht phantastisch?«, fragt sie in die Runde.

NADJA

Nadja starrt sein sonnengebräuntes Gesicht im Profil an, sein dichtes Haar, seinen Lausejungenblick im Rückspiegel des Kleinbusses. *Jonas.* Der Projektleiter für eines der größten Bauvorhaben in der Geschichte der Gemeinde lächelt breit und drosselt das Tempo.

Aus dieser unmittelbaren Nähe wirken die Baukräne riesig. Auf dem weitläufigen, mit einer Kiesschicht bedeckten Gelände ragen an vielen Stellen Kunststoffrohre und Kabel aus dem Boden. Baucontainer stapeln sich übereinander.

Bei ihrem Vorstellungsgespräch im Erschließungsamt vergangenen Winter hatte Nadja natürlich von der Unterschriftensammlung zur Rettung des vormals dort gelegenen Familienbetriebs gehört.

Mach dir keine Gedanken darüber, hatte Ingela gesagt. *Wir haben uns mit dem Bauern geeinigt. Er ist jetzt einverstanden.*

Niemand hat ihm etwas versprochen. Wir haben alles richtig gemacht.

Wir hätten überhaupt keine Rücksicht auf ihn nehmen müssen, aber er hat den Bescheid fristgemäß erhalten.

»Das ist ein ganz neues Kapitel in der Geschichte der Gemeinde«, sagt Ingela jetzt und streicht sich eine aschblonde Haarsträhne hinters Ohr. »Und das alles verdanken wir Jonas.«

Sie betrachtet Jonas mit einer Mischung aus mütterlichem Stolz und verzweifeltem Begehren. Für einen Moment wirkt es, als wollte sie ihm durchs Haar strubbeln.

Hinter Nadja applaudiert jemand. Sie hat keinen Zweifel daran, dass es Kaj ist. Der Betriebswirt ihrer Abteilung ist Jonas' eifrigster Erfüllungsgehilfe.

»Es ist ja nicht so, dass ich ein Medikament gegen Krebs erfunden hätte«, erwidert Jonas gutgelaunt, dreht die Musik lauter und beschleunigt erneut.

»Nein, aber so gut wie«, sagt Ingela mit einem Lachen.

Wie es wohl wäre, wenn man tatsächlich von dem Kolarängen-Projekt und seinem baldigen Triumph überzeugt wäre? Man würde ahnungslos der bevorstehenden Katastrophe harren.

Nadja muss daran denken, wie sie sich damals über die Stelle als Bodenmanagerin beim Erschließungsamt gefreut hatte. Ihre erste Festanstellung nach dem Jurastudium. Sie hat das Rathaus erst vor gut einem halben Jahr das erste Mal als Angestellte betreten, fragt sich aber schon jetzt, wie sie damals bloß so naiv hatte sein können.

Die Antwort lautet natürlich, dass sie ihrer neuen Chefin Ingela so gern hatte glauben wollen. Einer Frau, die viel von Arbeitskultur und Wertvorstellungen sprach. Einer Frau, die sie vom ersten Arbeitstag an wahrnahm und ernst nahm.

Wir brauchen hier einen jungen Menschen mit neuen Ideen.
Wenn etwas ist, kannst du mich jederzeit fragen.
Ich wollte dich heute zur Feier des Tages zum Mittagessen einladen.

Danach aber hat sie erkannt, dass Ingela ihre Rolle vor

einem neuen Publikum immer am besten spielt. Und sie hat gelernt, dass Ingela nie auf andere Frauen hört – vor allem nicht, wenn sie jünger sind als sie selbst, und erst recht nicht, wenn sie in der Hierarchie unter ihr stehen.

Das hätte sie, Nadja, schon beim ersten Mal wissen müssen, als sie einen der Verträge des Bauvorhabens zu Kolarängen gesehen und darüber mit Ingela zu sprechen versucht hatte.

Daran ist nichts Sonderbares. Das ist ganz normal. So läuft das.

Langfristig werden wir davon profitieren.

Jonas weiß, was er tut.

Ingela wirkte so überzeugt, dass Nadja zuerst Selbstzweifel beschlichen. Inzwischen tun sie das nicht mehr. Der Reporter der *Bergslagens Tidning* hatte sie vorgestern angerufen. Danach war Nadja sämtliche Verträge über das Einkaufszentrum noch einmal durchgegangen, um ein für alle Mal Klarheit zu haben.

Sie sieht zu Amir, der neben ihr in der Mitte sitzt. Er erwidert ihren Blick durch seine Pilotensonnenbrille mit goldfarbenen Bügeln. Ingelas persönlicher Assistent ist der Einzige in diesem Kleinbus, der weiß, was Nadja weiß. Er ist zwei Abende hintereinander mit ihr im Büro geblieben, hat ihr bei der Suche nach sämtlichen Dokumenten geholfen, hat alte E-Mails aus der Zeit vor Nadjas Anstellung gesichtet. Nadja hat sogar bei SBFF angerufen, mit ihrer süßesten, naivsten Stimme. *Da ist nur eine kleine Sache, die ich noch einmal gegenprüfen möchte.* Was sie entdeckten, war um vieles schlimmer, als Nadja geahnt hätte. Jetzt ist alles in einer nüchternen Tabelle zusammengestellt, Daten, vor denen nicht einmal Ingela ihre Augen verschließen kann. Sie müssen mit ihr reden, ehe sie sich morgen vor die Kameras stellt.

Aber ein Puzzleteil fehlt ihnen noch. Nadja zieht ihr Handy aus der Tasche ihrer Lederjacke. Checkt ihren Posteingangsordner. Aber das, worauf sie gehofft hat, ist nicht unter den neuen Nachrichten.

Jonas wechselt die Fahrspur und nimmt die nächste Abfahrt. Die Straße beschreibt eine so enge Kurve, dass Amirs Körper gegen ihren gedrückt wird. Hinter ihnen gibt Anette einen lauten Seufzer von sich, als wäre diese Kurve ein persönlicher Angriff auf sie.

»Schön festhalten, liebe Leute!«, ruft Jonas, um die Musik zu übertönen. Dann fahren sie auf die Brücke, die über die Autobahn führt, die sie gerade verlassen haben.

Nadja sieht wieder zu Amir. Perfekte Kurzhaarfrisur, glatt gebügeltes hellblaues Hemd. Ob sie sich tatsächlich auf ihn verlassen kann, wenn es darauf ankommt? Ohne ihn wird sie Ingela nicht dazu bewegen können, ihr zuzuhören, aber Amir hofft auf eine Karriere in der Kommunalverwaltung. Will er wirklich in diese Sache hineingezogen werden? Sie stellt sich ja selbst die Frage, ob es den Versuch überhaupt wert ist. Es wäre so viel einfacher, alles zu ignorieren. Die Katastrophe auf ihr unvermeidliches Ende zusteuern zu lassen, ohne selbst etwas zu riskieren.

Als sie durch ein ehemaliges Industriegebiet fahren, beginnt Nadja damit, ihre Mails zu beantworten. Gelegentlich sieht sie von ihrem Display auf, damit ihr nicht schwindelig wird. Ihr Blick schweift über staubige, maschendrahtumzäunte Parkplätze. Klotzige Gebäude mit zerbrochenen Fensterscheiben und Wellblechfassaden.

Sie erschrickt heftig, als plötzlich schrilles Kindergeschrei im Wageninneren ertönt. Jonas lacht und nimmt sein Handy entgegen, das Ingela ihm hinhält. Das Geschrei verstummt abrupt.

»Sorry!«, ruft er ihnen über die Schulter zu und schwenkt munter sein Handy, so dass das Armband mit den bunten Kunststoffperlen rasselt. »Ich wollte Ingela nur kurz was zeigen, hab aber nicht daran gedacht, dass ich per Bluetooth mit dem Lautsprecher verbunden bin.«

Nadja sieht, dass er einen Videoclip von seinen beiden Töchtern pausiert hat. Sie springen mit ihren Hula-Hoop-Reifen auf einem Trampolin, hängen erstarrt in der Luft. Weißblonde Haare flattern um ihre sonnengebräunten Gesichter. Karin und Simone, getauft nach Karin Boye und Simone de Beauvoir. Die das Armband für ihn gebastelt haben. Deren bloße Existenz Jonas zum Feministen hat werden lassen.

Jonas. Dieses. Blöde. Arschloch. Welche Genugtuung er jetzt, unterwegs zu dieser Konferenz, verspüren muss. Er wird vor falscher Bescheidenheit strotzen und zugleich dafür sorgen, seinen neuen Titel häufig genug zu erwähnen, damit ihn ja niemand vergisst.

Amir sieht sie amüsiert an, und Nadja stellt fest, dass sie ihr Gesicht unfreiwillig zu einer Grimasse verzogen hat.

Die Musik erklingt von neuem, und Jonas klopft den Takt eines weiteren – ironisch gewählten – Countrysongs mit. Eine Frau singt davon, ihren rötesten Lippenstift aufzulegen, damit ihr Mann merkt, wie es ist, jemanden zu vermissen. Der Kleinbus fährt über die Brücke, wo der Kolarsjön in den Strömsholm-Kanal mündet. An einem Schild, das Auskunft darüber erteilt, dass *Kolarsjöns Stugby* noch vier Kilometer entfernt ist, biegen sie auf eine schmale Schotterstraße ab.

Nadja betrachtet die bewaldeten Berge, die sich auf ihrer Seite des Kleinbusses in die Höhe strecken. Das Moos, das die steilen Hänge bedeckt, ist geradezu unwirklich grün. Sie dreht den Kopf. Hinter dem anderen Seitenfenster rückt der spiegelblanke See zwischen den Baumstämmen ins Blickfeld. Die Wasseroberfläche reflektiert die kreideweißen Wolken so perfekt, dass es scheint, als wäre ein Stückchen Himmel herabgefallen.

Nadjas Blick heftet sich auf das Profil von Lina, die rechts neben Amir sitzt. Ihre Gesichtszüge sind kühl und klar, wirken fast schon stereotyp skandinavisch. Was Lina wohl über das Kolarängen-Bauvorhaben denkt? Sie ist Bauingenieurin, genau wie Jonas. Ahnt sie, was es gekostet hat, dieses Projekt durchzudrücken? Nadja weiß es nicht. Sie kennen einander nicht. Als Nadja die Stelle bekam, war Lina krankgeschrieben. Sie hat vor kurzem mit ihrer Wiedereingliederung begonnen, doch scheint selbst dann nicht richtig anwesend zu sein, wenn sie da ist. Sie lächelt und nickt an den richtigen Stellen, erwidert etwas, wenn sie angesprochen wird, aber ihre Augen sind leer.

Nadja hört mit halbem Ohr zu, als Amir mit dem Tagungshotel telefoniert und ihr baldiges Eintreffen ankündigt. Noch einmal aktualisiert Nadja ihren Posteingang, aber nichts Neues ist eingetrudelt.

»Du musst dir unbedingt Netflix zulegen«, sagt Jonas an Ingela gewandt. »Es wäre echt cool, zu hören, was du davon hältst.«

»Ach, ich fühle mich im Mittelalter eigentlich ganz wohl. Außer SVT brauche ich keine anderen Sender.«

Die kühle aschblonde Nuance ihres Pagenkopfs hebt die aufblühenden roten Flecken hervor, die sich über ihren Hals ziehen.

»Eine Serie mit so vielen starken Frauenfiguren ist wirklich mal außergewöhnlich, es macht echt Spaß, das zu schauen, auch wenn ständig irgendwelche schrecklichen Dinge passieren«, sagt Jonas.

Nadja öffnet ihre Dropbox. Sieht sich das Dokument an,

dem sie einen so nichtssagenden Namen wie möglich gegeben hat. Schielt zu Jonas hoch, der immer noch von seiner neuesten Serienentdeckung schwärmt.

Sie will nicht, dass er damit davonkommt. Sein zerstrubbeltes Haar darf ihm keine Hilfe sein. Auch nicht sein charmantes Schulterzucken, das so viel besagt wie, *verflixt, was hab ich da nur wieder angerichtet?*

Sie darf nicht kneifen.

KOLARSJÖNS STUGBY

Jenny ist in der Gegend aufgewachsen, hat diesen Ort ihr Leben lang geliebt und wollte ihm schon immer zu neuem Glanz verhelfen. Das Hotel war ihr absolutes Traumprojekt. Als Roger und sie zum ersten Mal hier draußen waren, hatte das ZU VERKAUFEN-Schild schon so lange auf dem Hofplatz gestanden, dass es bereits morsch war, doch davon ließ sich Jenny nicht abschrecken. »Ist es in diesen Zeiten nicht sowieso das Beste, seinen Urlaub in Schweden zu verbringen?«, fragte sie, als sie einen Blick durch die schmutzigen Hüttenfenster auf der Seeseite warfen. »Jetzt wo alle wissen, wie sehr Flüge der Umwelt schaden?« Roger zu überzeugen, war nicht besonders schwer gewesen. Sie fühlten sich beide nicht wohl in ihren Jobs, und Roger ist zehn Jahre älter als sie. »Es ist vielleicht deine letzte Chance, beruflich noch einmal umzusatteln«, sagte sie, als sie auf dem Holzdeck standen und auf den See hinausschauten.

Die gesamte Anlage kostete eine knappe Million Kronen, und Rogers Bruder, der auf dem Bau arbeitete, versprach, bei der Renovierung zu helfen. Sie verkauften ihr Haus und bezogen einige Räume im Erdgeschoss des Hauptgebäudes. Auf einer Party in Västerås traf Jenny dann den Bekannten eines Bekannten, und es war wie ein Zeichen: Der Typ hatte eine Eventagentur, die sich auf Tagungen und Teambuilding-Events spezialisiert hatte, und sie einigten sich darauf, dass er eine Seilrutsche installieren sollte, die einmal über den Kolarsjön und zurück führt.

Aber im Frühling kamen nicht mehr als eine Handvoll Seminare und Tagungen zustande, und die Renovierungsarbeiten wurden um einiges teurer als geplant. Inzwischen redet Roger kaum noch mit seinem Bruder. Der erste Sommer ist vorbei, und sie hatten so gut wie keine Feriengäste, trotz der gekauften hohen Platzierungen bei Google-Suchen und Jennys Versuchen, Follower für ihren Instagram-Account zu gewinnen. Sie schläft immer schlechter.

Bisher hatte die Kommunalverwaltung Roger und ihr vor allem Steine in den Weg gelegt. Sie beide hatten nicht im Geringsten geahnt, wie viel Bürokratie es bedeutete, eine Anlage wie diese zu übernehmen. Aber jetzt, als sie in der Hotelküche steht und eilig die Kaffeemaschine befüllt, keimt unter Jennys Nervosität Hoffnung auf, zum ersten Mal seit langem. Es hängt viel davon ab, dass dieses Seminar glatt läuft. Gerade haben ihre Gäste Bescheid gegeben, dass sie auf dem Weg sind, und Jenny hinkt mit allem hinterher. Heute Morgen hat sich zu allem Überfluss ihre Aushilfe Josef per SMS krankgemeldet, und das nur eine halbe Stunde, bevor er hätte hier sein sollen. Sie vermutet, er will sie damit bestrafen, weil er beim letzten Mal so lange auf seinen schwarzen Lohn warten musste.

Jenny bindet ihre knallpinken Haare zu einem Pferdeschwanz zusammen und legt frisch gebackene Zimtschnecken auf eine Servierplatte. Sie weiß, dass es bei dem Seminar um das geht, was in Kolarängen passiert. Selbstverständlich war sie gegen das Einkaufszentrum, als sie zuerst davon gehört hatte, sie hat sogar die Petition unterschrieben. Ihre Eltern sind Bekannte der Pålssons, und sie waren gemeinsam schon einmal hier, um hallo zu sagen. Es schien vollkommen absurd, dass die Gemeinde ihnen das Land abnehmen wollte. Aber Jenny ist klar geworden, dass die Gemeinde und sie tatsächlich etwas gemeinsam haben. Sie wollen Fortschritt. Wollen neue Leute in die Region locken. Und was gut für die Gemeinde ist, ist auch gut für Roger und sie. Im Zusammenhang mit dem Bauprojekt in Kolarängen werden eine Menge Leute hierherkommen. Leute, die eine Übernachtungsmöglichkeit brauchen.

Langsam verbreitet sich der Duft frisch gebrühten Kaffees in der Küche. Jenny schaut aus dem Fenster zum Parkplatz, doch dort steht nur ihr alter weinroter Mazda-SUV.

Roger kontrolliert unterdessen, ob es in den Schlafhütten genügend Decken, Kissen und saubere Handtücher gibt. Er denkt an das, was Jenny vor ein paar Tagen gesagt hat: Dass dieses Seminar ihre Chance ist, nicht nur bei der Gemeinde, sondern auch bei dem großen Bauunternehmen Eindruck zu schinden.»Wenn alles klappt, wendet sich das Blatt vielleicht.« Roger wünschte, sie hätte nichts gesagt. Er stellt sich immer ungeschickt an, wenn er so nervös ist wie jetzt. Er verhält sich steif und eigenartig und sagt die falschen Dinge, und jetzt müssen sie die kommenden vierundzwanzig Stunden auch noch ohne Josef schaffen.

Roger hört, wie sich Motorengeräusche nähern. Er holt tief Luft, bevor er die Hütte auf der Vorderseite verlässt und über die Wiese auf das Haupthaus zugeht.

Auf der anderen Seite des Sees sitzt ein Mann auf einem

moosbewachsenen Stein, der vor langer Zeit einmal zum Ofen einer Köhlerhütte gehört hat. Der Mann trägt einen Overall mit Tarnmuster, der ihn dort im Unterholz, zwischen den Büschen, fast unsichtbar macht. Auch er hat das Motorengeräusch gehört und hält mit seinem Fernglas danach Ausschau, bis er den Kleinbus zwischen den Baumstämmen entdeckt. Hin und wieder verschwindet der Wagen aus seinem Sichtfeld, aber kurz darauf blitzt das Sonnenlicht auf der Frontscheibe auf, als er um die Kurve biegt und dann die Auffahrt entlang auf den Parkplatz fährt. Der Mann erkennt die Silhouetten der beiden Menschen auf den Vordersitzen wieder, und sein Atem wird flacher. In seinem Blut, das jetzt immer schneller durch die Adern gepumpt wird, befinden sich Ritalin, Oxazepam und Steroide.

Im Kleinbus schaltet Jonas den Motor aus. »Da wären wir also, liebe Leute«, sagt er fröhlich.

Hinter ihm rüttelt Lina am Griff der Schiebetür, aber nichts tut sich. »Sorry, Kindersicherung!«, ruft Jonas und grinst in den Rückspiegel. Er wartet kurz und drückt dann auf den Knopf zum Entriegeln. Langsam gleitet die Tür auf, und Lina steigt ins Freie. Sie versucht zu verbergen, dass sie nach Luft ringt, als wäre sie den ganzen Weg gerannt. Amir lächelt ihr zu und hängt sich seine braune Laptoptasche aus Leder über die Schulter, bevor er in Richtung Hotel geht. Lina bleibt stehen und schaut ihm hinterher, während die anderen nacheinander aus dem Kleinbus steigen.

Nadja dreht sich zum See, aber sie sieht ihn eigentlich gar nicht. In ihrem Kopf schwirren so viele Gedanken herum, dass sie keinen Blick dafür hat. Das dunkle, schulterlange Haar betont ihr blasses Gesicht, die großen grauen Augen, die markante Nase. Vorsichtig zieht sie die Lederjacke aus. Die Sonne wärmt ihren Rücken, wenn auch nur äußerlich.

Tiefer dringt die Wärme nicht, und sie zieht die Jacke wieder an. Jetzt wird es richtig Herbst, denkt sie.

Ingela, die Amtsleiterin, streicht mit den Händen über ihren engen roten Blazer. »Wann waren wir zum letzten Mal hier?«, fragt sie. »Das muss 2008 gewesen sein, oder?«

»Die Leute, die den Gasthof damals führten, waren jedenfalls ganz komische Vögel«, sagt Torbjörn, der am längsten von allen beim Erschließungsamt arbeitet. Die Arthrose in seinen Knien macht sich schmerzhaft bemerkbar, als er aus dem Bus steigt, und er ächzt kurz auf. Unter seinem ausgewaschenen und sorgfältig in die weiten Jeans gestopften weinroten Hemd wölbt sich ein stattlicher Bauch. Sein weißes Haar ist immer noch dicht wie ein Pelz. Ingela lächelt ihm steif zu und meint, dass es sicher nett wird, die neuen Besitzer kennenzulernen. Torbjörn schüttelt den Kopf. »Arme Irre. Das hier draußen wird doch sowieso nichts mehr.«

Eva, Kartographie-Ingenieurin und die Zweitälteste in der Gruppe, wirft ihm einen entnervten Blick zu und zündet sich eine Zigarette an. »Was bist du wieder gut gelaunt«, bemerkt sie ironisch. Eva trägt die grauen Haare kurz, und ihre Augen hinter der Brille mit dem roten Plastikgestell sind stark mit Kajal und Mascara geschminkt. Nur jemandem, der sie so genau beobachtet wie der Mann mit dem Fernglas, fällt auf, dass ihr linker Arm ein wenig schlaff von der Schulter hängt. »Versuch wenigstens, dich mit solchen Kommentaren zurückzuhalten, wenn wir sie treffen«, setzt sie hinzu, aber Torbjörn hört gar nicht hin. Sein Blick ist bei Kaj hängen geblieben. Der Betriebswirt des Teams ist gerade aus dem Bus gehüpft und sieht sich mit wachen, hellen Augen um. *Wie so ein dämliches Eichhörnchen*, denkt Torbjörn, dessen eigene schwere Lider ihn ständig aussehen lassen, als wäre er gerade erst aufgestanden. Doch obwohl Kaj nicht einmal halb so alt ist wie Torbjörn, hat er bereits kaum noch Haare auf dem Kopf und rasiert die restlichen sorgfältig ab. Seine kräftigen Armmuskeln sind selbst unter dem dicken Jackett gut zu erkennen, und das karierte Hemd ist weit genug aufgeknöpft, um ein gutes Stück der ebenfalls glatt rasierten Brustpartie zu entblößen.

Als Letzte steigt Anette, die Vermessungsingenieurin, aus dem Kleinbus. Ihr schludrig geflochtener Zopf schimmert kupferfarben in der Sonne. Als sie krampfhaft versucht, die Schiebetür hinter sich zu schließen, vertiefen sich die Sorgenfalten in ihrem von Sommersprossen übersäten Gesicht. Die Tür klemmt fest.

»Entspann dich mal ein bisschen«, sagt Eva, was ihr einen irritierten Blick von Anette einbringt, die ein zweites Mal an der Bustür zerrt. Jonas lacht auf und drückt den Autoschlüssel, worauf die Tür sanft zugleitet. Anette wendet sich zornig ab und schiebt sich ohne ein Wort an ihm vorbei.

Die anderen folgen ihr als lose Gruppe in Richtung Hauptgebäude. Zusammen sind sie neun Personen. Der Mann auf der anderen Seite des Sees nimmt das Fernglas erst herunter, als sie alle aus seinem Blickfeld verschwunden sind.

LINA

Lina bleibt auf dem Vorplatz stehen und tut so, als studiere sie den alten Gasthof. Kleine Wattewölkchen ziehen langsam über den Himmel. Eine dicke Telefonleitung erstreckt sich von dem Berg hinter ihr bis über das Hausdach, wo sie außer Sichtweite gerät.

Nadja lächelt ihr zu, als sie an ihr vorbeigeht. Obwohl sie Lina nur knapp bis zur Schulter reicht, wirkt sie irgendwie hochgewachsen. Vielleicht liegt das an ihrer Ausstrahlung. Oder an der aufrechten Haltung in dem dunkelblauen, knöchellangen Hemdblusenkleid und der weiten Lederjacke, dem Gürtel – offensichtlich ein Vintage-Accessoire –, den spitzen Riemchenpumps mit breitem Absatz. Kleidung, die sich an Trends orientiert, von denen Lina nichts mitbekommt, oder erst dann, wenn sie schon wieder passé sind. Ihre schwarze Jeans und die Adidas-Bomberjacke mit Blumenmuster kommen ihr in diesem Moment genau wie das vor, was eine geschiedene, ausgebrannte Mutter von Kleinkindern mit Anfang vierzig trägt, wenn sie zugleich taff und lässig aussehen will.

In den letzten Tagen ist ihr aufgefallen, wie häufig Nadja und Amir sich im Büro zusammen von den anderen abgesondert haben. Und sie hat ihre Blicke im Kleinbus gesehen, so als teilten sie ein Geheimnis. Sie sollte sich für sie freuen, falls sie ein Paar sind. Nur gerade heute Abend möchte sie nichts sehen, was ihre Vermutung bestätigt.

Lina steht immer noch auf dem Vorplatz, jetzt allein. Das Stimmengewirr der anderen in der Eingangshalle des Hauses wird zunehmend lauter. Hineinzugehen erscheint ihr plötzlich unmöglich. Allein die Fahrt hierher war fast zu viel für sie, aus mehreren Gründen. Sie fühlte sich in dem Kleinbus eingeschlossen und hilflos, es lag so viel Unausgesprochenes und Unterschwelliges in der Luft, das sie nicht deuten konnte. Sie war dem schutzlos ausgeliefert gewesen, hatte alles ungefiltert wahrgenommen, und jetzt fragt sie sich, was während ihrer Krankschreibung wohl im Amt vorgefallen ist.

Oder war es vielleicht immer schon so, nur dass sie es nicht mitbekommen hatte?

Oder verbreitet sie selbst diese schlechte Stimmung und sendet unbewusst seltsame Signale aus, die sie nicht unter Kontrolle hat?

Oder bildet sie sich das alles nur ein?

Woher soll sie es wissen, wenn sie selbst sich nicht einmal mehr kennt, sich selbst nicht länger spürt?

Lina legt die Hände in den Nacken und massiert ihn mit den Fingerspitzen. Dies hier war ein Fehler. Sie hätte nicht mitkommen dürfen. Niemand hat es von ihr verlangt. Tatsache ist, dass sie nicht einmal sicher weiß, ob es aufgrund der strikten Vorgaben für ihre Wiedereingliederung überhaupt zulässig ist.

Sie ist mitgefahren, um zu beweisen, dass sie wieder normal ist, aber wem versucht sie da etwas vorzumachen? Sie bringt ja kaum die wenigen Stunden im Büro hinter sich, sitzt wie gelähmt da, die Finger still auf der Computertastatur liegend, und starrt den Bildschirm an, während in ihrer Brust die Angst anschwillt und sie sich innerlich zuschreit, sich doch endlich *zusammenzureißen und anzufangen*. Aber es geht einfach nicht. Sie fühlt sich so erschöpft, dass sie sich nicht einmal mehr daran erinnern kann, wie es war, nicht erschöpft zu sein. Sie hat sich alle Mühe gegeben, den Kopf über Wasser zu halten. Hat so viel Energie wie möglich geschöpft, um ihren Kindern in den Wochen, in denen sie bei ihr sind, eine gute Mutter zu sein. Und nicht einmal das gelingt ihr.

Lina hat schreckliche Angst, dass sie eines Tages zu der Erkenntnis kommt, nicht mehr weiterkämpfen zu wollen. Sich einfach zu Boden sinken lassen und verschwinden zu wollen. Die Scham darüber, was für ein Mensch aus ihr geworden ist, ist so stark, dass sie nicht weiß, wie sie das länger ertragen soll. Sie ist auf allen Ebenen gescheitert. Als sie Noah heute Morgen in den Kindergarten gebracht hat, wollte die

Erzieherin wissen, ob sie an ein neues Paar Gummistiefel gedacht hat. Eigentlich war es gar keine Frage gewesen, denn es war offenkundig, dass Lina mit leeren Händen dastand. »Für heute ist Regen angekündigt«, fügte die Erzieherin hinzu. Und Lina musste zugeben, die Stiefel vergessen zu haben, musste ihr recht geben, dass sie natürlich nicht wolle, dass ihr Kind draußen in undichten Gummistiefeln spielen muss.

Sie vergisst so vieles. Zu Elternabenden zu gehen, Brotdosen einzupacken und neue Kinderklamotten zu besorgen, wenn Noah und Oscar aus ihren Sachen herausgewachsen sind, aber vor allem vergisst sie, vor ihren Kindern die Verzweiflung in ihrer Stimme zu unterdrücken. Sie fragen, *Bist du traurig, Mama? Bist du böse?*, und Lina sieht, dass sie ihr nicht glauben, wenn sie mit Nein antwortet. Sie vergisst, ihnen richtig zuzuhören und sie ernst zu nehmen, wenn sie von ihrem Alltag erzählen. Sie schreit sie an und reagiert ungeduldig, weil sie vergisst, dass sie noch Kinder sind.

Sie sollte Johnny jetzt sofort eine Nachricht schicken. Ihn darum bitten, diese verfluchten Stiefel zu kaufen. Um Entschuldigung bitten. Aber sie bringt jetzt nicht die Kraft dafür auf, schon wieder bei ihm zu Kreuze zu kriechen, vor allem nicht nach den vielen Gesprächen, die nötig waren, um ihre Tage zu tauschen. Er ließ es so klingen, als wollte sie die Kinder für irgendeine extravagante Vergnügungsreise im Stich lassen, statt für eine Konferenz mitten in der Einöde.

Kinder brauchen geregelte Abläufe, vor allem jetzt.

Lina hört auf, ihren Nacken zu massieren. Sieht wieder zum Himmel. Beschließt, fest davon auszugehen, dass es in der Stadt nicht regnen wird und die Stiefel nicht erwähnt werden, wenn Johnny Noah heute Nachmittag abholt. Vielleicht schafft sie es morgen ja sogar, Gummistiefel zu besorgen und sie nach der Zeremonie in Kolarängen im Kindergarten abzugeben. Aber wenn sie jetzt funktionieren soll, wenn sie keinen Zusammenbruch riskieren will, dann darf sie nicht länger an die Kinder denken.

Entschlossen steigt sie die Stufen der Steintreppe hinauf. Wappnet sich, bevor sie hineingeht, ins Stimmengewirr eintaucht und blinzelt, um sich nach dem grellen Sonnenlicht im Freien an die veränderten Lichtverhältnisse im Innern des Hauses zu gewöhnen. Ihre Kollegen stehen vor einem kleinen Empfangstresen beisammen, der in der Eingangshalle rechts in die Ecke gequetscht wurde, unter eine Treppe noch dazu. An der gegenüberliegenden Wand hängen dicht an dicht Fotos und Dokumente, so dass die Tapete im Blumenmuster zwischen den Bilderrahmen kaum zu sehen ist. Geradeaus, den Flur hinunter, steht eine hellgrüne Flügeltür offen, die anscheinend zu einem Speiseraum führt.

Das Paar hinter dem Empfangstresen stellt sich gerade als Jenny und Roger Bergmark vor. Jennys rosa gefärbtes Haar ist zu einem Pferdeschwanz hochgebunden, der bei jeder Kopfbewegung munter auf und ab hüpft. Roger ist schlank und durchtrainiert, trägt einen sorgfältig getrimmten Bart und große goldene Ohrringe. Seine Arme, die aus dem schwarzen T-Shirt hervorschauen, sind mit Tattoos übersät. Lina bemerkt, dass ihn die auf ihn gerichtete Aufmerksamkeit nervös macht, und es überrascht sie, wie sehr sie hofft, dass Torbjörn sich irrt und die beiden hier draußen Erfolg haben werden.

»Wie schön, dass dieser Ort jetzt neue Besitzer hat!«, ruft Ingela begeistert aus. »Wir haben hier schon einmal eine Konferenz abgehalten, aber das ist ... ach, du meine Güte, das ist mittlerweile elf Jahre her.«

»Damals hatten sie hier alles auf großkotzig getrimmt«, gibt Torbjörn von sich. »Tannenzweige im Essen und allen möglichen Firlefanz, der ...«

»Ja, das Timing war natürlich sehr schlecht«, fällt Ingela ihm hastig ins Wort. »Solche großen Anstrengungen zu unternehmen, und dann bricht die gesamte Weltwirtschaft zusammen. Für Sie beide wird die Sache bestimmt besser laufen.«

Jenny nickt und lächelt ein klein wenig gezwungen.

»Hoffen wir mal, Sie wissen, worauf Sie sich da eingelassen haben«, sagt Torbjörn. »Seit den Achtzigerjahren hat hier draußen nämlich alles und jeder Schiffbruch erlitten.«

Niemand sagt etwas. Lina wird sich auf einmal ihrer viel zu lauten Atemgeräusche bewusst, sie klingen wie angestrengtes Keuchen. Ob die anderen es auch hören?

Torbjörn selbst scheint nichts von der betretenen Atmosphäre zu merken. Er nimmt sich ein Bonbon aus der Schale auf dem Tresen, reißt das Papier mit den Zähnen ab.

»Wer von uns war denn schon beim letzten Mal dabei?«, fragt Ingela, und ein kleiner Hauch von Verzweiflung schwingt in ihrer Stimme mit.

Eva konnte damals nicht mitfahren, weil sie krank war, daran erinnern sie sich noch. Aber Anette war mit von der Partie gewesen. Lina versucht nach Kräften, wie ein ganz normaler Mensch zu wirken und sagt, dass sie zu der Zeit noch nicht im Amt angefangen hatte. Torbjörn verlagert sein Gewicht von einem Fuß auf den anderen und klickt sein Bonbon hörbar gegen die Zähne.

Lina will nicht an ihre Atmung denken, aber wenn sie es nicht tut, *vergisst sie das Atmen vielleicht ganz?* Der Gedanke ist absurd, das weiß sie, aber ihr Gehirn ist so überlastet, dass ihr diese Möglichkeit vollkommen plausibel erscheint.

Jonas sagt, dass er nicht mehr am Kolarsjön war, seit er als Kind hier Schlittschuh gelaufen ist.

»Mir hat dermaßen der Hintern weh getan, dass ich mich

hinterher beim Grillen nicht einmal mehr hinsetzen konnte«, fügt er hinzu, und alle lachen erleichtert auf.

Als Jonas zum Projektleiter für das Einkaufszentrum ernannt wurde, war Lina furchtbar neidisch gewesen. Sie fand sogar, sie hätte den Posten mehr verdient als er. Jetzt aber, als Jonas alle zum Lachen bringt, erscheint es ihr wie eine Selbstverständlichkeit. Und wenn sie ganz ehrlich ist, sollte sie froh sein, dass Ingelas Wahl nicht auf sie gefallen ist. Eine Projektleiterin, die mitten in der Planungsphase krankgeschrieben wird, wäre katastrophal für die gesamte Gemeinde gewesen.

»Den alten Grillplatz gibt es sogar noch«, sagt Jenny. »Wenn das Wetter hält, werden Sie dort heute Abend ein Grillbuffet zu sich nehmen können.«

Sie dreht sich zu dem kleinen Tresor hinter dem Tresen um und nimmt mehrere Schlüsselpaare heraus, die gegen große Messinganhänger klirren.

»Stellt euch vor, wie herrlich! Das wird vielleicht die letzte warme Mahlzeit dieses Jahres unter freiem Himmel!«, sagt Ingela.

»Ja, die Nächte können jetzt schon richtig frisch werden«, sagt Jenny.

Lina geht zu der Wand mit der Blumentapete. Ihr Blick schweift über vergilbte Fotografien von Köhlern. Bleibt an einem gerahmten Dokument mit angesengten Rändern hängen. Ein Gedicht, ausgedruckt in einer geschwungenen Schriftart, die wie handgeschrieben wirken soll. Sie tritt näher.

Der Meiler bebte,
Flammen rot,
der Köhler fiel hinein, war tot
Kein bisschen von dem Kerl noch da

das Weib, die ganze Kinderschar
verjagt aus dem Kirchspiel, aus Not, oh weh
Ansonsten blieb alles wie eh und je

HELMER GRUNDSTRÖM

»Du weißt nicht, wer das ist, oder?«
Torbjörns Stimme. Lina sieht auf, aber er spricht gar nicht mit ihr, sondern mit Nadja, die ein Stück entfernt steht. Er zeigt auf das Schwarz-Weiß-Foto eines Mannes im Anzug, der – das Jackett über den Arm gehängt – auf dem Vorplatz steht. Der Mann schaut mit einem leicht gereizten Ausdruck in seinem schwermütigen Gesicht in die Kamera.
»Nein«, erwidert Nadja.
»Und du, Lina?«
Sie betrachtet das Bild noch einmal. Der Mann kommt ihr irgendwie bekannt vor, aber sie kann ihn nicht richtig einordnen.
Klick-klick-klick macht das Bonbon in Torbjörns Mund.
»Ich habe keine Ahnung«, gibt sie zu.
»Per Albin Hansson. Wer das war, wisst ihr aber doch wohl? Und was hat der Ministerpräsident noch gleich in seiner berühmten Rede gesagt?« Er wartet die Antwort nicht ab. »Genau, *Schweden ist gut vorbereitet*, sagte Per Albin Hansson.«
Nadja sieht Lina an und verdreht die Augen; Lina ertappt sich selbst bei einem Lächeln.
Torbjörn entgeht das natürlich. Mit direktem Blick sieht er Jonas an.
»Ich frage mich, was er dazu sagen würde, was wir mit all unserem schönen Ackerland anstellen?«
Jonas überhört Torbjörns spitzen Tonfall. Lächelt nur unwissend.

»Das war doch eine ganz andere Welt zu seiner Zeit. Ihm wäre es bestimmt auch schwergefallen, so manch anderes nachzuvollziehen.«

»Okay, dann wollen wir jetzt mal die Schlüssel verteilen«, erklingt Amirs Stimme vom Empfangstresen. »Jeder von euch bekommt zwei Schlüssel, einen für die Hütte und einen für das Sanitärgebäude, wo sich Duschen und Toiletten befinden. Wir werden uns zu zweit eine Hütte teilen. Alle bis auf Ingela, sie übernachtet hier im Haus.«

Anette grummelt leise, Lina kann nicht verstehen, was sie sagt. Sie starrt nur auf das Schlüsselpaar in Amirs Hand. Fragt sich, ob sie wohl um eine eigene Hütte bitten kann? Sehr viel mehr kostet es sicher nicht. Obwohl sie immer noch Krankengeld erhält und sich kaum diese verfluchten Gummistiefel leisten kann, würde sie nahezu jeden Betrag zahlen, um im Fall eines Zusammenbruchs für sich zu sein.

Aber dann müsste sie den anderen erklären, was mit ihr los ist.

»Sind wir nicht ein bisschen zu alt für solche Pyjamapartys?«, fragt Eva und schiebt ihre Brille auf dem Nasenrücken höher.

Lina schielt zu ihr hinüber. In zwanzig Jahren hofft Lina selbst eine gestandene Dame zu sein, der es egal ist, wem sie auf die Füße tritt. Aber vermutlich hält Eva Menschen, die sich wegen Stress krankschreiben lassen, für rückgratlos. Hastig sieht Lina zu Anette. Schaut wieder weg. Anette und Eva sind gleich alt, und wenn sie Pech hat, wird sie eher Anette nachschlagen. Sich in eine passiv-aggressive Mimose verwandeln, im Büro ständig Ohrstöpsel tragen, ihre Wege mit wütenden Post-its pflastern. Wenn sie so drauf ist, könnte Anette mit ihrer schlechten Laune ganze Kathedralen füllen, und falls sie beide in einer kleinen Hütte zusammengepfercht werden, wird sich Lina nicht eine Sekunde lang entspannen können.

Jetzt merkt Lina, dass Nadja sie mit ihrem durchdringenden Blick aus den grauen Augen ansieht. Als sich ihre Blicke treffen, hebt Nadja fragend eine Augenbraue.

Sie ist eine Schönheit, wie Lina feststellt. Nicht im klassischen Sinn, sondern sehr viel aparter. Es wäre nicht erstaunlich, wenn Amir sich in sie verliebt hätte. Was die Vorstellung, sich mit ihr eine Hütte zu teilen, wiederum nicht gerade verlockend erscheinen lässt.

Aber es bleibt ihr keine Alternative. Also nickt sie.

»Lina und ich teilen uns eine«, sagt Nadja und nimmt zwei Schlüsselpaare aus Amirs Hand, reicht eines an Lina. Auf dem glänzenden Messing-Oval ist die Ziffer Vier eingraviert.

»Na, das ging ja flott«, bemerkt Anette schnippisch.

Nadja dreht sich zu ihr um und lässt ungeduldig die Schlüssel klirren.

»Möchtest du die Hütte lieber mit einer von uns teilen? Dann sag es doch einfach«, sagt sie und blickt Anette herausfordernd an.

Deren Mund schnürt sich zusammen. Sie sieht zu Eva, mit der sie jetzt in einer Hütte schlafen muss. Was wohl zwischen den beiden vorgefallen ist? Sie scheinen es kaum noch miteinander auszuhalten. Lina öffnet schon den Mund, um anzubieten, mit einer von ihnen zu tauschen, zwingt sich dann aber, diesen Impuls zu unterdrücken.

»Wir nehmen eine zusammen«, sagt Jonas mit einem Nicken in Kajs Richtung, worauf Kaj so glückselig lächelt, dass es beinahe rührend ist.

Trotz seiner schwellenden Muskeln erinnert er Lina an den schmächtigen Nerd, der in einem High-School-Film dazu gezwungen wird, heimlich die Aufsätze des Footballstars zu schreiben. Aber Jonas ist niemand, der andere mobbt, und sie hat das unbestimmte Gefühl, dass er Kaj zu gar nichts zwingen müsste. Wann die beiden sich angefreundet haben, weiß sie nicht. Sie weiß nur, dass Jonas Amir offensichtlich gegen Kaj ausgetauscht hat. Auch zwischen ihnen ist irgendetwas geschehen.

Amir reicht Torbjörn ein Schlüsselpaar.

»Dann beziehen wir beide zusammen eine Hütte«, sagt er und wendet sich wieder an die anderen. »So, ich will nur kurz durchgehen, was heute noch ansteht. Der WLAN-Code hängt dort drüben an der Wand. Der Konferenzraum liegt ein Stockwerk höher, und ja, es gibt natürlich eine Kaffeepause. Wir beginnen den Tag mit einer Arbeitsplanung, und anschließend wird Jonas eine Präsentation über Kolarängen und die morgige Zeremonie halten.«

Ein flüchtiger Schatten scheint über Amirs Gesicht zu huschen, obwohl das professionelle Lächeln keine Sekunde von seinen Lippen weicht.

»Um 12 Uhr wird im Speiseraum das Mittagessen serviert«, fährt er fort und deutet auf die geöffneten Flügeltüren.

»Wenn das Wetter schön ist, sitzen wir bestimmt draußen, oder?«, fragt Anette.

»Das geht natürlich auch. Anschließend versammeln wir uns wieder im Konferenzraum, um über mögliche zukünftige Projekte zu sprechen ...«

»Und da möchte ich, dass ihr eurer Phantasie wirklich freien Lauf lasst«, sagt Ingela. »Der Verkauf des Grundstücks in Kolarängen eröffnet uns ganz neue Möglichkeiten.«

»Wow, das klingt ja spannend«, bemerkt Jenny hinter dem Tresen und sieht Roger an. »Da wünscht man sich beinahe, mit dabei sein zu können.«

Freudestrahlend lächelt Ingela sie an. Amir blickt auf seine Papiere.

»Und danach ist es Zeit, in etwas sportlichere Klamotten zu schlüpfen«, sagt er und sieht Lina mit einem entschuldigenden Blick an, der sie sofort nervös werden lässt.

»Welche Teufelei habt ihr euch denn diesmal einfallen lassen?«, fragt Torbjörn.

Amir erwidert nichts darauf, sondern teilt Flyer aus. Lina nimmt ein Blatt entgegen. Schaut auf die farbenfrohen Worte im Hochglanzdruck.

TEAMEVENT?
JUNGGESELL* INNENABSCHIED?
FAMILIENABENTEUER?

Aber es ist das Bild darunter, das Lina das Blut aus dem Gesicht weichen lässt.

Eine junge Frau in Sportkleidung und mit gelbem Helm saust an einem Klettergurt an einem scheinbar endlosen Stahlseil dahin. Sie lacht in die Kamera und hält den Daumen hoch. Die Bäume und das Grün im Hintergrund sind aufgrund des Tempos ganz verschwommen. Es ist zweifelsohne ein Agenturfoto, das irgendwo anders aufgenommen wurde, jedenfalls nicht hier am Kolarsjön. Lina dreht das Blatt um.

ZIPPY EVENTS!
WAGEN SIE DEN SPRUNG INS UNGEWISSE,
BEGEBEN SIE SICH AUF
DAS ABENTEUER IHRES LEBENS –
FAHREN SIE ZIPLINE!

»Was für ein Blödsinn!«, gibt Torbjörn von sich.

Ein neues Stimmengewirr schwillt in der Eingangshalle an.

»Später folgt dann, wie gesagt, das Abendessen unten am Lagerfeuer«, sagt Amir laut, um ihn zu übertönen.

»Im Anschluss kann man hier im Haus einen Drink zu sich nehmen«, ergänzt Jenny. »Und wer das möchte, kann die Sauna oder den Outdoor-Whirlpool nutzen.«

Roger neben ihr nickt wortlos.

»Dann holen wir jetzt unser Gepäck und richten uns in den Hütten häuslich ein, und in einer Viertelstunde sehen wir uns hier wieder«, sagt Amir. »Das heißt, oben, eine Etage höher.«

Er bleibt noch am Empfang stehen, und Lina folgt den anderen wieder nach draußen zum Vorplatz. Schaut hoch zu dem Stahlseil, das sie für eine Telefonleitung gehalten hatte. Sieht daran entlang, wie es an der Fahnenstange vorbeiführt, den Berg hinauf und sich zwischen den Kronen der Fichten verliert. Sie stellt sich vor, in einem Gurt hängend das steile Gefälle entlangzusausen. Bei dem Gedanken daran erfasst sie ein so heftiger Schwindel, dass sie einen Moment lang fürchtet, ohnmächtig zu werden.

»Bist du schon mal Zipline gefahren?«

Nadja hat sich zu ihr gesellt. Lina nimmt Herrenparfüm an ihr wahr, kaum mehr als eine Andeutung, so dass der Geruch ebenso gut zu Nadja selbst gehören könnte. Ein harziger, würziger, dunkler Blumenduft. Mit einer Spur von Leder, die vermutlich eher von ihrer Lederjacke herrührt.

»Ist nicht so richtig mein Ding«, sagt Lina.

»Ich glaube, das könnte Spaß machen.«

Der Kies knirscht laut unter ihren Sohlen, als sie zum Parkplatz gehen. Lina spürt, dass Nadja sie aus dem Augenwinkel heraus anschaut. Was sie wohl in ihr sieht?

Eva und Anette gehen, ohne ein Wort miteinander zu wechseln, ein Stück vor ihnen her, und hier und da dringt der Geruch von Evas Zigarette zu ihr herüber.

»Es ist zumindest nicht das Schlimmste, was ich jemals mit Kollegen zusammen gemacht habe«, sagt sie so unbeschwert wie möglich. »Und du?«

»Das ist meine erste Veranstaltung dieser Art«, erwidert Nadja.

Ach du jemine, wie alt ist sie überhaupt? Lina bemüht sich, keine Miene zu verziehen.

»In meinem ersten Jahr hatten wir Lachyoga«, sagt sie, und Nadja bleibt abrupt stehen.

»Du machst Witze!«, sagt sie ungläubig.

»Ich wünschte, es wäre so. Du hast nicht richtig gelebt, bevor du nicht dazu genötigt wurdest, über eine Stunde lang mit deinen Kollegen gekünstelt zu lachen.«

»Aber ... warum bloß?«

»Es sollte uns entspannter machen.«

Lina hat das falsche Lachen noch heute im Ohr, das von den mit LIVE, LAUGH, LOVE bepinselten Wänden des Übungsraums widerhallte. Sie weiß noch, wie es war, über den Linoleumboden zu laufen, voreinander stehen zu bleiben und Torbjörns stoßweisen, nach Kaffee riechenden Atem auf dem Gesicht zu spüren.

Sie gehen weiter. Auf dem Parkplatz ist Kaj damit beschäftigt, das Gepäck auszuladen. In seinen Händen scheint es federleicht zu sein. Jonas beugt sich ins Wageninnere und zieht einen schwarzen Müllsack hervor, offenbar gefüllt mit irgendetwas Weichem.

»Ein anderes Mal mussten wir über unsere besten Arbeitseigenschaften *rappen*. Ausstaffiert mit Base-Caps und dicken Goldketten.«

»Und worüber hast du gerappt?«

Lina erinnert sich nur noch daran, dass Ingela »immer ganz Ohr« auf »ackert volles Rohr« gereimt hatte. Das war auf dem Seminar im Herbst 2017 gewesen, als Lina nach der Elternzeit mit Noah gerade wieder angefangen hatte zu arbeiten und wie in dichtem Nebel herumlief. Vielleicht waren das schon die ersten Vorboten ihrer Krankheit gewesen, nur hatte sie es damals noch nicht erkannt.

»Ich weiß es nicht mehr«, erwidert sie. »Aber wir mussten uns gegenseitig Künstlernamen geben, und Jonas hat mich *Big Mama L.* getauft.«

Nadja lacht ungläubig. Sie scheint noch mehr hören zu wollen, und Linas Gedanken schweifen zu der Konferenz im vergangenen Jahr außerhalb von Västerås. Sie bekamen alle Augenbinden umgebunden und mussten einander über einen Hindernisparcours helfen. Jonas übernahm die Führung, und sie verirrten sich sofort. Im Nachhinein stellte sich heraus, dass Anette die ganze Zeit über recht gehabt, aber niemand auf sie gehört hatte. Woran Anette sie alle bis zum Ende der Konferenz unaufhörlich erinnerte. Nach der Bewältigung des Hindernisparcours durften sie die Augenbinden abnehmen und mussten als Höhepunkt des Ganzen über glühende Kohlen gehen.

Aber vor allem hatten Amir und sie sich am Abend im Hotelfahrstuhl geküsst. Lina schiebt die Erinnerung daran rasch beiseite. Erzählt stattdessen von der Sache mit der Finnlandfähre, auf der sie sich einem Persönlichkeitstest nach dem Vier-Farben-Modell unterziehen mussten, wobei ihre Persönlichkeitstypen verschiedenen Farben zugeordnet wurden. Frans, Nadjas Vorgänger, war so furchtbar wütend darüber gewesen, »blau« zu sein, dass er fast in Tränen ausbrach. Er verlangte eine Wiederholung des Tests, woraufhin die Dozentin erwiderte, dass so eine Reaktion eben absolut typisch für eine blaue Persönlichkeit sei. Lina fragte sich, ob es daran lag, dass sie, Lina, selbst eine Mischung aus grün und gelb sein sollte, dass ihr das alles so seriös wie Wahrsagerei vorkam. Der abgehalfterte ehemalige Schlagerstar, der die Show in der Karaokebar moderierte, hatte ihr beim Singen seines einzigen Hits tiefe Blicke zugeworfen. Er wollte sie danach in seine Kabine abschleppen und tat so, als sei das ein Geschenk des Himmels. Dass Nadja noch nie von ihm gehört hat, verschafft Lina eine seltsame Genugtuung.

Nachdem sie ihr Gepäck geholt haben, erzählt sie Nadja von dem Orientierungslauf bei Starkregen und den Post-its mit Komplimenten über sich, die sie einander auf den Rücken heften sollten, und dass über Anette niemandem etwas anderes als »sorgfältig« eingefallen war. Jetzt gehen sie den Kiesweg zu den Hütten entlang, während Lina weiter von Spielen erzählt, bei denen sie sich paarweise Luftballons um die Fußgelenke binden oder, ohne die Hände zu gebrauchen, Orangen zwischen ihren Körpern bewegen mussten.

»Ich frage mich, wie viel jemand wohl für diesen Kindergeburtstag in Rechnung gestellt hat«, sagt Nadja.

Lina lacht. Aber das Lachen bleibt ihr im Hals stecken, als sie die Zipline etwas genauer in Augenschein nimmt. Jetzt bemerkt sie, dass sich ein Stückchen entfernt ein weiteres Stahlseil befindet, das über das Wasser zurückführt und im Wald hinter dem Garten verschwindet. Auf einmal sieht sie vor sich, wie ein Polizist an Johnnys Tür klingelt und ihm mit der Uniformmütze in der Hand die Nachricht von dem furchtbaren, unnötigen Zipline-Unglück überbringt. Es sieht aus wie eine Szene aus einem Film – der Polizist trägt eine amerikanische Uniform –, und sie versucht innerlich über sich selbst zu lachen. *Reiß dich zusammen, Lina!* Aber es ist ein hohles Lachen, und sie stellt sich vor, wie Johnny den Kindern beizubringen versucht, dass ihre Mutter tot ist.

Bei Lachyoga und Rap riskierte man wenigstens nicht sein Leben. Und damals war sie eine andere Lina. Eine Lina, die sich in Gesellschaft anderer Menschen trotz allem wohlfühlen konnte. Die auch mal ein Glas zu viel trank oder mit Amir in einem Fahrstuhl mit Milchglasscheiben rumknutschte.

Aber das hier ist nichts für sie.

Sie hätte nie herkommen sollen.

KAJ

Als Kaj die Schlafhütte betritt, schlägt ihm der Geruch seiner Kindheit entgegen. Er versetzt ihn augenblicklich zurück in das Sommerhäuschen in Ångermanland. In seinem kleinen Zimmer, direkt neben dem der Eltern, waren die Wände auch aus Kiefernholz, und es lagen Flickenteppiche auf dem Boden. Das Gefühl der Wehmut ist so stark, dass er sich am liebsten gleich aufs Bett legen, Comics lesen und Süßigkeiten futtern will wie damals. Das Beste an dem Häuschen war, dass es dort keine Kinder in seinem Alter gab. Keiner wunderte sich, wieso er nicht draußen war und spielte. Damals, mit sieben, war das für ihn die wahre Erholung.

»Ist ja ein richtiger Palast hier, was?«, scherzt Jonas hinter ihm.

»Aber wirklich«, sagt Kaj.

Doch die Hütte gefällt ihm. Das Zimmer an sich hätte klaustrophobisch wirken können, aber auf der anderen Seite, neben dem Fenster mit der blau-weiß karierten Gardine, gibt es eine zweite Tür. Davor ragt hohes Schilfdickicht über den Rand eines Holzdecks. Der See glitzert einladend.

Außer zwei Stockbetten gibt es in der Hütte noch eine kleine Kochnische mit Herd und einen weißen Tisch, um den vier Stühle stehen.

»Wenigstens ist die Aussicht schön«, sagt er.

Jonas grinst und zuckt mit den Schultern.

»Wenn wir das nächste Mal auf ein Seminar fahren, wird es sicher ein klein bisschen luxuriöser. Letztes Jahr waren sie auf Malta.«

Kaj erwidert das Lächeln. In seinem Bauch kribbelt es vor Aufregung. Jonas legt den schwarzen Müllsack auf dem Tisch ab und setzt sich auf eins der unteren Betten. Öffnet seine Tasche, holt seinen Laptop heraus und entwirrt das Ladekabel. Kaj schiebt seine eigene Sporttasche unter das andere Bett. Er setzt sich Jonas gegenüber und achtet sorgfältig darauf, sich nicht den Kopf am oberen Bett zu stoßen. In der Hütte ist es so eng, dass sich ihre Knie berühren.

»Echt cool, dass du Wilma morgen endlich auch kennenlernst«, sagt Jonas. »Ich habe ihr schon so viel von dir erzählt.«

»Cool«, antwortet Kaj.

Aber auf einmal ist er nervös. Was passiert, wenn er all dem, was Jonas erzählt hat, nicht gerecht wird? Womöglich vermasselt er alles, wenn sie ihn nicht leiden kann?

»Es wird gut laufen«, sagt Jonas, als hätte er seine Gedanken gelesen.

»Und sie erzählt Ingela doch hoffentlich nichts?«

»Nein, wo denkst du hin. Sie ist schließlich ein Profi.«

Jonas lässt seine Fragen völlig absurd erscheinen, und das beruhigt Kaj sofort.

Nur manchmal packt ihn die Angst, dass alles ein Fehler

ist. Zwischendurch ist er so voller nervöser Energie, dass er vor und nach der Arbeit ins Fitnessstudio muss, aber es ist, wie Jonas sagt: Es ist bloß seine altbekannte Angst, sich zu hohe Ziele zu stecken.

Er wird ein Jonas sein, keine Ingela. Ein Mann, keine Memme. Ingela ist eine Sackgasse, und Jonas hat versprochen, ihn mitzunehmen, weg von hier.

Kaj deutet auf den Müllsack.

»Willst du mir nicht verraten, was da drin ist?«

»Das wirst du heute Abend sehen«, sagt Jonas geheimnisvoll und klopft sich auffordernd auf die Knie. »Wollen wir los?«

»Das wollen wir wohl.«

Sie stehen fast gleichzeitig auf und gehen zur Vordertür. Dabei erhascht Kaj im Spiegel, der zwischen seinem Bett und dem Esstisch hängt, einen Blick auf sich selbst. Gibt vor, das Hemd zu richten, während er sein Spiegelbild kritisch in Augenschein nimmt. Die kleinen Wölbungen des Sixpacks sind durch den Stoff deutlich zu erkennen, aber heute Morgen konnte er nicht ordentlich trainieren, und heute Abend wird es Alkohol und mit Sicherheit ungesundes Essen geben.

Wäre Jonas jetzt nicht hier, hätte er das Hemd aufgeknöpft und an der Sichtbarkeit der Adern seinen Körperfettanteil kontrolliert. Am liebsten sogar ein Foto gemacht, denn Spiegeln kann man nicht trauen. Es gibt Bilder aus dem Sommer, die in ihm regelrecht Panik ausgelöst haben. Es ist so, wie alle gesagt haben: Sobald man die dreißig hinter sich gelassen hat, geht es steil bergab. Aber das Testosteron, das er im Internet bestellt hat, muss jetzt jeden Tag geliefert werden. Beim Versuch, es auf Rezept zu bekommen, hatte der Arzt ihn nur entnervt angesehen und gebeten, wiederzukommen, wenn er sechzig ist.

Jonas lacht, seine Hand liegt auf der Türklinke.

»Komm schon, bevor du noch Wurzeln schlägst.«

Kaj erwidert das Grinsen und schaut hinauf zu den Bergen, als sie ins Freie treten. Morgen früh kann er vor dem Frühstück ein Intervalltraining auf der alten Skipiste einlegen, das wird seinen Waden guttun. Und dann eine ordentliche Einheit im Gym morgen Abend. Bald ist es wieder an der Zeit, die Muskeln zu definieren, aber heute wird wohl sein *cheat day*.

TORBJÖRN

»Was *zum Henker* ist das denn?«

Torbjörn schnappt sich Anettes Serviette und spuckt hinein. Wischt sich die Zunge ab. Auf der anderen Seite des großen Eichentisches lacht Eva herzhaft.

»Na, war das etwa zu gesund für dich, Torbjörn?«

Er knüllt die Serviette zusammen und legt sie beiseite. Die braune Pampe weicht das Papier langsam auf. Anette sieht ihn angeekelt an.

»Ist das Schlamm aus dem See, oder was soll das sein?«, fragt Torbjörn. »Denn Rumkugeln sind das ganz bestimmt keine, so viel ist sicher.«

Wieder lacht Eva.

»Das sind Energiekugeln«, quakt Kaj.

Torbjörn starrt ihn ungläubig an.

»Ist das etwa auf deinem Mist gewachsen?«

Die menschgewordene Ken-Puppe ihres Teams lächelt nur höhnisch. Diese ekelhaften Dinger sind wohl die einzigen Kugeln, die er hat. Torbjörn spült den Mund mit einem Schluck Kaffee aus, doch der fade Geschmack bleibt an seinem Gaumen kleben.

Evas Augen funkeln belustigt hinter den Brillengläsern. Eigentlich war er bereit gewesen, heute ein wenig Nachsicht mit ihr zu haben. Hat gedacht, dass es sicher nicht einfach für sie ist, an diesen Ort zurückzukehren, an den sie bestimmt keine fröhlichen Erinnerungen hat. Aber Eva ist dieselbe Nervensäge wie sonst auch.

Er braucht Zucker. Torbjörn lehnt sich nach hinten, streckt sich nach dem Servierwagen, der an der Wand steht, und greift sich eine Zimtschnecke. Beschnuppert sie argwöhnisch, um sicherzugehen, dass es auch ganz bestimmt kein verfluchtes Vollkornbrot ist, aber der Duft von buttriger Vanille und Zimt ist deutlich zu riechen.

Und tatsächlich, der erste Bissen lässt seine Geschmacksnerven jubilieren. Perlzuckerkrümel fallen auf den Tisch.

Als Ingela aufsteht, scharren die Stuhlbeine laut über das Parkett. Sie streicht die Handflächen an ihrem Blazer ab. Wirkt nervöser als sonst. Bereits der halbe Vormittag ist hier im Konferenzraum mit den weiß-gelb gestreiften Tapeten und den riesigen Ölgemälden vergangen, aber selbstverständlich war das alles nur die Aufwärmübung für das, was jetzt kommt.

»Es ist an der Zeit, über die spannenden Ereignisse draußen in Kolarängen zu reden«, kündigt Ingela mit einem Grinsen an.

Spannend? Für sie und Jonas vielleicht. Torbjörn selbst verspürt keine größere Lust darauf, irgendeine Erweckungsversammlung zu diesem vermaledeiten Einkaufszentrum durchleiden zu müssen. Er hat schon versucht, Ingela klarzumachen, dass dieses Projekt der größte Fehler aller Zeiten ist, aber damit stößt er nur auf taube Ohren. Es ist offensichtlich, dass sie ihn für einen unbequemen alten Kauz hält.

»Der morgige Tag ist von historischer Bedeutung für unsere Gemeinde«, fährt sie fort.

Historisch? Torbjörn windet sich verärgert auf seinem Stuhl. Die Gemeinde ist Ingela doch schnurzpiepegal, sie will nur, dass die anwesenden Politiker ihr ein goldenes Fleißsternchen ins Heft kleben. Ihnen will sie es recht machen, nicht den Bürgern. Und an die Konsequenzen, die dieses Prestigeprojekt nach sich zieht, verschwendet sie keinen einzigen Gedanken.

»Wenn ich an dieses Projekt denke, dann stelle ich es mir als einen Zug vor, der im Bahnhof steht und nur darauf wartet, endlich loszufahren.« Ingela scheint zu irgendetwas anzuheben. »Also legt die Sicherheitsgurte an, denn jetzt starten wir!«

Sie schwenkt den Arm in irgendeiner Art von Siegergeste. Kaj beginnt zu klatschen, während Jonas' Brust vor schlecht verborgenem Stolz anschwillt.

»Gibt es in Zügen wirklich Sicherheitsgurte?«, fragt Torbjörn, und Ingela wirft ihm einen giftigen Blick zu.

Eigentlich kann ihm alles egal sein. In ein paar Monaten wird er siebenundsechzig, am Tag vor Heiligabend. Da heißt es Dankeschön und auf Nimmerwiedersehen, und dann kann niemand mehr darüber bestimmen, was er zu tun und zu sagen hat. Das hier ist seine letzte Konferenz, und das ist auch gut so. Die Ideale, die ihn seine Arbeit einmal lieben ließen, haben sich sowieso längst in Luft aufgelöst. Das Einkaufszentrum in Kolarängen wird der Todesstoß für die Gemeinde, der das Wasser ohnehin schon bis zum Hals steht. Immer mehr Geschäfte machen dicht, und bald ist nicht ein einziges Café mehr übrig. Nur noch Pizzerien und Thai-

Imbissbuden können sich halten. Was, glauben Ingela und Jonas, wird wohl aus dem Stadtkern werden, wenn sich ein Einkaufszentrum an der Autobahn die letzten paar Einwohner einverleibt, indem es mit denselben Kleidergeschäften und Caféketten wie überall lockt? Kapieren sie nicht, dass das ihrer Gemeinde den Rest geben wird?

Als Torbjörn 1978 bei der Gemeinde anfing, hatten sie noch Visionen. Sie bauten eine Infrastruktur auf, erschufen eine Stadt, in der sich die Menschen begegnen konnten. Sie hörten auf die Meinungen der Bürger. Damals konnte man stolz darauf sein, ein Rädchen im Getriebe einer gut geschmierten Maschine zu sein. Aber das kam natürlich aus der Mode. Heutzutage kümmert sich jeder nur noch um seine eigenen kleinen Projekte und heuert permanent externe Berater an. Niemand achtet mehr auf das große Ganze, und als gute Entscheidung gilt nur, was kurzfristig gut fürs Budget ist, nicht für die zwanzigtausend Menschen, die hier leben.

Einer von ihnen ist Lappå. Nach der Grundsteinlegung morgen werden sie eine Betonplatte auf den Boden gießen, den er sein Leben lang bestellt hat. Das ließ Torbjörns letzte Hoffnung auf wenigstens ein bisschen Solidarität ersticken. Heute dreht sich alles bloß noch um *Selbstverwirklichung*. Die größte Volkskrankheit aller Zeiten, und Jonas und Ingela sind definitiv infiziert. Kein Wunder, dass die Welt den Bach runtergeht, wenn jeder nur an sich selbst denkt.

Nein, er ist verdammt noch mal stolz darauf, ein alter Kauz zu sein.

Ingela blickt Jonas an, als wäre er der Messias in Person.

»Damit gebe ich das Wort an Jonas, der es endlich geschafft hat, dieses Projekt unter Dach und Fach zu bringen.«

Der Wichtigtuer plustert sich auf und erhebt sich von seinem Stuhl.

»Danke, Ingela«, sagt er. »Richtig unter Dach und Fach ist alles ja erst am Eröffnungstag. Ich zucke immer noch jedes Mal zusammen, wenn das Telefon klingelt, und habe Angst, dass die Provinzialregierung dran ist.«

Kaj und Eva lachen, und auch Torbjörn kann ein Glucksen nicht unterdrücken. Jeder von ihnen weiß, dass die Provinzialregierung jederzeit unerwartet auf der Bildfläche erscheinen kann, wenn man gerade endlich Erschließungsverträge, Grundstücksübertragungen und Baugenehmigungen fertiggestellt, den Streit mit der Planungsstelle beigelegt und mit allen möglichen und unmöglichen Verwaltungsstellen verhandelt hat. Und dann löst sich plötzlich alles einfach in Rauch auf.

Jonas fährt sich mit den Fingern durch die Haare. Zerzaust sie noch mehr.

»Wie ihr alle wisst, war es bis hierher ein langer und steiniger Weg. Aber jetzt ist alles bereit. Wir haben Abflussrinnen fürs Regenwasser, die Ausfahrt ist gebaut, die Stromleitungen liegen ... Wir haben sogar diese ollen Salamander umgesiedelt.«

Neue Lacher. Aber Torbjörn kann förmlich spüren, wie es in Anette brodelt. Sie ist wahrscheinlich die Einzige, die einen noch größeren Hass auf das Projekt in Kolarängen hat als er.

»Die ollen Salamander«, echot Kaj und lacht noch einmal.

Torbjörn stopft sich den Rest der Zimtschnecke in den Mund. Wenn er ehrlich ist, hat er nicht wirklich verstanden, was an diesen Salamandern, von denen es überall nur so wimmelt, so wichtig sein soll. Eine gesamte Population musste behutsam umgesiedelt werden, bevor die Umweltbehörde den Bau überhaupt erst in Erwägung zog.

»Wobei Projektleiter eigentlich ein komisches Wort ist.

Ohne eure Hilfe hätte ich es natürlich nicht geschafft. Besonders nicht ohne deine, Ingela«, setzt Jonas hinzu und sieht sie an. »Dein Vertrauen in mich ist unbezahlbar.«

Sie streicht sich eine Haarsträhne hinter das Ohr, und ihre Unterlippe zittert leicht, als sie ihn anlächelt. Für einen kurzen Moment fürchtet Torbjörn, dass sie anfängt zu flennen.

Nach außen wirken sie wie ein gutes Team, aber Ingela ist die Abteilungsleiterin. Sie hätte um die Bauherren scharwenzeln, Termine mit den Politikern vereinbaren und ihnen die Sache schmackhaft machen sollen. Aber stattdessen überlässt sie es Jonas, den ganzen Ruhm zu ernten. Bei der Zeremonie morgen hält er sogar die Rede.

Es ist nur eine Frage der Zeit, bis er ihr den Rang abgelaufen hat. Er ist ein Parasit, der seinen Wirt auffrisst.

Jetzt zieht er vor dem Whiteboard eine Leinwand von der Decke und schaltet den Beamer ein, der auf dem Tisch steht. Er verbindet seinen Laptop, und auf der Leinwand erscheint ein Hintergrundbild, das Jonas' Familie zeigt. So wie seine Frau Lollo in die Kamera grinst, scheint sie ganz genau zu wissen, was für eine Granate sie ist. Die Kinder lachen mit weit geöffneten Mündern und zeigen breite Zahnlücken.

Jonas öffnet das Präsentationsprogramm und klickt auf das gleiche schicke Bild, das auch auf dem Baustellenschild in Kolarängen zu sehen ist. DAS SHOPPING-CENTER DER ZUKUNFT, verspricht die Überschrift. Über allem schwebt drohend das Logo des Baukonzerns SBFF.

»Allein durch das Grundstück haben wir fünfzehn Millionen eingenommen, und das ist erst der Anfang«, sagt Jonas und wechselt das Bild. Zwei fröhliche Kinder schleifen ihre Eltern durch die Glastüren des neuen Einkaufszentrums. »Alle großen Ketten werden vertreten sein. Außerdem habe ich SBFF das Versprechen abgerungen, dass sie die Mieten auf einem moderaten Niveau halten, damit auch lokale Unternehmer es sich leisten können, sich in Kolarängen zu etablieren.«

Torbjörn greift nach der nächsten Zimtschnecke und schaltet auf Durchzug. Jonas drückt wieder auf seine Tastatur und liest andächtig aus den viel zu optimistischen Kalkulationen vor, als wäre er Moses mit den Steintafeln und SBFF sein Gott.

Die Glastüren zum Balkon sind angelehnt, und eine leichte Brise weht in den Raum, die den Duft von Pflanzen und frischem Wasser mit sich bringt. Torbjörn schaut hinaus auf den Kolarsjön, der hinter der weißen Balustrade in der Sonne schimmert. Wann war er eigentlich zum letzten Mal in einem See schwimmen? Wie sehr er es als kleiner Junge doch geliebt hatte. Allein hier im Kolarsjön müssen es Hunderte von Malen gewesen sein. Das letzte Mal war er an seinem dreißigsten Hochzeitstag hier. Diese Lackaffen aus Stockholm hatten den Hof damals gerade übernommen, und seine Frau war viel zu begeistert von dem Tannenzweig im Essen und dem geschmacklosen Nachtisch, den sie in alten Einmachgläsern servierten.

Nicht lange danach ließen sie sich scheiden.

»Versteht ihr jetzt, was für eine Verbesserung das hier für unsere Gemeinde ist?«, fragt Ingela aufgeregt, während Jonas um den Tisch herumgeht und Broschüren an alle verteilt.

Torbjörn wirft einen Blick hinein, aber der Flyer hat den gleichen Inhalt wie die heilige Powerpoint-Präsentation.

»Und was ist mit der Umwelt? Ist es dafür auch eine Verbesserung?«, schnaubt Anette leise in ihrer Hundeclub-Fleecejacke.

Ingela sieht sie mit erzwungener Ruhe an.

»Hast du etwas gesagt, Anette?«

Anette legt ihren Zopf über die Schulter, dann sieht sie auf.
»Was wird aus meinem Vorschlag mit einer Buslinie zum Einkaufszentrum? Hast du das wenigstens mal angesprochen?«
»Damit können wir uns später befassen.«
Auf Ingelas Hals breiten sich bereits rote Flecken aus.
»Was das bedeutet, weiß ich ja«, grummelt Anette vor sich hin.
»*Selbstverständlich* nehmen wir Rücksicht auf die Umwelt«, betont Ingela. »Unsere Gemeinde hat mit die ehrgeizigsten Klimaziele in ganz Schweden.«
»Ja, das zu behaupten, ist ja nicht schwer. Und gleichzeitig erleichtert ihr den Autoverkehr, damit die Leute ihre Kofferräume bis unter die Decke mit Kram vollstopfen können, den sie nicht brauchen.«
Die Flecken auf Ingelas Hals werden immer größer, sie wachsen jetzt zusammen. Jetzt lächelt sie Anette schmeichlerisch an, anscheinend ändert sie ihre Taktik.
»Die Umwelt ist wichtig, da gebe ich dir recht. Aber es gibt auch andere wichtige Werte. Dieses Projekt schafft neue Arbeitsplätze, was uns höhere Steuereinnahmen einbringt. Und es werden Besucher zu uns kommen, die zum Shoppen heute nach Västerås und Enköping fahren. Mit etwas Glück verschafft uns das erste Weihnachtsgeschäft …«
»Das Weihnachtsgeschäft!«, schäumt Anette. »Technikzeugs, das so konstruiert ist, dass es nach ein paar Jahren kaputtgeht. Plastikspielzeug und billige Klamotten, die Kinder in der dritten Welt unter widrigsten Bedingungen zusammengenäht haben. *Ich* glaube, unsere Kinder wollen lieber eine Zukunft als einen Haufen Müll.«
»Nicht schon wieder«, stöhnt Eva.
»Ich finde nur, dass das Ganze ziemlich schlecht mit euren

schönen Umweltzielen zusammengeht«, lamentiert Anette unbeirrt weiter, ohne den Blick von Ingela abzuwenden.

Torbjörn muss kichern. Vielleicht geht es auf dieser Konferenz doch noch ein bisschen rund.

Ingela sammelt sich wieder.

»Du hättest diese Punkte ein wenig früher einbringen können, wenn du ...«

»Das habe ich versucht, aber mir hört ja nie jemand zu. Anscheinend ist es allen egal, was für eine Welt wir unseren Kindern hinterlassen.«

Anette verschränkt demonstrativ die Arme über ihrer stattlichen Brust. Sie ist fertig.

»Danke«, sagt Ingela. »Dein Wunsch nach einer Buslinie ist zur Kenntnis genommen. Erneut.«

Torbjörn schielt zu Anettes nach unten gezogenen Mundwinkeln. Sie haben etwas gemeinsam, sie und er. Niemand hört ihnen zu.

Er beugt sich auf seinem Stuhl nach vorn.

»Soweit ich erkennen kann, steht hier nichts darüber, was der ganze Spaß eigentlich kosten soll«, sagt er. »Umsonst wird es ja nicht sein, mit einem Detailplan, einer neuen Straße, Wasserleitungen und all diesen Sachen.«

Jonas drückt ungeduldig auf die Spitze seines Kugelschreibers.

»Es ist doch klar, dass solche Zukunftsinvestitionen einiges kosten. Aber diese Kosten beziehen sich nicht auf 2020, worüber wir *jetzt gerade* sprechen.«

»Aber woher kommen denn diese Zahlen eigentlich?«

»Morgen Vormittag wird Wilma von SBFF sehr viel genauer auf die Statistiken eingehen, als ich das kann. Es wird genügend Gelegenheiten geben, ihr dann Fragen dazu zu stellen.«

»Warum sollten wir ihr trauen? Schließlich gibt es keine *Garantie* dafür, dass die Leute sich die Hacken nach einem Einkaufszentrum abrennen werden, oder? Heute kauft doch sowieso jeder im Internet ein.«

Jonas blinzelt irritiert. Damit hat er bestimmt nicht gerechnet. Dass dieser alte Sack hier mit den aktuellen Trends mithalten kann.

Eva sieht ihn von der anderen Seite des Tischs an und schüttelt den Kopf.

»Meine Güte, Torbjörn, jetzt mach aber mal halblang«, sagt sie. »Wir müssen doch darauf vertrauen, dass die Leute, mit denen wir zusammenarbeiten, wissen, was sie tun.«

»Internetshopping in allen Ehren, aber die Menschen werden es immer lieben, durch Geschäfte zu bummeln und mit Freunden in ein Café zu gehen«, wendet Ingela ein. »Gerade wir Frauen wollen Kleider auch anprobieren, bevor wir sie kaufen.«

Sie erhält ein zustimmendes Nicken aus Evas Richtung. Torbjörn muss sich auf die Zunge beißen, um keinen bösen Kommentar über Ingelas roten Hosenanzug abzugeben, der ihr mindestens zwei Nummern zu klein ist. Die Ränder ihrer Unterhose zeichnen sich unter der Hose ab, und es scheint, als könne sie ihre Arme kaum bewegen. Er bekommt Beklemmungen, wenn er sie nur ansieht.

»Torbjörn hat recht.«

Die Worte kommen von Nadja, dem letzten Neuzugang des Teams. Torbjörn schaut überrascht zu ihr.

»Viele Gemeinden haben ihre Pläne zu ähnlichen Einkaufszentren wieder eingestellt«, fährt sie fort.

Jonas wirft Ingela einen verstohlenen Blick zu. Wie ein kleiner Junge, der will, dass seine Mama ihn verteidigt.

»Ihr wisst ganz genau, dass IKEA kommt.« Ingela sieht

Torbjörn an. »Und damit steht fest, dass die Leute ›sich die Hacken abrennen werden‹.«

Bei ihren letzten Worten malt sie große Gänsefüßchen in die Luft.

»Wieso wird IKEA dann nirgendwo mit nur einem Wort erwähnt?«, fragt Nadja und schaut in ihre Broschüre.

»SBFF will das in der nächsten Marketingphase als Neuigkeit bekanntgeben«, antwortet Jonas. »Deshalb ist es total wichtig, dass wir morgen nichts davon verraten. Ich hätte es euch nicht einmal erzählen dürfen.«

Als Ingela aufsteht, schrammt der Stuhl wieder laut über den Boden. Ihre wässrig-blauen Augen scheinen aus dem Kopf zu quellen.

Doch, auf jeden Fall wird es hier rund gehen. Garantiert.

»Es ist eine Tatsache, dass das Einkaufszentrum das Beste ist, was unserer Gemeinde seit vielen, vielen Jahren passiert ist. Ich will nichts Negatives mehr darüber hören. Darum soll es bei unserem Seminar nicht gehen.«

»Dann dürfen wir also nichts von dem in Frage stellen, über das wir hier diskutieren sollen? Was du von uns verlangst, ist ja die reinste Schweigekultur.«

»Mach dich nicht lächerlich. Ich finde bloß, dass wir auf die *richtige Art* miteinander diskutieren können müssen.« Ingela wischt wieder die Hände an ihrem Blazer ab, scheint sich mühsam zu sammeln. »Mir kommt es so vor, als fänden es viele von euch nicht in Ordnung, dass Jonas gerade so im Rampenlicht steht. Aber damit müsst ihr einfach klarkommen.«

Nadja sieht misstrauisch aus.

»Es geht nicht darum, dass ...«

»Jonas hat bei diesem Projekt einen phantastischen Job gemacht«, fährt Ingela fort, ohne sich unterbrechen zu lassen. »Er hat sich wortwörtlich aufgerieben, Tag und Nacht gearbeitet, und davon profitieren wir alle. Es ist unglaublich respektlos, wie sich manche von euch im Moment benehmen.«

»Gerade *du* solltest nicht von Respektlosigkeit sprechen!«, bricht es aus Anette heraus. »Nicht nach dem, wie ihr Frans behandelt habt!«

Ihre Stimme überschlägt sich, als sie den Namen des ehemaligen Bodenmanagers ausspricht.

»Und die da«, Anette zeigt mit dem Finger auf Lina, »die hat bis zur Erschöpfung geschuftet, damit Jonas seine große Show abziehen konnte.«

Lina sieht aus, als wollte sie am liebsten im Boden versinken.

»Eigentlich hatte ich nicht vor, das anzusprechen, aber jetzt habe ich den Eindruck, es geht nicht anders.« Ingela räuspert sich. Ihr ganzer Kopf ist jetzt knallrot. »Gestern habe ich einen Anruf von der *Bergslagens Tidning* erhalten. Sie meinen, dass es in unserem Team Widerstand gegen das Projekt gibt.«

Erstaunt sieht Torbjörn sie an. Er schiebt sich den letzten Bissen der Zimtschnecke in den Mund, auf einmal ist er richtig vergnügt.

Ingela räuspert sich ein zweites Mal. Unter den Armen ist ihr Blazer eine Spur dunkler geworden. Sie schaut zu Anette.

»Möchte sich vielleicht jemand zu erkennen geben?«

Torbjörn schielt zu Anette, deren Mund zu einem schmalen Strich zusammengepresst ist. Der Zorn springt ihr geradezu aus dem Gesicht. Ein sommerbesprosstes Tschernobyl, eine Kernschmelze aus Hass mit abgekauten Fingernägeln. Sie muss es gewesen sein. Wer sonst?

Sein Blick wandert den Tisch entlang. Nadja ist es wohl

kaum. Shoppingstatistiken kann sie vielleicht ergoogeln, aber sie scheint sich für nichts anderes zu interessieren, als sich zu schminken, mit ihrem Handy zu spielen und Blicke mit der Perserkatze zu wechseln, so wie jetzt.

Ei, Torbjörn, denkt er und prustet in seine Kaffeetasse. *Er heißt doch Amir. Über so was darf man heutzutage keine Scherze mehr machen, das weißt du doch.*

Ingela hat ihn einmal zurechtgewiesen. Ihn vor versammelter Mannschaft bloßgestellt, als sie behauptete, man könne so etwas »missverstehen«. Diese hasenherzige politische Korrektheit. Amir weiß doch, dass es als Scherz gemeint ist. Torbjörn mag die Perserkatze, auch wenn Amir ihm manchmal mit ein wenig zu breiter Brust auftritt, mit seinen strahlend weißen Zähnen und der peinlich gepflegten Frisur. Aber er ist Ingelas Assistent, daher wird er bestimmt nicht mit der Zeitung gesprochen haben.

Torbjörn schaut zur Ken-Puppe, und er verschwendet keinen weiteren Gedanken an ihn. Kaj ist Jonas' größter Bewunderer.

Wer ihn wirklich enttäuscht hat, ist Eva. Sie arbeitet fast genauso lang bei der Gemeinde wie er. Torbjörn hätte nicht gedacht, dass sie der Typ ist, der sich von einem solchen Projekt blenden lässt, aber so sieht es wohl aus.

Und dann ist da noch Lina. Kümmert sie sich überhaupt noch um irgendetwas? Sie ist immer noch hübsch anzuschauen, aber seit sie zurück ist, ist sie eine totale Schlaftablette. Früher war sie immer so aufgeweckt und fröhlich, doch jetzt fragt er sich, ob sie nicht unter dem Einfluss irgendwelcher Medikamente steht.

»Nein, das hätte ich auch nicht erwartet«, sagt Ingela. »Wer auch immer das getan hat, ist viel zu feige, um für seine Meinung einzustehen.«

Anette knibbelt an ihren Fingernägeln herum.

»Oder die betreffende Person weiß, dass ihr sowieso keiner zuhören würde«, murmelt sie.

Alle im Raum zucken zusammen, als Ingela die Handfläche mit einem Knall auf die Tischplatte sausen lässt.

»Natürlich höre ich mir legitime Kritik an! Aber das hier ist eine persönliche Vendetta!« Ihre Stimme erreicht immer schrillere Sphären. »Ich bin so unfassbar enttäuscht darüber, dass jemand das Projekt auf diese Weise sabotiert. Es in den Dreck ziehen will. Dabei solltet ihr dankbar sein! Ihr wisst genau, dass die Rede davon war, dass wir im Erschließungsamt unsere Prozesse um zehn Prozent steigern müssen, aber habt ihr mal darüber nachgedacht, was das *bedeutet*? Ich hätte vielleicht jemanden entlassen müssen! Seit der Vertrag über Kolarängen abgeschlossen ist, hat keiner mehr von Einsparungen gesprochen! Womöglich hat Jonas genau der Person den Job gerettet, die sich am meisten über ihn beschwert!«

Gegen Ende ihrer Tirade ist sie außer Atem. Jonas starrt auf die Tischplatte und lässt unglücklich die Schultern hängen.

Torbjörn trinkt einen Schluck Kaffee, und Ingela funkelt ihn wütend an, als er dabei versehentlich schlürft.

»Ich habe wirklich keine Lust mehr auf so einen Zirkus«, sagt sie plötzlich. »Es gibt bald Mittagessen, also sollten wir jetzt zum Ende kommen.«

Torbjörn steht mit den anderen auf, guckt Jonas an. Der Wichtigtuer wirkt ernsthaft eingeschüchtert. Es hilft nichts, irgendwie ist es ein befriedigender Anblick.

»Ich finde, ihr solltet euch Gedanken darüber machen, was ihr da treibt«, ermahnt Ingela sie wie eine Klassenlehrerin, während die Stühle über das Parkett geschoben werden. »Diese Sache ist viel zu wichtig für falsche Anschuldigungen.

Und ich will morgen nichts in dieser Richtung hören. Wir werden zusammenstehen, als die *Einheit*, die wir sind.«

»Jawohl, geliebter Führer«, sagt Torbjörn und erhält einen vernichtenden Blick zur Antwort.

JONAS

Jonas klappt seinen Laptop zusammen. Streicht darüber. Die gedämpften Stimmen entfernen sich aus dem Konferenzraum, aber nicht schnell genug.

Kaj bleibt neben ihm stehen wie ein Plagegeist.

»Wollen wir ...«

»Ich brauche mal eben einen Moment für mich«, unterbricht Jonas ihn. »Sorry.«

»Nein, nein, ich ... ist schon in Ordnung.«

Jonas lässt ihn stehen und geht nach draußen auf den Balkon. Stützt sich mit den Ellbogen auf das Geländer und blinzelt in die Sonne. Atmet die frische Luft tief ein. Hier muss er wenigstens nicht Torbjörns säuerlichen Altmännerkaffeeatem aushalten.

Dieser nervtötende Ewiggestrige. Ständig behauptet er, Kolarängen würde den Stadtkern ruinieren, als hätten nicht *seine* alten Idole das Stadtzentrum in den Sechzigern zerstört, indem sie die schönen alten Holzhäuser rund um den Marktplatz abgerissen und durch diese hässlichen Betonklötze ersetzt haben. Sein permanentes »Früher-war-alles-besser« ist reine Fiktion. In Wirklichkeit wimmelte es im Rathaus nur so von »starken Männern«, die jahrelang auf ihren Posten saßen und immer korrupter wurden.

Sein Blick fällt auf Anette, die Märtyrerkönigin der Ökotrullas, die den Gehweg zu den Hütten entlangstapft. Natürlich musste sie wieder mit der Leier über Frans anfangen. Ihn werden sie nie los. Diesen vollkommen humorlosen Paragraphenreiter, der einen Zusammenbruch hatte, als sich die Realität nicht mehr in seine kleine Bürokratenschublade pressen ließ.

Und dann Nadja. Er war so froh, als sie Frans als Bodenmanagerin ersetzte. Zuallererst ist sie eine Frau, und mit Frauen konnte er schon immer am besten. Sie ist jung, sie ist ehrgeizig, und offensichtlich nicht auf den Kopf gefallen. Jonas dachte, dass sie verstehen würde, wie es läuft. Dass man kreativ sein muss, wenn etwas passieren soll. Probleme entsprechend der aktuellen Lage lösen können muss. Aber er hat sich geirrt. Wenn Nadja schon letztes Jahr im Erschließungsamt gearbeitet hätte, wäre aus Kolarängen nie etwas geworden. Welchen Mist wird sie wohl morgen vor Wilmas Augen vom Stapel lassen?

Wäre Ingela eine Chefin mit mehr Rückgrat, hätten sie ihn nicht auf diese Art in Frage stellen können. Verdammt, was wird er sich morgen schämen. Wilma wird einen Blick auf Ingela werfen und sich fragen, wer Jonas ist, wenn er unter *ihr* arbeitet.

Muss er sich so fühlen? Am Tag bevor alles, wofür er so hart gearbeitet hat, Wirklichkeit wird?

Er zwingt sich, der Verzweiflung nicht nachzugeben. Vielleicht kann Wilma ebenso gut sehen, unter welchen Bedingungen er arbeitet. Dass er mit den Geschichten, bei denen es während der Betriebsbesichtigung in Manchester allen die Sprache verschlagen hatte, tatsächlich nicht übertrieben hat.

Und er braucht nicht mehr lange durchzuhalten. Er hat sich von den Leuten bei SBFF überreden lassen. Sie verstehen ihn. Sehen in ihm den, der er ist, der er werden kann. Sie sind wie *er*. Es ist Zeit, die Seiten zu wechseln. Stattdessen für sie zu arbeiten, richtig Geld zu verdienen, inspiriert statt ausgebremst zu werden. Platz zum Weiterentwickeln zu bekommen.

Eine Stelle bei SBFF. Ein Leben in Stockholm, mit allem, was eine Großstadt zu bieten hat. Ein Leben, das sich jetzt schon realer anfühlt als dieses hier.

Endlich gibt es einen Ausweg, er kann es weg von hier schaffen. Das muss er, wenn er nicht innerlich eingehen will. Es ist genauso, wie seine Mutter sagt. Mittelmäßige Menschen verstehen einfach nicht, wie es ist, Ambitionen zu haben.

Das weiß gestrichene Holz der Balustrade fühlt sich kühl unter Jonas' Handflächen an. Auf der Terrasse unter ihm steht die Frau mit den pinken Haaren und spannt einen Sonnenschirm neben einer gedeckten Tafel auf. Er blickt hinunter zum See, wo der Wind die Wasseroberfläche kräuselt.

Zwischen den Büschen unter den steilen Klippen am anderen Ufer bewegt sich etwas. Sicher ein Tier. Jonas wartet, um einen weiteren Blick darauf zu erhaschen, wird aber abgelenkt, als er spürt, dass Ingela in der Tür steht und ihn ansieht. Er weigert sich, ihrem Blick zu begegnen.

Unter ihm tritt Lina auf die Terrasse und geht weiter über den Rasen und den gepflasterten Weg Richtung Badestrand. Er fragt sich, wie sie Stockholm für dieses Kaff hier verlassen konnte. Kein Wunder, dass sie krankgeschrieben wurde.

»Ist alles okay?«, fragt Ingela, und Jonas dreht sich widerwillig zu ihr um.

»Ich bin verdammt noch mal traurig.«

»Das verstehe ich«, sagt sie mit sanfter Stimme, als wäre er ein Kind.

Sie spricht in einer Tonlage, bei dem sich in ihm alles zusammenzieht. Sie stellt sich neben ihn und legt ihm eine Hand auf die Schulter.

»Jeder, der etwas zu sagen hat, weiß, was für eine gute Arbeit du abgeliefert hast. Und du wirst sehen, dass sie ihre Meinung ändern werden, wenn sie deine Überraschung heute Abend sehen.«

»Musstest du das mit der Zeitung erwähnen?«, fragt er anklagend und entzieht sich ihrer Hand.

Ingela fährt erschrocken zusammen.

»Mir war es wichtig, klarzustellen, dass ich bei dieser Sache auf deiner Seite stehe.«

Sie sieht ihn nervös an, doch im Moment hat Jonas keine Kapazitäten, um sich um ihre Befindlichkeiten zu kümmern.

»Das ist doch nur Wasser auf ihre Mühlen«, sagt er und sieht wieder auf den See.

»Entschuldige. Es hat mich nur so sauer gemacht.«

Jonas trommelt mit den Fingern auf den oberen Querbalken des Geländers. Der Reporter hatte auch ihn angerufen. Er war gerade mit dem Auto unterwegs, um die Mädchen aus dem Kindergarten abzuholen, und daher völlig unvorbereitet auf Fragen über interne Konflikte. Und über Frans. Immer wieder der verrückte Frans.

Es war derselbe Reporter, der Jonas interviewt hatte, als das Einkaufszentrum nur ein Traum, eine Idee gewesen war. Bevor die Verträge unterschrieben waren, und bevor der Bauer öffentlich auf die Barrikaden ging. Es war ein feines, kleines Porträt über ihn. Aber jetzt muss Jonas natürlich in den Dreck gezogen werden. Das ist der dramaturgische Lauf der Dinge in den Medien. Man stellt die Leute auf ein Podest, nur um sie später wieder hinunterstoßen zu können.

Nadja kommt um die Hausecke und tippt, wie immer, etwas auf ihrem Handy, während sie auf die Hütten zugeht.

Nadja mit ihrem forschenden Blick, immer auf Fehlersuche eingestellt, und mit ihren Fragen, in denen immer ein anklagender Unterton mitschwingt. Was hatte sie vorhin von einer Schweigekultur gefaselt?

»Was, wenn sie die Zeitung angerufen hat?«, fragt er.

Erst jetzt geht es ihm auf, und er begreift nicht, wieso er nicht schon früher darauf gekommen ist. Er war sich sicher, dass es Anette war. Möglicherweise Frans selbst. Das sähe ihm ähnlich, sich immer noch zu weigern, aufzugeben.

Ingela folgt seinem Blick.

»Glaubst du?«

Seine Besorgnis steigt. Anette und Frans sind unbedeutend. Was sie sagen, lässt sich leicht vom Tisch wischen. Nadja dagegen ... das wäre ein ganz anderes Kaliber. Sie könnte ihn tatsächlich in die Bredouille bringen.

Trotzdem kann er nicht anders, als ihr widerwillig Respekt zu zollen. Sie ist smarter als alle anderen im Team.

»Dass sie mich nicht leiden kann, ist ja ziemlich offensichtlich«, meint er.

»Vielleicht ist genau das das Problem.« Ingela grinst hämisch. »Vielleicht mag sie dich *zu sehr* und weiß, dass sie dich nicht kriegen kann.«

Jonas lacht kurz. Sieht Nadja in der vierten Hütte der Reihe verschwinden. Solche Signale hat er von ihr definitiv nicht empfangen. Wenn überhaupt scheint sie an Amir interessiert. Und Amir wiederum schmachtet wahrscheinlich noch nach Lina.

»Es spielt keine Rolle, wer es ist. Darüber brauchen wir uns keine Gedanken zu machen«, sagt Ingela.

Jonas nickt. Versucht sich einzureden, dass sie recht hat.

Niemand kann dieses Projekt jetzt noch zunichtemachen. Alle Verträge sind unterzeichnet. Morgen ist Baubeginn.

Und bald ist er weit weg von hier und muss nie wieder einen Gedanken an diese Menschen verschwenden.

LINA

Lina steht am Ende des Badestegs und betrachtet die Umgebung. Links liegt der Felsen mit dem Outdoor-Whirlpool und der rot gestrichenen Sauna. Vor ihr erstreckt sich der Rasen bis zum Haus, und rechts liegen die Hütten. Dahinter ragt ein weiterer, älterer Steg aus dem Schilf. Er sieht aus, als wäre er im Begriff, im See zu versinken. Ihr wird bewusst, wie schön es hier ist, mit diesen hohen Bergen, die sich im Hintergrund erheben. Doch es ist so, als würde sie eine Kulisse betrachten. Sie ist nicht hier, ist in sich selbst eingesperrt, kann alles nur aus der Distanz sehen. Und hinter ihren Gefängnismauern herrscht gähnende Leere. Nur die Erschöpfung, dieses Rauschen in ihrem Kopf, fühlt sich real an.

Wenn sie doch nur etwas wachrütteln, sie aus diesem Dämmerzustand aufwecken könnte.

Und die da, die hat bis zur Erschöpfung geschuftet.

Sehen die anderen sie jetzt so? Als die Arbeitsunfähige? Die nicht mit dem Druck fertig wurde?

Lina schaut wieder zum Hauptgebäude. Sieht Jonas und Ingela auf dem Balkon. Die Holzpfeiler, die ihn stützen, erstrahlen im Sonnenschein blendend weiß. Nach dem Mittagsimbiss sollen sie wieder in den Konferenzraum. Lina weiß nicht, wie sie das schaffen soll. Hierherzukommen ist weitaus schlimmer, als sie es sich vorgestellt hatte. Sie hatte angenommen, dass sich die Auseinandersetzungen um Kolarängen mit Frans' Weggang gelegt hätten.

Lina dreht sich wieder um zum See. Kann nicht fassen, dass sie hier gelandet ist. Auf diesem Steg. In diesem Job. In dieser Stadt. In diesem Leben.

Ich will nicht hier sein.

Noch fünfzehn Jahre, bis Noah und Oscar beide volljährig sind. Mindestens fünfzehn Jahre, bis sie vielleicht nicht mehr jeden Tag mit Johnny zu tun haben muss. Dann ist sie schon fast sechzig.

Als sie sich vor acht Jahren entschieden hatten, herzuziehen, war sie vierunddreißig und schwanger mit Oscar. Johnny sehnte sich danach, in seine Heimatstadt zurückzukehren. Er sei die ganze Hetze in Stockholm so leid, wie er sagte. Und in ihrem tiefsten Inneren war sie das auch. Sie war damals bei einer großen Immobiliengesellschaft im Business Development beschäftigt und war seit der großen Finanzkrise desillusioniert, hatte die Witze satt, dass sie ja nur halbtags arbeiten würde, wenn sie vor neunzehn Uhr Feierabend machte, genauso wie den ganzen inhaltsleeren Smalltalk bei den endlosen Geschäftsessen.

Eine kleinere Stadt, in der ein großes Haus bedeutend weniger kostete als ihre dürftige Wohnung auf Kungsholmen. Die Kinder – falls es mehr werden würden – sollten jeder ein eigenes Zimmer haben. Einen Garten zum Spielen. Es klang so gut. Klang nach *Freiheit*. Nach einem Ausbruch aus dem System. Und bis nach Stockholm waren es ja nur wenige Stunden mit dem Zug. Sie würde die Verbindung zu ihren Freunden aufrechterhalten, ja sogar *festigen* können. Wenn sie zu Besuch kämen, würden sie bei ihnen übernachten, sie hätten Zeit, *richtig* miteinander zu reden. Wie *herrlich* das wäre! Aber das müsse noch ein Weilchen dauern, sagte

Johnny. Sie hätten noch so viel mit dem Haus zu tun. Und seine alten Freunde – jetzt ihre Nachbarn –, waren die denn nicht genug? Johnny und sie renovierten das Haus, bis die Geburt bevorstand, ein Kampf gegen die tickende Uhr in ihrem Bauch. Und dann kam Oscar und stellte Linas Leben auf den Kopf. Sie konnte ihre neue Stelle beim Erschließungsamt nur zwei Jahre ausüben, bevor es wieder so weit war – sie bekamen Noah, und das Leben in Stockholm erschien ihr noch viel weiter weg als zuvor.

Mittlerweile ist es in so weite Ferne gerückt, dass sie nicht mehr dorthin zurückkehren könnte. Sie kann die Kinder nicht aus ihrem Umfeld reißen, sie aber auch nicht hier zurücklassen. Johnny würde niemals wieder nach Stockholm ziehen. Warum auch? Er hat hier einen guten Job, seine Familie und seine Freunde, und ihr schönes Haus, dessen Anteil er ihr ausbezahlen konnte, weil er jetzt mehr verdient als sie. Selbst in fünfzehn Jahren wird sie es sich nicht leisten können, von hier fortzugehen. Dafür ist der Stockholmer Wohnungsmarkt viel zu teuer.

Sie will nicht bitter werden.

Aber vielleicht ist es dafür schon zu spät.

Ich habe Noah und Oscar. Ich liebe sie so sehr. Sie sind wichtiger als mein eigenes Leben.

Aber ohne sie hätte ich ein anderes Leben. Und dieses Leben, das ich jetzt führe, will ich nicht länger.

Dieser Gedanke ist verboten. Das schlechte Gewissen überkommt sie, reißt sie in die Tiefe, sie fühlt sich wie im freien Fall.

Ich liebe sie, aber ich liebe es nicht immer, Mutter zu sein.

Lina massiert ihren Nacken. Versucht das Gefühl zu verdrängen, dass ihr Leben ein langer Flur ist, in dem alle Türen zugeschlagen sind. Sie hat kein Recht auf dieses Selbstmitleid. Sie hat Noah und Oscar in die Welt gesetzt. Es war Johnnys und ihre Entscheidung, nicht die ihrer Kinder. Sie kann nur hoffen, dass sie sich nicht zu sehr an die Scheidung erinnern. Dass Linas Depressionen keine Auswirkungen auf sie haben werden. Ihnen ein falsches Frauenbild vermitteln.

Der Wind frischt auf; Lina schlingt die Arme um den Oberkörper. Die anderen fragen sich sicher, was sie hier unten tut. Sie nimmt ihr Handy aus der Jeanstasche. Visiert eine Ansammlung von Seerosen auf der Wasseroberfläche an und knipst ein Bild.

Auf der anderen Seeseite blitzt etwas zwischen den Büschen auf. Sie hält inne, hat das Gefühl, beobachtet zu werden. Wartet ab, aber das, was da aufgeblitzt ist, scheint verschwunden.

Als sie das Foto in ihrer Galerie aufruft, kommt sie sich albern vor. Sie zoomt das Bild so stark heran, bis alles nur noch eine Pixelsuppe ist. Es ist nicht zu erkennen, ob jemand dort ist. Aber irgendwie wird das Gefühl, beobachtet zu werden, nur noch stärker.

Reiß dich zusammen, Lina! Bestimmt ist das nur ein Angler oder so.

Das Wasser gluckert laut, als der Steg zu schaukeln beginnt. Sie dreht sich um und entdeckt Amir. Er hat gerade seine Sonnenbrille abgenommen und kommt auf sie zu.

Er ist wie die Landschaft ringsum. Schön. Aber auch unwirklich. Ihr Blick fällt auf seine vollen Lippen, sie weiß noch, wie weich sie sich auf ihren angefühlt haben, als sie sich das erste und einzige Mal geküsst haben.

Damals hatte sie Johnny noch nicht gesagt, dass sie sich scheiden lassen wollte, sich aber schon entschieden. In jenem Sommer hatte sie die Trauer über das Ende ihrer Beziehung verarbeitet, und nichts hinderte sie mehr daran, sich ihre Gefühle für Amir – die sie schon länger hegte – einzugestehen. Also küsste sie ihn. Und er erwiderte den Kuss. An jenem Abend hatte sie viel zu viel getrunken und wollte ihm so gern erzählen, dass sie vorhatte, sich scheiden zu lassen, dass ihre Ehe schon lange vorbei sei. Aber dann erhaschte sie im Spiegel des Aufzugs einen Blick auf sich selbst und kam sich vor wie ein schmieriger Kerl in einem schlechten Film. Und Amir stammelte, dass er seit kurzem jemanden traf. Als der Fahrstuhl auf ihrer Etage hielt, war sie mehr oder weniger geflohen. Erst Wochen später konnte sie sich ihm gegenüber wieder normal verhalten. Und dann wurde sie krank, auch wenn sie es erst viel zu spät erkannte. Ihre ganze Sehnsucht nach ihm, die Sehnsucht, seine Haut an ihrer zu spüren, wurde von einem alles erstickenden grauen Nebel verschluckt. Aber jetzt ist Amir bei ihr. Bleibt so dicht vor ihr stehen, dass sie den Geruch nach warmer Haut und frischem Hemd wahrnimmt. Und ein Nachhall ihrer einstigen Sehnsucht durchzuckt ihren Körper.

Könnte er sie wachrütteln? Sie aus ihrer Lethargie reißen?

Nein. Wenn ihr Timing besser gewesen wäre, vielleicht. Aber jetzt ist er nur eine weitere Tür, die zugefallen ist.

»Wie geht's dir?«, fragt Amir, und sie lächelt, schlüpft so gut es geht in die Rolle ihres alten normalen Ichs.

»Gut. Ich musste nur ein bisschen frische Luft schnappen.«

»Das kann ich verstehen. Die Stimmung war ja ziemlich ... geladen da drinnen.«

Ein Fisch bewegt sich im Wasser; sie blicken gemeinsam auf den See. Die Ringe auf der Wasseroberfläche ziehen sich bis hinter die Seerosen.

»Ich frage mich, wer wohl bei der Zeitung angerufen hat«, sagt sie.

»Keine Ahnung.«

Amir scheint über etwas nachzudenken. Sie wartet ab, aber er sagt nichts mehr.

Ist das hier ein unbehagliches Schweigen? Früher konnten Amir und sie gut zusammen schweigen, aber das war zu der Zeit, als sie jedes Mittagessen, jede Kaffeepause zusammen verbrachten. Je mehr sie miteinander redeten, umso mehr Gesprächsthemen schienen sie zu finden. Schwiegen sie, waren es notwendige Pausen, um all das Gesagte zu verdauen. Was das hier für ein Schweigen ist, kann sie nicht sagen.

»Ist es jetzt nicht etwas zu spät, so ein Aufhebens um Kolarängen zu machen?«, fragt Lina. »Was auch immer sie darüber denken, es lässt sich doch sowieso nicht mehr aufhalten.«

»Nein. Vielleicht nicht.«

Die Sekunden ticken vorbei.

»Und du wirst die Nacht heute also mit Torbjörn verbringen«, sagt sie mit einem Nicken zu den Hütten.

»Wenn ich überhaupt ein Auge werde zumachen können. Wetten, dass er schnarcht?«

»Vielleicht kann Anette dir ja ihre Ohrstöpsel leihen.«

Amir lacht auf. Endlich.

»Es ist ein seltsames Gefühl, mit jemandem zusammen zu schlafen, den man kaum kennt«, fährt sie fort und bereut ihre Worte sofort, als ihr bewusst wird, dass Amir ja vielleicht genau weiß, wie es ist, neben Nadja zu schlafen.

Sie schweigen erneut.

»Entschuldige bitte, wenn ich dich nerve, Lina, aber ... ist es eigentlich okay für dich, hier zu sein? Kommst du damit zurecht? Trotz des ganzen Theaters eben da drinnen?«

Fühlt es sich zwischen ihnen deshalb so steif an? Weil er nicht weiß, wie er sich gegenüber *der, die nicht mit dem Druck fertig wurde*, verhalten soll?

»Ja klar«, erwidert sie und klingt genauso falsch wie Ingela mit ihrer aufgesetzten Munterkeit. »Obwohl ich schon ein wenig böse auf dich bin.«

Amir wirkt so erstaunt, dass sie aufrichtig lachen muss. Sie zeigt zum Zipline-Seil.

»Das war nicht meine Idee«, sagt er und lacht ebenfalls.

»Aber du hast das Event gebucht.«

»Hier gab es nun mal diese Anlage.«

»Nur weil man etwas tun *kann*, heißt das nicht, dass man es auch tun *muss*.«

Er grinst.

»Du weißt schon ... es geht darum, den Mut zu haben, sich selbst herauszufordern ... Den Schritt ins Ungewisse zu wagen ... bla bla bla.«

»Tolles Argument! So eine Gelegenheit kann man sich natürlich nicht entgehen lassen, verstehe!«

Für einen Moment ist alles wie immer. Aber dann wird Amirs Miene wieder ernst.

»Du musst das nicht machen, wenn es zu viel für dich ist«, sagt er. »Das weißt du, oder?«

Und sie entscheidet augenblicklich, dass sie es schaffen muss.

»Amir?«

Sie drehen sich gleichzeitig zu Nadja um, die oberhalb des schmalen Badestrands auf dem Rasen steht. Hier draußen wechselt die Farbe ihrer grauen Augen ins Bläuliche, als hätten sie etwas vom Blau des Himmels und des Sees aufgesogen.

»Entschuldigt die Störung«, fährt sie fort. »Können wir kurz über etwas reden, Amir?«

»Natürlich.« Amir lächelt Lina zu und setzt seine Sonnenbrille wieder auf. »Bis gleich beim Mittagessen.«

Lina bleibt auf dem Steg zurück. Sieht ihnen nach, als sie an dem Pfosten, an dem der Rettungsring befestigt ist, vorbeigehen und den Weg zu den Hütten einschlagen.

Ihr Handy in der Hosentasche gibt ein *Pling* von sich, und als sie es hervorzieht, sieht sie, dass Johnny ihr eine Nachricht geschickt hat.

Hast du die Stiefel besorgt? Es regnet!

Sie sieht zum Himmel, vorbei an dem zweiten Zipline-Seil. Der längliche See erstreckt sich weiter, als das Auge reicht, in Richtung Stadt. Am Horizont ballen sich allmählich die Zuckerwattewölkchen zusammen.

Die SMS auf dem Display ist so scheinheilig. Ihm geht es vielmehr darum, ihr eins reinzuwürgen, als darum, dass Noah trockene Füße hat. Das weiß sie. Und trotzdem funktioniert es, sie reagiert darauf. Schreibt eine hastige Entschuldigung. Stellt anschließend das Telefon auf lautlos und steckt es zurück in die Hosentasche. Verlässt den Steg mit pochendem Herzen, überquert den Rasen.

Als sie die Terrasse erreicht, ist sie peinlicherweise ganz außer Atem. Torbjörn und Eva sitzen unter einem Sonnenschirm und essen bereits. Gerade kommt Kaj mit einem Tablett durch die geöffnete Terrassentür nach draußen. Im Speiseraum füllen sich Jonas und Ingela die Teller an Warmhaltebehältern aus Edelstahl.

Gerade als sie hineingehen will, ruft Torbjörn ihren Namen.

»Was denkst du über die beiden?«, sagt er mit vollem Mund, und zeigt mit der Gabel in Richtung Hütten. »Die Russin und die Perserkatze. Läuft da was?«

»Keine Ahnung«, erwidert sie.

»Büroaffären.« Torbjörn sieht sich um, um sicherzugehen, die volle Aufmerksamkeit der anderen zu haben. »So was geht nie gut aus.«

Lina erwidert nichts. Als sie den Speiseraum betritt, hört sie Torbjörn lachen.

AMIR

Nadja grinst schief über seinen Versuch, bequem an dem kleinen Tisch zu sitzen. Wenn er sich auf dem Stuhl nach hinten lehnt, stößt sein Kopf an das Stockbett, und er muss aufpassen, nicht aus Versehen den Spiegel an der Wand mit der Schulter herunterzureißen.

»Manchmal ist es von Vorteil, klein zu sein«, sagt sie.

»Die Hütten sind sogar noch winziger, als ich gedacht habe.« Amir sieht sich um. »Und Ingela meinte, wir könnten zu viert in einer schlafen.«

Sein Blick fällt auf Linas ausgebeulte Tasche aus Segeltuch, die geöffnet auf einem der unteren Betten liegt. Den Strickpullover darin erkennt er wieder, außerdem sieht er einen gelben Kulturbeutel.

»Wie viele Hunderter die Gemeinde so wohl gespart hätte?«, fragt Nadja.

Amir dreht sich wieder zu ihr. Er weiß, dass auch sie an die Millionen denkt, die Jonas bedenkenlos verschleudern durfte.

»Hast du Lina etwas erzählt?«, fragt sie.

»Nein. Aber es hat sich komisch angefühlt, es nicht zu tun.«

Nadja nickt.

»Du weißt, dass es für mich okay wäre, wenn du sie einweihen willst? Vertraust du ihr, tue ich das auch«, sagt sie.

»Ich vertraue ihr. Ich will sie nur so lange wie möglich aus der Sache raushalten. Sie hat es gerade schwer genug.«

Amir wendet den Blick ab. Nadja scheint immer direkt in ihn hineinsehen zu können, und er fragt sich, ob sie weiß, was er für Lina empfindet. Manchmal bildet er sich ein, jeder wüsste es, nur Lina nicht.

Genau in dem Moment, in dem er den Steg betrat und sie sich umdrehte, kam ihm die Erinnerung an die Konferenz im letzten Jahr, und er bereute sofort, dass er seine Sonnenbrille abgenommen hatte. Aber jetzt ist nicht der richtige Zeitpunkt, um an diesen Kuss zu denken, den sie einen Tag später vermutlich schon wieder vergessen hatte.

Damals ging er mit einer anderen aus. Einer weiteren Frau, in die er sich zu verlieben versuchte, um über Lina hinwegzukommen. Eine, die nach außen hin perfekt zu ihm passte. Die nicht verheiratet war. Die gemeinsam mit ihm Kinder bekommen wollte.

Keine schaffte es, ihn Lina vergessen zu lassen. Und jetzt ist sie geschieden. Aber Amir will es nicht riskieren, sie unter Druck zu setzen. Er sieht, wie sehr sie mit sich kämpft und versucht, sich selbst wieder zusammenzuflicken, und er macht sich Sorgen, dass sie zu früh wieder angefangen hat zu arbeiten.

Lina ist nicht mehr so gut darin, zu verbergen, wie es ihr geht. Früher gelang ihr das viel zu gut. Vielleicht konnte sie sogar sich selbst täuschen.

Als Jonas zum Projektleiter für Kolarängen befördert wurde, wurden alle seine anderen Arbeitsaufgaben auf Lina abgewälzt. Ingela unternahm nicht einmal den Versuch, Torbjörn einzuspannen, er schafft es schließlich kaum, seine eigenen Aufgaben zu erledigen, und so sollte Lina plötzlich für zwei Bauingenieure arbeiten.

Amir erkannte, dass das zu viel war. Mehrmals fragte er sie, ob sie sich nicht um Unterstützung bemühen wolle. Aber ihm war nicht klar, wie ernst die Lage war. Dass Lina kurz davorstand, den Halt zu verlieren.

»Ich habe eine Antwort bekommen«, sagt Nadja und hält ihm ihr Handy entgegen. »Es ist genauso, wie ich geglaubt habe.«

Er zwingt sich, seine Konzentration wieder aufs Hier und Jetzt zu richten.

Es dauert nur wenige Sekunden, bis er den Inhalt der Mail überflogen hat, und anschließend ist er geschockt. Nicht über das, was dort steht, nicht wirklich, sondern über die Erkenntnis, dass er *immer noch* gehofft hat, Nadja könnte sich täuschen. Dass ihr Misstrauen sie beide in die Irre geführt hat. Aber diese letzte Hoffnung ist nun dahin.

»Jetzt, wo wir genau wissen, wie viel Jonas lügt, begreift man erst, wie leicht ihm das fallen muss«, sagt er.

Hinter ihm prallt eine Fliege gegen das Fenster zum See.

»Ingela muss uns jetzt zuhören, sie kann gar nicht mehr anders«, meint Nadja.

Amir nickt zustimmend, aber er ist sich nicht ganz sicher. Ingela war immer defensiv, hat die geringste Kritik viel zu persönlich genommen, und je näher der Baubeginn rückt, desto schlimmer ist es geworden. Nach ihrem Ausbruch vorhin im Konferenzraum fragt er sich, ob sie nicht völlig zugemacht hat.

Vielleicht hatte Lina auf dem Steg recht. Womöglich ist es zu spät, das Projekt noch zu stoppen. Was soll Ingela eigentlich unternehmen? Zweifellos *sollte* sie zum Verwaltungsdirektor gehen und ihm alles erzählen, doch dann müsste sie gleichzeitig enthüllen, wie schlecht sie ihre Sache gemacht hat.

Als Ingelas Assistent hat er mit angesehen, wie sie alles,

was die Finanzen betrifft, Kaj überlässt. Das ist so gut wie bei allen Projekten der Fall, weshalb es ein Leichtes gewesen sein muss, sie hinters Licht zu führen. Sie will nicht weiter involviert werden als absolut notwendig.

»Woran denkst du?«, will Nadja wissen.

»Mir tut Ingela nur so verdammt leid. Sie ist so leicht zu manipulieren.«

Nadja erwidert nichts. Er spürt ihre Ungeduld.

»Sie hätte niemals Chefin werden sollen, und das weiß sie auch«, fährt er fort.

»Ich kann kein Mitleid mit ihr haben. Dafür ist ihr Job zu wichtig. Dann darf man halt nicht Chefin werden, wenn man nicht das Zeug dazu hat. Aber jemand muss die Notbremse ziehen und versuchen zu retten, was zu retten ist.«

Er nickt. Irgendwo draußen vor der Hütte ist Evas heiseres Lachen zu hören. Die Fliege fliegt stur weiter gegen die Scheibe.

»Amir. Ziehst du das mit mir durch?«

Ihm wird bewusst, dass er die ganze Zeit an einem Holzsplitter, der an einer Ecke der lackierten Tischplatte herausragt, herumgenestelt hat. Er sieht zu ihr auf. Spürt zum ersten Mal, dass sie nervös ist. Und Amir versteht auch, weshalb, und er schämt sich dafür.

Als Nadja neu im Job war und die ersten unbequemen Fragen stellte, wollte er ihr zuerst nicht helfen, Antworten zu finden. Er war keinen Deut besser als Ingela, er verschloss die Augen genauso.

Jonas und er kannten sich schon in der Mittelstufe, auch wenn sie nicht miteinander befreundet waren. Jonas gehörte zu den Coolen, Amir war einer von den Fleißigen. Aber als sie im Büro wieder aufeinandertrafen, an Amirs erstem Tag in der Abteilung, sagte Jonas, er habe seine Bewerbung gesehen und sich dafür eingesetzt, dass er die Stelle bekomme. Und Amir war ihm so dankbar. Die Jahre davor hatte er in einem Handyladen in Västerås gearbeitet, war dort hängen geblieben, obwohl er es verabscheute. Auf die Stelle bei der Gemeinde hatte er sich nur beworben, um von dort wegzukommen. Doch bald schon merkte er, dass ihm die neue Arbeit gefiel. Er erkannte eine Chance für einen Aufstieg im Rathaus, wo er zum Schluss etwas wirklich Sinnvolles tun können würde.

An einem Abend gingen Jonas und er nach der Arbeit noch etwas im Stadthotel trinken. Es wurde ein langer Abend und sie beide betrunkener, als er gedacht hätte. Sie redeten über ihre Schulzeit, und dann erzählte Jonas auf einmal, wie sehr es ihn überrascht habe, als Amir eines Tages wie »aus dem Nichts« im Büro aufgetaucht sei.

Jonas war sich nicht einmal im Klaren darüber, dass er sich verplappert hatte und indirekt zugab, dass Amirs Job nie sein Verdienst gewesen war. Und trotzdem war Amir ihm weiter dankbar. Denn dank Jonas machte die Arbeit Spaß, dank Jonas nahm Ingela ihn sofort unter ihre Fittiche. Diese eine kleine Lüge schien keine große Rolle zu spielen. Er sperrte sich gegen die Einsichten, die alles nur verkomplizieren würden. Also machte er einfach weiter. Bis vor gar nicht allzu langer Zeit.

»Es ist okay, wenn du es nicht kannst«, sagt Nadja. »Ich muss es nur vorher wissen. Ich hab das schon einmal erlebt, dass Leute sagen, *Klar, wir ziehen das zusammen durch, ich stehe hinter dir* ... und dann, wenn es drauf ankommt, steht man allein da und darf den Mist ausbaden.«

»Natürlich stehe ich hinter dir«, sagt er.

»Es geht um deinen Job. Ich würde es verstehen.«

»Dein Job steht genauso auf dem Spiel.«

Nadja lächelt schwach.

»Das ist nicht dasselbe«, sagt sie. »Ich weiß, dass du die Stelle hier als Karrieresprungbrett nutzen willst. Das ist in Ordnung. Ich muss es nur wissen.«

Amir hat selbst daran gezweifelt, ob er hierzu in der Lage ist. Ihm ist sehr wohl bewusst, was in den letzten Jahren mit Whistleblowern in Kommunalverwaltungen geschehen ist. Suspendiert, entlassen, oder man hat ihren Arbeitsvertrag mit einem Hinweis auf Probleme bei der Teamfähigkeit vorzeitig aufgelöst und eine Abfindung gezahlt. Aber sein Entschluss steht fest. Die Mail, die Nadja gerade erhalten hat, bestätigt nur, dass es die richtige Entscheidung war.

»Ich will das Richtige tun«, sagt er. »Und ich will Ingela eine Chance geben, die Sache in Ordnung zu bringen. Das Problem ist nur, dass ... also, ich will mir nicht selbst schaden. Wenn Ingela *jetzt* nichts unternimmt, wird sie später zum Sündenbock, wenn alles zusammenbricht. Denn das wird es früher oder später. Sie wird wahrscheinlich gefeuert, und was passiert dann mit mir?«

Nadja verzieht keine Miene, aber er spürt ihre Erleichterung.

»Wenn Ingela nicht auf uns hören will, melden wir uns schon heute beim Verwaltungsdirektor, schlage ich vor. Dann soll er entscheiden, was zu tun ist«, sagt Amir. »Morgen ist immerhin die halbe Führungsriege in Kolarängen. Sie wären wahrscheinlich ganz dankbar für eine Vorwarnung.«

Die Fliege dotzt wieder und wieder gegen die Fensterscheibe. Amirs Blick macht bei dem Bild halt, das an der Wand neben dem Bett hängt. Mehrere bemalte und zusammengeklebte Holzstücke sollen den Kolarsjön darstellen. Die Farben sind grell, der Wald auf der anderen Seeseite fast schon neongrün.

»Findest du, dass ich zynisch bin?«, fragt Amir.

»Nein, eher pragmatisch«, antwortet Nadja ernst.

Amir lacht.

»Das klingt auf jeden Fall besser.«

Es gibt noch einen weiteren Grund, wieso Nadja sich nicht darum sorgen muss, dass er sich aus der Sache herauszieht. Nachdem er jetzt so viel mehr über Jonas' »Projektleitung« weiß, und welchen Einfluss das auf Lina hatte, tut er es auch für sie.

»Wir versuchen, sie direkt nach dem Mittagessen abzupassen«, schlägt er vor. »Ich will es endlich hinter mich bringen.«

Er rückt den Stuhl, so gut es geht, nach hinten und steigt seitlich darüber, um zur Tür zu gelangen.

»Ich würde vorher gern noch mit Anette sprechen«, sagt Nadja und steht ebenfalls auf, als Amir gerade die Vordertür öffnen will.

Er sieht sie erstaunt an.

»Warum das?«

»Ich habe darüber nachgedacht, was sie Ingela vorhin über Respektlosigkeit und die Sache mit Frans gesagt hat.«

Amir nickt, er weiß bereits, worauf Nadja hinauswill.

»Vielleicht kann sie ihn dazu überreden, mit uns zu sprechen«, sagt sie.

Natürlich hat sie recht, daran hätte Amir selbst denken sollen.

Der ehemalige Bodenmanager war Anettes bester Freund auf der Arbeit gewesen. Sie gehörten derselben Jagdgesellschaft an und waren vereint in ihrem Hass gegen das Kolarängen-Projekt.

Nach einem Jahr voller Konflikte war es eine Erleichterung, als Frans endlich seinen Hut nahm. Aber jetzt, im Licht all dessen, was Amir in der letzten Zeit erfahren hat, fragt er sich, was in Wahrheit passiert ist. Obwohl Frans sich klar gegen das Projekt aussprach, genehmigte er am Ende trotzdem alle Verträge. Warum, ist schwer nachzuvollziehen.

Sie haben in den vergangenen Tagen mehrere Male versucht, Frans zu erreichen, aber er geht nicht ans Telefon und antwortet weder auf SMS, E-Mails oder Messenger-Nachrichten. Gut möglich, dass Anette den einzig funktionierenden Kommunikationskanal darstellt. Trotzdem hat Amir Bedenken.

»Wollen wir wirklich Anette mit ins Boot holen? Sie ist eine tickende Zeitbombe.«

»Frans ist das letzte Puzzleteil, das uns fehlt, um zu verstehen, wie zur Hölle das alles abgelaufen ist«, erwidert Nadja. »Jedenfalls ist es einen Versuch wert, bevor wir mit Ingela sprechen.«

Amir stimmt ihr widerstrebend zu.

»Ich habe sie in ihre Hütte gehen sehen, vielleicht ist sie noch dort«, sagt Nadja.

Als sie die schmale Tür zum Holzdeck öffnet, weht ein frischer Wind herein.

»Wir gehen besser hintenrum, damit uns keiner sieht«, sagt sie.

ANETTE

Es klopft an der Tür auf der Seeseite, aber Anette sieht nicht einmal auf. Sie hat nicht vor, aufzumachen, egal wer es ist. Es kann jedenfalls niemand sein, mit dem sie sprechen möchte.

Sie sitzt auf ihrem Bett. Drückt den Daumennagel gegen die Zähne, sucht die raue Kante nach etwas ab, das sie abbeißen kann.

Vermutlich ist es Ingela, die mit schwerem Atem vor der Tür steht, um sie noch ein wenig mehr auszuschimpfen und sie zum Geständnis zu bringen, dass sie diejenige ist, die bei der Zeitung angerufen hat. Der Journalist muss Ingela einen ernsthaften Schrecken eingejagt haben, so cholerisch wie sie war. Aber dass Anette etwas sagt, kann sie vergessen. Es ist wahrscheinlich nicht mal legal, sie danach zu fragen.

Das entzündete Nagelbett brennt, als sie die Reste ihres Daumennagels mit den Zähnen malträtiert. Ein weiteres Klopfen an der Tür, und Anette fällt ein, dass es Eva sein könnte, die ihren Schlüssel vergessen hat. Sie sollte aufmachen. Aber sie bleibt stur sitzen. Eva ist die letzte Person, die sie jetzt sehen will. Von ihr ist sie am meisten enttäuscht.

Früher sah Anette zu ihr auf, doch jetzt nicht mehr. Nie wieder. Sie hat sich auf Jonas' und Ingelas Seite gestellt, als hätte sie vergessen, was die beiden Frans angetan haben.

Anette wird es niemals vergessen. Sie entdeckt einen aufgeweichten Nagelhautfetzen und knabbert mit den Schneidezähnen daran. Doch es klopft erneut, und sie steht zornig auf. Schaut durch das Fenster neben der Tür. Amir und Nadja sehen sie an, und Anette stöhnt auf. Hastig wischt sie ihren Daumen an der Jeans ab, bevor sie aufschließt.

»Was wollt ihr?«

»Wir wollten fragen, ob du dich kurz mit uns unterhalten magst«, sagt Amir.

Anette schnaubt. Sie sind so leicht zu durchschauen, keiner von ihnen hat sich vorher groß für sie interessiert.

»Das ist nett, aber mir ist durchaus bewusst, dass Ingela euch schickt«, entgegnet sie und schiebt die Tür wieder zu.

»Nicht direkt«, widerspricht Nadja rasch. »Ich denke nicht, dass sie gerade sonderlich gut auf mich zu sprechen ist.«

Kurz bevor die Tür ganz ins Schloss fällt, hält Anette sie auf und öffnet sie dann wieder.

»Das ist bestimmt nicht einfach für dich«, sagt sie und macht keinerlei Anstalten, ihre Schadenfreude zu verbergen.

Bis jetzt hat Ingela die Neue einigermaßen respektvoll behandelt, wobei Nadja natürlich davon profitiert hat, dass Amir sie mag. Aber jetzt hat sie es gewagt, das Einkaufszentrum in Frage zu stellen. Bald wird sie sehen, wie es ist, in Ungnade zu fallen.

»Du solltest wissen, dass wir allem, was mit Kolarängen zu tun hat, auch sehr ... skeptisch gegenüberstehen«, sagt Nadja.

Anette sieht verstohlen zu Amir. Ingelas kleiner Gehilfe.

»Dann waren heute Vormittag einige aber ziemlich still.«

Er öffnet den Mund. Schließt ihn wieder.

»Wir können im Moment nichts Genaues dazu sagen«, meint er endlich. »Aber du wirst bald verstehen, warum.«

»Soso, wenn du das sagst.«

Anette sieht ihn mit kalten Augen an. Verschränkt die Arme und lehnt sich an den Türrahmen.

»Wir haben versucht, Frans zu erreichen, aber er antwortet nicht«, erzählt Nadja.

Anette wartet ab. Wenn sie etwas von ihr haben wollen, sollen sie gefälligst geradeheraus fragen.

»Meinst du, du könntest ihn dazu bringen, mit uns zu reden? Wir haben nur ein paar Fragen.«

»Wir wollen seine Version darüber hören, wie es ablief, als die Verträge aufgesetzt wurden«, erklärt Amir.

»Ach so, jetzt passt es dir also in den Kram? Als es drauf ankam, warst du nicht gerade bereit dazu, ihm zuzuhören«, zischt Anette.

»Ich weiß«, erwidert Amir und wirkt geknickt.

Das lässt Anette fast weich werden, aber Fakt ist, dass er sich so schuldig fühlen kann, wie er nur will – Frans hilft das nicht. Sie schüttelt den Kopf und richtet den Blick auf die grau gewordenen Planken des Holzdecks. In den breiten Lücken dazwischen kann sie das grünlich schillernde Wasser unter ihnen sehen.

»Frans sollte gar nicht mehr an diese Sache erinnert werden. Er hat sich zur Genüge mit alldem quälen müssen«, sagt sie.

»Anette«, bittet Amir. »Ich verstehe, dass du mir nicht vertraust. Würde ich an deiner Stelle wahrscheinlich auch nicht. Aber dank Nadja habe ich gerade begonnen, ein paar Dinge zu begreifen. Wir sind auf derselben Seite, ich schwöre es.«

Er sieht aufrichtig aus. Anette seufzt, sie hat das Gefühl, dass sie das hier bereuen wird.

»Wir können einen Spaziergang machen«, schlägt sie vor und tritt aus der Tür.

Gemeinsam umrunden sie die Hüttenreihe und gehen über den schmalen Kiesweg in Richtung Parkplatz. Von der Terrasse oben am alten Gasthof dringen Stimmen und das Klirren von Besteck zu ihnen herab, aber in ihrer Nähe ist niemand zu sehen.

Nadja wendet sich an Anette.

»So wie ich es verstanden habe, geriet Frans ganz schön in die Klemme, nachdem Ingela und Jonas entschieden hatten, das Kolarängen-Projekt durchzuziehen.«

Wie Galle steigt die Wut in Anette auf. Sie funkelt Amir an.

»*In die Klemme*? Hast du es so beschrieben?«

»Wie würdest du es denn beschreiben?«, entgegnet Nadja, ehe Amir es schafft, zu antworten.

Doch Anettes Blick weicht nicht von ihm.

»Mobbing.« Anette lässt das Wort so hart und hässlich wie möglich klingen, aber das reicht ihr nicht. Sie will das Messer in der Wunde umdrehen. »*Folter.*«

Er blinzelt. Aber wenigstens wendet er den Blick nicht ab. Ein paar vereinzelte gelbe Blätter schweben von den Ästen der Linden auf den Boden.

»Erzähl«, fordert er sie auf.

Vielleicht ist es eine Falle, von langer Hand geplant. Vielleicht hat Nadja den Streit mit Ingela nur gespielt. Vielleicht haben sie vor, anschließend direkt zu ihr zu rennen und zu petzen.

Aber dann soll es eben so sein.

»Als Frans noch dabei war, waren wir jedenfalls zwei, die an die Umwelt dachten«, setzt Anette an.

Die beiden protestieren nicht. Versuchen nicht zu beweisen, dass sie selbstverständlich ebenfalls die Umweltziele der Gemeinde herunterbeten können.

»Und dann gab es den Bauern«, fährt sie fort. »Es spielt keine Rolle, was in den Papieren steht. Es war nicht *rechtens*, ihm das Land abzunehmen. Deshalb sprach Frans sich gegen den Verkauf an SBFF aus, und da geriet er den beiden in die Schusslinie.«

Sie nähern sich dem Parkplatz. Anette lässt den Blick über die Wiese auf der anderen Seite des Holzzauns gleiten. Vor fünfzehn Jahren ist sie zum Vermessen hier gewesen. Hat die alten Grundstücksgrenzen im Zuge des Verkaufs an diese schnöseligen Investoren aus Stockholm überprüft. Es war einer ihrer ersten Einsätze für die Gemeinde. Damals mochte sie ihre Arbeit. Jetzt blickt sie nach oben zu dem Stahlseil, das sich vom Berg aus über den See spannt, und hofft insgeheim, dass es reißt, wenn Jonas oder Ingela an der Reihe sind, Zipline zu fahren.

»Es fing mit Kleinigkeiten an. Sie gaben Frans völlig sinnlose Aufgaben, Abgabefristen, die man unmöglich einhalten konnte ... Und wenn er es dann nicht schaffte, zweifelten sie seine Kompetenz vor versammelter Mannschaft an.«

Ihre Stimme stockt, und sie schluckt den Kloß in ihrem Hals zornig herunter, ehe sie sich an Amir wendet.

»Er dachte, ihr würdet verstehen, was sie mit ihm treiben. Er wollte sich herablassen, auf ihr dummes Gerede einzugehen. Aber bevor er wusste, wie ihm geschah, setzte sich die Auffassung durch, dass er seine Arbeit nicht gut machte. Angeblich war er *nicht teamfähig*.«

Sie spuckt die Wörter geradezu heraus und sieht an Amir, dass sie ihre Wirkung nicht verfehlen.

»Ihr habt es alle geglaubt, was?«

Amir nickt stumm.

»Und als Frans protestierte, nannte Jonas ihn hysterisch. *Keiner hat den Nerv, dir zuzuhören, wenn du dich so hysterisch aufführst*«, äfft sie ihn nach. »Ja, so ging es immer weiter, mit solchen Nadelstichen. Und nach der Tour auf der Finnlandfähre, als wir diese lächerlichen Farbtests gemacht haben, spielte es sowieso keine Rolle mehr, was er sagte. Sie schoben alles darauf, dass er ›blau‹ war. *Musst du immer so fürchterlich blau sein, Frans?*«

»Ich erinnere mich«, sagt Amir.

»Das klingt nach Gaslighting«, meint Nadja.

»Wäre möglich«, sagt Anette vage, denn sie hat nicht vor zuzugeben, dass sie nie ganz begriffen hat, was dieser Ausdruck bedeuten soll. »Ich habe jedenfalls versucht, ihn dazu zu bewegen, mit jemandem zu sprechen, doch dafür war er viel zu stolz. Du weißt ja, wie Männer sein können.«

Nadja nickt zustimmend, als wüsste sie genau, wie frustrierend es gewesen sein muss.

Anettes Puls ist beim Reden angestiegen, es erinnert sie an die Zeit, als die ganze Sache noch lief und ihr rasendes Herz sie nachts wachhielt. Trotzdem kann sie nicht aufhören zu reden, jetzt wo sie einmal angefangen hat.

»Am Ende habe ich es immerhin geschafft, ihn zur Personalvertretung zu schicken. Ich habe ihn begleitet und gesagt, wie es war, also dass Ingela und Jonas ihn mobbten. Da hat sich dann die Gewerkschaft eingeschaltet.«

»Was passierte dann?«, fragt Nadja.

»Was denkst du? Glaubst du etwa, das hätte etwas bewirkt?«

»Nein.«

»Eben. Torbjörn war der verantwortliche Gewerkschaftsvertreter in dem Konflikt. Hast du jemals erlebt, dass der für jemand anderen auch nur einen Finger krumm gemacht hätte?« Anette wartet nicht auf eine Antwort, das ist nicht nötig. »Nein, es wurde noch schlimmer. Für Ingela war die Sache mit der Gewerkschaft eine regelrechte Kriegserklärung.«

Amir und Nadja sehen sie stumm an, scheinen ihr tatsächlich zuzuhören. Dringt sie zu ihnen durch? Ist es möglich, dass jemand tatsächlich verstehen will, was passiert ist?

Anette vergräbt die Hände in den Hosentaschen, um den Impuls, an den Nägeln zu kauen, zu unterdrücken. Sie ist beim schwierigsten Teil der Geschichte angelangt. Nach dem Fiasko mit der Gewerkschaft bereute Frans, dass er sich zu der Mobbinganzeige hatte überreden lassen. Und wem gab er die Schuld dafür? Natürlich ihr, weil sie ihm die Sache eingeredet hatte.

Die einzige Chance, alles richtigzustellen, war weiterzukämpfen.

»Wir wandten uns an Ingelas Vorgesetzte, aber ihr könnt dreimal raten, gegenüber wem sie loyal waren. Einem armen

Bodenmanager, dem es schon schwergefallen war, für sich einzustehen, bevor sie ihn niedermachten, oder der Abteilungschefin und dem Projektleiter, die ihnen bei diesem verfluchten Einkaufszentrum das Blaue vom Himmel versprachen?«

»Gab es denn keine Untersuchung?«, fragt Nadja.

»Zuerst nicht. Später engagierte die Gemeinde ein paar externe Berater, die sagten, es habe sich nicht um Mobbing gehandelt, solange Ingela und Jonas nicht *die Absicht hatten, jemandem zu schaden.*«

Anette hält den Gedanken daran, wie ungerecht das alles gelaufen ist, kaum aus. Sie holt tief Luft, um die Zornestränen zurückzuhalten, ehe sie weiterspricht.

»Die beiden gaben ja auch noch alles zu, was Frans und ich ihnen vorwarfen, aber sie meinten, dass es *auf gar keinen Fall* ihre Absicht gewesen sei, jemanden zu verletzen, es läge alles nur daran, dass *er mit direkter Kommunikation nicht zurechtkäme.* Er wäre *hypersensibel*, waren ihre Worte. Ingela war in der Lage, Frans mit furchtbar bedröppelter Miene anzusehen und ihm ins Gesicht zu schleudern, dass er sich alles nur einbildete. Und du kannst dir ja denken, was dann geschah. Diese Berater wollten natürlich Folgeaufträge von der Gemeinde, also kamen sie genau zu dem Ergebnis, das sich die Kommunalverwaltung erhoffte. Also war es kein Mobbing, *oh nein*. Und da hat Frans dann wohl irgendwann aufgegeben.«

Wobei das nicht wirklich stimmt. Frans drohte damit, Ingela und Jonas zu verklagen. Zu diesem Zeitpunkt war er aber tatsächlich zu genau dem leicht gekränkten, unzuverlässigen und *hysterischen* Menschen geworden, der zu sein sie ihm die ganze Zeit vorgeworfen hatten.

Der Kies knirscht unter ihren Füßen, als sie auf den Vorplatz des Hauptgebäudes biegen. Sie hat nicht vor zu weinen. Nicht hier und nicht jetzt. Sie schaut zu dem kleinen Spielplatz, sieht den Wegweiser, der in Richtung des Waldes und des Spielhauses zeigt, das dort steht. Anette würde sich am liebsten darin verkriechen, wie ein Tier, das sich zurückzieht, um in Ruhe seine Wunden zu lecken.

»Frans konnte einfach nicht mehr«, sagt sie. »Er unterschrieb alle Verträge und erhielt ein Jahresgehalt als Abfindung. Und Jonas und Ingela bekamen, was sie wollten.«

Hier will sie die Geschichte beenden. Sie brauchen nicht zu wissen, dass Frans' Frau zurück zu ihren Eltern zog und die Kinder mitnahm. Sie hatte es schlicht und ergreifend nicht mehr mit ihm ausgehalten. Anette versuchte, den Kontakt zu Frans zu halten, aber er zog sich zurück. Und sie fühlte sich erleichtert, sie war so müde. Beinahe hätten die Ereignisse sie genauso fertiggemacht.

»Anette«, sagt Amir ernst und bleibt bei dem Steinensemble um den Fahnenmast stehen. »Es tut mir leid, dass ich es nicht kapiert habe. Wirklich.«

Dieses Mal zweifelt sie nicht an seiner Aufrichtigkeit. Dafür sieht er viel zu mitgenommen aus.

»Und ich verspreche, dass Nadja und ich versuchen werden, alles wieder geradezurücken«, kündigt er an.

»Viel Glück«, schnaubt sie. »Für Frans ist das nur ein schwacher Trost.«

Sie schaut zu Boden und bereut ihren scharfen Ton. Immerhin war Amir nie gemein, höchstens gedankenlos und naiv.

»Ich war es, die bei der Zeitung angerufen hat«, verrät sie und sieht wieder nach oben.

Nadja nickt. Sie wirkt nicht überrascht.

»Wir werden es niemandem erzählen.«

»Es ist mir egal, wer darüber Bescheid weiß.«

Anette führt ihren Daumennagel an die Schneidezähne, ehe sie sich selbst dabei ertappt und die Hand wieder sinken lässt.

»Aber vielleicht war es dumm«, fürchtet sie. »Der Reporter hat sich bei Frans gemeldet. Er rief mich direkt im Anschluss an, ihm war schließlich klar, dass ich dahintersteckte ... und er war stinksauer, weil ich ihn wieder in diesen Schlamassel hineingezogen hatte.«

Dabei wollte sie nur jemanden darauf aufmerksam machen, was für eine Umweltkatastrophe Kolarängen ist. Und sie wollte, dass Jonas und Ingela bei der Zeremonie morgen zur Rechenschaft gezogen werden. Sie versuchte zu erklären, mit welcher Rücksichtslosigkeit die beiden den Landverkauf vorangetrieben hatten, was für moralisch korrupte Menschen sie sind. Doch bevor sie ahnte, was passierte, hatte sie mehr ausgeplaudert als beabsichtigt.

Ungefähr so wie jetzt. Anette drückt in der Hosentasche fest auf ihre schmerzenden Fingernägel.

»Versteht ihr jetzt, warum ich euch nicht dabei helfen will, ihn zu erreichen?«

»Es ist okay«, sagt Nadja. »Es ist nicht mehr nötig.«

»Glaubst du, die Zeitung wird über ihn schreiben?«

Für einen Moment sieht es so aus, als zögere Nadja. Sie schielt zu Amir.

»Nein«, antwortet sie dann. »Die Medien werden sich auf die Politiker einschießen. Eventuell auf Ingela, aber Frans war nur ein Angestellter.«

Erleichterung macht sich in Anette breit.

»Das habe ich ihm auch gesagt.«

Vielleicht kommt bei dieser Sache doch noch etwas Gutes heraus, trotz allem. Sie musste fast eine ganze Stunde auf

Frans einreden, ehe er sich beruhigte, aber vor einigen Tagen besuchte er sie sogar zu Hause und bat um Entschuldigung.

Er war beinahe wieder der Alte, höchstens hatte er ein paar Pfunde zugelegt. Sogar auf die Elchjagd im Herbst wollte er wieder fahren, so wie früher.

»Danke, dass du es uns erzählt hast«, sagt Nadja.

Anette sieht zum Haus.

»Ich will nur, dass sie ihre Strafe für das bekommen, was sie getan haben«, erwidert sie.

NADJA

Anette ist vorgegangen. Nadja steht noch mit Amir auf dem Vorplatz und sieht zur offen stehenden Eingangstür des Hauptgebäudes. Das, was sie gerade erfahren hat, sollte schwer zu glauben sein, aber das ist es nicht. Im Gegenteil.

Sie ist Anette immer so weit wie möglich aus dem Weg gegangen. War erleichtert, wenn Anette draußen im Einsatz war. Hat sie als abschreckendes Beispiel dafür gesehen, was aus jemandem wird, der zu lange einer ungeliebten Arbeit nachgeht.

Doch jetzt sieht sie etwas anderes in ihr. Anette kann unausstehlich sein, aber sie ist eine loyale Freundin.

»Glaubst du wirklich, dass die Zeitung Frans in Ruhe lassen wird?«, fragt Amir.

»Nein.«

Nadja wollte Anette beruhigen, aber natürlich ist da eine Story zu holen, wenn ein Angestellter so lange gemobbt wurde, bis er gegen sämtliche seiner Überzeugungen handelte.

Als sie sich in Amirs Facebook-Konto eingeloggt hatten, wo Amir und Frans immer noch Freunde sind, bekam sie einen kleinen Einblick in sein Leben. Die letzte Aufnahme von Frans ist zwei Jahre alt. Er kniet neben einem frisch erlegten Rehbock und sieht ruhig in die Kamera. Die übrigen Aufnahmen sind ähnlich. Wurfangeln im Gegenlicht in Nordnorwegen, Kaffeepausen mit der Thermoskanne im Wald. Vielleicht hegt sie Vorurteile, aber es erstaunte sie nicht, dass ein Mann wie er noch nicht einmal mit der Personalvertretung reden wollte.

Du weißt ja, wie Männer sein können.

Kein Wunder, dass er Panik bekam, als ihn ein Journalist anrief, der etwas über das schreiben wollte, was ihm im Amt widerfahren war.

»Ich hätte es wissen müssen«, sagt Amir leise. »Ich fand Frans nur so furchtbar nervtötend.«

Er wirkt gequält. Nadja weiß nicht, was sie sagen soll, damit er sich besser fühlt.

»Es ist nicht deine Schuld«, sagt sie schließlich.

»Doch. Wir hatten alle Schuld daran.«

»Du konntest es nicht wissen.«

Das klingt so falsch, so verharmlosend. Aber sie meint es ehrlich. Sie haben Frans mit so subtilen Mitteln fertiggemacht.

»Und er *war* bestimmt furchtbar nervtötend«, fügt sie hinzu. »Wäre nur logisch.«

Über ihren Köpfen schlägt laut die Flagge in einem jähen Windstoß.

»Wollen wir reingehen und etwas essen?«, fragt sie.

Amir nickt geistesabwesend. Zusammen betreten sie die Eingangshalle, wo er neben dem Empfang in die Toilette verschwindet. Nadja geht weiter geradeaus durch die Flügeltüren. Sieht sich im Speiseraum um, in den sie nun zum ersten Mal einen Fuß setzt.

Kronleuchter hängen von der Decke. Mehrere Tische und passende Stühle im Antikstil stehen in geraden Reihen auf dem blassgrünen Teppichboden; in der Mitte des Raumes stehen einander zwei ausladende Ledersofas gegenüber. An einer Tafel mit weißem Tischtuch steht ein Lunchbuffet bereit. Rechts von Nadja hängt ein riesiger goldgerahmter Spiegel. Die restlichen Wände zieren billige Ölgemälde. Auf dem größten spazieren zwei in jungfräulichem Weiß gekleidete Frauen mit Seidensonnenschirm über eine Wiese.

Das Sonnenlicht fällt durch die großen Fenster an der hinteren Längsseite des Raumes. In der Mitte der Fenster befindet sich eine zur Terrasse hin geöffnete Glastür mit Sprossen. Ihr Blick schweift dorthin, und sie fragt sich, wie es dort wohl in den Neunzigerjahren ausgesehen hat.

Nadja erinnert sich noch daran, wie sie zum ersten Mal von den Spukgeschichten über das ehemalige »Rotzgörenheim« am Kolarsjön gehört hatte. Zu der Zeit wohnte sie zwar bereits seit vier Jahren in Schweden, kannte das Wort »Rotzgöre« aber noch nicht. Erst auf dem Frühjahrsball der Neunten in der Schulsporthalle, als Nadja und ihre Freundin auf dem Fußboden saßen, in ihren Abendkleidern von H&M und den gleichen roten Converseschuhen, und sich gegen die Sprossenwände lehnten. Während Musik von Håkan Hellström aus den Lautsprechern dröhnte, erzählte ihre Freundin von dem alten Haus, in dem Mädchen eingesperrt worden waren, die sich selbst Verletzungen zufügten. Und von dem Mädchen, deren Geist dort umherspukte, nachdem es von jemandem aus dem Personal vergewaltigt worden war, bis es starb. Nadja gab vor, sich zu gruseln, fand die Geschichte aber aus irgendeinem Grund nicht stimmig, den sie damals nicht genau in Worte hatte fassen können.

Jetzt geht sie zum Buffet und nimmt sich Dorsch mit Kartoffeln und Eiersauce. Sieht wieder zur geöffneten Tür. Draußen erklingt der schrille Ton eines Handys auf Lautsprecher-Funktion.

Da geht die Schwingtür der Küche auf, und Roger kommt mit einer großen Salatschüssel heraus, die er auf das Buffet stellt.

»Ist alles zu Ihrer Zufriedenheit?«

»Alles wunderbar«, erwidert Nadja. »Es ist schön hier draußen.«

»Sind Sie das erste Mal hier?«

Sie nickt. Roger scheint zu überlegen, was er noch sagen könnte.

»Und Sie sind jemand, der Kartoffeln mag, wie ich sehe.«

Er scheint seine Worte sofort zu bereuen.

»Ja«, sagt sie und blickt auf ihren Teller. »Ich habe zwar auch noch andere Charaktereigenschaften, aber ja, Kartoffeln sind lecker.«

»Es gibt mittlerweile so viele Leute, die gar keine Kohlenhydrate mehr zu sich nehmen. Ich mache gerade die HCHF-Diät. *High calorie, high fat.*«

Er tätschelt seinen kleinen Bauchansatz. Nadja lacht höflich. Besonders überzeugend klingt es nicht, und Roger scheint ebenso erleichtert wie sie, als Jenny aus der Küche nach ihm ruft.

Nadja geht auf die Terrasse. Jonas sitzt locker zurückgelehnt da, seine Füße liegen auf einem Stuhl, den er vom Nachbartisch herangezogen hat. Er hält sich das Telefon vor den Mund. Gibt eine Wegbeschreibung von Stockholm hierher. Die Frau, die ihm antwortet, muss die viel gerühmte Wilma von SBFF sein. Nadja widersteht dem Impuls, auf dem Absatz kehrtzumachen, tritt in den Schatten eines Sonnenschirms und stellt ihr Tablett zwischen Anette und Eva auf den Tisch.

Sie dachte, Jonas längst durchschaut zu haben. Dass er nur einer der vielen Goldjungs ist, denen sie schon auf dem Gymnasium, im Jurastudium, bei Praktika und Vertretungsstellen begegnet ist. Die spät kommen und früh gehen. Lange Mittagspausen machen. Sich bei Besprechungen nie etwas notieren. Ihrem »Bauchgefühl folgen« statt Fakten zu recherchieren. Die etwas versprechen und es sofort wieder vergessen. Etwas, das niemandem aufzufallen scheint, und wenn doch, wird es ihnen verziehen. Alle wollen von ihnen gemocht werden. Alle wollen so sein wie sie. Goldjungs lassen alles aussehen wie ein Spiel. Sie finden, dass die anderen sich ein bisschen mehr entspannen und nicht alles so bierernst nehmen sollten. Die Dinge lösen sich schließlich trotzdem irgendwie. Tatsächlich aber können sich Goldjungs nur deshalb so benehmen, weil andere ihre Arbeit übernehmen und das Chaos aufräumen, das diese Typen anrichten. Und dabei produzieren sie Unmengen an erschöpften Mitarbeitern.

Jonas schien diesem Muster exakt zu entsprechen. Das einzig Ungewöhnliche war das Ausmaß an Chaos, das er verursachte. Aber nach dem Gespräch mit Anette weiß sie, dass er noch viel mehr als ein Goldjunge ist. Noch viel mehr auf dem Kerbholz hat.

Nadja spürt, dass Ingela sie von der gegenüberliegenden Tischseite her beobachtet, tut aber so, als merke sie es nicht.

»Wir sitzen hier alle in den Startlöchern«, sagt Jonas gerade in allerschönstem Jonas-Tonfall.

Kaj neben ihm nickt eifrig und spießt ein Stück Fisch auf seine Gabel. Natürlich sind auf seinem Teller keine Kartoffeln. Keine Soße auf dem Fisch. Kein Dressing im Salat. Sie fragt sich – nicht zum ersten Mal –, wer Kaj hinter seiner blankpolierten Fassade überhaupt ist. Als sie noch ganz neu in der Abteilung war, versuchte sie ihn kennenzulernen. Dachte, niemand könne so substanzlos sein, wie Kaj auf sie wirkte. Aber sie musste rasch ihren Irrtum erkennen. Training, Proteinshakes schlürfen und Jonas zu gefallen, scheinen seine einzigen ernsthaften Interessen zu sein. Sein gesamter Humor besteht darin, Jonas' Witze zu wiederholen und ein weiteres Mal über sie zu lachen.

Aber eines weiß sie über Kaj: Er hatte Einblick in sämtliche Gesamthaushaltspläne und war für die Kalkulationen verantwortlich. Er ist genauestens im Bilde über das, was Jonas getan hat.

»Fahr vorsichtig, bis morgen!«, sagt Jonas und legt das Handy auf den Tisch.

Amir ist auf der Terrasse erschienen und setzt sich neben Lina. Sie sieht ihn überrascht an, als sei sie aus ihren Gedanken gerissen worden.

Als Nadja sie beide auf dem Steg gesehen hatte, war ihr etwas klar geworden. Und als es ihr klar wurde, konnte sie nicht begreifen, warum es ihr nicht schon früher klar geworden war: Amir hat Gefühle für Lina. Und Nadja ist sich ziemlich sicher, dass diese Gefühle erwidert werden.

»Wo bist du gewesen?«, fragt Ingela und sieht ihn an.

»Ich habe nur ein paar Anrufe getätigt«, erwidert er und lächelt unbekümmert, bevor er sich lautstark Butter auf ein Knäckebrot schmiert.

Nadja ist plötzlich von einer tiefen Dankbarkeit erfüllt, Amir als Verbündeten zu haben. Sie weiß nicht, was sie getan hätte, wenn er ihr Angebot, sich aus der Sache rauszuziehen, angenommen hätte.

Eine Kohlmeise landet auf dem Wachstischtuch unmittelbar neben Amir. Sie legt den Kopf schief und sieht erwartungsvoll zu, als er in sein Knäckebrot beißt.

»So ein frecher Racker!«, sagt Torbjörn.

Er kichert, als der Vogel näher hüpft und einige Brotkrumen aufpickt. Anette lacht auch auf. Die Geschichte über Frans abzuladen, scheint ihr Erleichterung verschafft zu haben. Nadja hingegen fühlt sich umso belasteter. Doch die letzten Spuren von Zweifel sind geschwunden. Sie müssen so schnell wie möglich mit Ingela sprechen.

Sie kann es nicht länger ertragen. Kann nicht länger die Klappe halten. Sie würde einen Burn-out bekommen, wie Lina. Oder sie würde Jonas irgendwann umbringen.

INGELA

»Ingela?«, fragt Amir, als das Mittagessen fast beendet ist. »Hättest du gleich einen Moment Zeit, um über eine Sache zu sprechen?«

Er stellt die Frage so unschuldig wie möglich. Aber Ingela merkt, wie er zu Nadja schielt. Und sie hat gesehen, wie sie vorhin gemeinsam zu den Hütten gegangen sind.

Jonas hatte recht, wie immer. Natürlich ist Nadja diejenige, die mit der Zeitung gesprochen hat. Und jetzt hat sie Amir einen Haufen Blödsinn eingeredet, den er natürlich glaubt. Sie hat Ingelas eigenen Assistenten gegen sie aufgehetzt.

Der Zorn wallt wie ein Tsunami in Ingela auf. Bald kann sie bis auf Jonas niemandem mehr vertrauen.

»Ich würde gern in Ruhe meinen Kaffee trinken«, entgegnet sie.

»Wann können wir uns dann unterhalten?«, fragt Nadja.

Die roten Flecken flammen bereits auf Ingelas Hals auf, breiten sich aus. Die Haut am Kragen ihres Blazers juckt. Sie begreift nicht, wie Nadja es wagen kann, sie weiter zu drangsalieren, nach dem, was am Vormittag geschehen ist.

Ingela hebt die Tasse an den Mund, nur um festzustellen, dass der Kaffee leer ist. Sie gibt vor, einen Schluck zu trinken. Ihre Hand ist inzwischen so verschwitzt, dass ihr der Henkel beinahe aus den Fingern rutscht, als sie die Tasse laut klirrend auf der Untertasse abstellt.

Nadja sieht sie mit diesen furchterregenden grauen Augen an, die jeden aus der Fassung bringen.

Sie einzustellen, war wirklich ein grober Fehler gewesen. Ingela hatte kurz zuvor ein Seminar für Führungskräfte besucht, auf dem sie eine Menge über Menschen mit hohem Konfliktpotenzial gelernt hatte, und wie man ihnen aus dem Weg geht. Nach all den Problemen mit Frans hätte ihre Abteilung wirklich einen *Teamplayer* nötig gehabt. Jemanden, der sich einfügt. Stattdessen bekamen sie *Nadja*. Es ist so absurd, dass sie lachen würde, wenn es nicht so traurig wäre.

Jonas ist in ein Gespräch mit Kaj vertieft, es geht um diese Serie, von der er heute Morgen gesprochen hat, aber sie spürt, dass ihm bewusst ist, was vor sich geht. Jetzt muss sie Stärke zeigen, das ist sie ihm schuldig.

Sie haben gemeinsam so hart gearbeitet, aber es war wirklich jeden einzelnen Tropfen Schweiß wert. All die Sitzungen mit der Provinzialregierung, den Verwaltungsorganen, dem Militär, ihren alten Kollegen beim städtischen Bauamt und dem Straßenverkehrsamt. Die endlosen Verhandlungen über das Wasserleitungssystem und die Autobahnabfahrt.

Die Klageversuche von rechthaberischen Streithähnen mit zu viel Zeit. All die Fürsprecher von Pålsson, diesem Bauern. Die Ökologen und ihre Salamander. Die bösen E-Mails und die Leserbriefe in den Zeitungen. Die Beschwerden von Umweltaktivisten bei ihren Vorgesetzten. Der Journalist, der ständig anrief und nach Skandalen fischte. Manchmal fühlte es sich an, als versänke sie in Treibsand, aber für alles, was sie für Jonas getan hat, ist sie tausendfach entschädigt worden.

Er hat ihr Leben zu einem Abenteuer gemacht. Und Nadja ist nichts gegen die Widrigkeiten, mit denen Ingela bereits fertig geworden ist.

»Können wir das nicht heute Nachmittag unter Sonstiges besprechen?«, fragt sie und sieht Nadja mit eindringlichem Blick an.

»Ich glaube, es ist am besten, wenn wir unter sechs Augen reden«, insistiert Amir.

»Dann weiß ich wirklich nicht, was ich tun soll. Vielleicht nach dem Abendprogramm.«

Alle anderen Gespräche am Tisch sind verstummt.

»Es ist wichtig«, sagt Nadja eindringlich.

Ingela schüttelt den Kopf.

»Was wichtig ist, entscheide immer noch ich.«

Darauf erwidert Nadja nichts mehr. Steht einfach auf und geht. Ingela folgt ihr mit dem Blick und führt die leere Tasse erneut an den Mund. Diesmal, um ein Lächeln dahinter zu verbergen.

KOLARSJÖNS STUGBY

Der Mann auf der anderen Seite des Sees ist die Felsen nach oben geklettert und hat sich unterhalb der Plattform, auf der das eine Stahlseil der Zipline-Bahn endet und das nächste beginnt, auf den Bauch gelegt. Sein Fernglas ist auf die geöffneten Balkontüren im ersten Stock des alten Gasthofs gerichtet. Von seiner Position aus sieht er direkt in den Konferenzraum, in dem Roger gerade frische Kaffeetassen auf den Servierwagen stellt.

Roger lächelt die Gäste an, die den Raum betreten. Es fällt ihm jetzt leichter, nachdem er sich etwas beruhigt hat. Jennys Essen hat ihnen geschmeckt, und der Kerl mit den zerzausten Haaren, anscheinend der Chef, ist wirklich nett. Roger lässt sie allein und eilt nach unten in den Speiseraum, um gemeinsam mit Jenny ein paar Reste zu essen, bevor sie den Abend vorbereiten. Sie haben noch eine Menge zu tun. Wieder muss er an Josef denken, und wie enttäuscht er von ihm ist.

Ingela wartet vor dem Whiteboard, bis sich alle gesetzt haben. »Ich hoffe, dass unser Dialog konstruktiver wird als heute Vormittag«, sagt sie mit neugewonnenem Selbstvertrauen und bedenkt Nadja mit einem mahnenden Blick. »Kolarängen wird neue Einnahmen für uns generieren, und ich würde gern die Diskussion darüber eröffnen, welche weiteren Gebiete wir in den nächsten Jahren erschließen können. Wo sollen zum Beispiel all die Leute wohnen, die in Kolarängen arbeiten werden? Reichen die bestehenden Schulen und Kindergärten aus, was wären geeignete neue Standorte? Gibt es andere neue Projekte, die wir verwirklichen wollen?«

Nach und nach sammeln sich die Vorschläge, und die Liste auf dem Whiteboard wird länger. Amir schreibt die Ideen mit immer bedrückterer Miene auf die Tafel. Er weiß, dass, wenn überhaupt, nur einzelne der größenwahnsinnigen Pläne zustande kommen werden. Die Einnahmen, von denen Ingela redet, sind nichts als Wunschträume.

Torbjörn sieht kaum auf, sagt kein Wort. Vor der Rente wird er für die Gemeinde an keinem Projekt mehr arbeiten. Außerdem ist er schläfrig nach dem Mittagessen, und seine Gedanken schweifen ab. Er nimmt ein rhythmisches Hämmern vom anderen Seeufer wahr. Es klingt, als hacke jemand Holz.

Der Nachmittag nimmt seinen Lauf. Sie bringen die Terminplanung auf den neuesten Stand, während sich die Sonne langsam senkt. Sie leuchtet direkt in die Gesichter der müden Kollegen, als sie beim letzten Tagesordnungspunkt angelangt sind. Sonstiges. »Entschuldigt bitte, aber ich habe ein kurzes Anliegen«, kündigt Anette an, und alle anderen wappnen sich. »Ich kann einfach nicht begreifen, warum es so schwer ist, seine Kaffeetassen nicht auf dem Schreibtisch stehen zu lassen. Ich kann ja wohl nicht die Einzige sein, die es eklig findet, wenn diese ganzen Tassen vor sich hinschimmeln.« Sie wirft einen anklagenden Blick in Richtung Torbjörn, den die meiste Schuld trifft. »Und anscheinend muss die Information, dass die grünen Tassen in den sechsten Stock gehören und die beigen zu uns, noch deutlicher kommuniziert werden. Keine Ahnung, warum, aber andauernd verschwinden unsere Tassen, und im Schrank herrscht das reinste Chaos.« Anette hat noch mehr Fragen. Wie viel Arbeitszeit sie für dieses Seminar angerechnet bekommen. Wer eigentlich dafür verantwortlich ist, den Druckertoner zu wechseln. »Ich dachte, wir hätten uns darauf geeinigt, keinen Fisch mehr in der Mikrowelle warm zu machen.« Es ist schon fast fünf, als Lina auf ihr Handy guckt und sieht, dass Johnny ihr eine Nachricht geschickt hat.

Noahs Füße waren klitschnass, als ich die beiden geholt habe. Schönen Dank auch! Wenn er sich erkältet, nimmst du ihn, auch wenn es meine Woche ist. Noch mal mache ich das nicht mit.

Lina ist wie gelähmt. Erst als Amir ihr sagt, dass es Zeit ist, sich für die Ziplinefahrt umzuziehen und sie sich gleich auf dem Vorplatz treffen, blickt sie auf.

Alle verlassen den Konferenzraum und verschwinden nach unten. Ingela ist die Einzige, die über den kurzen Flur geht und die Treppe zum Obergeschoss nimmt, wo sie in einen fast identischen Flur tritt. Zimmer Nummer 12 liegt schräg oberhalb des Konferenzraums. Dort hängt sie ihren Hosenanzug in den Kleiderschrank, in dem es stark nach Lavendelduftsäckchen riecht. Sie erneuert ihre Mascara und trägt frisches Deodorant auf. Fragt sich, ob sie nicht doch lieber eine Hütte genommen hätte, ob das nicht bessere Signale gesendet hätte. Es ist mehr als doppelt so teuer, hier im Haus zu schlafen. Aber Angestellte bringen einer Chefin, die eine angemessene Distanz zu ihnen wahrt, eben mehr Respekt entgegen. *Und wenn Jonas heute Nacht herkommen will, haben wir unsere Ruhe.* Der Gedanke steigt in ihr auf, ehe sie ihn zurückdrängen kann. Ingela blickt in ihr eigenes schuldbewusstes Gesicht, das sie aus dem Spiegel an der Tür des Kleiderschranks ansieht. Auf ihrem Dekolleté haben sich bereits rote Flammen ausgebreitet. Sie holt ihr Handy hervor und schreibt eine Nachricht an ihren zehnjährigen Sohn, konzentriert sich auf ihn, bis sie sich wieder beruhigt hat. Ihr *kleiner Prinz*, er wird viel zu schnell groß, und er erinnert Ingela daran, wie alt sie selbst wird. Er kam so spät in ihr Leben, dass sie fast schon die Hoffnung aufgegeben hatte, Mutter zu werden. Sie fügt Herz-Emojis in allen Farben hinzu und schickt die Nachricht ab. Dann schlüpft sie in Jeans und einen Wollpullover, ohne die neue Unterwäsche anzuziehen, die auf dem Bett bereitliegt. Sie wirft einen Blick durch das Fenster in Richtung See und entdeckt Jenny beim Outdoor-Whirlpool. Ingela steigt in ein Paar geblümte Sneakers und beschließt, im nächsten Sommer mit ihrem kleinen Prinzen herzukommen. *Ein Mini-Urlaub, nur wir zwei.* Ingela lächelt. Denkt daran, dass das Einkaufszentrum dann schon fast fertig sein wird. *2020 wird ein gutes Jahr.*

Unten auf dem Felsen kontrolliert Jenny die Spanngurte, damit die Abdeckung dicht auf dem Whirlpool sitzt. Das Digitaldisplay zeigt neununddreißig Grad an, aber Jenny will die Temperatur bei vierzig haben, bevor die Gäste baden.

Jonas sitzt im Schneidersitz auf dem Holzdeck vor Hütte 1. Er spielt mit den Fingern an den dicken Schilfhalmen herum, während er mit seiner Frau Lollo telefoniert. »Ich bin auf jeden Fall stolz auf dich«, sagt sie empört, als er ihr erzählt, wie er am Vormittag behandelt wurde. Jonas sieht auf, als Nadja das Holzdeck betritt. In Zukunft wird er sie nicht mehr unterschätzen. Heute Abend wird er sie auf seine Seite ziehen.

Als Nadja seinen Blick bemerkt, zieht sie sich zwischen die Hütten zurück. Lauscht dem Tuten aus ihrem Handy. In der Wohnung in Bischkek geht niemand ans Telefon, also versucht sie es stattdessen auf dem Handy ihrer Mutter. Sie wird direkt zum Anrufbeantworter weitergeleitet, aber wenigstens bekommt Nadja ihre Stimme zu hören. Sie hinterlässt keine Nachricht.

In Hütte 1 hält Kaj die Handykamera vor den Spiegel. Dreht seinen nackten Oberkörper in verschiedene Richtungen, um eine Position zu finden, in der das Licht von draußen die V-Form hervorhebt. Als er zufrieden ist, schießt er Fotos von sich selbst. Er schaut mal in die eine, mal in die andere Richtung. Presst die Kiefer aufeinander. Lacht. Setzt eine selbstironische Miene auf. Wählt ein Bild für Instagram aus und löscht die restlichen schnell wieder. Findet ein gutes Zitat im Internet und nutzt es als Bildtext. *Do something today that you will thank yourself for tomorrow.* Er fügt Hashtags aus seiner Notiz-App hinzu und postet das Bild. Dann checkt er Tinder. Keine neuen Matches. Und als er der Frau schreiben will, mit der er am letzten Wochenende ein Date hatte, sieht er, dass sie das Match aufgelöst hat. Kaj fährt sich mit den Fingern über den glatt rasierten Schädel. Er dachte, das Date wäre gut gelaufen, und sie schienen eine Menge gemeinsam zu haben. Sie trainierte auch gern und achtete auf sich und ihren Körper.

Gerade als Kaj einen fest zusammengerollten Trainingspullover aus seiner Tasche holt, kommt Jonas herein. »Verdammt, hast du krasse Pecs«, staunt er. »Mit den Dingern könntest du ja einen Bären erdrücken.« Kaj lacht. Denkt daran, dass er bald in Stockholm wohnt, wo es etwas völlig anderes ist, zu tindern, als hier. In jedem Viertel gibt es genauso viele Frauen wie in der ganzen Provinz Västmanland. Er schlüpft in den Pullover und tauscht seine Chinos gegen Trainingstights, über die er eine Shorts zieht. Zögert einen Moment, ehe er die Frage stellt, die ihm schon seit dem Mittagessen durch den Kopf geht. »Was denkst du, worüber Nadja und Amir mit Ingela reden wollten?« Jonas schüttelt unbesorgt den Kopf. »Ich regele das schon«, sagt er.

In Hütte 2 wechselt Amir seine Kleidung hastig und schlüpft in graue Jogginghosen, ein schwarzes Sweatshirt und eine Windjacke. Erst jetzt, als er einen Moment für sich allein hat, trifft ihn die Erkenntnis über die Reichweite dessen, was Nadja und er vorhaben, mit voller Wucht. Dieses Chaos wird die gesamte Gemeinde erschüttern.

Nebenan, in Hütte 3, ist Eva dankbar, dass von Anette nichts zu sehen ist, denn so hat sie die Hütte einen Moment für sich. Sie hat beschlossen, ihre schwarzen Slacks anzubehalten, auch ihre Schuhe scheinen ihr robust genug, aber sie trägt jetzt lieber eine rosa Bluse und zieht eine warme Strickjacke darüber. *Jetzt werde ich Spaß haben. Ich lasse mir von diesem Ort nicht alles vermiesen. In jedem Fall ist es besser, als zu Hause zu hocken.* Sie schaut zum Fenster, bevor sie die Wodkaflasche ganz unten aus ihrer Tasche hervorholt. Ihr linker Arm ist taub und will nicht richtig, so dass sie die Flasche mit den Oberschenkeln festklemmt und mit der rechten Hand aufschraubt. Sie nimmt ein paar ordentliche Schlucke und versteckt die Flasche wieder in der Tasche. Dann steckt sie sich ein Kaugummi in den Mund.

Lina steht mit einem Glas Wasser vor der Küchenzeile in Hütte 4, eine Atarax zwischen Daumen und Zeigefinger. Innerlich schwankt sie. Die Tablette wird ihr helfen, die Ziplinefahrt zu überstehen, sie dafür aber den restlichen Abend viel zu müde machen. Da geht die Tür auf, und Lina steckt die Tablette schnell in ihre Jeanstasche, bevor Nadja etwas bemerkt. Auf dem engen Raum weichen sie einander unbeholfen aus, und Lina verlässt die Hütte, ohne sich umzuziehen.

Torbjörn hat seine Kleider ebenfalls nicht gewechselt. Er sitzt auf der Terrasse des alten Gasthofs und hält sein Handy ein Stück vom Ohr weg. Die Nachbarin, mit der er telefoniert, hat eine so schrille und durchdringende Stimme, dass er sie hinter ihrem Rücken nur die Sirene nennt. Sie kümmert sich bis morgen Abend um Sylvester, seinen Cavalier King Charles

Spaniel, und Torbjörn lacht herzlich über ihren Lagebericht. Die kleine vierbeinige Diva hasst Regen. Als die Sirene versuchte, ihn zum Gassigehen ins Freie zu bringen, hat Sylvester kurzerhand auf der Vortreppe Platz genommen und sich geweigert, obwohl er so dringend muss, dass er jetzt durchs ganze Haus trippelt und dabei unglücklich winselt. »Er lässt sich nicht vom Fleck bewegen«, klagt die Sirene. »Wie kann ein so kleiner Körper nur so viel Kraft besitzen?« Torbjörn empfindet fast ein wenig Stolz, als er das hört. Er entdeckt Lina, die über den Rasen läuft.

Das Facetime-Rufsignal ertönt dumpf in ihren Kopfhörern, als sie Johnny auf dem Handy anruft. Lina sieht in ihr eigenes müdes und aufgequollenes Gesicht auf dem Display. Als Oscar den Anruf entgegennimmt, setzt sie rasch ein breites Lächeln auf. Am unteren Bildrand tauchen jetzt auch Noahs Stirn und Augen auf. Er lacht und zeigt mit rundlichen Händchen auf sich selbst. »Wir sind bei Oma«, sagen sie beide durcheinander, als sie fragt, was sie gerade tun. »Wir schlafen heute hier«, erklärt Oscar. »Papa trifft sich mit einem Freund.« Lina nickt lebhaft, sagt, das klinge nach Spaß. »Und hier übernachte ich heute.« Sie dreht die Kamera und richtet sie auf die Hüttenreihe, schwenkt sie über den See und weiter zum Haupthaus des Tagungshotels. »Es ist schön hier, oder?«, sagt sie und hält die Kamera wieder vor sich, doch die beiden sind nur mäßig interessiert. »Oma macht Pfannkuchen«, berichtet Noah. Sein Dialekt ist so stark geworden, seit er in den Kindergarten geht. Keiner ihrer Söhne klingt mehr wie sie. Nach ein paar Minuten legen sie auf, und Lina fragt sich, mit wem Johnny sich trifft. Als sie darüber verhandelt hatten, die Tage zu tauschen, hatte er keine besonderen Pläne erwähnt. Vielleicht hat er eine Neue, fällt ihr plötzlich ein. Sie spürt in sich hinein. Versucht, die geringsten Anzeichen von Eifersucht zu entdecken, stößt aber nur auf Erleichterung.

Der Mann auf der anderen Seite des Sees beobachtet, wie Lina das Handy in die Hosentasche ihrer Jeans steckt. Wie Eva den Weg zum Vorplatz entlanggeht. Wie Torbjörn aufsteht und im Hotel verschwindet. Er nimmt das Fernglas herunter und widmet sich wieder den jungen Birken, die er am Nachmittag gefällt hat. Schlägt die dünnen Äste mit seiner Axt ab und beginnt, die Enden der Stämme zu spitzen.

EVA

Eva erreicht den Vorplatz und sieht, dass Anette auf einer Schaukel auf dem Spielplatz sitzt. Natürlich hat sie sich nicht umgezogen. Sie trägt nie etwas anderes als Outdoorkleidung.

Sie ignorieren einander. Die Entfernung zwischen ihnen ist groß genug, um das problemlos tun zu können. Eva bleibt unterhalb der Außentreppe stehen und holt eine neue Schachtel Camel aus der Tasche ihrer Strickjacke. Zieht die Plastikfolie mit den Zähnen ab. Die Hand mit dem Feuerzeug zittert leicht, aber die Wärme des Wodkas durchströmt langsam ihren Körper. Sie zieht so heftig an der Zigarette, dass die Glut knistert. Versucht, das Gefühl, dass jemand im Haus sie beobachtet, zu ignorieren.

Wie viele Male hat sie nicht schon genau an dieser Stelle gestanden und versucht, ihre angekratzten Nerven mit einer Zigarette zu beruhigen?

Beim letzten Seminar hier draußen hatte Eva sich krankschreiben lassen, aber jetzt ist es mehr als zwanzig Jahre her, dass sie zuletzt hier war. Sie dachte, der Ort hätte seine Wirkung auf sie verloren. Sie hat sich geirrt. Das Gebäude hinter ihr steckt voller unguter Erinnerungen, und ausnahmsweise ist sie dankbar über die kommunale Sparsamkeit. Wenigstens muss sie nicht im Haus schlafen.

Eva nimmt einen letzten Zug von ihrer Zigarette, inhaliert tief, auch wenn es nach Filter schmeckt. Sie hält Ausschau nach einem Aschenbecher, aber so etwas gibt es natürlich nicht mehr. Also drückt sie die Kippe in einem der mit Heidekraut bepflanzten Blumentöpfe am Treppenrand aus. Wischt sich die feuchte Erde von den Fingern, als Nadja auf den Vorplatz kommt, jetzt in Jeans und einem weißen Herrenhemd unter der Lederjacke. Nadja geht zum Spielplatz. Steigt über den niedrigen Zaun und setzt sich auf die Schaukel neben Anette.

Es erstaunt Eva, dass die zwei auf einmal so gut miteinander auszukommen scheinen. Sie begreift nicht, was die beiden gemeinsam haben könnten. Nicht, dass sie viel über Nadja wüsste. Wenn sie ehrlich ist, hat sie damit aufgehört, sich sonderlich um all die Neuankömmlinge zu bemühen. Früher blieben die Leute länger bei der Gemeinde, aber in den vergangenen Jahrzehnten hat sie viele junge Menschen kommen und gehen sehen. Es beschleicht sie das Gefühl, dass auch Nadja nicht lange in der Abteilung bleiben wird.

Wahrscheinlich waren es die paar Schluck Wodka, die sie sich in der Hütte genehmigt hat, die sie jetzt weich werden lassen, aber es ist wirklich schön, jemanden freiwillig mit Anette reden zu sehen. Sie kann sich nicht daran erinnern, wann das zum letzten Mal vorgekommen ist.

Hin und wieder vermisst Eva sie immer noch, auch wenn ihr das Vergessen immer leichter fällt. Denn natürlich hat Anette immer ihre Macken gehabt, aber es war die Geschichte mit Frans, die sie vollkommen verbohrt werden ließ. In seinem gesamten letzten Jahr war sie besessen davon gewesen, ihn zu verteidigen. Ein griesgrämiger Sancho Panza mit Ohrstöpseln, der beim Kampf gegen die Windmühlen an seiner Seite ritt. Als Frans ging, war es, als hätte sie ein für alle Mal beschlossen, dass Jonas und Ingela die Schuld für alles Leid der Welt tragen.

Eva schreckt auf, als die Eingangstür zum Hotel hinter ihr aufgestoßen wird, und ihr wird klar, wie angespannt sie tatsächlich ist. Sie dreht sich um und sieht Torbjörn aus der Tür treten, ihr Blick fällt auf seine hoffnungslos abgetragenen Lederschuhe, ausgebeult und formlos durch seine breiten Füße. Das rührt sie, auch wenn es ihr ein wenig peinlich ist.

»Was glotzt du denn so?«, fragt er.

»Tu ich gar nicht. Gibt's denn was zu glotzen?«

Sie wird Torbjörn vermissen, wenn er in Rente geht, aber sie weiß schon jetzt, dass sie den Kontakt verlieren werden.

»Tja«, entgegnet er knapp. »Und du hast dich bestimmt dafür entschieden, dass dieses vermaledeite Einkaufszentrum die Lösung für alles ist.«

Eva seufzt. Der Anflug von Wehmut, der sie gerade noch überkommen hatte, ist wie weggeblasen.

»Irgendwas muss ja passieren, wenn die Gemeinde überleben soll«, erwidert sie. »Oder hast du einen besseren Vorschlag?«

Er starrt sie wütend an, doch offensichtlich kann er nichts darauf entgegnen.

Ein silberfarbener Sportwagen nähert sich auf der Zufahrtsstraße. Eva erkennt gerade noch den Text auf der Seite, ZIPPY EVENTS, bevor das Auto auf den Parkplatz einbiegt und hinter dem weinroten SUV verschwindet.

»Ich hätte es nie für möglich gehalten, dass du jemand

bist, der sich von Jonas und Ingela an die Leine nehmen lässt«, wirft ihr Torbjörn an den Kopf.

»Und ich hätte nie gedacht, dass du einmal klingst wie Anette.«

Sie sieht, dass ihn das getroffen hat. Eva kann sich ein Grinsen nicht verkneifen. Aber bevor Torbjörn etwas erwidern kann, wird die Tür hinter ihm erneut geöffnet.

»Na, da hab ich ja ein perfektes Timing hingelegt«, sagt Ingela keck und zeigt auf den Parkplatz.

Als Eva wieder dorthin schaut, sieht sie eine junge Frau, die mit raschen Schritten Richtung Vorplatz gelaufen kommt. Sie wirkt, als wäre sie direkt einem Werbefilm für Vollkornfrühstücksflocken entsprungen. Kurze blonde Haare, gesunde rote Wangen. In Eva keimt der kindische Impuls auf, sich aus purem Trotz eine neue Zigarette anzuzünden.

TORBJÖRN

Erst als er Jonas' Blicke bemerkt, fällt Torbjörn auf, dass er vor sich hinschimpft. Er presst die Lippen aufeinander. Plagt sich weiter den steilen Pfad nach oben, obwohl er jedes einzelne seiner Wohlstandspfunde spürt. Wie mit heißen Klingen schneidet die Arthrose in seine Knie, die Lungen scheinen mit jedem Atemzug zu schrumpfen und der Schweiß rinnt ihm den Rücken hinab. Die anderen sind die reinsten Bergziegen, sogar Eva, die ihm vom Alter her am nächsten ist. Aber keiner legt dasselbe Tempo an den Tag wie Anette, die mit entschlossenen Schritten dem Gipfel entgegenmarschiert. So sieht sie wohl an den Tagen aus, an denen sie im

Freien ist und Vermessungsarbeiten verrichtet. Jetzt scheint sie ganz in ihrem Element zu sein. Kein Wunder, dass sie Tiere so sehr liebt, wenn sie selbst quasi eines ist. Rastlos und gereizt, sobald sie gezwungen ist, sich in einem Gebäude aufzuhalten.

Torbjörn kämpft sich weiter voran. Verflucht zwischen zusammengebissenen Zähnen seine elendigen Knie. Anette ist jetzt oben angekommen, die anderen sind kurz hinter ihr. Bald werden sie nur noch auf ihn warten.

Er schaut nach oben zu der majestätischen alten Kiefer, von der sie sich in die Tiefe stürzen sollen. Hier unten auf dem Boden ist es schattig, aber die Plattform unterhalb der Baumkrone liegt noch in der Sonne. Die Konstruktion sieht lebensgefährlich aus, keinen Hauch stabiler als ein paar zusammengeleimte Zahnstocher.

»Leck mich am Ärmel«, keucht er.

Als er den Gipfel zum Schluss erreicht, schmeckt sein Mund nach Blut, und er ächzt wie eine alte Dampflok. Die aufgeweckte kleine Blondine, die sich als Cleo vorstellt, lächelt ihn breit an und klatscht in die Hände.

»So, dann wären ja alle oben!«, stellt sie fest. »Kommt mit.«

Sie geht voran durch die Bäume und sammelt die Gruppe vor zwei Birken, vor denen jeweils ein kleines Podest aus dem Gras ragt. Zwischen den Birkenstämmen spannt sich ein wenige Meter langes Stahlseil. Eilig wischt sich Torbjörn mit dem Hemdsärmel den Schweiß von der Stirn.

»Zuerst üben wir auf Bodenniveau«, erklärt Cleo.

»Meinst du, das hält dich aus, Torbjörn?«, witzelt Jonas vergnügt.

Kaj grinst, und Torbjörn hat nicht übel Lust, ihm eine reinzuhauen. In Kajs Alter hat Torbjörn den Ausbau seines Hauses gezimmert und die Steinmauer um den Garten gesetzt, allein. Es wäre ihm nicht im Traum eingefallen, den halben Tag in irgendeinem dämlichen Fitnessstudio damit zuzubringen, sich selbst im Spiegel anzuglotzen. Kajs Muskeln sind bloß Show und haben mit echter Kraft nichts zu tun. Sie sind wie seine Energiekugeln. Ein jämmerliches Substitut für die echte Ware.

Aber Torbjörn will sich keinesfalls anmerken lassen, dass er sich getroffen fühlt. Und außerdem stellt er sich die gleiche Frage wie Jonas.

»Ja, wie ist das für uns, die ein bisschen schwerere Knochen haben?«, fragt er.

Cleo begutachtet ihn von oben bis unten. Scheint im Kopf etwas zu überschlagen.

»Normalerweise sagen wir, dass das Maximalgewicht bei hundertfünfzehn Kilo liegt. Aber das ist eine sehr vorsichtige Angabe, ein bisschen Luft nach oben ist da schon.«

Torbjörn schluckt. Bei seinem letzten Gang auf eine Waage war die Nadel bei hundertzwanzig stehen geblieben, und das war vor der Scheidung gewesen. Wie weit die Anzeige heute ausschlagen würde, daran wagt er gar nicht zu denken.

»Da liege ich wohl ein wenig drüber. Reine Muskelmasse, versteht sich.«

»Na klar.«

Cleo zwinkert ihm zu und öffnet das kleine Vorhängeschloss an einer grünen Kunststoffbox. Daraus holt sie mehrere schwarze Nylongurte, die sie sich über den Arm hängt. An den Rändern leuchten die Gurte neongelb. Torbjörn dreht sich um und schielt wieder zur Kiefer. Aus dieser Perspektive erkennt er eine schmale Leiter, die am Stamm befestigt ist, aber sie reicht nur den halben Weg bis zur Plattform hinauf. Auf dem letzten Stück sind Metallkrampen als Stufen in den Baum geschlagen. Offenbar sollen sie wie Affen an den Metallhaken nach oben klettern, und die dünnen Sicherungsleinen machen keinen besonders vertrauenswürdigen Eindruck.

Als er sich wieder umdreht, verteilt Cleo gerade die Klettergurte. Kaj und Jonas steigen bereits mit den Füßen hinein.

»Wartet bitte noch, bis ich euch einweise«, sagt Cleo zu Jonas. »Dein Gurt ist verkehrt herum.«

»Ja?«, sagt Jonas erstaunt und lächelt so schelmisch, wie er nur kann. »Ich wollte ja auch rückwärts fahren.«

Aber Cleo lacht nicht, und augenblicklich kann Torbjörn sie ein wenig besser leiden. Sie ist bei Lina angekommen und reicht ihr einen Gurt, doch Lina schüttelt den Kopf.

»Ich kann nicht.«

»Aber natürlich kannst du!«, ruft Ingela ihr zu, wie einem ängstlichen Kind. »Wir sind schließlich hier, um uns selbst herauszufordern!«

»Es ist völlig okay, wenn man nicht will«, schiebt Amir hastig ein.

Lina ist ziemlich blass um die Nase. Torbjörn muss zugeben, dass es ihm schwerfällt zu verstehen, wieso manche Leute pausenlos krankgeschrieben werden. Es scheint, als würden alle die ganze Zeit in sich hineinhorchen und nach Symptomen Ausschau halten. Das ist wohl ein weiterer Nachteil dieses verfluchten Selbstverwirklichungswahns, aber in ihrem Fall hat er tatsächlich so etwas wie Mitgefühl.

»Bist du sicher?«, fragt Cleo. »Ich verstehe, dass es ein wenig angsteinflößend wirken kann, aber ich fände es schade, wenn du dich selbst um diese Erfahrung bringst.«

Lina schüttelt beschämt den Kopf, und Cleo geht weiter.

Der Gurt ist schwerer, als Torbjörn erwartet hat. Er folgt den Anweisungen, so gut er kann, und schließlich gelingt es ihm, vorne und hinten auseinanderzuhalten. Er zieht die Beinschlaufen bis zu den Leisten nach oben. Lockert die Schulterriemen so weit wie möglich, bevor er hineinschlüpft. Als er sich aufrichtet, rutschen seine Hosenbeine die halbe Wade hinauf, und die Beinschlaufen quetschen seine Kronjuwelen ab. Gott sei Dank gelingt es ihm wenigstens, den Hüftgurt über dem Bauch zu schließen.

Cleo stellt sich auf eines der kleinen Podeste unter den Birken. Zeigt, wie sie sich ins Stahlseil einhaken und die Seilrolle einhängen sollen.

»Wenn es dann so weit ist, achtet ihr darauf, die Knie zu beugen«, erklärt sie und wippt ein wenig auf und ab.

Torbjörn erinnert sich an die Zeit, als seine Kinder noch klein waren. Wie sie brabbelnd im Türhopser standen, den seine Frau und er in der Küchentür aufgehängt hatten.

»Und dann müsst ihr bloß einen Schritt nach vorn machen«, sagt Cleo und gleitet langsam am Seil entlang zur anderen Birke.

»Das sieht wirklich nicht schwer aus«, sagt Ingela übereifrig.

»Genau. Und dort oben ist es genauso leicht. Der einzige Unterschied besteht darin, dass die Aussicht besser ist und es um einiges schneller geht.« Cleo wendet sich nun an die Gruppe. »Dann würde ich sagen, ihr probiert es alle einmal hier unten aus, damit ihr euch mit der Technik vertraut machen könnt.«

»Alter vor Schönheit«, sagt Torbjörn und drängelt sich an Nadja vorbei, die bereits auf dem Weg zum Startpodest ist.

Wenn er es nachher die verdammte Kiefer nicht bis nach oben schafft, dann sollen sie wenigstens nicht glauben, er bekäme *überhaupt nichts* hin. Cleo überprüft seinen Gurt, zieht probehalber an einem Riemen und reicht ihm einen Helm und Handschuhe. Er zieht beides an und hängt sich in das Stahlseil ein. Sofort ist Cleo neben ihm und deutet auf das Seil.

»Der Karabinerhaken da muss auf der Seilrolle liegen. Da, siehst du die kleine Nut? Ansonsten blockiert der Haken die Rolle ...«

»Ja, ja«, unterbricht Torbjörn sie. »Ich weiß. Ich mache es eben auf meine Art.«

Ein kleiner Fehler kann schließlich jedem passieren. Er beginnt von vorn, macht es richtig. Geht in die Knie, bevor sie es schafft, ihn daran zu erinnern.

»Und los geht die wilde Fahrt«, sagt er und macht den Schritt vom Podest.

Das Seil hält. Er ist um einiges schneller als Cleo, die wohl kaum mehr als eine Tüte Milch wiegt. In einer halben Sekunde ist alles vorbei.

Auch die anderen absolvieren ihre Testfahrten, einer nach dem anderen. Torbjörn versucht, die Nylongurte um seinen Schritt zu verschieben, als niemand hinsieht, aber der Gurt sitzt fest.

»Ich glaube, ihr seid bereit«, sagt Cleo.

»Hoffen wir es mal«, lacht Ingela.

»Falls nicht, werdet ihr es schon merken.«

Wieder zwinkert Cleo und gibt einen Stoffbeutel herum, in den sie alles legen sollen, das nicht in den See fallen soll. Torbjörn spürt, dass sein zwischen den Riemen eingequetschtes Portemonnaie sich bereits aus der Gesäßtasche schiebt, und er legt es ebenso wie sein Handy in den Beutel. Cleo schließt ihn in die Kunststoffbox ein und geht dann voran zur Kiefer.

Von nahem erscheint sie so hoch, dass sie selbst den Herrn im Himmel am Hintern kratzen könnte. Die Stimmung wird immer aufgeheizter. Kaj lacht wie ein Irrer über irgendeinen Kommentar von Jonas.

»Die erste Etappe ist siebenhundert Meter lang«, erklärt Cleo. »Sie endet an einer Plattform auf der anderen Seite des Sees. Dort hakt ihr euch aus, wie wir es geübt haben, und wartet auf mich. Ich fahre als Letzte von hier los.«

Dieses Mal will Torbjörn definitiv nicht der Erste sein. Er hat absolut keine Lust, den Baum nach oben zu klettern, während alle anderen auf sein verschwitztes Hinterteil starren.

Er strafft die Riemen über dem Bauch. Stellt sich vor, wie der Gurt reißt, wenn er von der Plattform tritt. Er würde hart auf dem felsigen Boden aufschlagen. Vielleicht den Hügel hinabrollen. Sich das Rückgrat brechen. Den Schädel zertrümmern.

In seinem Kopf dreht sich alles.

»Dort drüben wechselt ihr dann zum zweiten Abschnitt«, fährt Cleo fort. »Er führt uns zurück über den See und zum Grillplatz, wo Roger und Jenny euch mit Getränken und einem Essen erwarten.«

»Ja, wenn man das überlebt, braucht man garantiert einen Drink«, sagt Eva.

»Während der ganzen Klettertour seid ihr gesichert. Es besteht also keine Gefahr, falls ihr den Halt verliert. Ihr könnt nicht abstürzen«, sagt Cleo und zeigt auf die blauen Seile entlang des Baumstamms.

Torbjörn schaut wieder nach oben. Es ist nicht schwer zu erraten, wie Jonas sich über ihn lustig machen würde, sollte er den Halt verlieren und wie ein überreifer Apfel vom Baum herabhängen. Er zieht den Kinngurt am Helm fest. Fragt sich, was er da eigentlich tut. Keine Chance, dass er das hinbekommt.

»Ich werde oben warten und euch dabei helfen, euch vom Sicherungsseil in die Zipline umzuhängen«, sagt Cleo.

»Und was passiert dazwischen?«, fragt Torbjörn. »Sind wir da also ungesichert?«

»Nein, nein, ihr seid die ganze Zeit über gesichert.« Sie lächelt unbekümmert. »Merkt euch bitte noch diese eine letzte Sache. Wenn ihr euch der Rampe auf der anderen Seite nähert, müsst ihr die Beine ein wenig anwinkeln, damit ihr mit den Füßen nicht gegen die Kante prallt.«

»Das wird ja immer besser«, brummt Torbjörn, aber Cleo scheint ihn nicht zu hören.

»Seid ihr bereit?«, fragt sie in die Runde und klatscht in die Hände. Das Geräusch wird durch die Handschuhe gedämpft. »Ich kann verstehen, wenn euch ein bisschen mulmig zumute ist, aber ich verspreche euch, ihr werdet einen richtigen Kick erleben. Es macht richtig *Spaß*!«

Aber Torbjörn will keinen Spaß haben.

»Ich weiß nicht so recht, ob das alles auch wirklich sicher ist«, äußert er seine Bedenken. »Wie oft wird die Ausrüstung denn auf Verschleiß und solche Dinge kontrolliert?«

Cleo scheint den Faden zu verlieren.

»Wir befolgen alle Sicherheitsvorschriften«, weicht sie aus.

»Man hat ja schon einige Geschichten über solche Anlagen gelesen. Manch einer ist doch dabei hopsgegangen, oder?«

»Torbjörn, bitte.« Ingela funkelt ihn böse an.

»Wer nicht fahren will, kann schon zum Grillplatz vorgehen.« Cleos Lächeln ist steifer geworden. »Er liegt auf einer kleinen Anhöhe am See, von hier aus gesehen rechts vom Hotel.«

Als wüsste er das nicht.

»Ach so, du meinst, er liegt *im Norden*«, korrigiert er sie. »Der Grillplatz liegt *nördlich* von hier.«

Cleos Lächeln ist jetzt völlig erstarrt.

»Jetzt lass doch mal gut sein«, stöhnt Eva.
Torbjörn sagt nichts mehr. Er löst die Gurte, die seine Schultern nach unten drücken und kann sich endlich ganz ausstrecken. Seine Kronjuwelen ächzen erleichtert auf.
»Dann mache ich mich auf den Weg zur Plattform«, sagt Cleo. »Währenddessen könnt ihr ja schon einmal ausmachen, wer zuerst fährt.«

NADJA

Nadja hängt sich in das Sicherungsseil aus blauem Nylon ein. Hält sich an einer Leitersprosse fest. Spürt die Kälte des Metalls durch den dünnen Handschuh. Ihr Herz beginnt sofort schneller zu schlagen.

Sie atmet tief durch die Nase ein. Nimmt die feuchten Gerüche des Waldes wahr. Atmet aus und setzt einen Fuß auf die Sprosse. Macht einen Schritt aufwärts. Und noch einen. Klettert, bis die Sprossen plötzlich vor ihr enden. Sie atmet ein weiteres Mal tief ein. Streckt sich nach einer Krampe. Umklammert die dicke Stahlöse und klettert weiter nach oben. Jetzt lösen sich auch ihre Füße von den Leitersprossen. Ein Vogel zwitschert schockierend nah an ihrem Ohr, und sie begreift, dass sie sich nun in ihrer Sphäre befindet.

Ihre Hand schließt sich um die letzte Krampe. Als sie nach rechts zur Plattform blickt, wird sie von Schwindel übermannt. Sie ist viel weiter entfernt, als sie dachte. Prüfend hangelt sie mit dem Fuß nach der Kante des Bretterbodens. Verflucht ihre kurzen Beine. Aber da ist Cleo. Streckt ihr eine Hand entgegen.

»Du schaffst das schon«, sagt sie ruhig.

Nadja ergreift ihre Hand. Nimmt kaum bewusst wahr, ob sie selbst klettert oder hochgezogen wird, doch auf einmal steht sie mit beiden Beinen auf der Plattform. Sie packt das Geländer und sieht zu Boden.

Ein neuer Anflug von Schwindel erfasst sie. Von hier oben betrachtet sind die Perspektiven völlig verkehrt. Die schlanken Stämme der Kiefern rahmen die nach oben gewandten Gesichter der anderen ein.

Sie sind schrecklich weit entfernt.

»So also sehen uns die Vögel«, hört sie sich selbst sagen.

»Zeit, zu fliegen«, bemerkt Cleo mit einem Lächeln.

Ihre Zähne sind strahlend weiß, und ein frischer Duft nach Natur, nach Wald umgibt sie. Hinter ihr schaukeln die Baumkronen.

Sie befinden sich inmitten der *Baumwipfel.*

Cleo hakt sie in die Zipline ein. Nadja fühlt sich wie benommen, als sie spürt, wie das Stahlseil nun einen Teil ihres Körpergewichts trägt. Sie nach oben zieht. Cleo löst Nadjas Sicherungsseil und führt sie auf der Plattform vorwärts. Hilft ihr dabei, die Seilrolle einzuhängen. Nervös schaut Nadja zur Kante der Plattform. Fühlt sich auf unheimliche Weise davon angezogen.

Von der gegenüberliegenden Seeseite scheint ihr die Sonne direkt ins Gesicht, wo sie bald die Baumwipfel streifen wird. Von hier aus kann sie vage die andere Plattform erkennen, ein heller Fleck zwischen den dunklen Bäumen auf den Felsen.

»Na, wie ist die Luft da oben, ihr Eichhörnchen?«, ruft Torbjörn feixend.

»Ruhe da unten!«, schreit sie und sieht hoch zum Stahlseil.

Bin ich jetzt auch wirklich gesichert?

Bin ich das?
Der Gedanke lässt sie schnell nach Cleos Arm fassen.
»Ich hänge doch jetzt fest, oder?« Ihre Stimme klingt erstickt. »Ich kann nicht runterfallen?«
Cleo lächelt erneut.
»Fallen kannst du. Aber du wirst nicht auf dem Boden aufschlagen. Du hängst hier und dort fest, siehst du? Alles ist in Ordnung.«
Nadja nickt, aber es ist, als würde ihr Kopf diese Information nur verzögert aufnehmen. Cleos Worte dringen nicht richtig zu ihr durch.
»Bist du dir sicher, dass alles mit den Gurten so ist, wie es sein soll?«, fragt sie. »Nichts Ungewöhnliches?«
»Nichts Ungewöhnliches.«
»Ich hatte vorher noch nie Höhenangst.«
Das klarzustellen, erscheint ihr wichtig. Nadja merkt, dass sie kurz davor ist, in Hysterie zu verfallen. Und sie hat Cleos Arm immer noch nicht wieder losgelassen.
»Schau einfach nicht runter«, sagt Cleo ruhig und deutet auf den See. »Konzentrier dich stattdessen lieber auf das Ziel.«
»Du klingst wie ein Life-Coach«, sagt Nadja und schärft sich selbst ein, das Atmen nicht zu vergessen.
Cleo lacht auf.
»Das ist vielleicht gar nicht mal so weit hergeholt«, erwidert sie. »Vergiss nicht, die Knie anzuwinkeln, so wie wir es beim Üben getan haben. Und du musst dich mit beiden Händen an der Schlaufe festhalten.«
Trotz ihrer Angst entgeht Nadja Cleos Augenausdruck nicht. Danach könnte sie süchtig werden.
Widerstrebend lässt sie Cleos Arm los und macht ein paar Schritte vorwärts, bis die Spitze ihres einen Sneakers über

die Kante ragt. Sie sieht in die Tiefe, bevor sie sich selbst zur Räson ruft und es ihr den Atem raubt.

Der Boden ist so schrecklich weit weg. Und dann verschwindet er in einem Abgrund.

Ihre Knie beugen sich wie von selbst. Es ist eher so, als würden sie unter ihr nachgeben. Sie tastet nach der Schlaufe des Sicherungsseils. Packt es.

»Am besten einfach losrutschen«, sagt Cleo.

»Soll ich einfach ... den Schritt ins Leere tun.«

»Wenn du bereit dazu bist.«

Nadja schluckt. Woher soll sie wissen, ob sie bereit dazu ist? Sie wird etwas tun, das jedem ihrer Instinkte widerspricht, entwickelt in Millionen von Jahren der Evolution, und das aus gutem Grund.

Sie hebt einen Fuß. Versucht sich zu überwinden, einen Schritt nach vorn zu machen. Sich nicht länger dem schwachen Zug des Stahlseils zu widersetzen. Loszulassen.

Das ist doch völlig irrsinnig!

»Entschuldigung, dass es so lange dauert«, sagt sie.

»Kein Problem. Wir bleiben so lange hier, bis du dich bereit fühlst.«

Nadja nickt. Senkt den Fuß wieder.

»Aber je länger du hier stehen bleibst, umso schwerer wird es«, sagt Cleo.

Nadja nickt erneut. Ihr Mund ist staubtrocken.

Ein Herzschlag. Noch einer.

Und dann tut sie es plötzlich, ohne nachzudenken. Sie macht einen Schritt ins Leere.

AMIR

Es fühlt sich an, als würde er in die Tiefe stürzen, als hätte er gerade einen fürchterlichen Fehler begangen. Aber der Gurt spannt sich, hält ihn in einem Kokon aus Nylonriemen in der Luft, und Amir juchzt laut, als er das Stahlseil entlangrast. Er winkt Lina zu, die mit Torbjörn unten zurückgeblieben ist. Sie wird kleiner und kleiner, während er immer schneller wird, das Kreischen der Seilrolle immer lauter.

Er dreht sich nach vorn. Jetzt gibt es nur noch das Seil und ihn, der Fahrtwind treibt Tränen in seine Augen, rauscht in seinen offenen Mund, weil er nicht aufhören kann zu lachen. Der steile Hügel saust unter seinen Füßen vorbei, die Baumwipfel scheinen so nah, dass er fast seine Hand ausstrecken und sie berühren könnte.

Er fliegt über den Vorplatz mit dem Fahnenmast und das Hoteldach, hinaus über den Rasen. Die Hüttenreihe sieht aus wie die Häuschen eines Monopoly-Spiels, nicht größer als Würfelzucker, schon ist er über dem Wasser des Kolarsjön. Die Aussicht ist unglaublich. Er kann sogar bis zur Brücke sehen, die sie bei der Hinfahrt überquert haben, obwohl sie fast fünf Kilometer entfernt ist. Amir guckt auf die spiegelblanke Wasseroberfläche weit unter seinen Füßen und entdeckt seine eigene Silhouette vor dem Himmel. Und dann ist er auf der anderen Seite des Sees.

Die Plattform am Seilende rast auf ihn zu. Als er sich der Rampe nähert, hebt er die Füße. Lässt sie wieder sinken, als die Magnetbremse sein Tempo drosselt. Vor ihm ragt die Rampe in die Luft. Laut scharrend gleiten seine Schuhsohlen über die Holzbretter, und mit einem Mal ist es vorbei. Alles ist still.

Amir klinkt sich problemlos aus, wankt aber, als er einen Schritt machen will, und ihm wird klar, dass er sich im Adrenalinrausch befindet. Nadja lacht, sie lehnt neben Anette am Geländer, und er wischt sich die Tränen aus den Augen. Wirft einen Blick zurück zu der Baumkrone, die er gerade verlassen hat. Sieht jemanden, der sich oben auf der Plattform bewegt, wahrscheinlich Cleo.

Er wünschte, Lina hätte sich getraut, es zu versuchen. Dass sie das hier ebenfalls hätte erleben dürfen.

Amir geht zum anderen Ende der Plattform, von wo aus sich das zweite Stahlseil zurück über den See spannt. Jonas hat sich auf das Geländer gesetzt und redet über irgendetwas, während Kaj, Eva und Ingela unterhalb von ihm stehen und ihre gewohnten Rollen als begeisterte Zuhörer spielen.

Je mehr Amir über Jonas versteht, desto mehr Dinge fallen ihm auf.

Jonas ist immer noch der gleiche Typ wie in der Mittelstufe, der die besten Noten bekam, weil er die Lehrerinnen mit seinen Worten einlullen konnte. Selbst die Leute, die ihn umgeben, sind die gleichen. Kaj ist genau wie die Jungs, die um jeden Preis Jonas' Freunde sein wollten. Eva und Ingela wie die älteren Lehrerinnen, die er um den Finger wickelte. Und Lina fiel die Rolle des fleißigen Mädchens zu, das seine Hausaufgaben erledigte.

Vielleicht gab es schon immer Leute, denen es genauso schlecht erging wie Frans, selbst wenn Amir es damals nicht mitbekam. Alles, was er in der letzten Zeit gelernt hat, zwingt ihn, sich auch Erkenntnissen über sich selbst zu stellen.

Es war so viel leichter, wegzusehen. So viel angenehmer, sich nicht ständig zu ärgern. Aber jetzt, da er einmal die Augen geöffnet hat, kann er sie nicht wieder verschließen. Und das hat er Nadja zu verdanken.

Sie merkt, dass er zu ihr schaut. Hebt fragend eine Augenbraue.

Amir schüttelt den Kopf. Hört, wie das Stahlseil singt, und als er dorthin schaut, entdeckt er Cleo, die auf dem Weg über den See ist.

LINA

»Zu meiner Zeit mussten wir so einen Quatsch nicht machen«, sagt Torbjörn. »Da fuhr man *zum Arbeiten* mit der Abteilung zusammen weg und vielleicht noch des Essens wegen.«

Es ist schwieriger, den steilen Pfad hinabzugehen als hinauf. Der Boden ist von goldbraunen Nadeln und losen Steinchen übersät, die einem unter den Füßen wegrollen. Lina beobachtet Torbjörn heimlich, bereit, ihm eine Hand entgegenzustrecken, falls er ausrutschen sollte.

»Zipline«, brummt er, »was für eine dämliche Erfindung.«

Lina weiß, dass Torbjörn mit diesem Gerede versucht, ein wenig verlorenen Stolz zurückzugewinnen. Sie fühlt sich selbst allerdings mindestens ebenso mitgenommen wie er. Sie hatte wirklich vorgehabt, mit der Seilrutsche zu fahren – es zumindest zu versuchen –, aber ein Blick auf den Gurt hatte gereicht, dass sie vor Angst wie gelähmt war. Jetzt hört sie das ihr so vertraute Rauschen der Erschöpfung in ihrem Kopf. Fühlt sich schwer wie Blei.

»Ich kapier nicht mal, was wir hier sollen. Wir haben doch sowieso kein Mitspracherecht bei irgendwelchen Entscheidungen«, fährt Torbjörn fort. »Früher hat man es einmal für *wichtig* gehalten, Weideland zu bewahren, damit wir uns im Falle eines Krieges, einer Wirtschaftskrise oder der Rückkehr der Pest und weiß der Geier was selbst versorgen können. In dieser verrückten Welt kann alles Mögliche passieren, aber daran denkt heute keiner mehr. Die Menschen sind es so gewöhnt, dass ihnen alles auf dem Silbertablett präsentiert wird.«

Lina nickt geistesabwesend. Will nichts lieber als schlafen.

Mit der Müdigkeit fing es an. Sie war endlich in ihre neue Wohnung gezogen. Alles stand an seinem Platz, und das Schlimmste war überstanden, und deshalb wunderte sie sich gar nicht darüber, vor Erschöpfung wie zerschlagen zu sein. Aber die Abgeschlagenheit ließ nicht nach, wie viel sie an ihren kinderfreien Wochenenden und Abenden auch schlief. Jeder Tag begann damit, dass sie wieder und wieder auf die Schlummertaste ihres Weckers drückte, während sie sich selbst dazu zu überreden versuchte, aufzustehen. Nachts lag sie trotz der Müdigkeit wach, weil ihr Kopf so voll war, dass sie nicht abschalten konnte und endlos vor sich hin grübelte. Es grauste ihr davor, abends ins Bett zu gehen, weil sie wusste, dass sie nicht würde einschlafen können, während all die Internetratgeber doch immer unterstrichen, wie wichtig ein guter Nachtschlaf sei. Und Bewegung. Lina brachte kaum genügend Kraft zum Duschen auf. Allein das Heben der Arme, um sich die Haare zu waschen, war zu viel.

An einem Novemberabend kam sie nach der Arbeit nach Hause, stellte die Einkaufstüten im Flur ab und sank zu Boden, fest davon überzeugt, niemals wieder aufstehen zu können.

»Wir haben immer den schlimmsten Fall vorausgesetzt, in aller Interesse«, spricht Torbjörn weiter. »Aber so was geht ja jetzt allen am Arsch vorbei, wenn man stattdessen dem schnöden Mammon einen Tempel errichten und schnelles Geld machen kann, koste es, was es wolle. Nichts wird mehr langfristig gedacht.«

Natürlich raffte Lina sich schließlich vom Boden auf, als sie es nicht länger aufschieben konnte, zur Toilette zu gehen. Und natürlich wusste sie, dass sie ein echtes Problem hatte. Sie redete sich selbst ein, dass es bald besser werden würde – wenn der Arbeitsdruck endlich nachließ. Wenn die Feiertage endlich vorüber wären. Es war das erste Weihnachtsfest für Oscar und Noah mit geschiedenen Eltern, und sie sollten durch die Erfüllung all ihrer Wünsche dafür entschädigt werden. Sie fuhr zum Geschenkekauf nach Västerås und heulte über eine Stunde lang auf einer nach Urin stinkenden, schmutzigen Kundentoilette vor sich hin. Weihnachten kam und ging. Ihre Mutter war vier Tage zu Besuch, und hatte an allem, was Lina tat, etwas auszusetzen. An Silvester fuhr Lina nach Stockholm und versuchte, wieder in ihr früheres Leben einzutauchen, kam sich darin aber fremd vor.

Im Januar folgten die Nächte, in denen sie sich fragte, weshalb sie überhaupt existierte. Sie konnte nicht erkennen, wie sich an ihrer Situation irgendetwas verbessern sollte, sah keine Perspektiven für sich, alles war ihr egal. Selbst was die Kinder betraf. Erst da ging sie zum Arzt.

Torbjörn faselt unentwegt weiter, während das Gelände unter ihnen wieder flacher wird. Ein verwittertes Holzschild weist auf einen Weg, der in den Wald führt. MINI-GASTHOF steht in weißen Großbuchstaben darauf gepinselt. Sie treten aus dem Schatten der Bäume hinaus auf den Vorplatz neben dem Spielplatz, der sie an Noahs nasse Füße erinnert.

»Und dann der arme Lappå«, sagt Torbjörn und sieht sie entnervt an, als hätte er endlich gemerkt, dass sie ihm gar nicht zuhört.

Verwirrt blickt Lina zurück.

»Der Bauer? War er denn am Ende nicht ziemlich zufrieden mit dem Ergebnis?«

Torbjörn schnaubt.

»Das kannst du dir gern von Ingela und Jonas weismachen lassen.«

Sie kommen am Haupthaus vorbei und gehen schweigend hinunter zum See. Der Wind, der vom Wasser her weht, ist frisch, und sie fröstelt, wird sich bewusst, wie kalt und klamm ihr durchgeschwitztes Hemd sich unter der Jacke anfühlt. Torbjörn würdigt sie keines Blickes mehr, und sie weiß nicht, was sie glauben soll. Er ist schon aus Prinzip gegen jede Art von Veränderung, beinahe demonstrativ rückständig, aber ihr ist auch klar, dass sie selbst keine Ahnung hat, was tatsächlich passiert ist. Als die Kolarängen-Verträge in trockenen Tüchern waren, war sie krankgeschrieben worden.

An dem Felsen biegen sie nach rechts ab und gehen an der Rückseite des Saunagebäudes vorbei. Nehmen den Fußweg, der am See entlangführt. Der Wald reicht bis zum Wasser. Dicke Äste wölben sich wie miteinander verflochtene Finger über ihren Köpfen.

»Aber der Bauer hat sich doch mit der Gemeinde geeinigt?«, hakt sie noch einmal nach. Torbjörn sieht sie voller Enttäuschung an.

»Wie entschädigt man jemanden dafür, dass man ihm sein Leben geraubt hat? Und die Zukunft seiner Nachkömmlinge? Das müsstest du doch nachempfinden können, du hast doch selbst Kinder!«

Sie schluckt hart. Ihr Blick heftet sich auf den See zwischen den Bäumen. Herbstlich gelbe Blätter fließen still auf seiner Oberfläche dahin.

»Schau mal!«, sagt er plötzlich und zeigt in den Himmel

vor ihnen. »Wenn das nicht unsere hochverehrte Chefin ist, die da angedüst kommt.«

Sie sieht zur zweiten Ziplinebahn. Erhascht gerade noch einen Blick auf Ingelas helle Jeansjacke, bevor sie zwischen den Bäumen verschwindet.

»Himmel, was für ein Tempo! Das ging fix«, sagt Torbjörn. Schweigend gehen sie weiter. Als der Weg hügelwärts ansteigt, fällt ihr auf, dass er wieder zu hinken anfängt, und geht langsamer.

Auf der Hügelkuppe beschreibt der Weg eine Kurve nach rechts, und die Bäume weichen einem Grillplatz. Die anderen sitzen schon auf Bänken aus dicken, der Länge nach gespaltenen Baumstämmen ums Feuer. Hinter dem Geräusch der Stimmen und dem Knacken des Feuers erklingt typischer Smooth Jazz aus einem Bluetooth-Lautsprecher. Die Gurte liegen hinter den Bänken auf dem Boden, ihre neonfarbenen Ränder leuchten inmitten der Schatten. Wie immer richtet sich Linas Blick als Erstes auf Amir. Er sitzt mit dem Rücken zu ihr; die Umrisse seiner Schulterblätter zeichnen sich unter seiner Windjacke ab. Er unterhält sich mit Roger, der jetzt ein weißes Hemd mit roten Hosenträgern trägt und sich ein kariertes Küchenhandtuch über die Schulter geworfen hat.

Eva entdeckt Lina und Torbjörn zuerst, als sie die Lichtung betreten. Sie winkt ihnen fröhlich zu, und die anderen drehen sich ebenfalls zu ihnen um. Amir strahlt, als er Linas Blick begegnet. Und für einen flüchtigen Moment vergisst sie, ihr Visier unten zu lassen. Lässt sich verleiten zu glauben, dass dieses Lächeln etwas bedeutet.

Doch selbst wenn er sie noch wollte, er hat keine Ahnung, was er sich mit ihr einbrocken würde.

Mit dieser Lina würde er es nicht aushalten. Wie auch? Sie erträgt sich ja nicht einmal selbst.

Und außerdem sitzt Nadja neben ihm. Lina erwidert sein Lächeln und schaut dann hastig weg. Am Rand der Lichtung steht Jenny an einem Tapeziertisch, auf dem ein Wachstuch liegt. Sie trägt einen roten Hoodie und scheint ein wenig zu frieren. Der Tisch biegt sich unter der Last aus Flaschen, Geschirr und Servierplatten. Lina hat sie gerade um ein Glas Weißwein gebeten, als am Lagerfeuer Applaus ausbricht. Als sie dorthin sieht, kommt Ingela zwischen den Bäumen angewankt, die Augen leuchtend vor Aufregung und Adrenalin. Sie hält den Helm in der Hand und versucht, ihre Haare in Ordnung zu bringen.

Lina nimmt ihr Weinglas entgegen, und Torbjörn schnappt sich ein Bier aus einem eisgefüllten Kübel.

»Was für ein irres Erlebnis!«, platzt es aus Ingela heraus, als sie sie beide erreicht. »Ihr hättet nicht kneifen sollen. Ihr habt da wirklich was verpasst.«

Torbjörn starrt sie böse an. Öffnet die Flasche und trinkt einen Schluck.

»Dafür muss man sich nicht schämen«, sagt Jenny munter. »Cleo sagt, dass etwa jeder Zehnte es nicht schafft. Und es sind nie diejenigen, von denen man es denkt.«

Torbjörn stößt ein Rülpsen aus.

»Ja, wir haben uns jedenfalls dazu *entschieden*, es sein zu lassen. Man hat ja schon gehört, dass dabei so manches schiefgehen kann.«

»Ach ja?« Jennys Blick flackert. »Davon weiß ich nichts. Ich ...«

»Ich wollte zum Beispiel wissen, wie oft die Ausrüstung überprüft wird. Aber eine zufriedenstellende Auskunft dazu hab ich nicht bekommen.«

Lina nippt an ihrem Wein. Dem umfangreichen Beipackzettel ihrer Antidepressiva zufolge sollte sie eigentlich gar nichts trinken, aber wenn sie diesen Abend überstehen will, braucht sie ein Glas.

»Ich kann Ihnen versichern, dass die Anbieter es mit der Sicherheit sehr genau nehmen«, sagt Jenny mit einem nervösen Seitenblick zu Ingela.

»Selbstverständlich«, erwidert Ingela. »Hier läuft alles sehr professionell. Wir sind hochzufrieden.«

»Das freut mich zu hören.« Jenny klingt mehr als erleichtert. »Normalerweise haben wir eine junge Aushilfe, die uns zur Seite steht, aber er hat sich krankgemeldet, deshalb war es heute etwas chaotisch.«

Ingela beteuert noch einmal, dass sie vollends zufrieden ist. Lina geht in Richtung Lagerfeuer. Amir ist dichter an Nadja herangerutscht, um ihr, Lina, Platz zu machen. Er klopft neben sich auf die Bank, und sie setzt sich.

Der warme Schein des Feuers hebt die Schönheit seines Gesichts noch stärker hervor.

»So, liebe Leute, dann wären ja alle versammelt«, sagt Roger, und Lina wendet ihm dankbar den Blick zu. »Als Vorspeise gibt es heute Köhlerkuchen. Haben Sie das schon mal gegessen?«

Bis auf Torbjörn und Anette schütteln alle die Köpfe. Roger wickelt sich das Küchenhandtuch um die Hand und nimmt eine große Gusseisenpfanne vom Rost über dem Feuer.

»Dann werden Sie heute wie richtige Köhler speisen«, fährt er fort. »Wie Sie sicher wissen, war die Köhlerei eine schwere und mühsame Arbeit. Die Köhler brauchten Nahrung, die ihnen viel Energie gab.«

»Auf der faulen Haut haben wir heute auch nicht gerade gelegen, was?«, sagt Ingela, die sich hinter Jonas gestellt und ihm eine Hand auf die Schulter gelegt hat.

Ingelas aufgesetzte Munterkeit löst ein unangenehmes Kribbeln in Lina aus.

»Das kann ich mir vorstellen.« Roger gibt einen ordentlichen Klecks Butter in die Pfanne und schwenkt sie. Es zischt laut, und ein süßer, nussiger Geruch steigt vom Feuer auf. »Und dann geben wir gepökeltes und getrocknetes Schweinefleisch hinein ... und Pfifferlinge, die wir eigenhändig in den hiesigen Wäldern gepflückt haben.«

»Herrlich, ich liebe Pfifferlinge ... Kann man dieses Jahr von einem guten Pilzjahr sprechen?«, fragt Ingela.

»Nein«, sagt Anette und wirkt misstrauisch.

Roger scheint es nicht zu bemerken. Die Gusseisenpfanne landet wieder auf dem Rost im Feuer. Bratgeruch steigt in den Himmel, der mittlerweile dunkler geworden ist, als Lina gedacht hat. Außerhalb des Feuerscheins hüllt sie die Abenddämmerung ein.

Ein pfeifendes Geräusch lässt Lina hastig herumwirbeln. Zwischen den Baumwipfeln huscht ein Schatten wie von einer gigantischen Fledermaus vorbei.

Nach dem Bruchteil einer Sekunde begreift sie, dass es Cleo war, die die Zipline heruntergefahren ist, aber der Schreck lässt sie immer noch zittern. Ihr Herz pocht viel zu stark. Die Fingerspitzen kribbeln. Sie trinkt noch einen Schluck Wein.

Reiß dich zusammen, Lina.

»Die Preiselbeeren haben wir auch selbst gepflückt«, sagt Roger.

»Was früher ein Arme-Leute-Essen war, ist heute ein Festmahl, stellt euch das mal vor ...«, bemerkt Ingela. »Das geht mir häufiger durch den Kopf. Es ist so wie mit Hering und ... ja, allen möglichen Sachen.«

»Die einfachen Leute hatten ja keine große Auswahl an

Zutaten, aber andererseits braucht es auch nicht mehr«, sagt Roger, und Ingela nickt nachdrücklich.

Er greift nach einem Topf auf dem Boden neben sich und zieht die Kunststofffolie ab. Es zischt und blubbert von neuem, als er einen hellen Teig in die Pfanne gießt.

»Das ist ein richtiges HCHF-Essen«, sagt Roger und legt eine Kunstpause ein, die etwas zu einstudiert wirkt. »*High calorie, high fat.*«

»Behalten Sie das lieber für sich, sonst wird Kaj nicht wagen, etwas davon zu essen«, sagt Eva lachend. Ihr Atem dünstet bereits den säuerlichen Gestank von Alkohol aus.

Lina schaut zu Kaj hinüber. Sie hat das Foto gesehen, dass er vor ein paar Stunden auf Insta hochgeladen hat. Wie schon so oft hat sie gedacht, dass sie seine Posts verbergen sollte. Alle diese halbnackten und mit platten Kalendersprüchen unterlegten Bilder lösen Fremdscham in ihr aus. Nicht etwa, weil er seinen Körper entblößt und zur Schau stellt, sondern weil er damit so viel Verzweiflung offenlegt. Nichts an seinen Muskeln ist sexy oder attraktiv. Dass Kaj überhaupt Sex hat, ist nur schwer vorstellbar. Es scheint, als wollte er vor allem angeschaut werden.

»Das habt ihr alle wirklich gut gemacht!« Cleo erscheint auf der Lichtung und sammelt Helme und Gurte wieder ein. »Gleich bringe ich euch eure Sachen zurück.«

Als sie zu Lina kommt, sieht sie auf einmal verwirrt aus.

»Ach, stimmt ja, du bist nicht gefahren«, sagt sie.

Lina lächelt reflexartig, bis Cleo weitergegangen ist.

Es wird jetzt rasch dunkel. Lina sieht zum Wald, der den Berg erklimmt. Die Bäume sind kaum noch zu erkennen; ihre Konturen verschwommen.

Nadja sagt irgendetwas, das Cleo zum Lachen bringt, bevor sie in Richtung Gehweg verschwindet.

»Ich möchte einen Toast auf euch ausbringen«, sagt Ingela und wendet sich an Jonas.

»Zuallererst möchte ich dir für deine phantastische Arbeit danken. Du warst nicht nur ein großer Initiator, sondern auch ein Fels in der Brandung. Diese Kombination gelingt nur wenigen. Und es ist wahnsinnig aufregend, dieses Abenteuer mit dir erleben zu können.«

Jonas lacht verlegen. Lina merkt, dass Amir und Nadja Blicke tauschen.

»Aber dieser Toast gilt *euch allen*«, fährt Ingela kichernd fort, als wäre ihr gerade eine Eingebung gekommen. »Ja, auch mir, wenn ich so sagen darf?«

Sie sieht jeden ihrer Mitarbeiter einzeln an. Lina lächelt wieder reflexartig, als sie an der Reihe ist.

»Der Vormittag war hart, zugegebenermaßen, aber danach haben wir uns recht gut am Riemen gerissen, finde ich. Und diese Sache mit der Zipline ist für mich ein äußerst treffendes Symbol dafür, worum es bei dieser Konferenz geht. Es ist nicht immer leicht, den Schritt ins Ungewisse zu wagen. Neues auszuprobieren, kann auch mit unangenehmen Erfahrungen verbunden sein. Aber wir haben einander – und vielleicht auch uns selbst – gezeigt, dass wir mutiger sind, als wir gedacht haben.«

Sie erhebt ihr Glas. Gibt sich feierlich.

»Ich möchte also einen Toast auf alles ausbringen, das wir erreichen können, wenn wir zusammenarbeiten und gemeinsam unsere Ängste überwinden. *Skål!*«

Lina erwidert den Toast wie die anderen. Ihr Blick bleibt an Torbjörns hängen, als sie einen Schluck trinkt.

Die beiden, die nichts erreicht haben. Die keine Ängste überwunden haben.

Amir beugt sich zu Lina. Sein Schenkel streift ihren.

»Hat sie nicht genau dasselbe gesagt, als wir über glühende Kohlen gegangen sind?«, flüstert er ihr zu.

»Ich glaube schon«, erwidert sie gedämpft.

Sie versucht, nicht an die Konferenz im letzten Jahr zu denken, denn dann kommt ihr der Hotelaufzug in den Sinn und die Tatsache, dass Amirs Bein jetzt ihres berührt.

»Und dann muss ich euch wie üblich daran erinnern, dass alle weiteren Getränke heute Abend auf eigene Rechnung gehen«, sagt Ingela und erhält einige muntere Buh-Rufe zur Antwort. »Das ist nicht meine Schuld, so lauten nun mal die kommunalen Vorschriften.«

»Sie dürfen gern bei mir anschreiben lassen und die Getränkerechnung beim Auschecken begleichen«, fügt Jenny hinzu.

Sehnsüchtig schaut Lina zu den Spirituosen auf dem Buffettisch. Wünscht sich zutiefst, sich betrinken zu können, hat aber Bedenken, weil sie nicht weiß, welche Auswirkungen der Alkohol in Kombination mit ihren Medikamenten hätte. Und sie hat nicht vor, hier – mitten im Nirgendwo, im Kreis ihrer Arbeitskollegen – etwas darüber herauszufinden. Vor allem nicht im Beisein just der Person, gegenüber der sie die meiste Selbstbeherrschung aufbieten muss.

KOLARSJÖNS STUGBY

Es ist schon nach zehn Uhr abends. Ein Stern nach dem anderen verschwindet hinter der Wolkendecke, die von Norden her aufzieht. Jenny und Roger haben ein Buffet serviert und räumen gerade die Reste auf. Flaschen wurden geöffnet und geleert, und die To-Do-Liste auf Jennys Block wird immer länger.

Im letzten Dämmerlicht arbeitete der Mann am anderen Ufer so leise wie möglich mit den jungen Birken und den robusten Nylonseilen. Seitdem hat er gewartet. Jetzt öffnet er die Waffentasche und holt etwas heraus, das wie ein Fernglas mit Riemen aussieht, das man sich um den Kopf schnallen kann. Er zieht es auf und rückt die Gläser an ihren Platz vor den Augen. Schaltet den Bildverstärker ein. Eine schwarz-weiße Welt tritt aus der Dunkelheit hervor. Der Mann hält sich eine Hand vors Gesicht. Fasziniert betrachtet er sie. Dann schaut er zur Zipline-Plattform. Sie scheint in der Finsternis zu schweben, milchig weiß. Dahinter strecken sich Äste wie gespenstische Finger gen Himmel.

Er sinkt auf die Knie. Spült eine Oxazepamtablette mit ein paar Schlucken Wasser herunter. Verschließt die Flasche, aber überlegt es sich anders und nimmt noch eine Tablette. Dann zieht er den Reißverschluss der Waffentasche zu und hängt sie sich über die Schulter. Vorsichtig steigt er die Felsen bis zum Kanu nach unten, das er unter zwei Kiefern am Ufer versteckt hat.

Am Lagerfeuer hat Jonas sein Handy mit dem mobilen Lautsprecher gekoppelt und eine seiner eigenen Playlists aufgelegt. Er geht zum Tisch und macht zwei Striche auf seiner Getränkeliste. Während er die beiden Bierflaschen öffnet, beobachtet er seine Kollegen. Sie sitzen in einem Kreis ums Feuer, aber Jonas sieht zwei Halbkreise. Diejenigen, die hinter ihm stehen, und die, die gegen ihn sind. Und nie war es offensichtlicher für ihn, dass sich alle, bis auf Lina möglicherweise, für eine Seite entschieden haben.

»Hier draußen in der Natur fühlt man sich so unbedeutend«, sagt Ingela an niemand Bestimmten gerichtet. »Diese

Bäume sind so viel älter als wir und werden auch noch stehen, wenn wir schon längst nicht mehr sind. Der Gedanke lässt einen richtig demütig werden, finde ich.«

Kaj nimmt das Bier entgegen, das Jonas ihm reicht. Denkt daran, dass es genauso viele Kalorien hat wie ein Stück Kuchen und dass Alkohol Testosteron in Östrogen umwandelt, aber er will nicht als Spaßbremse dastehen. Er nimmt einen Schluck. Mit der freien Hand greift er unter sein Sweatshirt, tastet nach möglichen Fettwülsten. Es ist eine so automatische Bewegung, dass Kaj kaum darüber nachdenkt. Durch die Flammen schaut er zu Amir, denkt, wie athletisch er gebaut ist, wie leicht er einen tollen Körper haben könnte, würde er trainieren. Es ärgert Kaj, dass Amir es nicht einmal versucht, wenn das Leben ihn schon mit einer solchen Grundausstattung bedacht hat.

Der Mann im Tarnanzug paddelt sein silbernes Kanu so schnell wie möglich über das schwarze Wasser des Kolarsjön. Schweiß läuft ihm über das Gesicht. Er hat das Nachtsichtgerät nach oben geklappt. Hält auf den alten Badesteg zu, abseits der Lampen auf dem Holzdeck.

»Wir sammeln jetzt die letzten Reste zusammen, aber bleiben Sie ruhig noch ein Weilchen sitzen, wenn Sie Lust haben«, sagt Roger und hebt einen großen Korb mit Geschirr und leeren Flaschen vom Tisch. »Anschließend kommen Sie einfach ins Haus und trinken dort noch etwas. Und bald sind auch der Whirlpool und die Sauna bereit.«

Eva richtet sich schwankend auf und zündet sich eine Camel an. Sie stellt sich nah genug ans Feuer, dass es sie wärmt, aber weit genug davon entfernt, damit sich niemand über den Zigarettenqualm beschweren kann. Als sie sicher ist, dass niemand hinsieht, befühlt sie vorsichtig ihre linke Schulter, direkt neben dem Schlüsselbein. Fast hätte sie den

Gurt nicht anziehen können. Den Baum nach oben zu klettern, war noch schwerer gewesen. Sie hatte Angst, die Zipline könnte ihre Schulter wieder aus dem Gelenk drücken, viel braucht es dazu derzeit nicht, aber alles ist gutgegangen. Eva nimmt einen Zug. Sieht die automatischen Lampen dort aufleuchten, wo Jenny und Roger zurück zum Gasthof gehen. Die bläulich-weißen Lichter scheinen fast zwischen den Baumstämmen zu schweben.

Zu Evas Überraschung setzt sich Jonas mit seiner Bierflasche auf die Bank neben Nadja. Er bewegt den Kopf zum Takt der Musik. »Billie Eilish ist echt richtig cool«, hört Eva ihn sagen. »Sie macht einfach ihr eigenes Ding.« Nadja erwidert nichts. Sie sieht vor allem genervt aus, aber Jonas lächelt, wie er es immer tut. »Stell dir nur mal vor, mehr junge Frauen hätten die Chance, sich Gehör zu verschaffen und sich selbst zu verwirklichen«, sagt er, und Eva fragt sich, wie ihr Leben hätte ablaufen können, wenn es in ihrer Generation mehr Männer wie Jonas gegeben hätte. *Nadja hat keine Ahnung, wie viel Glück sie hat.*

Roger und Jenny trennen sich beim Felsen. Jenny steigt zum erleuchteten Holzdeck hinauf, löst die Spanngurte und nimmt die schwere Abdeckung vom Whirlpool. Schaltet die Unterwasserlampen ein und startet die Wasserdüsen. Plötzlich fällt ihr etwas ein. Sie schaut zum Rasen, wo Roger im Licht der Terrasse als Schemen zu erkennen ist. »Hast du im Sanitärgebäude das Toilettenpapier aufgefüllt?«, ruft sie und sieht an Rogers Körperhaltung, dass er es vergessen hat, noch bevor er antwortet. »Ich kümmere mich darum!«, ruft sie ungeduldig und rollt die große Poolabdeckung neben das Saunahäuschen, lehnt sie dort gegen die Wand. Aber ihr Ärger ist bereits verflogen, als sie die Treppe zum Garten hinuntergeht. Sie sieht gerade noch, wie Rogers

Gestalt um die Hausecke in Richtung Kücheneingang verschwindet.

Jenny bleibt einen Augenblick stehen. Das hell erleuchtete Haus wirkt in der Dunkelheit wie ein Raumschiff mit Sprossenfenstern. Die Gehwege mit den schwebenden, strahlenden Lampen erinnern an glitzernde Halsbänder, die sich auf schwarzem Samt dahinschlängeln. Auf einmal keimt ein unerwarteter Stolz über alles, was sie an diesem Tag zustande gebracht haben, in Jenny auf. Besonders, da sie sogar ohne Josefs Unterstützung ausgekommen sind. Sie zieht die Ärmel ihres Hoodies über die Hände und geht an den Hütten vorbei zum Sanitärgebäude. Beschließt, sich mit Roger ein Glas Wein zu gönnen, wenn sie mit allem fertig sind. Ihre Gäste haben morgen einen großen Tag vor sich, so dass sie hoffentlich nicht allzu spät ins Bett gehen werden.

Auf der Vorderseite des Sanitärgebäudes leuchten die Lampen hell. Jenny tritt unter das vorstehende Dach und schließt eine der Toilettentüren auf. Sieht sofort, dass der Pumpseifenspender in der Kabine nur halbvoll und die Toilettenpapierrolle fast aufgebraucht ist. Sie geht zur Hinterseite des quaderförmigen Gebäudes. Blinzelt, bis die Augen sich an die Dunkelheit dort gewöhnt haben, ehe sie die Tür zu der kleinen Vorratskammer öffnet und auf den Lichtschalter drückt. Eine nackte Glühbirne erhellt die Regale. Jenny klemmt sich mehrere Rollen Toilettenpapier unter den Arm. *Es kann nie schaden, eine Rolle mehr hinzulegen.* Die Nachfüllbeutel für die Seife stehen auf dem obersten Regalbrett. Sie stellt sich gerade auf Zehenspitzen, da hört sie hinter sich Schritte.

Ein Seifenbeutel fällt auf die Türschwelle, als sie herumfährt. Auf der Wiese ist niemand zu sehen, auch nicht auf der Weide hinter dem niedrigen Holzzaun, der nur wenige

Meter entfernt ist. *Du hast es dir nur eingebildet.* Am alten Badesteg braust der Wind durch die Äste der Hängebirken, lässt sie still in der Luft erzittern. Jenny denkt flüchtig daran, dass sie den Steg reparieren oder abreißen lassen müssen, sobald sie es sich leisten können.

Sie geht in die Knie. Bekommt den Seifenbeutel an einer Ecke zu fassen, verliert dabei aber die Hälfte der Toilettenpapierrollen. Sie flucht. Schafft es schließlich, alles wieder aufzusammeln, und geht zurück zur Vorderseite. Öffnet die Toilettentüren, eine nach der anderen. Füllt Seife und Toilettenpapier nach, kontrolliert, ob alles sauber aussieht. Seit die Gäste angekommen sind, scheint niemand die Toiletten benutzt zu haben, aber die meiste Zeit waren sie natürlich im Haupthaus.

Zurück auf der Hinterseite schaltet sie die Lampe im Vorratsraum aus und hat gerade die Tür abgeschlossen, als sie Atemzüge wahrnimmt. Schnelle und flache. Sie kommen näher. Angst macht sich in ihr breit. *Vielleicht ist es jemand, der mir einen Schrecken einjagen will. Irgendein Witzbold von den Seminargästen.* Jenny dreht sich um. Sieht die Silhouette eines Manns, der im Dunkel stehen geblieben ist, nur einen Schritt von ihr entfernt. Und obwohl sie darauf gefasst war, fühlt es sich an, als würde ihr Herz Eiswasser durch die Adern pumpen. »Kann ich Ihnen helfen?«, fragt sie.

In der schwarz-weißen Welt des Nachtsichtgeräts glänzen Jennys Augen leer und undurchdringlich wie schwarze Glasperlen. Der Mann hebt die Axt mit beiden Händen in die Luft. Schwingt sie seitwärts.

Jenny registriert gerade noch, wie etwas Metallisches vor ihren Augen aufblitzt, bevor alles Licht erlischt. Ihr Kopf füllt sich mit einem berstenden Laut, der sie an einen Baum erinnert, der im Wald gefällt wird. Wie gleißendes Feuer jagt der Schmerz in ihren Schädel. Sie ist sich entfernt bewusst, dass ihre Arme schlaff zu den Seiten herunterfallen, und irgendwo am anderen Ende des Universums ertönt ein knackendes Geräusch.

Der Mann sieht, wie Jennys Kinn nach unten fällt. Blut quillt über ihre Unterlippe. Es knirscht, als er am Schaft reißt, und der Axtkopf löst sich mit einem Schmatzen. Wo Jennys Augen saßen, ist jetzt nur noch ein länglicher Krater. Der Mann lässt die Axt fallen. Schaut auf die verschmierte Schneide und dreht sich um. Rennt zum Holzzaun und übergibt sich. Es kommt nur ein wenig Flüssigkeit. Er hat seit mehr als vierundzwanzig Stunden nichts mehr gegessen.

Danach geht er zurück. Vermeidet es, in Jennys Gesicht zu schauen, während er ihre Taschen durchsucht.

NADJA

Nadja merkt, dass Kaj sie beide von der anderen Seite des Lagerfeuers her ansieht. Er scheint sich ebenso wie sie zu fragen, weshalb Jonas sich zu ihr gesetzt hat.

»Magst du? Ich habe noch nicht daraus getrunken«, sagt Jonas und hält ihr seine Bierflasche entgegen.

»Nein, danke«, erwidert sie.

Sie möchte nüchtern bleiben, bis Amir und sie mit Ingela gesprochen haben. Aber wie lange sollen sie noch warten? Es ist schon halb elf. Und Anette wirkt allmählich ziemlich betrunken. Wer weiß, was ihr plötzlich zu sagen einfällt?

Torbjörn rülpst lautstark.

»Muss das sein?«, zischt Eva.

»Man ist auch nur ein Mensch«, faucht Torbjörn zurück.

Jonas trinkt einen Schluck. Beugt sich mit einem Lächeln dichter zu Nadja. Ihr wird klar, dass er besoffener ist, als sie gedacht hat.

»Sag mal ... Was ist eigentlich zwischen dir und mir schiefgelaufen? Ich weiß ja, dass wir wegen Kolarängen verschiedener Meinung sind, aber das ist ja nichts Persönliches.«

Der Schein der Flammen tanzt über Jonas' Gesicht. Aber das Strahlen in seinen Augen kommt tief aus seinem Inneren. Er scheint dieses Glitzern ein- und ausschalten zu können, wie es ihm beliebt. Fast kann Nadja verstehen, warum Ingela bereit ist, alles für ihn zu tun.

Ingela, die nun zu ihnen hinüberschielt wie eine eifersüchtige Geliebte.

»Normalerweise mögen mich die Menschen«, fährt Jonas fort. »Schade, dass du das nicht auch tust.«

Er nimmt einen weiteren Schluck aus seiner Bierflasche. Die Kunststoffperlen an seinem Armband schimmern im Schein des Feuers. Grün, orange. Das Ende der Fäden ist sorgsam verknotet.

»Ich glaube, dass du damit leben kannst«, sagt sie.

Jonas lacht auf; sein feuchter Atem streift Nadjas Wange.

»Du hast wirklich Humor«, erwidert er.

Er dreht die Musik lauter, und sie erkennt, dass Jonas keine Zuhörer haben will. Hastig blickt er sich um, bevor er sich erneut zu ihr beugt. Er scheint nicht zu merken, dass sie dichter an Amir heranrutscht.

»Und clever noch dazu«, schmeichelt er. »Ich krieg manchmal schon Schiss, wenn ich dich nur ansehe.«

Nadja spürt, wie ihr ganzes Ich innerlich aufschreit. Sich in sich selbst zurückzieht. Trotzdem bleibt sie sitzen. Sie muss herausfinden, was er von ihr will.

»Genug jetzt«, sagt sie und gibt ihr Bestes, geschmeichelt zu wirken.

»Du glaubst, dass ich Witze mache, aber ich schätze dich wirklich sehr. Ich will, dass du das weißt.«

Er hält ihren Blick fest.

»Es muss furchtbar frustrierend für dich sein, hier zu sein. Glaub mir, ich kenne das. Wir haben zu große Träume für dieses armselige Kaff.«

»Was meinst du damit?«

Sie macht gespielt große Augen, blickt ihn erwartungsvoll an. Und er schluckt den Köder, ohne zu zögern.

»Na, nimm zum Beispiel Ingela«, flüstert er und sieht schuldbewusst aus. »Sie ist ein wundervoller Mensch, aber keine gute Chefin. Es ist nicht ihre Schuld, sie ist einfach nicht dafür gemacht. Das hast du doch sicher auch schon bemerkt, oder?«

Jonas lehnt sich noch dichter zu ihr, so dass seine Wange ihre leicht berührt.

»Wir sind uns ähnlicher, als du denkst«, fährt er fort. »Wir zwei wären ein unschlagbares Team. Aber wir müssten dafür sorgen, dass wir hier nicht versauern.«

»Und was, glaubst du, sollen wir deshalb unternehmen?«

Jonas' Wange streift erneut ihre; sie spürt, dass er lächelt.

»Sagen wir mal so ... Ich werde nicht mehr lange hier sein.«

Er verstummt, aber Nadja merkt ihm an, dass er es nicht für sich behalten kann. Sie wartet.

»Ich habe ein Stellenangebot von SBFF«, sagt Jonas. »Ich werde es annehmen. Und ich möchte dich dorthin mitnehmen.«

»Wow!«, bringt Nadja hervor, während sie ihren glühenden Zorn unterdrückt.

Aus irgendeinem Grund hatte sie angenommen, dass

SBFF nur Verachtung für ihn übrig hätte. Ihn höchstens als einen nützlichen Idioten betrachtete. Schließlich ist allgemein bekannt, dass Kommunalvertreter keine Gespräche mit der Wirtschaft führen können. Dass es ihnen nie gelingt, rechtzeitig das Kleingedruckte zu lesen. Oder Forderungen zu stellen, obwohl eigentlich sie die Macht haben, die Grundstücke besitzen und über die Steuergelder verfügen. Sie denkt an all die leer stehenden Sportarenen landauf und landab. Protzbauten für Milliarden von Kronen, für deren Betrieb den Gemeinden das Geld fehlt. Jonas war nur ein weiterer dieser handzahmen Erfüllungsgehilfen, die alles mit sich machen ließen.

Aber sollte sie mittlerweile nicht gelernt haben, dass Goldjungs immer das bekommen, was sie wollen? Obwohl sie es *nicht* verdienen?

Bei den Verhandlungen hätte SBFF seine Gegenpartei sein sollen, stattdessen hat er sich eine Stelle bei ihnen erschlichen. Fast schon imponierend, wenn es nicht so jämmerlich wäre. Aber das erklärt zumindest, weshalb Jonas so ungehemmt Unwahrheiten über das Bauvorhaben in Kolarängen verbreiten konnte. Wenn alles ans Licht kommt, ist er längst über alle Berge.

Sie hätte es begreifen müssen. Natürlich wird Jonas den Fluch fortführen. Wird in anderen Gemeinden neue Goldjungs finden und sie über den Tisch ziehen, so wie er selbst über den Tisch gezogen wurde. Und er wird seine Sache gut machen, denn er weiß genau, was sie hören wollen.

Jonas richtet sich auf. Trinkt einen Schluck.

»Mir liegt es, das große Ganze zu denken, andere zu inspirieren, aber ich bin ein völliger Versager darin, den Überblick über alle Details zu behalten.« Er zeigt ein selbstironisches Lächeln. »Zu meiner Verteidigung muss ich sagen, dass ich das auch nie behauptet habe. Aber *du* bist gut darin.«

»Findest du?«

»Ja. Ich kenne niemanden, der so sorgfältig ist wie du.«

Wenn du wüsstest, wie sorgfältig ich bin, was dich betrifft.

Nadja schaut in die allmählich verglimmende Glut des Feuers. Bemüht sich, einen nachdenklichen Anschein zu erwecken. Wirft einen Blick zu Amir hinüber; er sieht sie fragend an. Aber sie wendet sich wieder Jonas zu.

»Und Kaj?«, flüstert sie. »Nimmst du ihn mit?«

Jonas gibt sich gequält. Kratzt mit dem Zeigefingernagel am Flaschenetikett. Es löst sich leicht vom Glas.

»Ich glaube nicht, dass er reif dafür ist, so gern ich das auch tun würde.«

Sie nickt. Aus dem Augenwinkel sieht sie, dass Kaj sie erneut ansieht, und er tut ihr beinahe leid. Er hat Jonas von Anfang bis Ende geholfen und erhält nichts im Gegenzug für seine blinde Loyalität.

»Was war das für ein Geräusch?«, sagt Ingela plötzlich.

Jonas blickt auf. Stellt die Musik leiser. Und Nadja horcht hinaus in die Nacht. Erst jetzt wird ihr bewusst, wie undurchdringlich die Dunkelheit außerhalb des Feuerscheins ist.

»Alles okay bei dir, Chefin?«, fragt Jonas.

Ingela presst ein Lächeln hervor.

»Ich dachte nur, dass ich etwas gehört hätte.« Verlegen lacht sie. »Draußen auf dem Land habe ich immer ein wenig Angst vor der Dunkelheit ... Man bildet sich so leicht irgendetwas ein.«

»Besonders hier, an diesem Ort«, sagt Jonas und sieht zu Nadja. »Du weißt bestimmt, was hier in den Neunzigern passiert ist, oder?«

Er wartet die Antwort nicht ab, sondern lässt seinen Blick

durch die Runde gleiten. Vergewissert sich, die uneingeschränkte Aufmerksamkeit zu haben. Kaj kichert erwartungsvoll. Dann wird es so still, dass Nadja das Kratzen von Jonas' Bartstoppeln hören kann, als er sich über das Kinn fährt, bevor er sie wieder ansieht.

»Es gab hier ein Heim für schwererziehbare Mädchen. *Richtig* schwererziehbare. Es waren ein Haufen Gerüchte darüber im Umlauf, was hier draußen vor sich gegangen ist, aber es war noch schlimmer, als man ahnte.«

Die Holzscheite knacken und knistern. Senden einen Funkenregen in den pechschwarzen Himmel.

»Einer der Betreuer war ein wahrer Sadist. Er übernahm alle Nachtschichten, die er kriegen konnte. Wenn die Mädchen das Rasseln seines Schlüsselbunds hörten, wussten sie, was ihnen blühte. Er ging immer im Flur auf und ab, damit sie sich fragten, wer von ihnen diesmal an der Reihe war. Dann klopfte er an eine Tür. Immer zweimal. *So.*«

Jonas klopft so fest auf die Bank, auf der Nadja sitzt, dass sich die Vibrationen spürbar unter ihr fortpflanzen. Auf der anderen Seite des Feuers erschauert Ingela theatralisch.

»Da wussten sie, für welche er sich entschieden hatte. Du kannst dir ja vorstellen, was dann passiert ist.« Jonas macht eine abwehrende Handbewegung. »Auf die Details will ich gar nicht eingehen, aber er stand darauf, seinen Schlagstock einzusetzen.«

Nadja verzieht keine Miene. Dieselbe Geschichte hatte sie schon auf dem Frühjahrsball der Neunten gehört, auch wenn ihre Freundin nichts von dem Schlagstock erzählt hatte. Ob Jonas dieses Detail vielleicht selbst dazugedichtet hat?

»Sie konnten nichts tun«, spricht er weiter. »Zu der Zeit glaubte niemand den Erzählungen junger Mädchen. Und noch dazu waren sie ja sowieso ›Rotzgören‹.«

Er malt ironisch große Gänsefüßchen in die Luft. Schüttelt den Kopf.

»Können wir über etwas Angenehmeres reden?«, sagt Eva gereizt.

Ihr Blick ist glasig. Sie ist deutlich betrunkener als alle anderen. Aber Jonas lächelt nur beschwichtigend.

»Hab keine Angst. Er wird seine verdiente Strafe bekommen.« Wieder richtet er sich an Nadja. »Die Mädchen beschlossen, etwas dagegen zu unternehmen. Als sie eines Tages in seiner Begleitung eine Wanderung um den See machen sollten, hatten sie reichlich Zeit, ihren Plan umzusetzen, denn es war eine Ganztagestour. Am Morgen stahlen sie ein Messer aus der Küche.«

»Shit!«, kommentiert Kaj hingerissen.

Jonas nimmt einen Schluck Bier. Betrachtet den Schaum in der grünen Glasflasche.

»Zur Mittagszeit hatten sie die halbe Strecke zurückgelegt und sollten irgendwo auf der anderen Seeseite ihren Proviant zu sich nehmen. Ungefähr an der Stelle, wo wir mit der Zipline angekommen sind, muss es gewesen sein ...«

Er dreht sich um und blickt in die Dunkelheit, als könne er dort etwas sehen.

»Die Mädchen überfielen ihn gemeinsam. Drückten ihn ins Moos, hielten ihn fest und ...«

Jonas macht eine bezeichnende Bewegung mit dem Daumen über die Kehle. Die Story hat definitiv eine andere Wendung genommen als die Geschichte, die Nadja in der Neunten erzählt wurde.

»Hätten sie es nicht geschafft ... dann wäre ihr Leben die Hölle gewesen, noch schlimmer, als es das ohnehin schon war. Aber sie schafften es.«

Er legt eine dramatische Kunstpause ein.

»Anschließend haben sie seine Leiche im See versenkt.«

»Das übrige Personal muss sich doch gefragt haben, was aus ihm geworden ist«, wendet Nadja ein.

»Sie wussten, was er trieb, und sahen daher lieber weg.« Unschuldsvoll blickt sie ihn an.

»Entschuldige, aber jetzt bin ich komplett verwirrt. Du hast doch gerade noch gesagt, dass niemand den Mädchen glaubte?«

»Niemand von denen, die ihnen hätten *helfen* können.« Jonas versucht seine Ungeduld zu unterdrücken. Scheint sich wieder in die richtige Stimmung versetzen zu wollen.

»In der darauffolgenden Nacht hörten sie wieder das Rasseln des Schlüsselbunds. Die Schritte auf dem Flur. Und ein Klopfen an einer Tür.«

Wieder klopft Jonas zweimal auf die Bank. Ingela zuckt zusammen, und diesmal ist nichts Aufgesetztes daran.

»Das Mädchen, an dessen Tür es klopfte, war natürlich außer sich vor Angst, hielt die Spannung aber nicht länger aus. Also öffnete sie ...«

Jonas verstummt, Kaj kichert leise. Sein Blick ruht gespannt auf seinem großen Idol.

»Sie wurde psychotisch und hat seitdem kein Wort mehr gesagt«, fügt Jonas mit zufriedenem Grinsen hinzu. »*Niemand* weiß, was sie gesehen hat. Aber vor ihrer Tür waren feuchte Fußspuren.«

Er lacht. Leert seine Bierflasche.

»... und wenn sie nicht gestorben sind, dann leben sie noch heute.«

»Brr«, macht Ingela und schlingt in ihrer Jeansjacke die Arme um sich. »Und ich schlafe heute Nacht da oben im Haus.«

»Es ist nicht gesagt, dass er zu dir kommt. Wir alle sind Eindringlinge in seinem Revier. Er könnte an jede Tür klopfen.«

»Ich habe diese Geschichte schon mal gehört«, sagt Nadja, »aber darin starb eins der Mädchen, nachdem er sie vergewaltigt hatte. Er bekam Panik und versenkte sie im See. *Sie ist diejenige, die hier draußen herumspukt.*«

Jonas zuckt grinsend mit den Schultern.

»Wir werden ja sehen, wer uns heute Nacht erscheint.« Plötzlich wird er ernst. »Klar ist das nur eine Gruselgeschichte, aber sie kann ja ein Körnchen Wahrheit enthalten. Und *das* ist das wirklich Beängstigende daran. Dass diese Mädchen so ausgeliefert waren.«

Er schüttelt den Kopf. Sieht betroffen aus.

»Also«, sagt Torbjörn und klopft sich energisch auf die Knie. »Wenn wir hier schon Gruselgeschichten zum Besten geben, dann hört euch lieber eine richtige an.«

TORBJÖRN

»Es gab mal einen Köhler, der mit seinem Sohn an einem Kohlenmeiler auf der anderen Seite des Sees arbeitete«, beginnt Torbjörn. »Das war vor ungefähr einhundert Jahren.«

»War der Sohn dann ein Freund von dir?«, fragt Jonas stichelnd.

Aber Torbjörn lässt seinen Blick nicht von Eva weichen.

Sie verträgt fast keinen Alkohol, also hat sie wie gewöhnlich ordentlich einen in der Krone. Doch sie lächelt dankbar. Scheint zu begreifen, was er vorhat. Die anderen sollen Jonas' idiotische Geschichte vergessen.

»Der Junge war nicht älter als dreizehn, aber sein Vater hatte ihm bereits alles beigebracht, was er über die Köhlerei wusste. Eines Abends musste er den Jungen allein beim Meiler zurücklassen, um zu Hause Proviant zu besorgen. Und wahrscheinlich wollte er auch eine Weile ungestört mit seiner Alten sein.«

Torbjörn erinnert sich noch an die Neunziger, als man über Problemjugendliche sprach, die von der Gesellschaft mit Samthandschuhen angefasst und verhätschelt würden. Als der alte Gasthof am Kolarsjön zu einem Heim für schwererziehbare Mädchen umgebaut wurde, erreichte diese Debatte auch ihre Stadt. Torbjörn gehörte damals zu denen, die darüber tuschelten, dass es ein unwürdiges Schicksal für den einstigen Stolz der Region sei, obwohl die Gebäude lange leer gestanden hatten und langsam verfielen.

Der Feuerschein hat Schatten und Falten aus Evas Gesicht gezaubert. Beinahe kann er die junge Eva sehen, so wie sie damals aussah: Als sie ihn zum Verstummen brachte, indem sie ihm erzählte, dass ihre Tochter Helena eines der Mädchen war, die hierherziehen sollten.

»Es war nicht weit bis zum heimischen Hof«, setzt er seine Geschichte fort. »Aber der Wald war tief, und in diesen Breiten wimmelte es von Tieren. Von Waldgeistern ganz zu schweigen.«

Jonas gibt vor, zu schnarchen, und Kaj kichert laut. Aber Torbjörn merkt, dass die anderen ihm tatsächlich lauschen. Er konzentriert sich, denn er ist nicht so betrunken, dass er nicht gemerkt hätte, dass er bereits ein wenig lallt.

»Dem Jungen wurde angst und bange, als sich die Nacht herabsenkte. Hier wird es ja ziemlich duster, wie ihr seht. Und damals war es noch viel finsterer ...«

Lina sitzt nach vorn gebeugt, das Kinn auf eine Hand gestützt. Wirkt verängstigt. Fast bekommt er ein schlechtes Gewissen. Aber eben nur fast.

»Er war sich immer sicherer, dass jemand im Dunkeln stand und ihn beobachtete. Bald hatte er eine solche Angst, dass er in seine Hütte kroch. Dort saß er und lauschte angespannt, aber er hörte nichts. Und nicht lange danach schlief er ein. Das Allerschlimmste, was einem Köhler passieren kann ... ihr kennt doch das Gedicht? *Schwarz schleicht die Nacht um steiniges Land – Schlaf nicht ein, schlafe ja nicht ein! Wenn du einschläfst, kann dich wecken ein höllischer Brand, und die brotlose Sorge wird dein.*«

Er verstummt, selbst überrascht, dass die Verse ihm noch präsent sind. In den Siebzigern, als sie frisch verliebt gewesen waren, hatten seine Ex-Frau und er oft Lieder von Dan Andersson gesungen. Offenbar ist dieses Gedicht damals hängen geblieben, denn er kann sich nicht daran erinnern, wann er es zuletzt gehört hat. Geschweige denn, wann zuletzt gesungen.

Torbjörn zwingt sich zurück in die Gegenwart.

»Er erwachte durch fürchterliche Schreie, und als er aus der Hütte trat, entdeckte er, dass der Meiler explodiert war. Er kletterte hinauf und schaute hinab in das entstandene Loch – und dort sah er ein Wesen, das mitten in der Glut stand.«

In diesem Moment durchbricht das Knacken eines Holzscheits die Stille. Kaj fährt zusammen, und alle brechen in Gelächter aus. Torbjörn unterdrückt ein Grinsen, besser hätte er es nicht planen können.

»Völlig verbrannt«, spricht er mit lebhafter Stimme weiter. »Die Haut überall kohlschwarz, und es streckte ihm die Arme entgegen, ungefähr so ...«

Torbjörn fuchtelt mit den Armen in der Luft, als wolle er etwas einfangen. Bier schwappt aus seiner Flasche.

»Aber es war nur ein Traum. Der Junge wachte erst wieder

auf, als sein Vater in der Morgendämmerung zurückkehrte. Er bekam natürlich ordentlich den Hintern versohlt, weil er den Meiler nicht ordnungsgemäß bewacht hatte. Als der Junge aber von seinem Traum erzählte, wich dem Vater die Farbe aus dem Gesicht. Von der verkohlten Gestalt hatte er selbst in vielen Nächten am Meiler geträumt, schon lange bevor der Junge geboren wurde.«

»Brr, das war ja eine wirklich unheimliche Geschichte«, sagt Ingela. »Aber Jonas, ich denke, so langsam wäre es Zeit für deine ...«

»Sie ist noch nicht zu Ende«, unterbricht Torbjörn sie. »Im Jahr darauf rief die Arbeit am Meiler erneut. Vater und Sohn waren kaum eine Woche fort, da schreckte die Frau auf dem heimischen Hof mitten in der Nacht auf. Es war taghell, der Himmel leuchtend gelb. Ihr war auf der Stelle klar, dass der Meiler brannte, und sie rannte durch den Wald, so schnell ihre Beine sie trugen.«

Er sieht wieder zu Eva. Sie war so unglücklich gewesen, als sie von ihrer Tochter erzählte. Damals fragte sich Torbjörn gelegentlich, ob aus ihnen ein Paar hätte werden können, wenn sie nicht beide bereits verheiratet gewesen wären. Ja, manchmal fragte er sich sogar, ob nicht trotzdem etwas zwischen ihnen laufen könnte. Richtig glücklich schien sie in ihrer Ehe mit Knut nicht zu sein. Knut mag nach außen wie ein richtiges Weichei wirken, aber stille Wasser sind tief: Torbjörn hat die blauen Flecken auf Evas Armen gesehen. Einen grünlichen Schatten, der unter dem Puder auf ihrer Wange durchschimmerte. Vielleicht war es kein Zufall, dass ihre Tochter nervenkrank wurde. Wer weiß, was sie in ihrer Kindheit miterleben musste?

Der Zorn lässt ihn den Faden verlieren, und es kostet ihn einige Kraft, seine Gedanken wieder zu sammeln.

»Als die Frau zum See kam, stand dort der Sohn und weinte. Der Meiler war abgebrannt, und es war nichts als Asche von ihm übrig. Ihr Mann war in den Flammen gestorben, seine Hände zu Klauen gekrümmt ... genau wie in dem Traum, den Vater und Sohn gehabt hatten. Es war ein Omen gewesen. Der Mann hatte *sich selbst* gesehen.«

Es wird vollkommen still um ihn.

»*Jetzt* ist die Geschichte zu Ende«, sagt er.

»Okay, ich geb's zu«, sagt Jonas mit einem Zwinkern. »Die war gut.«

Torbjörn trinkt einen Schluck seines inzwischen lauwarmen Biers. Sieht zu Ingela, die die Hände zusammenschlägt.

»Nun ist es so, dass Jonas eine Überraschung für uns hat«, verkündet sie.

Kaj blickt neugierig auf. Nicht einmal die Ken-Puppe weiß also, welche Teufelei jetzt kommt.

Ingela lächelt Jonas an.

»Ich schlage vor, du machst dich auf die Socken und holst sie, und wir treffen uns gleich oben im Speiseraum?«

Der Wichtigtuer lässt sich selbstverständlich nicht zweimal bitten und ist schon auf dem Weg zum Hauptgebäude. Torbjörn leert seine Bierflasche und stellt sie vor sich auf den Boden. Schaut zu denen, die sitzen geblieben sind. Das Feuer erlischt langsam, und im Schein der Glut haben ihre Gesichter einen fast scharlachroten Ton angenommen. Er muss sich eingestehen, dass er sie vermissen wird, trotz allem.

Sicher gehen sie ihm bisweilen gehörig auf den Wecker, aber seit der Scheidung bilden diese Menschen sein gesamtes soziales Leben. Der Rest seines Daseins besteht größtenteils aus dem langen Warten, dass der Abend vorbeigeht, das Wochenende vorbeigeht. In Haus und Garten gäbe es eine Menge zu erledigen, Arbeit hat er reichlich, aber er kommt nie zu etwas anderem, als mit Sylvester auf dem Sofa zu lümmeln und sich über debile Unterhaltungssendungen auf TV4 aufzuregen. Seine Ex-Frau hat zweifellos alle Hände voll zu tun, die Dinge zu unternehmen, mit denen sie ihm immer in den Ohren lag, als sie noch verheiratet waren. Sie lädt zu Abendessen ein, besucht ihre Söhne in Stockholm und fährt ständig mit ihrem neuen Kerl in den Urlaub.

Während ihrer Ehe wollte Torbjörn nur faulenzen und in Ruhe gelassen werden. Jetzt haben sie beide bekommen, was sie wollten. Er ist so viel allein, dass es wahrlich genug ist. Ohne den Hund wäre er völlig verloren.

In ihm öffnet sich ein riesiger Abgrund, als er daran denkt, was er tun soll, wenn er nicht einmal mehr eine Arbeit hat und auch Sylvester nicht mehr ist. Er wird sich niemals einen neuen Hund anschaffen, das weiß er, denn diese Trauer bewältigt man kein zweites Mal. Soll er dann einfach auf den Tod warten? Oder darf er sich zuerst darauf freuen, im Seniorenheim Malmen zu landen? Mit anderen hilflosen Alten vorgekautes Essen futtern, tagein, tagaus in die Windeln machen und auf Besuch hoffen, der nie kommt?

Ihm steigen die Tränen in die Augen, und er könnte losheulen. Was wäre das nicht für ein hübsches Bild.

Jetzt sitz nicht hier rum und werd sentimental, Torbjörn. Da spricht bloß das Bier aus dir.

Die anderen stehen auf, klopfen sich den Hosenboden ab, aber Torbjörn bleibt sitzen und starrt in die Glut, bis er sicher ist, dass er seine Gefühle wieder unter Kontrolle hat.

»Vielleicht könnten wir uns auf dem Weg ein wenig mit dir unterhalten?«, hört er Nadja sagen.

Als er aufsieht, stehen sie und die Perserkatze vor Ingela, die kein bisschen so aussieht, als würde sie sich gern unterhalten.

»Nicht jetzt, wo die Stimmung so gut ist«, protestiert sie.

Amir beugt sich vor und sagt etwas. Ingela sieht, sofern das möglich ist, noch schlechter gelaunt aus, aber sie nickt.

Torbjörn steht auf und folgt den anderen nach unten zum Kiesweg, wo die automatischen Lampen anspringen. Er schielt über die Schulter zu dem verbliebenen Trio am Lagerfeuer.

»Was haben die denn vor?«, fragt er.

»Nichts, worüber man sich Gedanken machen müsste«, meint Kaj, obwohl er besorgt aussieht.

NADJA

Die Stimmen der anderen werden immer leiser. Nur das Rauschen des Windes in den Bäumen ist noch zu hören.

»Und was gibt es so Dringendes?«, fragt Ingela. »Können wir das jetzt hinter uns bringen?«

»Uns ist bewusst, dass du große Hoffnungen mit Kolarängen verbindest«, setzt Amir an.

Nadja merkt, dass er mit seiner sanftesten Stimme spricht, dass er versucht, ihr zu schmeicheln. Aber ihre eigene Geduld ist am Ende. Sie hat die E-Mail von heute Vormittag aufgerufen und hält Ingela das Handydisplay entgegen. Der kalte Schein entblößt ihre schweren Augensäcke, die tiefen Falten der Erschöpfung.

»Lies das!«, fordert Nadja sie auf.

Ingela schüttelt den Kopf wie ein bockiges Kind. Streicht sich eine aschblonde Haarsträhne aus dem Gesicht.

»Ich muss gar nichts lesen.«

»IKEA kommt nicht!« Frustriert schwenkt Nadja das Telefon vor Ingelas Augen. »Ich habe gestern dort angerufen und heute die Antwort per Mail bekommen. Sie haben noch nicht mal von Kolarängen gehört.«

»Wovon sprichst du?«, faucht Ingela und schiebt das Telefon beiseite.

»Ich spreche von einer E-Mail, die beweist, dass Jonas uns geradewegs ins Gesicht gelogen hat.«

Ingelas Augen verengen sich zu Schlitzen.

»Du beweist damit nur eines, nämlich dein zutiefst illoyales Verhalten gegenüber unserer Abteilung. Wie, glaubst du, stehen wir da, wenn eine unserer Mitarbeiterinnen in so einer Sache anruft? Dass IKEA kommen wird, ist doch ein Geheimnis. Das hat Jonas die ganze Zeit über gesagt. Natürlich erzählen sie es nicht jedem x-Beliebigen.«

Ungläubig sieht Nadja sie an. Lässt das Handy sinken.

»Es geht nicht nur um IKEA«, schaltet sich Amir ein, noch immer in sanft schmeichelndem Ton. »Es existieren keinerlei offizielle Zusagen von den großen Ketten. Es gibt sogar kaum *Absichtserklärungen*.«

»Na und? Es ist nicht unsere Aufgabe, dort Läden anzusiedeln, sondern die der Immobilieneigentümer.«

»Sicher«, erwidert Nadja. »Aber der springende Punkt mit Kolarängen war schließlich, neue Unternehmen in der Gemeinde anzusiedeln, oder? Deshalb haben die Politiker dem Projekt doch überhaupt erst zugestimmt.«

»Selbstverständlich wird es dort Geschäfte geben. Und Jonas hat dafür gesorgt, dass lokale Unternehmer …«

»Wir haben erfahren, wie hoch die Mieten dort sein werden«, fällt Nadja ihr ins Wort. »Ich kann dir sagen, dass sich das nur die ganz großen Fische im Teich werden leisten können. Und keiner von denen hat sich vertraglich verpflichtet.«

Ingela atmet schwer. Aber sie erhebt keine Einwände. Nadja weiß nicht, ob das bedeutet, dass sie zu ihr durchgedrungen sind, oder ob Ingela einfach nur dichtgemacht hat. Nadja weiß nur, dass sie jetzt die ganz schweren Geschütze auffahren muss.

»Wir hätten das Doppelte für das Grundstück verlangen können«, sagt sie. »Es ist mindestens dreißig Millionen wert.«

Ingela blinzelt. Flüchtig scheint die nackte Angst in ihrer Fassade durch.

»Wer behauptet das?«

»Ein externer Berater, den Jonas damit beauftragt hat, marktübliche Preise für diese Art von Grundstücken zu ermitteln«, sagt Amir. »Aber das passierte erst, *nachdem* es verkauft worden war.«

Ingela schüttelt den Kopf.

»Weshalb sollte er so etwas tun?«

»Keine Ahnung. Vielleicht ist ihm klar geworden, dass er einen Fehler begangen hat, aber zu dem Zeitpunkt war es schon zu spät.«

»Apropos Berater«, bemerkt Nadja. »Weißt du überhaupt annähernd, wie viele Beraterstunden in Rechnung gestellt wurden?«

Sie wünschte, ebenso ruhig wie Amir klingen zu können. Den vorwurfsvollen Unterton in ihrer Stimme unterdrücken zu können. In Ingelas Blick ist die Wut zurück.

»Ist doch logisch, dass er Berater dazugeholt hat! Wenn du so schlau bist, wie du immer tust, müsstest du wissen, dass das gängige Praxis ist.«

»Jonas hat ihnen aber keinerlei Vorgaben gemacht. Hat keine bestimmten Leistungen von ihnen gefordert. Auf einem Großteil der Rechnungen fehlen sogar die Auftragsbeschreibungen, das Geld ist einfach ungehemmt geflossen«, fügt Amir hinzu.

»Genau das habe ich schon versucht, mit dir zu besprechen, als ich in der Abteilung angefangen habe«, sagt Nadja. »Es scheint, als hätte Jonas nicht mal selbst gewusst, wofür er die Berater überhaupt engagiert hat.«

Sie verliert den Faden, lacht auf, weil das alles so absurd ist.

»Vielleicht hätte er auch dafür Berater engagieren sollen.«

Nadja erkennt ihren Fehler sofort, als Ingela sie angeekelt ansieht. Jetzt hat sie definitiv zugemacht.

»Du kannst mit deinem Gezeter aufhören«, sagt sie und geht in Richtung See. »Ich habe nicht vor, dir weiter zuzuhören. Mit jemandem, der so hysterisch ist, kann man nicht reden.«

Nadja bleibt mit Amir zurück und sieht ihr nach.

Hysterisch. So hatten Ingela und Jonas auch Frans bezeichnet. Nadjas Wut erklimmt völlig neue Höhen, als sie daran denkt, was ihr Vorgänger erleiden musste.

Amir und sie tauschen einen Blick und folgen Ingela, die gerade den Gehweg erreicht hat. Nach dem schwachen Schein der Feuersglut ist der Schein der automatischen Lampe neben ihr blendend grell.

»Warte, Ingela!«, ruft Amir ihr hinterher.

Sie dreht sich auf dem Absatz um, so dass der feine Kies unter ihren Sohlen knirscht. Aber sie würdigt Nadja nicht einmal eines Blickes.

»Ich weiß nicht, warum du ihr überhaupt Gehör schenkst«, sagt sie. »Berater sind nötig, wenn Jonas seine guten Beziehungen zu SBFF aufrechterhalten will. Bei allen Geschäften spielen Beziehungen eine ausschlaggebende Rolle. Auch wenn *sie* das nicht kapiert zu haben scheint.«

Nadja muss sich zurückhalten. Natürlich war Jonas bestrebt, seine guten Beziehungen zu SBFF zu bewahren. Für ihn hat es sich ja auch gelohnt. Aber während Ingela hier steht und ihn verteidigt, ist er schon dabei, sie zu verlassen. Aber das würde sie Nadja niemals glauben.

»Das ist ein persönlicher Feldzug gegen Jonas«, fährt Ingela fort. »Ich weiß, ehrlich gesagt, nicht, was in dir vorgeht, Amir. Ihr wart doch befreundet, bevor sie hergekommen ist.« Sie geht weiter, den Hügel hinunter; Amir und Nadja folgen ihr. Die nächste Lampe geht an. Erhellt raue Baumstämme und gelbe Blätter. Das Wasser des Kolarsjön glänzt schwarz wie Öl.

»Das ist nichts Persönliches«, widerspricht Amir. »Und auch kein Feldzug. Nadja hat mich nur erkennen lassen, was für eine Luftnummer dieser verdammte Bau ist!«

Es gelingt ihm nicht länger, die Wut in seiner Stimme zu zügeln. Vielleicht ist es ein strategischer Fehler, aber Nadja ist erleichtert darüber. Sie fühlt sich dadurch nicht mehr so allein, nicht mehr so hysterisch.

Sie ruft das Dokument auf, das Amir und sie die letzten Tage im Büro zusammengestellt haben. Schließt zu Ingela auf. Hält ihr wieder das Handy entgegen.

»Hier siehst du die Kostenaufstellung für die Zufahrtsstraße zu dem Areal«, sagt sie und scrollt vor Ingelas abgewandten Augen durch das Dokument. »Und so viel hat es gekostet, Strom- und Wasserleitungen dorthin zu legen und die Kanalisation zu errichten. Hier ist die Kostenaufstellung für den Parkplatz, dessen Kosten die Gemeinde und nicht SBFF übernommen hat, worauf Jonas sich eingelassen hat. Jetzt müssen wir alles mit Steuergeldern finanzieren. Straßen instand halten, Schnee räumen ... das wird uns immense Folgekosten einbrocken, Jahr für Jahr.«

»Wer nicht wagt, der nicht gewinnt«, entgegnet Ingela.

Genau das würde Jonas sagen. Ingela ist zu seiner Marionette geworden, und er zieht an den Strippen.

»Jonas hat dich getäuscht, kapier das doch endlich!«, bricht es aus Nadja heraus.

Schließlich dreht sich Ingela zu ihr um, verlangsamt das Tempo ihrer Schritte aber nicht.

»Er hat sein Bestes gegeben. Ich sehe, wie hart er arbeitet! Ich *kenne* ihn!« Ingela spuckt die Worte geradezu aus. »Und für wen *hältst* du dich überhaupt? Was hast du denn zustande gebracht, außer schlechte Stimmung zu verbreiten und Unfrieden zu stiften?«

Nadja wischt sich energisch mit dem Ärmel der Lederjacke Ingelas Speicheltropfen aus dem Gesicht.

»Begreifst du nicht, dass wir dir helfen wollen?«, sagt sie. »Was machst du, wenn morgen bei der Zeremonie Fragen gestellt werden? Die Zeitung hat doch schon Lunte gerochen.«

»Die Zeitung weiß gar nichts.«

»Noch nicht, vielleicht. Aber ...«

»Sie wissen nichts, weil es nichts zu wissen gibt.«

Sie gehen an dem Felsen und der Sauna vorbei. Weiter in den dunkel daliegenden Garten. Folgen dem gepflasterten Weg zum Haus und der Terrasse, die in gelbem Licht badet. Die Türen zum Speiseraum stehen offen, die Stimmen der anderen dringen zu ihnen heraus. Gleich sind sie dort. Dies ist ihre letzte Chance, Ingela dazu zu bewegen, ihnen zuzuhören.

»Was, glaubst du, werden deine Vorgesetzten dazu sagen? Oder die Politiker? Sie werden dir die ganze Schuld zuschieben. Nur so können sie ihr Gesicht wahren. Und Jonas wird dir nicht beistehen. Du wirst den ganzen Mist allein ausbaden müssen!«

»Untersteh dich, mir zu drohen!«, zischt Ingela.

»Warum fühlst du dich bedroht, wenn du sicher bist, dass alles richtig zugegangen ist?«, fragt Amir.

Sie haben sich der Terrasse inzwischen so weit genähert, dass sein Gesicht im Lampenschein neongelb erscheint. Ingela erwidert nichts. Und Nadja erkennt, dass sie sie nicht retten können.

Ingela will sich nicht helfen lassen. Sie ist Jonas viel loyaler ergeben als den Bürgern der Gemeinde. Ihre Angst, ihn zu verlieren, ist größer als die Angst, ihre Stelle zu verlieren.

Nadja ist nicht nur naiv gewesen, als sie in der Abteilung anfing – sie war es bis zuletzt.

»Die Journalisten werden auch Fragen über Frans stellen, wenn sie es nicht schon längst getan haben«, sagt Amir, als Ingela oben auf der Terrasse angelangt ist.

Ingelas Rücken versteift sich. Für einen Moment sieht es aus, als würde sie sich zu ihnen umdrehen wollen. Aber sie geht weiter, zur Terrassentür, ihre Schritte hallen lautstark auf den Planken wider.

Amir flucht leise. Sieht genauso frustriert aus, wie Nadja sich fühlt.

»Wir haben es immerhin versucht«, sagt er.

»Ich brauche jetzt einen Drink.«

»Ich auch.«

Nadja blickt zur Terrasse.

»Ich weiß nur nicht, ob es eine so gute Idee ist, da reinzugehen und in Gesellschaft der anderen ...«

Sie unterbricht sich, als eine Bewegung ihre Aufmerksamkeit auf sich zieht. Jemand rennt über den Gehweg, der von den Hütten zum Parkplatz führt. Und ihr rutscht das Herz in die Hose.

»Was zum Henker ist das denn?«, sagt sie, und Amirs Blick folgt ihrem.

Zu spät. Die Gestalt ist schon hinter der Hausecke verschwunden. Und sie sah so surreal aus, dass Nadja sich unwillkürlich fragt, ob sie sich alles nur eingebildet hat.

Der Kopf war im Verhältnis zum Körper viel zu groß. Ein Schlapphut, tief in die Stirn gezogen. Und die Gestalt hatte eine Art Axt in der Hand gehalten.

Als wäre einer der Köhler von den Bildern in der Eingangshalle in einer Gruselversion lebendig geworden.

EVA

Eva nimmt die Brille ab und poliert sie mit einem Zipfel ihrer Bluse. Hält die Gläser gegen das Licht des Kristallkronleuchters und stellt fest, dass sie die Fettflecken lediglich verschmiert hat. Stattdessen benutzt sie jetzt eine Ecke der Tischdecke und setzt sich die Brille gerade rechtzeitig wieder auf, um Ingela von der Terrasse hereinkommen zu sehen.

Irgendetwas an ihrem Lächeln wirkt sonderbar. Sie winkt wild, um Rogers Aufmerksamkeit zu wecken, und bestellt ein Glas Rotwein, ehe sie sich an den Tisch setzt.

Eva wendet sich wieder Lina zu. Versucht sich daran zu erinnern, worüber sie gerade gesprochen haben. Es ging um Kinder. Irgendetwas über Linas Söhne. Aber Eva hat den Faden verloren.

»Es geht schneller, als man denkt«, sagt sie. »Genieß jeden Moment, sonst bereust du es später.«

»So ist es wohl«, erwidert Lina und fährt mit dem Finger über den Fuß ihres Weinglases, das mit Cola gefüllt ist.
Eva nickt bestimmt.
Sie ist Linas Jungs schon mehrmals im Büro begegnet. Sie waren immer ganz lieb und still. Haben etwas gemalt oder mit dem Tablet gespielt. Lina ist eine gute Mutter, allem Anschein nach.
Sie wird es sicher besser hinbekommen als ich.
Eva leert ihren Gin Tonic. Ihr ist ein wenig schwummrig. Sie weiß, dass sie ins Bett gehen sollte, aber sie will nicht riskieren, wach in der Hütte zu liegen, gefangen in ihren Gedanken, wo alles Mögliche aus der Tiefe aufsteigen kann. Heute Abend lässt der Alkohol sie nicht vergessen. Er bringt Erinnerungen hoch.
Roger serviert Ingelas Wein, und Eva nutzt die Gelegenheit, sich einen weiteren Drink zu bestellen.
»Danke, für mich nicht«, antwortet Lina auf die Frage, ob sie noch etwas trinken möchte.
Sie schaut verstohlen zur Terrassentür. Wartet wohl darauf, dass Amir auftaucht. Dass die beiden ineinander verschossen sind, erkennt selbst ein Blinder, aber in diesem Augenblick ist weder von ihm noch von Nadja etwas zu sehen.
Von Jonas ebenfalls nicht. Wobei Eva im Moment ziemlich froh ist, ihn nicht sehen zu müssen. Er ist schon immer eine Spur unbedarft gewesen, das ist Teil seines Charmes, aber die Gruselgeschichte hat sie richtig wütend gemacht. Besonders als er ihre Versuche ignorierte, ihn zum Aufhören zu bewegen.
Eva lässt das Glas in ihrer Hand kreisen. Die Eiswürfel darin stoßen klirrend gegen den Rand. Natürlich ahnt Jonas nicht, was dieser Ort für sie bedeutet. Dass es hier Gespenster gibt, die höchst real sind.

Als sie das letzte Mal hier war, trug der Ort einen anderen Namen. Fenster und Türen waren verschlossen. Gästeschlüssel gab es nicht. Auch keine Terrasse dort draußen, nur einen eingezäunten Pausenhof. Und niemandem war es erlaubt, unbeaufsichtigt hinunter zum See zu gehen.

Unter den neuen Tapeten müssen noch Blutreste von selbstzugefügten Wunden existieren. Kann sich auch Angst in den Wänden festsetzen? Schreie, wenn sie laut genug waren? Oder die Trostlosigkeit, die schwer über allem hing und einem das Atmen schwer machte?

Die Sinnlosigkeit schien die Welt ihrer Farben zu berauben. Zehn, elf Mädchen, die nichts anderes zu tun hatten, als darüber zu reden, wie schlecht es ihnen ging. Eine von ihnen war ihre Tochter. Helene. Das unlösbare Rätsel. Der Hilferuf, auf den sie keine Antwort fand.

Klar ist das nur eine Gruselgeschichte, aber sie kann ja ein Körnchen Wahrheit enthalten, hatte Jonas gesagt.

Was, wenn es stimmt? Helene ging es nicht besser, als sie hier wohnte, im Gegenteil. War es, weil jemand ihr weh tat? Eva mochte das Personal, aber vielleicht war sie zu naiv? Sah nur, was sie sehen wollte?

Und wo bleibt ihr verdammter Drink?

Eva schaut kurz in Richtung Schwingtür zur Küche, aber durch das kleine Fenster ist niemand zu erkennen. Ihr Blick bleibt bei Torbjörn hängen, der am Kopfende des Tisches sitzt und dem armen Kaj einen Vortrag über die Agenda 21 hält. Kaj gibt sich demonstrativ desinteressiert, damit Torbjörn zu reden aufhört. Was selbstverständlich nicht fruchtet.

Eva befeuchtet ihren Mund mit dem bitteren Schmelzwasser aus ihrem Glas. Hört, wie sich die Tür zur Eingangshalle öffnet.

Agenda 21. Zu Beginn der Neunzigerjahre stellte man

große Ziele auf, um im folgenden Jahrhundert die Armut abzuschaffen und die Umweltzerstörung zu stoppen. Kaj war zu dieser Zeit wahrscheinlich noch nicht einmal im Kindergarten. In jenen Tagen hatte sie Torbjörn zum letzten Mal für eine Sache brennen gesehen. Wenn er schon nicht die ganze Welt retten konnte, dann wenigstens ihre kleine Stadt.

Damals glaubte Eva, dass Torbjörn vielleicht auch sie selbst aus ihrem Leben retten könnte, über das sie jegliche Kontrolle verloren hatte. Es kam nie dazu, aber heute Abend eilte er ihr nach Jonas' Gruselgeschichte zu Hilfe. Er ist der Einzige, der etwas weiß. Und sie hätte sich bei ihm bedankt, wenn sie Worte dafür gehabt hätte.

Eva zuckt zusammen, als hinter ihr ein lautes Klopfen erschallt.

»Was ist denn *das* bitte?«, blafft Anette auf der anderen Tischseite und stellt ihr Weinglas ab.

Eva dreht sich auf dem Stuhl um und schnappt nach Luft. Spürt, wie Lina neben ihr völlig erstarrt.

Die Gestalt in der Tür zur Eingangshalle trägt einen zerbeulten Schlapphut über einem rußverschmierten Gesicht aus Filzstoff. Darunter ein zu einem stummen Lachen weit aufgerissener Mund und kugelrunde Pausbäckchen, die beinahe die Augen verdecken. In der einen Hand hält die Figur eine Plastikaxt, in der anderen einen kleinen Spaten. Auch Hemd, Hose und die zugeknöpfte Weste sind über und über mit Ruß und Schmutz bedeckt.

Mit einem Ächzen wendet sich Torbjörn auf seinem Stuhl um. Starrt verdutzt auf die Figur, die einen Köhler darstellen soll.

»Meine Damen und Herren«, sagt die Gestalt und nähert sich dem Tisch. »Kann man sich zu diesem Fest noch dazugesellen?«

Eva erkennt die Stimme sofort, obwohl sie eine Oktave tiefer ist als sonst und den Dialekt überbetont.

»Jonas«, sagt Kaj und kann sich kaum halten vor Lachen.

»Gott, wie gruselig«, findet Eva.

»Jonas? Wer ist das? Ich heiße ... *Kohli*!«

Er breitet die Arme aus und führt einen kleinen Tanz auf, der die Haare aus Garn unter der Hutkrempe schwingen lässt. Schlägt mit der Axt vor Kaj auf den Tisch, so dass dessen Glas umkippt und sich eine rote Weinlache auf der Tischdecke ausbreitet.

»Das Teil hast du also in dem Müllsack versteckt?«, fragt Kaj und erhält eine Verbeugung als Antwort.

Eva kann Jonas' Kopf hinter dem dünnen roten Stoff erahnen, der das Innere von Kohlis offen stehendem Mund bildet.

»Darf ich vorstellen? Das ist Kohli, das hauseigene Maskottchen von Kolarängen«, sagt Ingela stolz und steht auf. Sie legt einen Arm um ihn und tätschelt seine Brust. »Er gibt sein Debüt erst morgen bei der Zeremonie, aber wir wollten, dass ihr ihn schon vorher kennenlernt, nicht wahr?«

»Jippjopp«, antwortet Kohli mit einem entschlossenen Nicken. »Eine PR-Agentur aus Stockholm hat mich für eine Social-Media-Kampagne entworfen, die im Sommer 2020 startet. In den Werbefilmen soll mich anscheinend ein sehr gutaussehender und talentierter junger Kerl spielen.«

»Ja, er heißt Jonas, und wir kennen ihn gut.« Ingela lacht und zieht ihn noch näher an sich heran, so dass der weiche Stoffkopf an ihrer Wange platt gedrückt wird. »Und Kohli mag Kinder besonders gern, nicht?«

»Sieht er deshalb aus wie ein Kinderschänder?«, murmelt Torbjörn leise, aber Gott sei Dank scheint Ingela es überhört zu haben.

»Ganz genau«, antwortet Kohli. »Mein Bild wird an der

Fassade hängen, und manchmal kann man mich im Einkaufszentrum treffen.«

»Aber dann wird nicht Jonas in Kohlis Rolle schlüpfen«, sagt Ingela. »Dafür hat er viel zu viel bei uns in der Gemeinde zu tun, oder?«

»Wer ist Jonas?«, erwidert Kohli erneut und lässt den Spaten fallen, als er fragend die Arme ausbreitet.

Die Schwingtür zur Küche wird aufgestoßen. Roger erblickt Kohli und erschrickt kurz, ehe er Evas Drink an den Tisch bringt.

Amir und Nadja sind aus der Eingangshalle hereingekommen, bleiben an der Flügeltür stehen und bestaunen das Spektakel.

»Du hast sicher auch einen eigenen Slogan, war es nicht so?«

Ingela klingt wie die Moderatorin einer Kindersendung. Genauso enthusiastisch, genauso schwachsinnig.

Kohli beschreibt eine große Geste.

»*Ärger dich nicht schwarz ... kauf in Kolarängen*«, sagt er.

Kaj pfeift anerkennend und applaudiert gemeinsam mit Ingela. Eva kann sich nicht richtig dazu durchringen, in den Beifall einzustimmen. Torbjörns Geistergeschichte hat sie daran erinnert, wie schwer die echten Köhler der Gegend an ihren Meilern einst hatten schuften müssen, und jetzt hat irgendeine Stockholmer Agentur ein lächerliches Maskottchen aus ihnen gemacht, das Plastikspielsachen an junge Familien verkaufen soll.

Gott, steh mir bei, denkt sie. *Jetzt fange ich auch schon so an wie Anette.*

Sie schaut verstohlen zu Anettes zusammengepressten Lippen auf der anderen Seite des Tisches und entschließt sich, nicht alles so bierernst zu nehmen. Die Sache mit Kohli wird sicher lustig für die Kinder. Bei diesem Gedanken kommt ihr jedoch ein anderes Kind in den Sinn.

Auf einem Weihnachtsbasar im Gemeindezentrum ist sie einmal Lappå und seiner Familie begegnet. Der kleine Sohn hatte dieselben eisblauen Augen wie sein Vater und hielt einen roten Spielzeugtraktor fest umklammert. Erklärte stolz, dass er ebenfalls Bauer werden wolle, wenn er groß sei. Aber jetzt ist das Land fort.

Eva wischt die Erinnerung beiseite und fällt in den Schlussapplaus ein. Trinkt einen Schluck ihres eiskalten Drinks.

Als Ingela fertig geklatscht hat, sieht sie zu Amir und Nadja hinüber. Jonas muss seinen gesamten Körper drehen, um durch den Maskottchenkopf in dieselbe Richtung gucken zu können.

»Weißt du was, Kohli? Ich glaube, wir müssen auf dich anstoßen. Der Sekt geht heute auf die Gemeinde.«

Kohli dreht sich wieder um.

»Ergebensten Dank, hübsche Dame«, flötet er mit einer weiteren Verbeugung.

Amir und Nadja schweigen. Wechseln lediglich einen Blick und verlassen den Speiseraum wieder. Eva sieht ihnen verwundert hinterher. Bemerkt, dass Lina das Gleiche tut.

Jonas zieht den Stoffkopf ab. Sein Gesicht darunter ist ganz rot. Er grinst fast so breit wie Kohli.

KOLARSJÖNS STUGBY

Der Mann im Tarnanzug hat sich mit Jennys Schlüsseln Zugang zu Hütte Nummer 9 verschafft, der letzten in der Reihe. Er sitzt auf einem der unbezogenen Betten. Schickt eine SMS von Jennys Handy ab, das er mit ihrem Fingerabdruck entsperrt hat. Als die Nachricht verschickt ist, aktiviert er einen Störsender und versteckt ihn unter dem Bett. Wartet gespannt einige Sekunden, ehe er erneut auf das Handy schaut und zufrieden feststellt, dass es keinen Empfang mehr hat.

Der Breitbandanschluss der Hotelanlage ist ebenfalls mobil. Jetzt kann im Umkreis von einem Kilometer niemand mehr telefonieren oder ins Internet gehen, und er hat bereits überprüft, dass hier draußen keine alte Festnetzleitung existiert. Er steht vom Bett auf. Hält inne, als er hört, wie in der Nähe eine Tür geöffnet wird.

Anette hat es nicht länger ausgehalten, Jonas in seinem affigen Maskottchenaufzug im Speiseraum herumalbern zu sehen. Sie betritt die dritte Schlafhütte und schaut auf Evas leeres Bett. Knabbert am Nagel ihres Zeigefingers und hofft, dass sie es schafft einzuschlafen, bevor Eva sich hinlegt. Sie schließt die Tür ab, geht durch die Hütte und lässt das Rollo am seewärts gelegenen Fenster herunter. Zieht Jeans und Fleecejacke aus und hängt sie über die Leiter zum oberen Bett. Löscht das Licht und tastet sich bis zu ihrem Bett. Holt die Ohrstöpsel hervor, die sie unter dem Kopfkissen bereitgelegt hat. Die Welt verstummt. Kann ihr nichts mehr anhaben. Sie kriecht unter die Decke. Es ist herrlich, sich auszustrecken, und sie schaut zum Fenster. Von der Außenbeleuchtung auf dem Holzdeck sickert ein wenig Licht rechts und links des Rollos in den Raum. Sie denkt daran, wie Nadja und Amir sie vor ein paar Stunden hier in der Hütte abgeholt haben. Womöglich gibt es doch noch Hoffnung auf Gerechtigkeit für Frans, und darauf, dass aus dem Einkaufszentrum in Kolarängen nie etwas wird. Anette seufzt tief, ausnahmsweise vor Erleichterung. Als könnte sie zum ersten Mal seit über einem Jahr richtig durchatmen.

Amir sitzt neben Nadja auf ihrem Bett in Hütte 4. Sie kontrollieren die kurze E-Mail, die sie auf ihrem Handy geschrieben haben, auf Rechtschreibfehler. Sie ist an den Verwaltungsdirektor adressiert. Ingela steht in CC. Im Anhang befindet sich das Dokument, das sie sich heute Abend geweigert hatte anzusehen. Amir sieht als Erster vom Display auf. Begegnet Nadjas Blick und nickt ihr zu. Ihre beiden Herzen klopfen wild, als Nadja auf *Senden* drückt. Sie warten auf das bestätigende *Woosh* des Signaltons, aber die Mail wird nicht abgeschickt.

Leise zieht der Mann in den Tarnkleidern die Tür hinter sich zu, als er die Hütte Nummer 9 verlässt, und verschließt sie. Er beeilt sich, den gut ausgeleuchteten Gehweg zu verlassen. Setzt das Nachtsichtgerät auf und nähert sich dem Hotelgebäude durch die Dunkelheit. Mitten in der Bewegung hält er inne, als er durch die erleuchteten Fenster des Speiseraums einen Blick auf Kohli erhascht. Er zieht den Schultergurt der Waffentasche straffer. Bleibt stehen. Ballt die Fäuste.

Jonas hat Ingela, Eva, Kaj, Torbjörn und Lina nebeneinander an einen Tisch gesetzt. Er steht hinter ihnen, die Hände auf zwei Stuhllehnen ruhend. Unter Kohlis Kopf ist es warm, und Jonas sieht ungeduldig zu Roger, der mit dem Handy ein Foto machen soll. »Halten Sie es andersherum«, sagt er. »Andersherum. Hochkant. Nein, so.« Linas Lächeln wird immer steifer. Roger geht einen Schritt zurück, um die gesamte Gruppe aufs Bild zu bekommen. Beinahe wirft er einen Stuhl um. Unter seinen Armen bilden sich Schweißflecken, ehe Jonas zufrieden ist.

Roger gibt das Handy zurück und geht auf die Terrasse.

Schaut zum Felsen mit der Sauna. Er hat Jenny nicht mehr gesehen, seit sie sich dort getrennt haben, und er hat keinen Schimmer, wo sie abgeblieben ist. Eine altbekannte Unruhe erwacht in ihm. Roger hat Angst, dass Jenny die Entscheidung bereut, alles auf diesen Traum hier gesetzt zu haben. Oder noch schlimmer, dass sie bereut, es mit ihm getan zu haben. Er holt sein eigenes Handy aus der Hosentasche und sieht, dass es eine SMS empfangen hat. *Komm z. Grillpl.!*

Irritiert schaut Roger auf das Display. Als er Jenny antworten will, fällt ihm auf, dass er keinen Empfang hat. Er hofft, dass es nur ein kurzzeitiger Ausfall ist und dass die Gäste nichts bemerken, denn ein unzuverlässiges Netz ist nun wirklich keine gute Werbung. Roger wirft einen raschen Blick in den Speiseraum. Für den Moment scheinen alle zufrieden.

Der Mann mit der Tarnkleidung steht im Dunkeln und sieht, wie Roger nach unten in den Garten vor der Terrasse geht. Den Weg über den Rasen abkürzt, um auf den Pfad zum Grillplatz zu kommen.

Jonas nimmt Kohlis Kopf wieder ab und stellt ihn auf einen Tisch. Will das Foto an seine Mutter und Lollo schicken, doch wie ihm auffällt, hat er weder WLAN noch ein mobiles Netz. Er flucht und geht auf die Terrasse. Ingela folgt ihm mit dem Blick. Versucht, die Angst zu übertönen, die sich in ihr festgebissen hat. *Jonas würde mich nie im Leben belügen. Wir sind ein Team.*

Als Roger den schmalen Kiesweg entlanggeht, leuchten die automatischen Lampen eine nach der anderen auf. Er fragt sich, was Jenny am Grillplatz macht. Er hat dort bereits die letzte Glut gelöscht, den Lautsprecher und die übrigen Flaschen und Gläser geholt. *Hat sie etwa vor, den Tisch allein wegzutragen? Ist sie gefallen und hat sich verletzt?* Aber das erklärt auch nicht, wieso sie ihm eine Nachricht geschrieben hat, statt ihn anzurufen.

Auf der Terrasse hält Jonas sein Handy in den Nachthimmel. »Was für eine miese Absteige«, flucht er, als Kaj ins Freie kommt und fragt, ob alles in Ordnung sei. Kaj spürt die Wirkung des Sekts nun deutlich. Er muss ein Auge zugedrückt halten, um auf sein Handy zu schauen, nur um festzustellen, dass auch er keinerlei Empfang hat.

Währenddessen hat der Mann im Tarnoverall den Vorplatz vor dem Haupthaus umrundet und rennt nun durch den Wald. Kahle, weiße Äste mit fingerdicken Zweigen flirren über die Anzeige seines Nachtsichtgeräts. Die dicht mit Nadeln bewachsenen Fichten sehen aus, als wären sie mit Schnee bedeckt. Er hält den Blick auf den Boden gerichtet, um nicht über Unebenheiten oder Steine zu stolpern. Als er sich der Feuerstelle nähert, versucht er, seine Schritte zu dämpfen.

Aber Roger hört einen Zweig knacken und bleibt auf der Kuppe des Hügels stehen. Ruft Jennys Namen, während er blind in das Schwarz des Waldes starrt. Wischt über das Display seines Handys, um die Taschenlampenfunktion einzuschalten.

Der Mann reißt das Nachtsichtgerät herunter. Er braucht es nicht, das Opfer wird auf dem Pfad gut genug angestrahlt. Hastig befreit er das Jagdgewehr aus der Waffentasche, legt den Kolben an seiner rechten Schulter an, mit der linken Hand umgreift er den Schaft. Zielt zwischen den Stämmen hindurch auf Roger, dem es gerade gelungen ist, die Handylampe aufleuchten zu lassen.

Durch den Schalldämpfer klingt der Schuss wie ein entfernter Hammerschlag. Jonas und Kaj schauen gleichzeitig in die Dunkelheit vor der Terrasse. »Was zur Hölle war das?«, fragt Kaj. Jonas schafft es nicht zu antworten, bevor Ingela durch die Tür schaut.

»Morgen muss ich hellwach sein, deshalb verabschiede ich mich jetzt schon ins Bett«, sagt sie. Jonas' fragender Blick macht sie nervös. Es ist, als könnte er direkt durch sie hindurchsehen. Sie lächelt so normal wie möglich und eilt durch den Speiseraum. Sie muss jetzt allein sein.

Roger liegt rücklings auf dem kalten Schotter und versucht zu verstehen, was gerade passiert ist. Es fühlt sich an, als hätte ihn jemand mit einer unsichtbaren Faust mitten ins Zwerchfell geboxt. Wenn er Luft holt, röchelt und brodelt es in ihm. Es tut so weh, dass er lauthals schreien will. *Stell dich tot. Stell dich tot.* Der Gedanke ist kristallklar, er kommt von irgendwo aus seinem Inneren, lässt ihn den Schmerz verbissen zurückhalten, als er schnelle Schritte vernimmt. Er presst die Lider fest aufeinander. Hört die Schottersteine direkt neben sich knirschen. Ein Stiefel mit Stahlkappe rammt ihn in die Seite, und er hält den Atem an. Jemand zerrt an seiner Hand, schleift ihn vom Pfad. Es tut so weh in seiner Brust, so fürchterlich weh. Tränen rinnen aus seinen geschlossenen Augen, und er weiß, dass sie ihn jeden Moment verraten können.

Amir ist allein in der Hütte zurückgeblieben, Nadja hat sich kurz auf den Weg zum Sanitärgebäude gemacht, um auf die Toilette zu gehen. Sie überprüft ständig, ob sie wieder Empfang auf ihrem Handy hat, und denkt an all die Dinge, die in der immer noch nicht abgeschickten Mail stehen. Als sie die Toiletten beinahe erreicht hat, entdeckt sie etwas Silberfarbenes, das hinter einigen Büschen am Seeufer aufblitzt. Sieht in die Richtung, bis ihr klar wird, dass es sich vermutlich um ein Kanu handelt, und sobald das Rätsel gelöst ist, kehren ihre Gedanken zur E-Mail zurück und dazu, dass der

Verwaltungsdirektor sie wahrscheinlich vor der Zeremonie lesen wird. Nadja hat keinen Schimmer, was dann geschehen wird, aber darauf hat sie keinen Einfluss. Und es spielt keine Rolle mehr für sie. Sie hat nicht vor, die anderen morgen nach Kolarängen zu begleiten. Stattdessen wird sie sich direkt nach dem Aufstehen ein Taxi zum Rathaus nehmen und ihre Kündigung einreichen. Sie wirft einen letzten Blick auf das Handy, bevor sie an der Reihe mit Toilettentüren angekommen ist und eine davon mit dem Schlüssel öffnet.

Roger wird über Wurzeln und Steine geschleift. Der Sauerstoffmangel lässt seinen Puls rasen. Er muss wissen, was hier gerade passiert. Vorsichtig öffnet er die Augen und sieht einen dunklen Umriss über sich, der sich vor den Lampen des dahinterliegenden Gehwegs abzeichnet. Der Mann lässt ihn abrupt los. Roger versucht, sich zu orientieren. Sie befinden sich ganz dicht am Seeufer. Hier oben fällt eine steile Felswand mehrere Meter tief zum Wasser hin ab.

Behutsam atmet Roger ein. Das Röcheln ist erschreckend laut in der ansonsten stillen Nacht. Er nimmt all seinen Mut zusammen, um nach Hilfe zu rufen, aber in diesem Moment presst sich eine schmutzige Stiefelspitze in seinen Mund. Erde auf seiner Zunge. Sie wird weiter nach hinten in den Rachen geschoben, er muss würgen. An seiner Nase bildet sich eine Rotzblase, als sich der Stiefel noch weiter in den Mund bohrt. Seine unteren Schneidezähne schaben über eine Profilrille der Sohle. Noch eine Rille. *Augen zu!*, zischt der Fremde über ihm. Und Roger gehorcht sofort. Kneift die Augen zusammen, während er gleichzeitig nach Atem ringt. Er bringt nur ein krampfhaftes Röcheln zustande. Die Zähne in seinem Unterkiefer geben nach, und der Stiefel schiebt sich widerstandslos mehrere Zentimeter weit hinein.

Im Obergeschoss des Hotels läuft Ingela in Zimmer 12

hin und her. Ihre Gedanken drehen sich im Kreis. Nadjas Stimme hallt in ihrem Kopf wider. *Was machst du, wenn morgen bei der Zeremonie Fragen gestellt werden?* Ingela ist inzwischen klar geworden, dass sie eigentlich keine Ahnung hat. Sie hatte entschieden, sich nicht mit den Verträgen auseinanderzusetzen, da sie ihr viel zu viel Angst machten. Das Projekt unlösbar erscheinen ließen. Aber jetzt bereut sie ihre Entscheidung, denn diese Angst ist schlimmer als jede andere, die sie je gespürt hat. *Jonas hätte mich gewarnt, wenn eine Gefahr besteht. Das hätte er bestimmt.*

Unten auf dem Gehweg schalten sich die automatischen Lampen nacheinander aus. Roger atmet nicht mehr. Der Mann setzt das Nachtsichtgerät wieder auf. Zieht das Jagdmesser aus der Halterung am Gürtel und geht in die Hocke, fingert an den Knöpfen herum, öffnet das zerrissene Hemd. Legt die blasse Haut frei, die Haarbüschel, die sich rund um den Nabel und die Brustwarzen gesammelt haben, das große Einschussloch, das mitten in der Brust klafft. Er klappt die bogenförmige Aufbrechklinge des Messers aus und öffnet den Bauch. Sucht den Boden um sich herum ab, bis er einen rundgeschliffenen Stein in der richtigen Größe gefunden hat. Ein schmatzendes Geräusch ertönt, als er ihn bis zur Wirbelsäule in die Eingeweide drückt. Danach knöpft er das blutgetränkte Hemd wieder zu. Rogers Bauch wölbt sich, als wäre er schwanger.

Als der Mann Rogers Körper von der Klippe wälzt, erlischt die letzte Lampe auf dem Weg. Die Leiche landet mit einem lauten Platschen im Wasser des Sees. Rogers Augen haben sich wieder geöffnet. Durch das Nachtsichtgerät sehen sie aus wie schwarze Vogelaugen, die immer noch den Mann anzustarren scheinen, der oben an der Felskante kniet. Er atmet aus, als sich der Körper auf den Bauch dreht und in der Tiefe verschwindet. Auf halbem Weg zum Grund flattert das Hemd kurz auf, wie ein Gespenst im schwarzen Wasser, dann ist es nicht mehr zu sehen.

JONAS

Jonas steht auf dem Vorplatz, Kohlis Kopf hat er unter den Arm geklemmt. Er hat auf der Vorderseite des Hauses versucht, mit in die Luft gestrecktem Arm irgendeine Mobilfunkverbindung herzustellen, aber jetzt gibt er auf. Er lässt das Handy sinken und schaut in die Nacht. Er hört das Rauschen des Waldes, sieht ihn aber nicht. Die Außenbeleuchtung des Hotels reicht nicht einmal bis ans andere Ende des Vorplatzes. Am Himmel steht kein Stern. Kein Mond. Es ist, als wäre die gesamte Welt verschwunden.

Ein leichter Windstoß lässt die Flagge oben am Mast leicht flattern. Ihn fröstelt in Kohlis dünnem Hemd mit Weste.

»Das war's«, sagt er und dreht sich zum Haus.

»Für mich auch«, sagt Kaj, der mit seinem Mobiltelefon am oberen Ende der Steintreppe steht.

Hinter ihm wird die Eingangstür geöffnet, und Ingela tritt ins Freie. Schlingt die Arme um den Oberkörper und blinzelt im Licht der Kugellampe über der Tür.

»Ich dachte, du wärst schon schlafen gegangen?«, fragt Jonas eine Spur verwundert.

Sie hält sich eine Hand über die Stirn und sieht mit zusammengekniffenen Augen in seine Richtung.

»Ich hab's mir anders überlegt. Was machst du? Ich kann dich kaum sehen.«

»Wir versuchen, Handyempfang zu bekommen«, antwortet Kaj.

»Aber das ist jetzt auch wurscht«, sagt Jonas und tritt in den Lichtkegel. »Kommst du mit in den Whirlpool?«

»Ich denke nicht«, erwidert Ingela. Sie holt ihr Handy aus der Jackentasche und schaut darauf. »Bestimmt ist ein Funkmast defekt.«

Jonas gibt sich jede Mühe, seine Ungeduld zu verbergen. »Es wäre immerhin schön zu wissen, dass SBFF mich erreichen kann.«

»Bis morgen früh ist das sicher behoben«, meint Ingela. »Hier draußen auf dem Land passiert so etwas ständig.«

Er will gerade entgegnen, dass eine Einrichtung, die Seminare und Konferenzen ausrichtet, sich unbedingt einen Glasfaseranschluss zulegen sollte, dass es das mindeste wäre, was man erwarten könne. Aber irgendetwas in Ingelas Blick macht ihn plötzlich nervös. Etwas, das er nicht von ihr kennt. Sie wendet sich an Kaj.

»Magst du schon einmal vorgehen? Ich müsste noch eine Sache mit Jonas besprechen.«

Kaj schaut hastig zu Jonas, der ihm zunickt.

Sie bleiben auf dem Vorplatz stehen und sehen Kaj hinterher. Der Kies knirscht laut unter seinen Füßen, bis er die Zufahrtsstraße erreicht und nach rechts zu den Hütten abbiegt. Als er um die Hausecke und außer Sicht ist, dreht sich Ingela zu Jonas.

»Ich habe mit Nadja und Amir gesprochen«, sagt sie.

Jonas versucht, sich nichts anmerken zu lassen, obwohl seine Gedanken nur so rasen. Wann hatten die Zeit, mit Ingela zu reden? Es muss passiert sein, als er sich umgezogen hat.

Hat Nadja verraten, dass er aufhören wird?

Es spielt keine Rolle. Er braucht es lediglich vehement

abzustreiten. Aber es war ein Fehler, Nadja etwas davon zu erzählen. Immerhin hat er gesehen, wie sie und Amir sein Kostüm im Speiseraum angeschaut haben. Als wäre er irgendeine lächerliche Witzfigur, es war so was von erniedrigend. Und dann sind sie einfach gegangen. Nadja muss ihn am Lagerfeuer hereingelegt haben. Ihr Verständnis war nur gespielt.

»Was wollten sie denn?«, fragt er und versucht, sich ein wenig zu beruhigen.

Vielleicht war es ja sogar gut, dass sie mit Ingela geredet haben. Jetzt erfährt er wenigstens, warum sie den ganzen Tag hinter ihr her waren.

Ingela räuspert sich. Er sieht, dass sie zu etwas ausholt.

»Kommt IKEA?«

Sie sagt es schnell, als wüsste sie, dass sie es ansonsten nicht über die Lippen bringt. Und mit diesen beiden kurzen Wörtern zieht sie ihm den Boden unter den Füßen weg.

»Was meinst du?«, fragt er zurück. Es glückt ihm, seine Stimme ruhig klingen zu lassen.

»Sie meinten, dass IKEA noch nie etwas von Kolarängen gehört hat.«

»Das ist aber wirklich eigenartig«, presst er hervor.

»Nadja hatte eine E-Mail.«

»Von wem denn?«

Ingela zögert.

»Ich weiß es nicht«, sagt sie.

Jonas' schießen alle möglichen Gedanken durch den Kopf. Hat Nadja es geschafft, Ingela gegen ihn aufzubringen, so wie sie es mit Amir gemacht hat?

War ihm im Speiseraum nicht auch aufgefallen, dass Eva sich komisch verhielt? Sie schenkte Kohli kaum einen Blick.

Was zur Hölle passiert hier gerade?

Aber er kennt die Antwort. *Nadja* passiert hier gerade. Sie hat beschlossen, ihm alles kaputtzumachen, und sie hat nicht vor, klein beizugeben. Sie ist jemand, der sich festbeißt und erst lockerlässt, wenn er Knochen brechen hört. Wie ein Terrier.

»Natürlich kommt IKEA«, sagt er. »Das ist ein Riesenkonzern, da wäre es nicht verwunderlich, wenn Nadja jemanden erwischt hat, dem das Projekt nichts sagt.«

Ingela muss so heftig schlucken, dass er sieht, wie sich die Muskeln unter ihrer Haut bewegen. Sie schaut zu Boden.

»Du hast recht«, sagt sie.

»Warum überprüfen sie das überhaupt?«, fährt er fort. »Was sollen die Leute bei IKEA denn von uns denken? Es ist doch geheim, dass sie kommen.«

»Das habe ich ihnen auch gesagt.«

»Oder sie lügen dir einfach direkt ins Gesicht. Ich habe keine Ahnung, was sie da treiben.« Jonas wird sich bewusst, dass er zu schnell redet. »Völlig irre, dass *ich* hier stehe und mich verteidigen muss. Vielleicht sollten wir uns am besten sofort mit ihnen unterhalten, damit wir diese Sache klären können?«

»Nein, nicht nötig.«

»Aber ich will schließlich sichergehen, dass du mir glaubst.«

»Natürlich glaube ich dir!«

Ingela klingt verzweifelt.

»Sicher?«, fragt er. »Ansonsten müssen wir darüber reden.«

»Ja. Sicher.«

Jonas sieht ihr an, dass sie es ernst meint. Eigentlich sollte er jetzt Erleichterung verspüren, aber das Gefühl bleibt aus.

Noch sind nicht alle Probleme gelöst. Denn er hat keinerlei Ahnung, was Amir und Nadja sonst noch wissen.

Sie müssen diejenigen sein, die bei der Zeitung angerufen haben. Bei der Zeitung, die morgen über die Zeremonie berichten wird.

Wie immer stolpert er kurz vor der Ziellinie. So was von typisch für sein verdammtes Scheißleben. Es ist einfach nur *ungerecht*. Dabei hat er so lange dafür geschuftet, um der Stadt dieses Einkaufszentrum zu schenken. Die Rede zu halten, sollte seine Belohnung sein. Er ist stolz auf Kolarängen, und alle, die an ihm gezweifelt haben, sollten sehen, dass er das nahezu Unmögliche zustande gebracht hat. Lollo hat sich extra einen Tag frei genommen, um mit Karin und Simone dabei sein zu können. Auch seine Mutter kommt. Sie ist noch immer seine größte Unterstützerin, hat sich sogar mit den anderen Kulturtanten angelegt, weil die gegen das Projekt sind. *Endlich bekommen wir wieder eine Buchhandlung in der Stadt, und das nur dank Jonas*, hat sie ihnen gesagt. Sie hat sich beinahe genauso sehr auf die Feier gefreut wie er selbst.

Aber jetzt weiß er absolut nicht mehr, was geschehen wird, wenn er dort steht. Was für kleinliche, neiderfüllte Fragen werden die Reporter wohl stellen? Und was zum Teufel soll er ihnen antworten?

Er wird vollkommen entlarvt vor ihnen allen stehen. Jonas versucht, seine Panik herunterzuschlucken. Er braucht wieder festen Boden unter den Füßen. Und er weiß, was er zu tun hat, sosehr es ihm auch widerstrebt.

»Es gibt da tatsächlich eine Sache, über die ich gerne sprechen würde.« Er wechselt den Arm, um Kohlis Kopf zu halten. »Ich habe echt ein schlechtes Gewissen, weil ich vor dem Mittagessen so widerborstig zu dir war.«

»Schon okay. Ist bereits vergessen«, sagt Ingela schnell.

»*Ich* hab's nicht vergessen«, widerspricht er. »Und es war

nicht okay. Ich war die letzten Tage einfach wahnsinnig gestresst. Ich weiß, dass ich eine recht kurze Zündschnur hatte, und dafür möchte ich mich aufrichtig entschuldigen.«

Ingela schüttelt entschlossen den Kopf.

»Ich verstehe das«, sagt sie. »Ich war ja auch relativ angespannt. Das ist doch ganz normal in so einer Situation.«

»Ich weiß, dass du es verstehst. Du verstehst es immer. Aber ich wollte es trotzdem sagen, damit nichts zwischen uns steht und einen Keil zwischen uns treiben kann.« Er spielt an Kohlis Hutkrempe herum. »Was ich vorhin gesagt habe, habe ich auch gemeint. Ohne dich hätte ich das hier nicht geschafft. Das weißt du, oder?«

Ingela lächelt. Streicht über seinen Arm und nickt.

»Ich bin so froh, dass du mir dein Vertrauen geschenkt hast«, spricht er weiter. »Du hast es mich auf meine Weise machen lassen.«

»Wärst du nicht gewesen, wäre rein gar nichts aus der Sache geworden.«

Ihre Stimme klingt belegt, zum Schluss versagt sie beinahe ganz.

»Wir beide sind ein gutes Team, du und ich«, sagt er.

»Ja«, flüstert sie. »Das sind wir.«

Jonas guckt in Kohlis Gesicht. Oberhalb der runden Wangen fangen die Augenöffnungen aus weißem Nylongewebe den Schein der Lampen ein, so dass sie Mondsicheln ähneln.

Die Bitterkeit, die er spürt, ist so stark, dass er fast glaubt, sie könnte ihn vergiften.

»Trotz allem bist du die Chefin«, sagt er. »Es kommt mir so vor, als bekämst du nicht genügend Wertschätzung für deinen Anteil am Projekt.«

»Das spielt keine Rolle.«

»Doch, tut es. Für mich. Ich will nicht dieser stereotype

Macho sein, der die ganze Aufmerksamkeit an sich reißt. Das fühlt sich vollkommen falsch an.«

Jonas will nicht weiterreden. Will nicht die Worte formulieren, die den Traum von seinem großen Moment vernichten. Aber lieber fliehen als die Schlacht verlieren.

»Wäre es nicht besser, wenn du morgen die Rede hältst?«, schlägt er schließlich vor.

Ingela wirkt völlig geschockt. Er hätte es ihr besser verkaufen müssen. Jetzt ist sie wahrscheinlich zu Tode verängstigt.

»Du kannst das doch so gut«, schiebt er schnell hinterher. »Mir ist klar, dass das ein wenig überstürzt kommt, aber ich kann dir den Text mailen, sobald das Internet wieder funktioniert.«

Ingela erwidert nichts.

»Oder vielleicht geht es auch über Bluetooth?«, sagt er und holt sein Handy hervor.

Sie erwidert noch immer nichts.

INGELA

Nicht einmal jetzt kann sie umhin zu bemerken, wie sehr die Schatten Jonas' schöne Gesichtszüge hervorheben.

»Warum willst du, dass ich die Rede halte?«, fragt sie.

Jonas hebt die Augenbrauen, so dass sich seine Stirn zusammenfaltet wie ein Akkordeon. Er scheint die Frage nicht zu verstehen.

»Du hast doch seit Wochen an dieser Rede geschrieben«, fährt sie fort. »Warum willst du sie auf einmal nicht mehr halten?«

Eine leise Stimme in ihrem Kopf versucht, sie zum Schweigen zu bringen, ehe es zu spät ist. Bevor sie alles kaputt macht. Aber dort gibt es noch eine zweite, viel stärkere, unüberhörbare Stimme in ihr. Die von Nadja.
Jonas wird dir nicht beistehen. Du wirst den ganzen Mist allein ausbaden müssen.
»Wie ich gesagt habe, es fühlt sich einfach falsch an«, sagt Jonas, während sich seine Augenbrauen an der Nasenwurzel zusammenziehen. »Was ist los mit dir?«
Ingelas Mund ist wie ausgetrocknet. Macht es ihr unmöglich, zu antworten. Aber Jonas begreift trotzdem. Er schaut in die Ferne, gemeinsam mit seinem unnatürlich langen Schatten, der hinter ihm auf den Boden fällt.
»Oh Mann, Ingela«, sagt er in besorgtem Tonfall. »Die beiden haben dich ja einer regelrechten Gehirnwäsche unterzogen.«
»Nein!«
Ihre Stimme klingt dünn, als würde sie im Wind verhallen. Jonas muss sich anscheinend zwingen, sie anzusehen.
»Vertrauen ist mir so verdammt wichtig. Das weißt du. Aber du vertraust mir überhaupt nicht mehr.« Er presst Daumen und Zeigefinger auf die Nasenwurzel. »Wenn du ihnen mehr glaubst als mir, dann weiß ich wirklich nicht mehr, was ich sagen soll.«
»Das tue ich auf keinen Fall!«
»Ach nein? Du bist doch völlig paranoid!«, fährt er sie an.
Jonas' plötzlicher Zorn überrumpelt sie. Lässt sie einen Schritt zurückweichen. Warum ist er stattdessen nicht sauer auf die anderen? Wieso lässt er es an ihr aus? Jonas sieht selbst mindestens ebenso geschockt aus wie sie.
»Entschuldige«, sagt er. »Das macht mich einfach nur so traurig.«

Sie bleiben stehen. Sehen einander an. Das Einzige, was sie will, ist, dass alles wieder gut wird. Allein der Gedanke daran, was sonst passieren könnte, ist schon zu viel.

Sie muss es erklären. Also erzählt sie ihm, was Nadja und Amir über die Berater, den Grundstückspreis und die Mieten erzählt haben. Sie spuckt all die fürchterlichen Dinge aus, die die beiden ihr vorgesetzt haben. Gibt zu, dass sie es geschluckt hat, wenn auch nur für einen Moment.

Es ist wie eine Beichte. Und dann ist es vorbei. Sie hat alles erzählt. Aber Jonas ist völlig stumm, verzieht keine Miene.

»Sag was. Bitte.«

Seine Nasenflügel weiten sich, als er Luft holt. Dann seufzt er tief.

»Du hast mir die Leitung dieses Projekts überlassen«, sagt er. »Ich hätte dich liebend gern mehr involviert, aber du wolltest es so.«

»Ich weiß.«

»Aber dann kannst du nicht so hysterisch reagieren, sobald jemand behauptet ...«

Jonas verstummt. Schüttelt den Kopf. Ingela hält den Atem an.

Einmal sagte er, sie sei wie Ferkel aus Winnie Puuh. Klein, rosa und voller Angst, der Himmel könnte auf die Erde fallen. Immer würden Leute versuchen, das auszunutzen.

Und in diesem Moment erkennt sie, dass er recht hatte.

»Oh Mann, du bist so leicht zu manipulieren«, sagt er.

»Ich weiß. Tut mir leid.«

»Es muss dir nicht leidtun. Du kannst nichts dafür. Aber mir hätte klar sein müssen, dass es so kommen würde.«

Er schenkt ihr einen letzten Blick, bevor er sich über den Vorplatz entfernt. Ingela bleibt wie erstarrt stehen, bis er zu den Hütten abbiegt. Dann rennt sie los. Auf Höhe des Hausgiebels holt sie ihn ein und legt ihm eine Hand auf die Schulter, aber er schüttelt sie ab. Ingela schaut kurz zu den Fenstern, bevor sie ihm unter den wogenden Ästen der Linden weiter nachgeht.

»Geh nicht«, fleht sie und kann die Tränen kaum noch zurückhalten.

»Es ist einfach nur ungerecht. Du lässt mich die Arbeit machen und hängst dich an mich dran, und sobald du nervös wirst, verhältst du dich *so*.«

Die Enttäuschung in seiner Stimme ist abgrundtief, aber nichts im Vergleich zur Enttäuschung, die sie über sich selbst empfindet. Jonas hat ja recht. Ohne ihn hätte sie überhaupt nichts hinbekommen.

Aus Richtung der Schlafhütten ist das Knallen einer Tür zu hören. Sie schaut dorthin und entdeckt Kaj, der eine Badehose trägt und sich ein Handtuch über die Schulter geworfen hat. Er joggt am Ufer entlang in Richtung Sauna.

»Die ganze Zeit faselst du von Loyalität, dabei bist du nicht einmal selbst loyal«, wirft Jonas ihr an den Kopf.

Das zu hören, tut weh. Aber solange sie miteinander reden, haben sie eine Chance, die Sache aus der Welt zu schaffen. Sie muss nur die richtigen Worte finden.

»Ich hätte ihnen gar keine Beachtung schenken sollen«, sagt sie, um Jonas daran zu erinnern, dass es eigentlich nicht ihr Fehler war.

Sie haben einen gemeinsamen Feind. Es ist dieselbe Situation wie mit Frans. Aber Jonas hat ihr anscheinend nicht einmal zugehört.

»Wenn du wüsstest, wie loyal ich gewesen bin«, sagt er. »Ich verteidige dich immer, wenn Leute schlecht über dich reden.«

Welche Leute?

Was sagen sie?
Ingela schluchzt. Schafft es nicht, es zu unterdrücken.
»Kannst du bitte aufhören, dermaßen hyperempfindlich zu reagieren?«, sagt Jonas und bleibt auf dem Weg stehen. »Mit jemandem, der sich permanent selbst zum Opfer macht, kann man nicht reden.«
Ingela kämpft gegen die Tränen an. Sie schaut zum Hotel. In den erleuchteten Fenstern des Speiseraums ist niemand zu sehen. Zum Glück steht Eva nicht auf der Terrasse und raucht.
»Ich habe eine Stelle angeboten bekommen«, sagt Jonas jetzt.
Die Worte schlagen bei Ingela ein wie eine Bombe. Sie starrt ihn ungläubig an.
»Was?« Ihre Stimme ist kaum mehr als ein Keuchen. »Bei SBFF?«
Er nickt.
»Aber das geht doch nicht«, stammelt sie dümmlich. »Wir brauchen dich.«
Den Rest verkneift sich Ingela. Trotzdem bleibt es zwischen ihnen in der Luft hängen, so klar und deutlich, als hätte sie es laut gesagt. *Ich brauche dich.*
»Ich habe mich noch nicht entschieden. Aber im Moment habe ich das Gefühl, als könnte ich die Stelle genauso gut auch annehmen«, sagt Jonas.
Dieses Mal geht sie ihm nicht nach, als er sie stehen lässt.
Ingela bekommt feuchte Augen, ein Schluchzen steigt in ihrem Hals hinauf. Aber sie muss sich zusammenreißen. Es ins Haus schaffen, ohne dass sie jemand sieht. Die Treppen nach oben zu ihrem Zimmer eilen. Erst hinter einer verschlossenen Tür kann sie den Tränen freien Lauf lassen.
Jonas hat sie aufgegeben. Und es ist einzig und allein ihre

eigene Schuld. Sie hat ihn direkt in die Arme dieser Wilma von SBFF getrieben.

Ein sonderbar abgehackter Laut dringt aus ihrer Kehle. Sie macht kehrt und geht den Weg zurück. Guckt zwischen den Stämmen der Linden hindurch zum gemieteten Kleinbus auf dem Parkplatz.

Sie war so froh gewesen, als sie heute Morgen hier ankamen. So übertrieben hoffnungsvoll. Und jetzt hat sie alles zerstört.

Ingela versteht kaum, was passiert ist, noch weniger, *wie*, und am allerwenigsten, was sie dagegen unternehmen kann. Sie lässt das Gespräch wieder und wieder in ihrem Kopf ablaufen. Beginnt, die Dinge klarer zu sehen.

Jonas wollte, dass sie die Rede hält. Er wollte die Aufmerksamkeit mit ihr teilen, weil er sie respektiert. Und sie hat ihm alles einfach zurück ins Gesicht geschleudert. Hat ihm Dinge vorgeworfen, die sie nicht einmal selbst glaubt.

Gerade, als sie an der letzten Linde vorbeigeht, hört sie Schritte hinter sich.

Jonas. Er hat es sich anders überlegt.

Aber als Ingela sich umdreht, ist es jemand anderes, der ihr entgegenkommt.

NADJA

Der Tabak der Zigarette ist trocken. Die Schachtel hat über ein halbes Jahr herumgelegen. Sie raucht nur auf Partys, und seit sie im Erschließungsamt arbeitet, hat sie viel zu wenig Party gemacht.

Vielleicht ändert sich das jetzt, denkt sie und ascht auf einen Kuchenteller mit Blumenmuster, den sie in der Kochnische gefunden hat.

Aber nicht heute Abend.

»Tut mir leid, aber ich schaffe es nicht, mit dir zu den anderen zurückzugehen«, sagt sie.

»Bist du sicher?«

Amir sitzt neben ihr auf der Bank vor der Hütte, auf der Seeseite. Die Außenleuchten erhellen das Holzdeck und die langen Schilfhalme, die über die Kante ragen, aber dahinter lauert nur Finsternis.

»Ich schaffe es nicht, Ingela heute noch einmal zu begegnen«, sagt sie. »Oder *Kohli*. Auch nicht für den besten Drink der Welt.«

Amir lacht auf.

»Verstehe.«

»Aber können wir nicht irgendeinen Abend mal zusammen ausgehen und feiern?«, schlägt sie vor. »Wenn das hier vorbei ist?«

»Feiern, dass wir im Rathaus eine Bombe haben hochgehen lassen?«

»Ja, genau«, erwidert Nadja.

Allein der Gedanke daran lässt ihr Handy buchstäblich glühen. Die Bombe tickt in ihrem Postausgang vor sich hin. Sobald sie wieder Empfang hat, wird die brisante E-Mail gesendet werden. Allerspätestens morgen früh, wenn sie wieder in der Stadt ist.

Amir und sie haben jetzt getan, was sie tun konnten. Es gibt nichts mehr, worüber sie sich den Kopf zerbrechen müssten, keine weiteren Entscheidungen, die zu treffen wären.

Etwas hat ihr die Augen geöffnet. Sie hat Jonas viel zu viel Macht über ihr Leben eingeräumt, hat zugelassen, dass er ihr viel zu viel Zeit und Kraft raubt und dass sie viel zu viele Gedanken an ihn verschwendet. Aber jetzt hat sie sich diese Macht wiedergeholt.

»Was ist?«, fragt Amir, und sie wird sich bewusst, dass sie lächelt.

»Bald muss ich keinen Gedanken mehr an Jonas verschwenden.«

»Welches Gesprächsthema bleibt uns dann noch?«, sagt Amir mit einem Grinsen und streckt sich nach ihrer Zigarette. Sie reicht sie ihm.

»Möchtest du lieber eine eigene?«

»Ein Zug reicht mir. Nur, um mich daran zu erinnern, dass es mir nicht mehr schmeckt.«

Der trockene Tabak knistert; er inhaliert tief. Verzieht das Gesicht zu einer Grimasse. Sie lacht und nimmt ihm die Zigarette wieder ab.

»Ich werde dich vermissen«, sagt er.

Nadja wendet den Blick ab. Sie wird ihn auch vermissen. Und sie möchte gern glauben, dass ihnen noch andere Gemeinsamkeiten als Jonas bleiben.

»Du musst es ja nicht gleich so klingen lassen, als würde ich sterben«, sagt sie. »Es soll auch noch ein Leben jenseits des Erschließungsamts geben, wie ich gehört habe.«

Sie steht auf und tritt ans Geländer. Schaut hinab auf das Schilfröhricht, das so dicht gewachsen ist, dass sie kaum das Wasser sehen kann.

»Wenn du wirklich über etwas anderes reden willst als über Jonas, könntest du mir zum Beispiel von Lina erzählen.«

Amir hinter ihr lacht verwundert.

»Was meinst du damit?«

Sie dreht sich zu ihm um. Lehnt sich an das Geländer.

»Das ist aber *kein* vielversprechender Anfang für den Beginn unserer zukünftigen Freundschaft«, sagt sie und schüttelt streng den Kopf.

Amir wirkt verlegen. Plötzlich kann sie den ordentlich gekämmten kleinen Jungen, der er einmal gewesen sein muss, in ihm erkennen. Auch er steht auf. Stellt sich neben sie.

»Da gibt es nichts zu erzählen«, sagt er. »Da wird sowieso nichts draus.«

»Und warum nicht?«

»Es ist nicht gerade ein gutes Timing, jetzt, so kurz nach ihrer Krankschreibung.«

»Aber das muss sie doch selbst entscheiden dürfen?«

»Sicher. Aber wenn es schiefläuft und wir weiterhin zusammen arbeiten müssen ... Du weißt, wie unerfreulich so etwas sein kann.«

»Klar«, erwidert sie und zieht an ihrer Zigarette. »Wäre ja auch ein Jammer, wenn es bei der Arbeit unerfreulich zuginge.«

Es dauert eine Sekunde, bis er begreift, dass sie es ironisch meint.

»Guter Punkt«, gibt er ihr recht.

Sie stehen noch einen Augenblick lang so da und schauen in die Dunkelheit, bis sie ihre Zigarette aufgeraucht hat.

»Ich werde heute schlafen wie eine Tote«, sagt sie und ascht auf den Teller. »Du kannst Lina ausrichten, dass sie keine Angst zu haben braucht, mich aufzuwecken, wenn sie nachher kommt.«

Sie sehen einander an.

»Dann gute Nacht«, erwidert Amir und umarmt sie; eine Umarmung, auf die sie ganz und gar nicht gefasst war.

Es ist das erste Mal, dass sie einander überhaupt berühren. Nadja bleibt stehen, den Teller in der Hand, die Nase gegen seine Brust gedrückt.

»Danke«, sagt er und löst die Umarmung. »Danke, dass wir das zusammen durchgezogen haben.«

»Danke gleichfalls.«

Das klingt so seltsam höflich. Aber sie meint es wirklich und hofft, dass er das weiß.

»Wir sehen uns noch, bevor ich morgen früh fahre«, sagt sie.

Als er gegangen ist, bleibt sie mit dem Teller in der Hand auf dem Holzdeck stehen. Hört von der anderen Seite der Hütten betrunkene Stimmen. Es sind Torbjörn und Eva, die sich nähern.

»Dann musst du wohl in deiner Unterwäsche baden«, sagt er.

»Das erspare ich uns lieber«, erwidert Eva und klingt wie ein alberner Teenager.

Sie öffnen eine Tür, und das Licht in Hütte 2 geht an.

Nadja steht immer noch auf dem Holzdeck. Holt einige Male tief Luft und saugt die frische Abendluft ein. Atmet auf.

KOLARSJÖNS STUGBY

Es knackt im Saunaaggregat. Die Luft ist so heiß und trocken, dass sie in Kajs Nase brennt. Ihm wird ein wenig schwindelig, und seine Zunge fühlt sich an wie ein ausgetrockneter Badeschwamm. Er fragt sich, wann Jonas wohl kommt. Was Ingela von ihm wollte. Zerstreut fährt er sich mit den Fingern über die vor Schweiß glänzenden Brustmuskeln. Es tropft von jedem seiner Glieder, und er denkt, dass er so wenigstens das Wasser wieder loswird, das sich durch die Kohlenhydrate in seinem Körper gesammelt hat. Die Finger gleiten weiter. Über die glatte Haut seiner Oberschenkel, die sich gegen die Holzbank drücken. Als die Tür mit einem Krachen aufschlägt, erschrickt er und schaut zur Öffnung. Dort steht Jonas und grinst ihn an, eine Whiskyflasche in der Hand.

Lina steht auf der Hotelterrasse und blickt nach unten zu dem erleuchteten Pfad entlang des Sees, wo Torbjörn und Eva gerade auf dem Weg zur Sauna und zum Whirlpool sind. Torbjörn trägt inzwischen eine Badehose, die ihm bis zu den Knien reicht. Im Speiseraum ist niemand mehr, nicht einmal die Besitzer sind noch da. *Das ist doch lächerlich*, denkt Lina. *Ich muss verdammt noch mal ins Bett.* Aber sie hat Angst davor, in die Hütte zu gehen. Hat Angst, dass Amir und Nadja dort sind. Dass sie möglicherweise etwas sieht, das sie nicht sehen will. Sie bleibt stehen. Nimmt einen Schatten wahr, der sich auf sie zubewegt, in der Dunkelheit auf dem Rasen ist er kaum auszumachen. Erst als die Gestalt ins Licht der Terrassenbeleuchtung tritt, erkennt sie, dass es Amir ist.

Er kommt näher und sie bemerkt einen schwachen Zigarettengeruch an ihm. »Können wir für einen Moment nach drinnen gehen?«, fragt er. »Ich würde gern mit dir über eine Sache reden.« Lina nimmt den letzten Schluck ihrer abgestandenen Light-Cola. Die chemisch süße Flüssigkeit bleibt in ihrem Mund. *Erzählt er mir jetzt, dass die beiden ein Paar sind? Vielleicht haben sie sich darauf geeinigt. Wollen die arme Lina nicht noch länger mit der Ungewissheit quälen.* Für einen Augenblick scheint sie vergessen zu haben, wie man schluckt, und ein Anflug von Panik durchzuckt sie wie ein Stromstoß.

Der Mann in der Tarnkleidung beobachtet sie mit dem Nachtsichtgerät, als sie den Speiseraum betreten. Er schwenkt nach unten zu den Schlafhütten. Jetzt ist niemand in der

Nähe. Er wirft sich die Waffentasche über die Schulter und eilt zur ersten Hütte. Schließt die Tür auf und schlüpft ungesehen hinein.

Er muss das Licht nicht einschalten, um sich im Raum zurechtzufinden. Und er muss nicht suchen. Kohlis Augen leuchten ihn durch das Nachtsichtgerät an. Er nimmt den Maskottchenkopf in die Hand. Dreht ihn fasziniert, so dass Kohli sich in der Dunkelheit umzusehen scheint. Die Haare aus Garn streichen über die Handgelenke des Mannes. Tastend fährt er mit den Fingern über die Innenseite des dünnen Stoffes, der den Mund bildet. Er sieht auf, als er ein Platschen vom See her vernimmt.

»Fuck, ist das kalt!«, ruft Jonas, als er wieder an die Oberfläche kommt. Er und Kaj lachen, während sie sich ein Wettschwimmen bis zum Holzdeck am Felsen liefern. Kaj gewinnt. Er fliegt die kurze Badeleiter förmlich hinauf, spurtet zum Whirlpool und klettert direkt gegenüber von Torbjörn hinein. Lässt das warme Wasser und die Blasen seinen Körper umschließen, während er Jonas ansieht, der einen Umweg vorbei an der Bank vor der Saunatür macht, um sich die Whiskyflasche zu schnappen. Wasser tropft aus seinen Haaren, die rosafarbene Badehose hat sich eng an seinen Schritt gesaugt.

Eva lehnt über dem Rand des Whirlpools. Spielt mit den Fingern auf der schäumenden Wasseroberfläche, lässt die Sprudelblasen zwischen ihnen hindurchgleiten. Sie hat gesagt, sie hätte vergessen, ihren Badeanzug einzupacken, aber das ist eine Lüge. Sie kann sich nicht ohne Kleider zeigen. »Hier kann man jedenfalls einen fahren lassen, ohne dass einer was davon mitbekommt«, sagt Torbjörn und lacht herzhaft über seinen Scherz.

Dort wo Evas Bluse feuchte Flecken hat, klebt sie an ihren

Brüsten. Torbjörn kann es nicht lassen, sie anzustarren. Und Eva kann ihren Blick nicht von der Whiskyflasche abwenden, aus der sich Jonas einen Schluck genehmigt, ehe er sie weiterreicht.

Kaj nimmt die Flasche, obwohl er weiß, dass er bereits zu betrunken ist. Es ist schön, nicht mehr so viel nachdenken zu müssen. *Das ist so unnötig.* Er muss Jonas nicht einmal fragen, was Ingela wollte. Es spielt keine Rolle. Jonas hat die Sache geregelt, das spürt er. Kaj ignoriert seine Bazillenphobie und setzt die Flasche an den Mund. Der Whisky brennt am Gaumen, im Hals, bis nach unten. Harten Alkohol ist er nicht gewöhnt. Eine Hustenattacke treibt ihm Tränen in die Augen, worauf Torbjörn lauthals lacht. Er ist blendender Laune.

In der ersten Hütte hat sich der Mann Kohlis Kopf über seinen eigenen gestülpt. Er lauscht seinen Atemzügen unter dem Stoff. Sie legen sich feucht auf seine Gesichtshaut. Probehalber hält er die Hände vor sich in die Höhe. Sieht sich um. Durch den Stoff in Kohlis fröhlichem Mund sieht er fast genauso gut wie ohne das Kostüm. Zwar beschränkt der Maskottchenkopf sein äußeres Sichtfeld, das tut das Nachtsichtgerät aber ebenfalls.

Der Mann öffnet die Waffentasche und holt die beiden Rollen mit Angelschnur heraus. Sie ist dünn, aber reißfest, denn sie besteht aus geflochtenem Kevlar und ist undehnbar. Er steckt die Rollen in seine Hose und schließt die Tasche wieder. Hängt sie über die Schulter und späht vorsichtig auf den erleuchteten Gehweg vor der Hütte. Niemand in Sicht. Er rennt los.

AMIR

»Du fragst dich sicher, womit Nadja und ich die ganze Zeit beschäftigt waren«, sagt er.

Lina lehnt sich gegen die Armstütze am anderen Ende des harten Ledersofas. Das Licht eines Kronleuchters lässt Prismen über ihre Wange tanzen.

»Das geht mich nichts an«, entgegnet sie. »Aber sie scheint spitze zu sein.«

Und plötzlich begreift Amir, was sie glaubt. Was sie möglicherweise schon lange glaubt.

»Nein, also ... Nadja steht auf Frauen«, hört er sich selbst sagen. »Und abgesehen davon, bin ich ... sie und ich, wir sind nur befreundet.«

Er klingt wie ein Idiot. Schaut zu den leeren Flaschen und Gläsern, die noch auf den Tischen stehen, wo die anderen am Abend gesessen haben. Wirft einen Blick zur Küchenschwingtür. Das Licht dahinter brennt, aber von Roger und Jenny ist nichts zu sehen.

»Wo *sind* die bloß?«

Was würde Amir jetzt nicht für einen Drink geben, denn auf dem Weg hierher ist ihm klar geworden, dass er Lina einweihen muss.

Ihm fehlt nur eine Idee, wie er anfangen soll. Er dreht sich wieder zu Lina.

»In den nächsten Tagen bricht die Hölle los«, sagt er. »Und mir ist es lieber, wenn du es von mir hörst.«

»Okay«, sagt sie zögerlich.

»Ich hatte eigentlich vor, dir nichts davon zu erzählen, weil ich dich nicht unnötigerweise stressen wollte. Vielleicht war das dumm. Ich weiß es nicht.«

Er merkt, dass seine lange, weit ausholende Einleitung die Sache nur schlimmer macht.

»Es geht um Kolarängen«, sagt er.

Lina hört still zu, während er erzählt. Über IKEA, über die Millionenbeträge, die an externe Berater gingen, über den Job, den sich Jonas bei SBFF erschleimt hat, und wie er Ingela mit einem der größten Fiaskos in der Geschichte der Gemeinde alleinzulassen gedenkt. Er erzählt von der Mail, die Nadja und er geschrieben haben.

Ab und zu schaut er zur Eingangshalle, um sicherzugehen, dass dort niemand steht und sie belauscht.

Lina greift sich mit der Hand an den Nacken, massiert ihn.

»Erträgst du noch mehr?«, fragt Amir besorgt. »Denn irgendwie wünsche ich mir manchmal immer noch, dass ...«

»Ich will es wissen«, unterbricht sie ihn.

Also erzählt er ihr, was mit Frans geschehen ist. Währenddessen fallen ihm neue Dinge auf.

»Du weißt ja, wie anstrengend er war, weil er immer alles per Mail geschickt haben wollte«, sagt er. »Inzwischen glaube ich, er hat versucht, Beweise zu sammeln. Aber es half nichts. Und ich habe nichts kapiert.«

Lina schaut zu Boden. Er sieht, dass die Geschichte über Frans sie mehr mitgenommen hat als Jonas' korrupte Geschäfte.

»Ich genauso wenig«, sagt sie und fährt mit dem Zeigefinger um einen der Zierknöpfe auf dem Sofaplatz zwischen ihnen. »Man wird ziemlich egozentrisch, wenn man depressiv ist.«

Sie seufzt tief. Ihr Finger hält inne.

»Scheiße«, flucht sie. »Frans wurde gemobbt, und *ich* wurde krankgeschrieben?«

»Ohne Jonas hättest du vielleicht überhaupt nicht krankgeschrieben werden müssen.«
Lina sieht ihn verständnislos an.
»Du musstest immerhin seine gesamte Arbeit erledigen«, fährt Amir fort. »Alles, was nichts mit Kolarängen zu tun hatte.«
Sie schüttelt den Kopf.
»Deshalb wurde ich nicht krankgeschrieben.«
»Nicht?«
»Es gab so viel anderes. Die Scheidung und … *das Leben*.« Sie zieht eine selbstironische Grimasse. »Klar, auf der Arbeit war viel zu tun, aber ich hätte ja um Hilfe bitten können.«
»Hättest du das wirklich tun können?«, fragt er. »Ich glaube nämlich, du warst zu gestresst, um zu merken, wie gestresst du in Wahrheit warst.«
Lina schenkt ihm einen nachdenklichen Blick.
»Vielleicht. Aber wenn es so war, konnte jemand anderes ja nur schwer davon wissen. Daran ist niemand schuld.«
»*Ich* habe gesehen, wie viel du zu tun hattest«, sagt Amir. »Ich habe gemerkt, dass du auf einmal Dinge vergessen hast. Du hast nicht mehr gelacht. Hast dich immer weiter in dich selbst zurückgezogen. Hast dein Mittagessen auf einmal jeden Tag am Schreibtisch gegessen …, und ich hätte mit dir darüber reden sollen. Also, im Ernst.«
Lina schüttelt den Kopf. Tränen stehen in ihren Augen.
»Es tut mir so leid«, sagt er. »Es tut mir so schrecklich leid, dass ich dir nicht geholfen habe.«

JONAS

»Kommt jemand mit in den See?«, fragt Jonas in die Runde und steigt aus dem Whirlpool.

»Danke, aber hier gefällt's mir besser«, antwortet Torbjörn und schaut zu Eva hoch. »Hier kann ich an den Blumen riechen.«

Sie verdreht die Augen, macht aber einen zufriedenen Eindruck, wie sie den Rauch ihrer Zigarette über den Rand des Pools bläst, ihre Brillengläser beschlagen vom Dampf. Kaj dreht sich zu Jonas um und sieht ihn mit schweren Augenlidern an. So betrunken hat Jonas ihn noch nie erlebt.

»Tut mir leid Mann, aber ich glaub, ich pack's nicht«, lallt er.

Jonas tätschelt ihm den kahlen Schädel. Im Grunde ist er erleichtert. Er muss einen Moment allein sein. Kann die Fassade nicht länger aufrechterhalten. Kann nicht der Jonas sein, den alle von ihm erwarten, stets fröhlich und unbekümmert, immer bereit, für gute Stimmung zu sorgen.

Er rennt durch die kühle Nachtluft auf das Ende des Holzdecks zu und springt hinaus ins Dunkel. Der Kolarsjön umschließt ihn wie eine Faust, und er bleibt unter der Oberfläche, bis das Wasser rings um ihn still ist. Sämtliche Geräusche und Sinneseindrücke verschwinden. Nur die Kälte und die Finsternis sind zu spüren. Erst da beginnt er zu schwimmen. So lange, bis die Lungen zu bersten drohen. Er strampelt in Richtung Wasseroberfläche und merkt plötzlich, dass er sehr viel tiefer eingetaucht ist als gedacht.

Da packt etwas seinen Arm. Kalte Finger, die ihn in der Tiefe zu halten versuchen. Er schreit. Sein Mund füllt sich mit Wasser, während er immer fester um sich tritt.

Als es ihm gelingt, sich loszureißen und er über Wasser kommt, schnappt er verzweifelt, nach Luft. Er sieht, dass er schnurstracks in einige Seerosen geschwommen ist. Die feuchten Blätter glänzen im Dunkeln, sie sind kaum zu erkennen. Er schwimmt ein paar Züge rückwärts, spürt die langen Stängel zwischen den Zehen, bekommt Angst, sich zu verheddern und stecken zu bleiben.

»Alles okay, Jonas?«, ruft Eva.

Er wischt sich das Wasser aus den Augen. Setzt ein Lächeln auf, bevor er sich umdreht und den drei Gestalten am Whirlpool fröhlich zuwinkt.

»Ja, Mama!«, antwortet er.

»*Don't drink and drive!*«, gellt es von Kaj.

Jonas lacht pflichtschuldig. Hält sich mit Tritten über Wasser. Schaut zu den Schlafhütten, wo er gerade noch Nadja in einem der Fenster erspäht, ehe sie aus seinem Blickfeld gerät.

Er weiß jetzt genau, was sie und Amir wissen.

Das Einzige, dessen er sich schuldig gemacht hat, ist, die Wahrheit ein wenig zurechtgerückt zu haben. Nicht mehr, als andere es auch tun. Aber die beiden erkannten darin ihre Chance, ihm eins auszuwischen. Sie haben alles zunichtegemacht, was er aufgebaut hat. Und jetzt ist alles ruiniert. Zerstört. Jeder liebt Skandale. Besonders, wenn es einen Sündenbock gibt.

All die, die sich gegen ihn gestellt haben, werden überglücklich sein. Er weiß, wie es in dieser Stadt läuft. Kennt den Hohn und die Schadenfreude, wenn jemand mit seinen Versuchen scheitert. Seine Mutter wird schrecklich enttäuscht sein. Und was soll Lollo erst sagen? Sie werden nicht einmal die Kinder aus dem Kindergarten abholen können, ohne sich zu fragen, was die anderen Eltern hinter ihrem Rücken über sie tuscheln.

Vielleicht sollte er einfach weiter hinaus in die Finsternis schwimmen, bis ihn die Kräfte verlassen. Dann könnten Amir und Nadja erzählen, was sie wollen.

Jonas schüttelt den Kopf. Verdrängt seine Hoffnungslosigkeit. Es wird sich regeln. Es regelt sich immer.

Wenn Wilma morgen früh herkommt, wird er sie zur Seite nehmen und ihr sagen, dass er es so einrichten konnte, dass er früher bei SBFF anfangen kann. Anfangs wird er pendeln müssen, bis sie umziehen können. Lollo bleibt nichts anderes übrig, als es einfach zu akzeptieren. Es ist auch ihre Schuld. Er wäre niemals so weit gegangen, würde sie nicht ständig ihre gesamte Wohnung neu ausstatten, noch öfter in Urlaub fahren und noch mehr Spielsachen für Karin und Simone kaufen wollen. Er hätte sich mit allem zufriedengegeben, wie es war. Jetzt muss sie eben die Konsequenzen tragen.

Jonas streicht sich die Haare aus der Stirn. Riecht den leicht erdigen Geruch von Seewasser. Sieht hinauf zum Hotelgebäude. Im obersten Fenster auf der linken Seite brennt kein Licht. Ingela liegt anscheinend im Dunkeln und tut sich selbst leid.

»Jonas?«, ruft Eva. »Komm jetzt wieder zurück!«

An der Beunruhigung in ihrer Stimme erkennt er, wie weit das Ufer entfernt ist. Und dass die letzte Wärme aus dem Whirlpool schon längst aus seinem Körper gewichen ist.

»Bin unterwegs!«, ruft er und schwimmt los.

Jetzt nimmt er die kälteren Strömungen im See wahr. Wasser, das aus tieferen Schichten nach oben gewirbelt worden ist. Eine kindliche Angst vor dem, was sich unter der Oberfläche verbirgt, ergreift mit einem Mal Besitz von ihm. Seit den Sommerferien, in denen er *Der weiße Hai* sah, hat er sie nicht mehr gespürt.

Jonas legt einen Zahn zu. Bewegt seine Beine schneller.

Auf halbem Weg sieht er jemanden am Rand des Parkplatzes entlangrennen. Erhascht nur einen flüchtigen Blick auf die Gestalt, bevor sie wieder in den Schatten verschwindet. Aber das reicht.

Jemand hat Kohlis Kopf gestohlen.

Das ist der letzte Tropfen. Der endgültige Beweis dafür, dass absolut niemand ihm auch nur ein Fünkchen Respekt entgegenbringt.

Die Wut verleiht ihm neue Kräfte. Als er die letzten Schwimmzüge macht und sich die Leiter zum Holzdeck hinaufschwingt, spürt er die Kälte nicht mehr. Er rennt über das Deck zur Treppe, die in den Garten führt.

»Was ist denn los?«, ruft Kaj.

»Schnauze!«, brüllt Jonas zurück, ehe er sich beherrschen kann.

LINA

In ihrem Kopf wimmelt es vor Erinnerungen und Bildern.

Ich hätte mich liebend gern selbst darum gekümmert, aber ich brauche immer so furchtbar lange dafür.

Jonas, der entschuldigend lächelt. Sich mit den Fingern durchs Haar fährt.

Du kannst das so gut.

Ich habe gerade so viel mit Kolarängen um die Ohren. Da herrscht so ein krasser Druck.

Stück für Stück übernahm sie alle seine anderen Projekte. Selbst diejenigen, die schon längst hätten abgeschlossen sein sollen, die er aber halb fertig liegen gelassen hatte.

Ich glaube, das läuft schon irgendwie, aber wenn du es für wichtig hältst, dann kümmere dich ruhig darum.

Es kam ihr manchmal ungerecht vor, aber sie dachte, es sei lediglich ihr Neid darüber, dass er das Kolarängen-Bauvorhaben bekommen hatte. Sie wollte nicht als missgünstige Kollegin gelten.

Ich kapiere einfach nicht, wie das hier in Excel funktioniert. Jedes Mal, wenn ich es versuche, schaltet mein Gehirn automatisch ab.

Sie übernahm sogar Jonas' Part bei der Ausarbeitung eines neuen Flächennutzungsplans. Den zeitraubenden »Bürgerdialogen« hätte sie ja noch etwas Sinn abgewinnen können, wenn sie nicht gewusst hätte, dass sie nur Show waren.

Amir sitzt schweigend neben ihr auf dem Sofa. Lina ist dankbar, dass er sie nicht fragt, wie es ihr geht. Sie hätte keine Antwort darauf.

Jetzt hallt Ingelas Stimme in ihr wider.

Jonas hat so viel auf dem Tisch.

Dieses Bauprojekt ist unglaublich wichtig für die Gemeinde. Jonas braucht dich.

Ich hätte ja Torbjörn darum gebeten, aber du weißt ja, wie es ist. Dann wird gar nichts erledigt.

Lina hat nie nein gesagt. Sie hat ihre eigenen Bedürfnisse schon immer vernachlässigt, solange sie ein Lob für ihren Einsatz kassiert.

Sie hat es ihnen viel zu leicht gemacht.

Es hängt so viel an diesem Projekt. Ohne dich schaffen wir es nicht.

Du sollst wissen, wie sehr wir dich schätzen.

Sie muss an den Abend denken, an dem sie glaubte, sie könnte sich nie wieder vom Fußboden erheben.

An die Tage im Büro, als das Klingeln der Telefone und

das laute Stimmengewirr in ihrem Kopf zu einem einzigen Rauschen verschmolzen.

An die Besprechung im Büro der Personalvertretung, wo sie vor allen Leuten ihr Innerstes nach außen kehren sollte. Ihnen das erklären sollte, was sie nicht einmal selbst verstand. Während Ingela die ganze Zeit von ihrem schlechten Gewissen sprach, weil sie nicht gemerkt hatte, wie es Lina ging. Ingela, die wirklich verstehen wollte, was sie selbst falsch gemacht hatte. Die versucht hatte, *ihren Anteil an dem Ganzen* zu sehen, die wissen wollte, *was sie alles dafür tun könne, um Lina die Rückkehr in die Abteilung zu erleichtern.*

Sie tat Lina leid. Also beeilte sie sich zu sagen, dass es natürlich auch an anderen Faktoren gelegen habe. Ihrer Scheidung. Dem Umzug. Dem neuen Alltag, wochenweise abwechselnd die Kinder zu betreuen. Das jedenfalls war einfach zu erklären. Alle konnten das nachvollziehen. Und seitdem war sie selbst davon überzeugt.

Aber jetzt erinnert sie sich daran, wie es war, als sie, noch aus der Arztpraxis, anrief und erzählte, dass sie krankgeschrieben sei. Auch da hatte Ingela all die angemessenen Floskeln gesagt, aber ihr Ton hatte eine ganz andere Sprache gesprochen. Er untermauerte all das, was Lina schon irgendwie gespürt hatte. *Du machst es mir echt schwer. Du bringst uns da wirklich in die Bredouille. Ich glaube ja, dass du dir das alles nur einbildest.*

Das hatte sie getroffen.

Lina war sich wie eine furchtbare Versagerin vorgekommen, wie jemand, der nur eine Ziffer in der Statistik war. Eine von denen, die es nicht schafften, mit einem ganz gewöhnlichen Leben zurechtzukommen. Also tat sie, was man ihr nahelegte. Besuchte einen Achtsamkeitskurs, um zu lernen, negative Muster durch Affirmationen zu brechen. Versuchte zu lernen, richtig zu denken. Anders zu denken.

In ihren Augenwinkeln brennen Tränen, aber sie hat das Weinen so satt.

Doch tief in ihrem Innern ist ihr etwas klar geworden.

Die Scheidung hätte sie noch überstanden. Die wechselnden Betreuungszeiten, und weiterhin in dieser Stadt zu leben. Sie hätte den normalen Alltag bewältigt, wenn sie durch die übermäßige Arbeitsbelastung nicht so erschöpft gewesen wäre.

Vielleicht liegt es doch nicht nur *an ihr* und daran, dass mit ihrer *Einstellung* etwas nicht stimmt.

Vielleicht liegt es nicht nur daran, dass sie krank ist, sondern dass ihre Arbeitsbedingungen krank sind.

Diese schlichte Erkenntnis ist erschütternd, und doch fällt es ihr plötzlich wie Schuppen von den Augen. Als hätte diese innere Stimme schon die ganze Zeit in ihr existiert, nur hatte sie nicht darauf gehört.

Sie sieht Amir an. Merkt, dass er sich Sorgen um sie macht.

»Ich bin froh, dass du es mir erzählt hast«, sagt sie.

Er will gerade etwas erwidern, als sie Schritte auf der Terrasse hören. Gleichzeitig drehen sie sich zur geöffneten Tür um und sehen Jonas hereinkommen.

Sein Haar klebt ihm in dunklen, nassen Strähnen am Kopf. Lässt seine Gesichtszüge spitzer wirken. Der größte Unterschied zu seinem sonstigen Aussehen aber ist der hasserfüllte Blick. Plötzlich fragt sie sich, ob er wohl draußen auf der Terrasse gestanden und sie belauscht hat.

Er kommt näher. Von seiner feuchten Badehose fallen Tropfen auf den Teppich.

»Was macht ihr da?«, sagt er vorwurfsvoll.

»Wir unterhalten uns nur«, erwidert Amir.

Jonas blickt sich im Speiseraum um. Lässt sich auf alle Viere sinken und sieht unter den Couchtisch.

»Wo ist er?«, fragt er und richtet sich auf.

»Was?«, fragt Amir.

»Kohlis Kopf!«

»Warum soll der hier sein?«, fragt Lina erstaunt.

Jonas wirft ihr einen finsteren Blick zu. Er steht wieder auf und geht zwischen den Tischen umher. Stößt die Schwingtür auf und schaut in die Küche.

Als er sich wieder zu ihnen umdreht, klebt das übliche Lächeln auf seinen Zügen. Und das ist das Abscheulichste überhaupt. Wie leicht es ihm fällt, wieder seine Maske überzustreifen.

Seltsam, dass niemand außer Anette erkannt hatte, wovon Frans sprach.

»Nun sagt schon«, fordert Jonas sie auf, »verarscht ihr mich? Wirklich lustig, ha, ha, ha!«

»Wir haben keine Ahnung, wovon du redest«, erwidert Amir ruhig.

»Okay, okay.« Jonas nickt vor sich hin. »Dann werde ich euch in Frieden lassen.«

Sie sehen ihm nach, als er in Richtung Eingangshalle verschwindet. Hören das Geräusch seiner Schritte, als er die Treppe nach oben geht.

»Was war das denn bitte?«, sagt Amir.

Lina kann nur den Kopf schütteln. Aber die leise Erkenntnis, die in ihr aufgekeimt ist, wird immer mehr zur Gewissheit.

EVA

Eva steht am Rand des Holzdecks und schaut auf die nassen Fußspuren, die auf den Brettern schon wieder zu trocknen beginnen. Schnippt ihren glühenden Zigarettenstummel in den See und hört ein leises Zischen.

»Ich verstehe nicht, warum er es so eilig hatte«, sagt sie.

»Ich auch nicht«, sagt Kaj.

Es klingt, als fiele es ihm schwer, das zuzugeben.

»Herrchen kommt bestimmt gleich wieder, wirst schon sehen«, säuselt Torbjörn und lacht zufrieden, als Kaj ihm dafür einen bösen Blick zuwirft.

»Jetzt hör schon auf«, sagt Eva.

Aber Torbjörn lacht einfach weiter. Nimmt einen Schluck aus Jonas' Whiskyflasche.

»Er schaut eben genauso aus der Wäsche wie Sylvester, wenn ich ihn vor dem Supermarkt anleine.«

Eva muss ihm eigentlich recht geben. Kaj hat tatsächlich etwas an sich, das sie an Torbjörns kleinen Kläffer mit den nervösen feuchten Augen erinnert. Jetzt steigt Kaj aus dem Whirlpool, und Wasser schwappt auf das Holzdeck. Er schnappt sich sein Handtuch vom Halter und stapft auf unsicheren Beinen in Richtung Sauna.

»Und du siehst aus wie ein blöder ... alter Sack«, schimpft er und knallt die Tür hinter sich zu.

Eva zündet sich eine neue Zigarette an. Schaut zu Torbjörn, der als einsame Majestät im blubbernden Wasser thront, die Arme auf der Poolkante ausgebreitet.

»Kannst du ihn nie in Frieden lassen?«, fragt sie vorwurfsvoll.

»Ist doch nicht meine Schuld, dass er keinen Humor hat!«,

erwidert Torbjörn laut, damit es auch im Inneren der Sauna zu hören ist.

Eva gibt sich geschlagen. Sie zieht an der Zigarette und überlegt, ob es nicht an der Zeit ist, ins Bett zu gehen. Der Abend scheint gelaufen, bevor er überhaupt richtig angefangen hat.

Sie blickt zu den Hütten. Ist nicht bereit, dort zu liegen und dem Gedankenkarussell freien Lauf zu lassen. Oder Anette dabei zuzuhören, wie sie die Laken zerwühlt. Sie erschaudert. Ihre Bluse ist feucht und kalt durch den Wasserdampf des Pools. Sie zieht die Strickjacke enger um sich.

»Willst du mir nicht noch ein Weilchen Gesellschaft leisten?«, fragt Torbjörn.

»Das mache ich doch, oder? Weiß Gott, wieso eigentlich.«

Sie stellt sich wieder neben den Whirlpool, wo es warm ist. Nimmt Torbjörn die Flasche aus der Hand und tut so, als würde sie lediglich vorsichtig daran nippen.

»Steig doch zu mir in die Wanne«, drängt er. »Es macht keinen Spaß, ganz allein hier zu sitzen.«

»Dir scheint es da drin ganz gut zu gehen«, sagt sie und lacht.

»Komm schon.«

»Ich habe doch gesagt, dass ich keinen Badeanzug eingepackt habe.«

Bevor sie den Satz beendet hat, ist Torbjörn dabei, sich aufzurichten. Er rutscht aus und sackt direkt neben ihr bäuchlings über den Rand des Pools. Dabei schwappt ein kleiner Tsunami über die Kante, und warmes Wasser fließt in ihre Schuhe, bevor sie zur Seite springen kann. Ihre durchnässte Hose klebt ihr am Oberschenkel.

»Das war wirklich unnötig«, ärgert sie sich und spürt bereits, wie ihre Haut kühler wird. »Jetzt bin ich tropfnass.«

Torbjörn gelingt es, das Gleichgewicht wiederzugewinnen, indem er sich mit den Ellbogen am Poolrand abstützt.

»Siehst du«, er blinzelt sie von unten an, »dann kannst du ebenso gut auch baden kommen.«

Sie will an ihrer Zigarette ziehen, bemerkt aber, dass sie ebenfalls nass geworden ist. Als Torbjörn so laut lacht, dass sein Bauch unter ihm zu hüpfen beginnt, kann auch sie sich nicht mehr halten.

»Du hast Lust, das sehe ich doch!«, ruft er und grapscht nach ihr.

Noch mehr Wasser schwappt über die Kante. Er bekommt ihre Bluse zu fassen. Seine Finger sind weiß und verschrumpelt.

»Lass mich los!«, kichert sie und befreit sich.

Ein Ratschen ertönt, als der billige Stoff reißt.

Torbjörn wirkt genauso geschockt wie sie.

»Entschuldige«, sagt er und starrt auf ihre Brust.

Eva blickt an sich herab. In der grellen Außenbeleuchtung sieht der große blaue Fleck unterhalb des Schlüsselbeins so schlimm aus wie noch nie. Dunkelgelbe Flammen in der Mitte, umgeben von blauvioletten Streifen, wie Wolken an einem kränklichen Dämmerhimmel.

Sie zieht den Stoff zusammen. Umklammert ihn mit fest geballter Faust.

»Was hat er dir angetan?« Torbjörn sieht sie mit großen Augen an.

»Wovon redest du?«, zischt sie.

Für einen Augenblick sind die Tausenden von Blasen, die an der Oberfläche zerplatzen, das einzige Geräusch in der Nacht. Ihr fällt auf, dass sie die Flasche ins Wasser hat fallen lassen. Sie schaukelt heftig im Pool herum. Füllt sich langsam mit Wasser.

»Ich habe mir an der Zipline weh getan«, erklärt sie und starrt Torbjörn direkt in die Augen.

»Das ist nicht von heute.«

Er versucht, im Whirlpool aufzustehen, rutscht aber wieder auf dem Boden aus.

»Seit wann bist du denn ein Experte dafür?«, fragt sie. »So was ist doch bei jedem anders.«

Torbjörn erwidert nichts. Sieht sie nur mitleidsvoll an.

»Ich weiß nicht, was du dir einbildest, aber das ist nicht der Rede wert«, fährt sie fort. »Und wehe, wenn du jemand anderem davon ...«

»Du kannst doch nicht zulassen, dass er dich *schlägt*. Ich dachte, mit dem Alter wäre er ruhiger geworden.«

In Eva wird es vollkommen kalt. Ihr ist klar, was Torbjörn denkt. Ja, anscheinend denkt er es schon lange. Er hat soeben ihre schlimmsten Befürchtungen bestätigt.

Die Ironie ist ihr schmerzlich bewusst. Dass es ausgerechnet an diesem Ort passieren musste.

»Du hast keine Ahnung, was du da faselst«, faucht sie.

Armer Knut. Er würde ihr nie auch nur ein Haar krümmen. Sie will nichts lieber, als ihn verteidigen. Aber wie soll sie das tun, wenn sie die Wahrheit nicht sagen kann? Was bleibt ihr übrig? Lügen, die ihr kein normaler Mensch abnehmen würde.

Ich bin gegen eine Tür gelaufen. Ich bin die Treppe heruntergefallen. Ich habe mir an der Zipline wehgetan.

Für einen Moment erwägt sie tatsächlich zu erzählen, wie es ist. Es wäre so gut, es einem Menschen erzählen zu dürfen, wenigstens ein einziges Mal. Aber sie schweigt schon so lange, dass sie die Worte nicht aussprechen könnte, selbst wenn sie es wollte.

Also geht sie. Dreht sich nicht um, als Torbjörn ihren Namen ruft. Kaj öffnet die Saunatür, als sie vorbeikommt, aber auch ihn sieht sie nicht an.

Sie hört Torbjörns schweren Körper gegen die Wand des Pools poltern. Noch mehr Wasser, das auf das Holzdeck spritzt.

»Warte!«, ruft er.

Evas Schuhsohlen klatschen auf die Treppenstufen. Unten angekommen läuft sie fast gegen den Pfosten mit dem Rettungsring. Wieder ruft Torbjörn nach ihr.

»Hau ab!«, schreit sie. »Hörst du? Lass mich in Ruhe!«

Oben am Haus sieht sie Lina und Amir auf die Terrasse treten.

»Was ist denn los?«, ruft Amir ihr zu.

Eva hastet weiter zu den Hütten. Verflucht den hell erstrahlten Gehweg, der ebenso gut eine Theaterbühne hätte sein können. Diese Hauptrolle will sie nicht haben.

JONAS

Jonas steht mucksmäuschenstill vor Ingelas Tür. Er lauscht angespannt, hört aber nichts aus dem Zimmer. Nur das alte Gebäude, das gelegentlich knackt. Der Wind, der das Fenster im Flur hinter ihm leise knarren lässt.

Er klopft nochmals an die Tür.

Verdammt, Ingela, wir haben jetzt keine Zeit, im Bett zu liegen und uns selbst leid zu tun. Du musst jetzt wirklich mal die Chefin sein und die Sache wieder in Ordnung bringen.

Sie müssen Kohlis Kopf finden, bevor er zerstört wird. Jonas musste darum betteln, das Kostüm einen Tag früher geliefert zu bekommen, und er sitzt noch tiefer in der Patsche, wenn Kohli morgen nicht zu seinem ersten Auftritt in Kolarängen erscheint. Obendrein kann er es überhaupt nicht gebrauchen, dass er es sich neben all den anderen Dingen, die schiefgehen können, auch noch mit SBFF verscherzt. Und er will Wilma auf keinen Fall erklären müssen, wie wenig Respekt seine Kollegen vor ihm haben.

Es muss Amir gewesen sein, der mit Kohlis Kopf über den Rasen gerannt ist. Er hat vorhin im Speiseraum schon so schuldbewusst dreingeschaut. Und außerdem, wer sollte es sonst sein? Dieser komische Kerl, dem das Hotel gehört? Aber warum?

Jonas klopft ein drittes Mal. Hört so intensiv hin, dass jedes Geräusch verstärkt scheint. Ein Windhauch klingt wie ein Atemzug. Ein schwaches Knarren wie ein Schritt. Plötzlich ist er sicher, dass ihn jemand beobachtet. Das Gefühl ist so stark, dass sich die Härchen auf seinen Armen aufrichten.

Er dreht sich zum Flur um. Die Zimmertüren sind geschlossen, stumm. Im Fenster am anderen Ende des Gangs erkennt er sein eigenes durchsichtiges Spiegelbild. Der nackte Oberkörper wird von den Fenstersprossen zerteilt. Niemand steht auf der Treppe. Niemand sitzt auf dem roten Samtsofa neben dem kleinen Tisch mit der Petroleumlampe in der Mitte des Korridors. Daneben ein niedriges Bücherregal, gefüllt mit mittelmäßigen Krimis und alten Nachschlagewerken. Als ob sich ernsthaft jemand dazu inspirieren ließe, hier Platz zu nehmen und im Schein einer klischeehaften *Petroleumlampe* ein Buch zu lesen.

Warum fühlt er sich immer noch beobachtet? Sein bestes Stück schrumpft in der nasskalten Badehose zusammen. Er dreht sich wieder um. Klopft laut an die Tür.

»Ingela! Wir müssen reden!«, ruft er.

Seine Stimme klingt hohl. Als würde das Haus sie verschlucken.

Er drückt die Klinke herunter, und die Tür gleitet vor ihm auf. Erstaunt sieht Jonas in den Raum. Macht einen Schritt über die Schwelle und schaltet das Licht ein. Das Bett ist gemacht, eine gehäkelte Tagesdecke liegt darauf. Ingela hat einen taubenblauen BH mit passendem Slip bereitgelegt, hübscher, als er erwartet hätte. Er lässt den Blick durch das Zimmer schweifen. Ein Sekretär, eine hohe Kommode und ein großer Kleiderschrank, alle aus demselben dunklen Holz wie das Bettgestell. Dunkelrote Geranien vor dem Fenster.

»Ingela?«

Er geht weiter in das Zimmer hinein. Eine Bewegung in seinem Augenwinkel lässt ihn herumwirbeln.

Jonas begegnet seinem eigenen Gesicht in dem ovalen Spiegel auf der Vorderseite des Kleiderschranks. Die Tür ist angelehnt. Aus dem Schrank duftet es leicht nach Lavendel.

Gegenüber des Schranks scheint eine Tür ins Badezimmer zu führen. Er tritt näher. Betrachtet das festgeschraubte Emailleschild, auf dem in schnörkeligen Buchstaben ABORT steht. Genervt stöhnt er auf und klopft an.

»Bist du da?«

Keine Antwort. Nicht ein Laut. Er öffnet und schaut auf einen weißen Duschvorhang, der nagelneu aussieht. Schwarz glänzende Mosaiken auf dem Boden. Chemisch blaues Wasser in der Toilette. Eine billige Großmarktseife auf dem Waschbeckenrand.

Der Duschvorhang wölbt sich vor ihm.

»Ingela?«

Er reißt den Vorhang zur Seite. Kommt sich wie ein Vollidiot vor, als er eine leere Badewanne mit gefliester Front anstarrt. Das runde Fenster darüber, es ist nicht größer als eine Schallplatte, steht halb offen.

Jonas zieht den Vorhang wieder zu und kehrt ins Zimmer zurück. Schaut aus dem Fenster. Bis auf die Gehwege hat die Dunkelheit den Garten vollkommen verschlungen. Selbst den See kann er nicht erkennen. Dafür ist das Holzdeck mit der Sauna hell erleuchtet. Er entdeckt Kaj, der gerade in den Whirlpool steigt. Außer ihm ist niemand zu sehen.

Ingela muss jeden Moment zurückkommen. Vielleicht ist sie auf der Suche nach ihm. Es wäre sinnlos, wenn sie sich gegenseitig hinterherjagen.

Jonas setzt sich auf das Bett. Befühlt zerstreut den BH. Das Preisschild hängt noch daran, und ihm dreht sich der Magen um, als ihn der Gedanke trifft, ob sie womöglich seinetwegen neue Dessous gekauft hat.

Er zieht die Hand zurück, bleibt aber sitzen.

Wartet.

TORBJÖRN

»Was ist denn passiert?«, wiederholt die Perserkatze, als Torbjörn die Terrasse betritt.

»Nichts«, antwortet er und schiebt sich an ihnen vorbei in den Speiseraum. »Ich wollte nur ein bisschen Spaß haben.«

»Ein bisschen Spaß?«, fragt Lina entsetzt. »Was hast du getan?«

»Was *ich* getan habe? Na, vielen Dank auch fürs Vertrauen.« Aber er fragt sich selbst, was zur Hölle er da angerichtet hat. Das hier ist nicht gut. Überhaupt nicht gut. Er braucht ein

Glas, jetzt, auf der Stelle, aber von den Wirtsleuten lässt sich keiner blicken.

»Arbeitet in diesem Saftladen überhaupt noch jemand?«, dröhnt er.

»Wir haben die beiden schon eine Weile nicht mehr gesehen«, sagt Amir.

Torbjörn beißt die Zähne zusammen und steuert auf die Küchenschwingtür zu. Stößt sich die Hüfte an einem Stuhl und merkt, dass er anscheinend tiefer ins Glas geschaut hat als angenommen. Durch die Wärme und die Wasserstrahlen, die ihn durchgeknetet haben, fühlt sich sein Körper wie erschlagen an. Sein Hirn hingegen ist viel zu wach.

»Hallo, jemand zu Hause?«, ruft er und schubst die Schwingtür auf.

Niemand ist im Raum, aber den Weinkühler entdeckt er sofort. Der Teppichboden unter seinen Füßen wird von Linoleum abgelöst, als er die Küche betritt und sich eine Flasche Rosé nimmt.

Torbjörn schraubt den Deckel ab und gönnt sich einen Schluck aus der Flasche, während er sich umblickt. Die kleine Lampe an der Spülmaschine leuchtet, sie scheint fertig gelaufen zu sein, aber schmutzige Servierplatten und Teller vom Abendessen stehen immer noch herum. Ebenso ein geöffnetes Paket mit Kaffeetüten. Neben einem Verbandskasten hängt ein Kalender an der Wand. *Kommunalverw., 9 Pers. Köhlerkuchen + Buffet* ist für das heutige Datum in fein säuberlicher Handschrift notiert. Ansonsten gibt es besorgniserregend wenig Einträge.

»Hab ich's nicht gesagt?«, murmelt er vor sich hin. »Die bringen diesen Laden nie im Leben zum Laufen. Und mit so einem Service schon dreimal nicht.«

Er nimmt einen weiteren Schluck. Der Fußboden ist kalt.

Anscheinend zieht es vom geschlossenen Kücheneingang her. Als er dorthin schaut, entdeckt er ein paar Mülltonnen neben der Tür. In einer davon liegt zuoberst ein Plastikeimer von Coop, der Preiselbeerkompott enthalten hat.

»Wusste ich's doch, dass sie die Beeren nicht selbst gesammelt haben«, sagt Torbjörn im selben Moment, in dem die Schwingtür hinter ihm aufgeht.

»Torbjörn«, sagt Amir. »Du kannst nicht einfach hier reingehen und ...«

»Ich zahle das morgen natürlich«, unterbricht Torbjörn ihn und wischt sich zornig über den Mund. »Ist schließlich nicht mein Problem, wenn sie sich nicht richtig um ihre Gäste kümmern.«

Er setzt die Flasche demonstrativ an und geht zurück in den Speiseraum. Lina sieht ihn fragend an.

Im großen Goldspiegel an der Wand erhascht Torbjörn einen kurzen Blick auf sich selbst. Wird schonungslos daran erinnert, dass er nur in Badehose hier steht und die Kronleuchter an der Decke jeden noch so kleinen Schönheitsfehler entblößen. Und davon besitzt er eine ganze Menge. Seine Hängebrüste, die auf dem ausladenden Bauch ruhen. Die weißen Haarbüschel, die seinen gesamten Oberkörper bedecken. Die Fettschicht, die sich auf seine Gesichtszüge gelegt hat. Er wendet den Blick ab. Stellt die Flasche auf den nächstbesten Tisch.

Eva wird wahrscheinlich nicht erzählen wollen, was passiert ist, aber Kaj hat genügend gesehen, um zu Ingela zu rennen und alles zu petzen. Er könnte wohl sogar so eine MeToo-Geschichte daraus spinnen.

Mist. Ganz großer Mist wird das.

»Vielleicht sollten wir mit Eva reden«, schlägt Lina leise an Amir gewandt vor.

»Das ist das Letzte, was sie will«, widerspricht Torbjörn. »Das kann ich euch versprechen.«

Er reibt sich die Stirn und zieht einen Stuhl heran. Lässt sich schwerfällig darauf plumpsen und spürt, wie die Badehose augenblicklich das Sitzpolster durchnässt. Amir steht immer noch irgendwo hinter ihm.

»Wir haben herumgealbert.« Torbjörn sieht Lina nicht in die Augen. »Und dann habe ich so getan, als würde ich sie in den Whirlpool ziehen.«

Er kann förmlich hören, wie sie über seinen Kopf hinweg Blicke tauschen.

»Ja, und dabei ist ihre Bluse irgendwie kaputtgegangen«, erzählt er weiter. »Aber es war keine Absicht.«

Wenn sie wenigstens etwas sagen würden. Alles wäre besser als diese Stille, die ihn in seinem schlechten Gewissen schmoren lässt.

»Es war keine Absicht, das versteht ihr doch, oder? Wir hatten *Spaß*. Und es war keine große Sache, das mit der Bluse. Aber sie wollte nicht, dass ich den blauen Fleck darunter sehe. Ihr Mann, er ...«

Torbjörn verstummt abrupt. Aber zu spät.

Dass er es auch nie lernt, seine Klappe zu halten.

Er schielt zu Lina. Sieht, dass sie begriffen hat. Jetzt hat er wohl wirklich Mist gebaut.

EVA

Eva hat sich im Schatten zwischen den Hütten versteckt, bis sie sicher war, dass ihr niemand gefolgt ist. Einmal hat sie

Schritte auf dem Rasen gehört, aber Gott sei Dank haben sie sich in Richtung Badesteg entfernt.

Jetzt öffnet sie die Tür zu Hütte 3, übervorsichtig und voller Angst, Anette aufzuwecken. Das wäre das Letzte, was sie jetzt ertragen könnte. Aber im Lichtschein, der durch die Tür fällt, sieht sie, dass Anette sich neongelbe Stöpsel in die Ohren gesteckt hat. Eva atmet erleichtert auf. Nun muss sie immerhin nicht ganz so leise herumschleichen.

Für einen Moment bleibt sie in der Tür stehen. Anettes Gesicht hat im Schlaf völlig andere Züge angenommen. Ihr Mund ist entspannt statt zusammengezogen, die Sorgenfalten dünne Striche statt tiefe Furchen.

Als Eva die Tür hinter sich schließt, wird es in der Hütte fast vollkommen dunkel, aber sie schaltet die Deckenlampe nicht an. Sie wartet, bis sich ihre Augen an das schwache Licht gewöhnt haben, das neben dem Rollo in den Raum sickert. Setzt sich auf ihr Bett, nimmt die Brille ab, und die im Dunkeln bereits vagen Umrisse werden noch unschärfer. Sie legt die Brille auf den Boden. Kramt in ihrer Tasche nach dem Nachthemd. Streift mit den Fingerspitzen die Wodkaflasche.

Eva lauscht gespannt Anettes tiefen Atemzügen, um sicherzugehen, dass sie fest schläft. Dann trinkt sie hastig einen Schluck, voller Furcht, die andere Bettlampe könnte plötzlich aufleuchten. Sie verschraubt die Flasche und versteckt sie wieder, bevor sie das Nachthemd aus weichem Flanell hervorholt und sich aus der nassen Hose und den Strümpfen schält, die verbliebenen Knöpfe der zerrissenen Bluse öffnet.

Anette schlummert weiter, während Eva sich eilig umzieht. Danach bleibt sie auf der Bettkante sitzen.

Dieser verfluchte Whirlpool.

Verfluchter Torbjörn.

Natürlich wird er allen, die es hören wollen, davon erzählen. Und wer hört sich so etwas nicht gern an? Wenn es etwas gibt, das ihre Kollegen lieben, dann, sich über andere die Mäuler zu zerreißen. *Wer hätte so was bei Eva für möglich gehalten? Ja, da sieht man mal. Man weiß nie, was bei den Leuten zu Hause so alles vor sich geht.*

Was geschieht jetzt? Wird Ingela davon erfahren? Kann man sie dazu zwingen, mit der Personalvertretung zu reden?

Sie sieht das Büro, das unbegreiflicherweise Glaswände hat, schon vor sich. Ein Aquarium im siebten Stock, in das jeder nach Belieben hineinsehen kann. Lieber kündigt sie, als auf dem schmutzig grauen Sessel Platz zu nehmen, auf dem Frans so oft saß.

Eva wirft einen Blick auf ihr Handy. Zum Glück scheint es zu funktionieren, obwohl es nass geworden ist, aber sie hat immer noch keinen Empfang. Sie legt es auf den Boden neben die Brille. Streckt sich auf dem Bett aus und zieht die Decke über sich.

Wenn sie nur Knut anrufen könnte. Wenn sie nur seine Stimme hören könnte.

KAJ

Kaj spielt an den Knöpfen an der Seite des Whirlpools herum. Erhöht und senkt den Druck an den Düsen, schaltet die Unterwasserbeleuchtung aus und wieder an. Aber er ist so müde. Das Sprudeln und Rauschen des Pools ist regelrecht einschläfernd. Er lässt die Arme ins Wasser sinken. Dreht seinen Kopf hin und her, lässt sich von den Jetstrahlen den Nacken massieren. Er schaut hinauf zum Haupthaus.

In Ingelas Zimmer brennt Licht. Jonas ist wohl gerade mit ihr dort.

Kaj weiß sehr wohl, dass er nicht persönlich gemeint war, als Jonas rief, er solle die Schnauze halten. Nicht wirklich. Aber er hat Angst, dass Jonas langsam das Interesse an ihm verliert. Ihn vielleicht nicht mehr mit zu SBFF nehmen will.

Stimmt es, dass er einem ängstlichen Hund ähnelt? Verlieren die Leute deshalb immer das Interesse an ihm? Kaj weiß nicht, was er falsch macht, aber es ist jedes Mal das Gleiche, immer wenn er gerade glaubt, einen neuen Freund gewonnen zu haben. Die SMS werden weniger und die Ausreden häufiger. Als hätte sich nichts verändert, seit er ein Junge war und sich nicht auf andere Kinder verstand. Er wusste nicht, worüber er reden sollte, konnte sich nie auf die Spiele der anderen einlassen, nicht auf die Art, die bei all den anderen Kindern so einfach aussah.

Nur bei den Jungs aus dem Fitnessstudio fühlt er sich richtig zu Hause. Bei ihnen und bei Jonas.

Seine Gedanken ziehen immer langsamere Kreise. Zwei Nachtfalter flattern um die Lampe neben der Tür zur Sauna. Er beobachtet sie, während seine Lider immer schwerer werden. Sein Körper wird ganz leicht, bis er den weich geschwungenen Sitzplatz aus Fiberglas unter sich kaum noch spürt.

Kaj fragt sich, ob es wirklich gefährlich ist, in einem Pool einzuschlafen.

Ich würde doch sofort aufwachen, wenn mir Wasser in den Mund läuft.

So muss es sein, oder?

Erst als Schritte auf dem Holzdeck ihn wecken, merkt Kaj, dass er tatsächlich weggedämmert sein muss. Die Schritte stoppen direkt hinter ihm, und er muss sich anstrengen, um den Kopf zu heben. Er grinst, als er Kohlis auf dem Kopf stehendes Gesicht über sich schweben sieht. Rundherum der schwarze Nachthimmel. Haare aus Garn baumeln herab.

»Hi«, sagt Kaj. »Wo hast du gesteckt?«

Jonas trägt jetzt einen Overall mit Tarnmuster, den Kaj noch nie an ihm gesehen hat. Durch den Anzug wirken seine Schultern breiter.

Während Kaj auf eine Antwort wartet, beginnt die Welt, sich in die falsche Richtung zu drehen. Sein Magen zieht sich zusammen, und kalter, bitterer Speichel steigt seinen Rachen hinauf.

Er darf nicht in den Pool kotzen, er muss raus aus dem Wasser. Kaj beugt sich vor, um aufzustehen, aber blitzschnell schießt eine Hand hervor, umfasst seine Stirn und zerrt ihn nach hinten.

Kaj spürt, wie sein Nacken gegen Jonas' Bauch gepresst wird. Der Griff um seine Stirn ist wie ein Schraubstock. Er kann den Kopf nicht bewegen, sosehr er sich auch zu befreien versucht. Vor Anstrengung treten die Sehnen an seinem Hals hervor.

»Jonas?« Er hört sich selbst lachen, obwohl die Situation alles andere als lustig ist. »Was machst du da?«

Die zweite Hand rauscht in einem Bogen auf ihn zu. Sie hält etwas umklammert. Etwas, das aufblitzt und dann aus seinem Blickfeld verschwindet. Es entfacht ein Feuer an seinem Hals. Es brennt und schmerzt,

hat er mich geschlagen?

aber der Griff um die Stirn lockert sich. Kaj gleitet auf dem schalenförmigen Sitz nach unten. Er versucht Luft zu holen, und es ertönt ein blubberndes Geräusch, wie wenn man den letzten Rest eines Milchshakes mit einem Strohhalm aufsaugt.

Hektisch tasten seine Hände nach dem Hals, und er fühlt eine Öffnung, die nicht dort sein sollte. Wundränder, die sich unter seinen Fingern teilen, direkt unter dem Kehlkopf. Kaj hält sich eine Hand vor Augen. Starrt dümmlich auf die hellrote Farbe. Ein Blutstrahl schießt aus seinem Hals. Trifft auf die sprudelnde Wasseroberfläche.
Jonas? Hat Jonas das getan?
Wo ist er hin?
Als Kaj den Kopf zu drehen versucht, fühlt es sich an wie ein Peitschenhieb.
Er braucht Luft. Die Panik wächst. Füllt seinen Körper bis zum Bersten. Er will die Wunde wieder zusammenpressen, bekommt die glatte Haut aber nicht zu fassen. Ein warmer Blutschwall strömt über seine Finger. Verlässt das schützende Dunkel seines Körpers. Die schäumenden Blasen vor ihm färben sich hellrosa.
Endlich gelingt es ihm, die Ränder der Wunde zusammenzudrücken. Er versucht aufzustehen. Tritt auf die zu Boden gesunkene Whiskyflasche und fällt nach vorn, wagt nicht, die Wunde loszulassen und sich abzufangen, und schlägt sich das Knie an der Kante der gegenüberliegenden Sitzmulde an.
Der Schmerzensschrei erreicht seinen Mund nicht, nur ein Gurgeln verlässt seine Kehle.
mein offener Hals
mein zweiter Mund
Die Unterwasserlampen sind von rötlichen Schleiern umgeben. Als er den Blick nach oben richtet, sieht er Jonas in Richtung Saunagebäude gehen. Bei jedem Schritt schwingen die Garnhaare sanft in seinem Nacken.
ich muss hier weg, ich brauche Hilfe
Aber Jonas kommt mit etwas zurück, das einer dicken

Trainingsmatte ähnelt. Und Kaj versteht, dass es eine Abdeckung ist. Dass er damit eingesperrt werden soll.

Ihm ist nicht bewusst, dass er zu schreien versucht, bis seine Lippen Jonas' Namen formen.

Jonas, warum tust du das?

Kohlis fröhliche Augen zwinkern nicht. Der Mund hört nicht auf zu lächeln. Kaj unternimmt einen neuen Versuch, aus dem Wasser zu kommen, aber Finger mit der Kraft von eisernen Klauen schließen sich um seinen Schädel. Drücken ihn nach unten, bis er sich schwerfällig auf den Boden des Pools setzt. Wasser strömt ihm in Mund und Nase. Er schmeckt sein eigenes Blut, es erinnert ihn an Erde und alte Münzen.

Die Welt rings um den Whirlpool verschwindet, als die Abdeckung daraufgelegt wird. Nur er und das rote Licht der Unterwasserlampen sind noch übrig

so rot

und das Dröhnen der Düsen.

Kaj streckt den Kopf nach hinten, um sein Gesicht über Wasser zu halten, was aber gleichzeitig die Wunde wieder weit aufreißt. Verzweifelt schnappt er nach Luft. Warmes Wasser wird in die Wunde und die Lungen gesaugt, doch er hat nicht mehr genügend Kraft, um zu husten.

Laute Schläge, einer nach dem anderen, wandern rund um den Whirlpool. Setzen sich durch das Wasser fort. Kaj versteht nicht, was gerade geschieht. Er sieht sich um, während er weiterhin versucht, die Wunde zusammenzuhalten, aber sie hat sich zu weit geöffnet, und die Wasserstrahlen der Düsen versetzen die Hautfetzen in Bewegung. Kajs Nasenspitze streift die Unterseite der Poolabdeckung. Seine Füße rutschen auf dem glatten Boden hin und her.

Mehr Wasser fließt in seinen Mund, und endlich gelingt

es ihm, sich in die Hocke zu setzen. Er drückt sich mit den Zehen ab. Weiß, dass er mit seinen Kräften fast am Ende ist.
Widerwillig taucht Kaj mit dem Gesicht unter Wasser. Krümmt sich zusammen. Holt aus und drückt sich nach oben, presst Schultern und Nacken gegen die Abdeckung.
Seine Beine sind so schwach. Sein gesamter Körper brennt vor Erschöpfung.
Die elastische Abdeckung sitzt an den Seiten des Pools fest. Lässt sich nicht bewegen.
Kaj fröstelt, trotz des warmen Wassers. Und das Rauschen in seinen Ohren kommt nicht nur von den Wasserdüsen. Es kommt auch aus seinem Inneren. Wieder versucht er, sich gegen die Abdeckung zu stemmen, doch jetzt ist er noch kraftloser.
Neues Wasser im Mund. Der Blutgeschmack ist intensiver. Die Fingerspitzen kribbeln und brennen, als wären sie eingeschlafen, er muss den Griff um die Wundränder lösen. Er fährt mit den Armen herum, tastet den Pool von innen ab, als könnte er dort irgendwo einen geheimen Ausgang finden.
Es wird immer dunkler. Er weiß nicht, ob jemand die Lampen heruntergedimmt, oder ob ihm die Augen den Dienst versagen.

JONAS

Jonas sitzt zusammengekauert unter Ingelas Fenster. Er hat eine solche Angst, dass die Tränen ungehindert strömen, aber jetzt zieht er sich an der Fensterbank nach oben. Richtet sich vorsichtig auf und sieht wieder nach draußen.

Der Mann mit Kohlis Kopf steht immer noch über die Poolabdeckung gebeugt da. Scheint nach Geräuschen aus dem Inneren des Pools zu lauschen. Jonas blinzelt die Tränen weg. Merkt, dass er kaum atmet.

Er hat zufällig in dem Moment aus dem Fenster geschaut, als Kohlis Riesenkopf auf dem Holzdeck erschien. Er wollte schon nach unten eilen, als er sah, wie sich der Mann hinter Kaj stellte und ihm die Kehle durchschnitt. Ihn ins Wasser drückte, als er zu entkommen versuchte. Die Abdeckung auf den Whirlpool legte und die Scharniere an den Spanngurten zuschnappen ließ.

Alles ging so schnell. Jonas kann das Bild von Kajs wachsartig blassem Gesicht in dem immer trüber werdenden Wasser nicht verdrängen.

Wer würde Kaj so etwas antun?

Er schaut zu dem Mann in dem grün gefleckten Overall.

Wer bist du?

Plötzlich richtet Kohli seinen Blick auf das Hotelgebäude, als hätte er seine Gedanken gehört, und Jonas wirft sich wieder zu Boden.

Sein Herz pocht so heftig, dass er es im ganzen Körper spürt. Blut wird durch seine Adern gepumpt, viel zu schnell. Blut, das aus ihm herausspritzen könnte, wie es aus Kaj herausgespritzt ist.

Der Schreck lässt ihn plötzlich klarer denken.

Diese Sache hat nichts mit Kaj zu tun. Nicht persönlich. Der Mann unten auf dem Holzdeck ist hier, um das Gleiche mit ihnen allen zu tun.

Deshalb ist Ingela nicht zurückgekommen.

Deshalb sind die Besitzer verschwunden.

Deshalb funktionieren die Handys nicht.

Deshalb muss er sich jetzt beeilen.

Jonas nimmt seinen gesamten Mut zusammen, um noch einmal über die Fensterbank zu schauen. Der Mann steht immer noch dort unten.

Er wartet, bis er sicher ist, dass Kaj tot ist
Es wird nicht lange dauern
Ich muss weg von hier, jetzt, jetzt, jetzt

Der Schlüssel zum Kleinbus liegt unten in der Schlafhütte. Gebückt schleicht Jonas zur Tür und drückt die Klinke herunter. Der Korridor vor dem Zimmer ist noch immer menschenleer, alles ist ruhig. Die Türen sind verschlossen. Als wäre nichts geschehen, seit er auf der Suche nach Ingela hergekommen ist.

Er hastet zur Treppe am Ende des Flurs. Eilt sie nach unten, die Hand über dem Geländer schwebend, bereit, sich daran festzuhalten, sollte er stolpern.

Fuuuuuuck, wie zur Hölle soll ich zur Hütte kommen?

Er erreicht den ersten Stock. Rennt durch den Flur. Die Treppe zum Erdgeschoss liegt neben dem Konferenzraum, und er erhascht einen Blick auf das Whiteboard mit Ingelas klobiger Handschrift. Ein paar der Broschüren für Kolarängen liegen noch auf dem Tisch. Jonas will gerade weiter nach unten laufen, als ihm am Treppenabsatz plötzlich Zweifel kommen.

Was, wenn der Mann ihn trotzdem im Fenster gesehen hat? Wenn er *in diesem Moment* auf dem Weg ins Haus ist?

Vor Panik wird ihm ganz heiß.

Jonas hat eine Todesangst vor dem, was ihn dort unten erwartet, aber er fürchtet sich noch mehr davor, was passieren könnte, wenn er hierbleibt. Er schleicht die Treppe nach unten. Beugt sich auf halbem Weg nach vorn und schaut in die Eingangshalle.

Alles ruhig. Er atmet schwer. Nimmt Amirs Stimme aus dem Speiseraum wahr. Er sollte ihn und Lina warnen.

schneller, schneller, schneller

Jonas läuft die Treppe hinab. Schaut in Richtung Speiseraum, hält dann aber stattdessen auf die Eingangstür zu. Vor dem Rezeptionstresen stoppt er abrupt. Könnte es hier einen Festnetzanschluss geben?

Jonas lehnt sich über den lackierten Eichenholztresen. Dort befindet sich nur der kleine Safe mit den Zimmerschlüsseln. Ein zugeklappter Laptop. Aber hinter dem Schreibtischstuhl steht eine Tür angelehnt, hinter der er ein kleines Büro erahnt.

Schnell umrundet er den Tresen und schaut durch die Tür auf Regale voller Ordner und einen mit Rechnungen, alten Zeitungen und Bestellformularen übersäten Schreibtisch. Er geht einen Schritt hinein und hebt ein paar der Papiere an. Nirgendwo ein Telefon.

Die Tränen beginnen wieder zu laufen, als die Realität ihn einholt. Bis zur Hütte ist es zu weit. Das Risiko, entdeckt zu werden, zu groß. Er wird hier draußen sterben.

Jonas dreht sich um und entdeckt einen Autoschlüssel, der direkt hinter der Tür an einem Haken hängt.

Verblüfft starrt er ihn an. Auf dem Schlüssel prangt ein Mazda-Logo.

Der alte weinrote SUV, neben dem er geparkt hat, als sie heute Morgen hier ankamen.

Der Parkplatz liegt näher als die Hütten. Sehr viel näher. Dorthin könnte er es schaffen. Er hätte eine Chance.

Er schnappt sich die Schlüssel und schleicht zurück in die Eingangshalle. Jetzt ist Lina aus dem Speiseraum zu hören. Jemand anderes schnarcht dort drinnen, so unglaublich es auch klingt. In glücklicher Ahnungslosigkeit angesichts dessen, was vor sich geht. Wieder denkt Jonas, dass er sie warnen sollte. Aber es kostet Zeit, bis sie zuhören, verstehen, ihm folgen. Zeit, die er nicht hat. Er muss sich beeilen. Nicht nur, weil hier draußen ein Mörder umgeht, sondern weil er selbst im Begriff ist, zugrunde zu gehen. Er kann die Sicherungen schon zischen hören, die jeden Moment in seinem Kopf durchbrennen werden.

Wenn er sich beeilt, von hier wegzukommen, kann er die Polizei rufen, sobald er in Sicherheit ist. *Das ist das Beste für alle.*

Jonas umklammert die Schlüssel noch fester. Entscheidet sich. Er rauscht zur Eingangstür. Stellt sich vor, wie sie sich unmittelbar vor ihm öffnet und Kohlis wahnsinniges Grinsen vor ihm auftaucht. Er drückt die kühle Messingklinke herunter.

LINA

Sie sieht zu Torbjörn, der auf seinem Stuhl sitzt und schnarcht. Sein Kopf ist nach hinten gekippt, der Mund weit geöffnet. Hin und wieder ist ein ersticktes Röcheln zu hören; es klingt jedes Mal so, als ränge er um sein Leben.

»Ich hatte ja schon vermutet, dass er schnarcht, aber *das* ist schlimmer, als ich dachte«, bemerkt Amir.

»Du solltest ihn wecken«, erwidert sie und grinst. »Immerhin teilt ihr euch ein Schlafgemach.«

Amir sieht sie an.

»Willst du schlafen gehen?«

Sie horcht in sich hinein.

»Nein. Aber ich glaube, es wäre wohl besser.«

Es gibt so vieles zu verdauen.

Wie oft hat sie nicht Oscar und Noah mit ins Büro geschleppt, obwohl sie erkältet waren, nur weil sie eine Sitzung übernehmen musste, die »unmöglich« zu verschieben war. Wie viele Abende hat sie die Kinder vor das Tablet gesetzt, anstatt ihnen etwas vorzulesen, weil es wichtiger schien, die letzten beruflichen E-Mails zu beantworten. Und dann die anderen Abende, an denen Jonas sie anrief, weil ihm urplötzlich etwas einfiel. *Entschuldige, ich weiß, es ist schon nach Feierabend, aber es gibt da eine Sache, die ich gern überprüfen würde.* Und schon klappte sie ihren Laptop auf, durchforstete Ordner, Unterordner und alte E-Mails nach dem richtigen Dokument, bis auf einmal der gesamte Abend darüber vergangen war. Zeit, die sie stattdessen mit ihren Kindern hätte verbringen können.

Lina hat Jonas gerade noch in der Eingangshalle umherlaufen gehört. Sie hat keinen Schimmer, was er da treibt, aber sie weiß, dass sie ihm niemals verzeihen wird, dass er eine so schlechte Mutter aus ihr hat werden lassen.

Torbjörns Schnarchlaute setzen aus, die Atemzüge scheinen tief unten in seinem Rachen stecken zu bleiben. Lina und Amir schauen ihn an. Warten darauf, dass er weiteratmet.

»Das wird der reinste Spaß, daneben ein Auge zuzudrücken«, sagt Amir.

»Vielleicht sollten wir ihn einfach hier sitzen lassen?«

Sie lächeln sich an. Auf einmal schießt ihr durch den Kopf, was wohl passieren würde, wenn sie und Amir jetzt allein in einer Hütte wären. Wüsste sie überhaupt noch, wie es geht? Seit ihrer Schwangerschaft mit Noah hat sie keinen Sex mehr gehabt. Als sie noch Single war, hatte sie das Prickeln genossen, das darin lag, einen neuen Körper kennenzulernen. Hatte es genossen, eine ihr fremde Wohnung zu betreten und die Geheimnisse eines anderen Menschen zu ergründen.

Zu jener Zeit standen noch CDs in den Regalen der Leute. Und sie lasen Bücher.

Oh Gott. Sie ist steinalt.

Ein frischer Wind weht durch die Terrassentür herein. Amirs Blick ist unablässig auf sie gerichtet.

Ihm ist klar, wie kaputt sie ist. Es war ihm die ganze Zeit über klar. Und trotzdem sitzt er noch hier. Will er sie küssen? Oder wartet er darauf, dass sie den ersten Schritt macht? Damit sie den Rhythmus bestimmen kann.

Auf einmal weiß sie, dass es so ist.

Warum küsst sie ihn also nicht? Sie sehnt sich mit jeder Faser ihres Körpers danach, und trotzdem rührt sie sich nicht.

Sie mag ihn zu sehr. Zuerst muss sie wieder gesund werden. Wieder sie selbst werden. Sonst käme sie noch auf die Idee, die Verantwortung dafür auf Amir abzuwälzen.

Und das wäre nicht fair, für keinen von ihnen.

Aber kann sie das aussprechen? Kann sie ihn darum bitten, noch ein wenig länger auf sie zu warten?

Sie will es ihm gerade sagen, als irgendwo draußen in der Nacht ein Automotor anspringt.

NADJA

Sie spült den Rest ihrer Reinigungslotion im Spülbecken hinunter. Dreht den Hahn in der Kochnische zu und horcht auf, als sie sich nach dem Handtuch streckt.

Doch. Es ist ein Motorengeräusch, das die Stille durchdringt. Es scheint vom Parkplatz zu kommen.

Nadja cremt sich das Gesicht und den Hals ein. Lauscht

wieder gespannt. Das Motorengeräusch verändert sich, jetzt knirscht Schotter unter Reifen. Sie dreht sich um. Ihr Blick fällt auf die Deckenlampe aus Milchglas. Der Boden der Kuppel ist voller kleiner Schatten. Ein Massengrab für Fliegen.
da-duff
da-duff
Sie sieht zur Hüttentür. Versucht sich einen Reim auf das Geräusch zu machen.
da-duff
da-duff
da-duff
da-duff
Es ist nicht nur ein einziges dumpfes Geräusch, es sind mehrere. Sie kommen in immer dichterer Folge, verschmelzen miteinander.
da-duff da-duff da-duff
da-duff da-duff da-duff da-duff
Nadja geht zur Tür. Legt ein Ohr an das kühle Türblatt aus Holz. Aber es macht keinen Unterschied, der Ursprung der Geräusche bleibt unbegreiflich. Sie öffnet die Hüttentür und späht hinaus in die Nacht. Sieht ein Paar Rücklichter, die sich in der Dunkelheit jenseits des erleuchteten Parkplatzes vor und zurück bewegen. Und jetzt begreift sie, woher das Geräusch kommt: von platten Autoreifen, die gegen Felgen wummern.

Die Rücklichter funkeln wie rote Augen. Während sie im Türrahmen steht, sieht sie, wie sie sich immer weiter nach rechts neigen. Das dumpfe Geräusch ist noch einige Male zu hören. Dann kippen die Augen zur Seite.

Ein weicher Aufprall ist zu hören. Dann Stille. Aber das Funkeln erlischt nicht.

Die Tür der Nachbarhütte wird geöffnet, und Eva sieht

hinaus, bekleidet mit einem Flanellnachthemd, das ihr bis zu den Waden reicht.

»Was war das?«, lallt sie und setzt sich ihre Brille auf.

»Ich glaube, da ist gerade jemand in den Graben gefahren.«

Erst als Nadja sich das selbst sagen hört, steigt sie in ihre Turnschuhe, schnappt sich die Lederjacke, wirft sie über und rennt den Gehweg entlang zum Parkplatz, wo ihr gemieteter Kleinbus immer noch steht.

Irgendetwas an dem Wagen stimmt nicht. Ihr Kopf registriert es, kann die Information aber nicht verarbeiten. Sie läuft am Parkplatz vorbei, weiter die Schotterstraße entlang, auf der sie heute früh hergekommen sind. Hinter ihr schwingt die Eingangstür des Hauptgebäudes auf, und als sie einen Blick über die Schulter wirft, sieht sie Amir und Lina auf die Steintreppe hinaustreten.

Die Parkplatzbeleuchtung wird allmählich von der Dunkelheit geschluckt, aber jetzt erkennt sie den weinroten SUV, der mit den rechten Rädern in den Graben gefahren ist. Vor der Motorhaube ist die Grabenrinne in grelles Scheinwerferlicht getaucht.

Sie nähert sich der Fahrertür. Lugt durch die Scheibe. Jemand mit nacktem Oberkörper sitzt über das Lenkrad gebeugt.

Auf der anderen Wagenseite flüstert das hohe Gras der Wiese im Wind. Nadja zögert einen Moment, bevor sie an die Scheibe klopft. Der Fahrer hebt den Kopf. Jonas erwidert ihren Blick. Seine Augen sind voller Furcht.

Sie öffnet die Tür, und Jonas blinzelt verwirrt, als die Innenraumbeleuchtung des Fahrzeugs aufleuchtet. Nadja hat so viele Fragen, dass sie fast kein gerades Wort herausbringt. Nur ein Satz kommt ihr über die Lippen.

»Was machst du da?«

»Ich muss hier weg!«

Jonas löst den Sicherheitsgurt. Umfasst den Türrahmen und klettert unbeholfen hinaus. Nadja müht sich damit ab, die schwere Wagentür offen zu halten. Sieht über seine Schulter hinweg, dass der Beifahrersitz von Fastfood-Tüten und Bonbonpapieren übersät ist.

»Willst du nicht die Scheinwerfer ausschalten?«, fragt sie.

Aber er scheint sie gar nicht zu hören. Erst als er auf der Straße steht, fällt ihr auf, dass er nichts als eine Badehose am Leib trägt.

Die Tür fällt schwer zurück ins Schloss, als Nadja sie loslässt. Geschockt sieht Jonas sie an. Bedeutet ihr, still zu sein.

Eine kalte Hand greift nach ihrem Herzen. In ihr macht sich ein beklemmendes Gefühl breit.

»Jonas?«, ruft Amir.

Er kommt auf sie zugelaufen, aber Jonas nimmt nicht einmal Notiz von ihm. Starrt nur mit weit hervorstehenden Augen hinauf zum Haus.

Seine Furcht ist ansteckend. Lässt das beklemmende Gefühl in Nadja anschwellen.

»Alles okay mit dir?«, fragt Amir und legt Jonas eine Hand auf die Schulter.

Jonas zuckt bei der Berührung zusammen. Schüttelt den Kopf.

»Ich muss hier weg, ich muss ...«

Er verstummt. Starrt unablässig hinauf zum Haus. Nadja folgt seinem Blick. Kann nichts Besonderes sehen, nur dass Lina noch immer auf der Treppe steht.

»Guck mal«, sagt Amir und zeigt auf das Hinterrad.

Nadja schaut dorthin. Entdeckt sofort den Einstich im Reifen. Macht einen Schritt zur Seite und erkennt einen ähnlichen Einstich im Vorderreifen.

»Oh nein!«, ruft sie aus und sieht zum Parkplatz.

Jetzt begreift sie auch, was mit dem Kleinbus nicht gestimmt hat. Er kauert sich zusammen wie ein verletztes Tier, ganz dicht über dem Boden.

»An unserem Wagen auch«, sagt sie.

Amir sieht zum Kleinbus und erstarrt.

»Jonas!«, faucht er und packt ihn bei den Oberarmen. »Was zum Teufel geht hier vor?«

»Er hat Kaj umgebracht!«, sagt Jonas mit verzweifelter Stimme.

Er schluckt so hart, dass sein spitzer Adamsapfel auf und ab hüpft.

Amir erstarrt zur Salzsäule.

»Was? Wer?«

Jonas befeuchtet sich die Lippen. Schaut zum Haus.

»Kohli.«

Nadja tauscht einen Blick mit Amir. *Will er uns verarschen?*, fragt seine hochgezogene Augenbraue. *Ich glaube nicht*, besagt ihr Kopfschütteln.

Worum es hier auch geht, Jonas glaubt jedenfalls daran. Anscheinend steht er unter Schock. Vielleicht hat er auch irgendwas genommen und ist gerade auf dem schlimmsten Trip seines Lebens.

Oder hier draußen gibt es wirklich etwas, vor dem man sich fürchten muss.

Das beklemmende Gefühl in Nadja erwacht zu neuem Leben, als ihr klar wird, dass Jonas gar nicht zum Haus sieht, sondern in die umgebende Dunkelheit blickt.

»Kommt, lasst uns drinnen darüber reden«, sagt Amir.

Sie hört ihm an, dass auch er damit kämpft, Ruhe zu bewahren.

Sie gehen die Zufahrtsstraße entlang zurück. Ziehen Jonas

mit sich, helfen sich gegenseitig, als er anfangs Widerstand leistet. Nadja beschleunigt ihre Schritte, als sie in den Lichtschein des Parkplatzes treten; ist sich bewusst, wie gut sichtbar sie hier für jemanden wären, der sich im Dunkeln verbirgt.

Sie lässt den Gedanken nicht weiter zu. Versucht sich einzureden, sich nicht von Jonas' Panik anstecken zu lassen, solange sie nicht mehr weiß. Aber in Wahrheit ist es dafür schon zu spät.

Lina steht immer noch auf der Steintreppe vor dem Hotel und sieht beunruhigt zu ihnen hinüber.

Jonas schluchzt auf, als sie auf den Vorplatz abbiegen wollen. Er zeigt zum Gehweg, der von den Hütten zum Haus führt. In den Schatten bewegt sich etwas auf sie zu.

Nadja atmet erst auf, als das Licht der Außenlampen auf die Gestalt fällt und sie Eva erkennt. Sie hat sich eine Strickjacke über das Nachthemd gezogen. Steht schwankend mitten auf dem Weg, als sie bemerkt, dass die anderen sie entdeckt haben.

»Was ist los?«, ruft sie.

»Keine Ahnung«, sagt Amir. »Wir müssen Jonas reinbringen. Er ist irgendwie etwas durcheinander.«

Eva schiebt sich die Brille auf dem Nasenrücken nach oben. Mustert Jonas.

»Warum wolltest du in diesem Zustand überhaupt fahren?«

Ganz in der Nähe ertönt ein lauter Knall. Nadja duckt sich instinktiv. Spürt den Widerhall im ganzen Körper.

Ihre Panik wächst.

»Was zum Teufel war das?«, fragt Amir.

»Das ist er«, erwidert Jonas.

Nadjas Blick schweift suchend umher. Sofort sieht sie das

große Loch an der hinteren Hausecke. Aus der weiß gestrichenen Fassade ragen auf einmal Holzsplitter hervor.
Ein Einschussloch.

EVA

Sie dreht sich um. Sieht, wie sich unten etwas auf dem Rasen bewegt, es ist kaum wahrnehmbar. Und dennoch erkennt sie die Umrisse sofort wieder. Es ist dieselbe Figur, die früher am Abend in den Speiseraum kam. Derselbe Schlapphut auf demselben viel zu großen Kopf.
Ärger dich nicht schwarz ... Kauf in Kolarängen ...
Evas Gedanken kommen nur schwerfällig in Gang. Alles scheint wie in Zeitlupe. Sie begreift nicht. Jonas steht doch bei der kleinen Gruppe neben dem Parkplatz. Wie kann er dann gleichzeitig auf dem Rasen sein?
Er hält etwas in den Händen. Ein Jagdgewehr.
Er hebt es vor sich in die Höhe, während er geht.
»Lauf!«, rufen Nadja und Amir gleichzeitig, und das weckt sie aus ihrer albtraumhaften Trance.
Sie rennt den Gehweg entlang.
Die anderen haben den Vorplatz schon fast erreicht. Und jetzt geht alles auf einmal viel zu schnell. Wird zu Eindrücken und Einzelbildern, die sich zusammenhangslos überlappen.
Licht und Schatten wechseln einander ab, als sie an den Lampen vorbeirennt. Ihre eigenen, längst erschöpften Atemzüge. Die Schreie der anderen. Die Schulter, die ihr den Dienst verweigert, als sie versucht, mit den Armen zu schwingen, um schneller zu werden.

Eva umrundet die Hausecke. Will gerade auf den Vorplatz abbiegen, als sie einen weiteren Knall hört und die Kugel so knapp an ihr vorbeizischt, dass ein Windhauch ihre kurzen Haare streift.

Ein Windhauch, der ihr den ganzen Kopf hätte wegblasen können.

Gleich hat Jonas die Eingangstreppe erreicht, Nadja ist ihm dicht auf den Fersen. Amir und Lina stehen an der Tür, schreien, dass sie sich beeilen sollen.

Eva hetzt an der Vorderseite des Hauptgebäudes entlang. Ihre Füße versinken im tiefen Kies des Vorplatzes, rutschen auf den Steinchen beinahe aus. Es ist wie in einem Albtraum, in dem sie rennt, ohne sich vom Fleck zu bewegen.

was geht und geht und kommt trotzdem nicht von der Stelle

Sie kann keine anderen Schritte auf dem Schotter hören als ihre eigenen, viel zu lauten. Das Blut rauscht in ihren Ohren, doch sie muss wissen, ob er hinter ihr ist.

Eva dreht sich mitten in der Bewegung um. Sieht nur die Dunkelheit an der Hausecke. Noch hat er es nicht so weit geschafft.

Ihr Schuh bleibt im Kies stecken und sie stolpert, verliert beinahe das Gleichgewicht, als Nadja ihr auf einmal die Hand entgegenstreckt. Eva ergreift sie, lässt sich halb mitschleifen, während sie weiter Richtung Treppe eilt. Ihre Brille ist auf die Nasenspitze gerutscht, bald wird sie sie verlieren. Oberhalb der roten Bügel ist die Welt verschwommen, aber sie sieht Jonas zwei Stufen auf einmal nehmen, wie er sich fast den Kopf am Türrahmen stößt, als er ins Haus hechtet.

Noch vier Schritte bis zur Treppe.

Drei.

Eva spornt sich selbst zu Höchstleistungen an. Weiß, dass sie keine Chance hat, wenn Nadja sie jetzt loslässt.

Noch zwei Schritte.
Einer.

Eva setzt den Fuß auf die unterste Stufe und schaut hoch zu Amir, aber er hat seinen Blick auf etwas hinter ihr gerichtet. Sie muss sich nicht umdrehen, um zu wissen, auf was.

Kohli ist um die Ecke gebogen. Zielt auf einen von ihnen.

Jede einzelne Zelle ihres Körpers steht unter Hochspannung. Bereitet sich darauf vor, von der Kugel zertrümmert zu werden.

Amir packt ihren linken Arm, und die verletzte Schulter brennt vor Schmerz, als er sie die Treppe hinauf und durch die Tür zerrt. Eva taumelt kurz hinter Nadja in die Eingangshalle. Hört einen neuen Schuss, gerade als die Tür mit einem Knallen zuschlägt. Amir läuft rückwärts in sie hinein.

»Ist sie abgeschlossen?«, schreit sie und mustert ihn hastig.

Er wirkt unverletzt. Sie befühlt ihren eigenen Nacken. Findet Holzsplitter, die in ihren Haaren stecken geblieben sind, und bemerkt gleichzeitig, dass in der Tür ein großes Einschussloch prangt.

Eva weicht von der Tür in die Halle zurück. Die Schmerzen in der Schulter lassen bereits nach. Oder es ist das Adrenalin, das dafür sorgt, dass sie nichts spürt. Ihre Finger tasten das Gelenk ab. Stellen fest, dass die Schulter nicht ausgekugelt ist.

»Wäre jemand so freundlich und erklärt mir endlich, was zum Teufel hier eigentlich los ist?«, brummt eine Stimme hinter ihnen.

Eva dreht sich um. Torbjörn kommt aus dem Speiseraum und sieht sie mit verschlafenem Blick an. Er trägt noch immer seine Badehose, die ein Hawaiimuster hat, wie ihr jetzt auffällt. Die Weinflasche in seiner Hand gluckert, als er die Arme ausbreitet.

»Also?«

Sie bedeuten ihm mit einem lauten *Psst,* ruhig zu sein. In der Stille sind Schritte im Kies vor der Tür zu hören. Sie entfernen sich.

»Shit«, flucht Nadja und spurtet in den Speiseraum. »Wir müssen die Hintertür schließen!«

Eva folgt den anderen. Betritt den Raum in dem Moment, in dem Nadja zur Terrassentür am anderen Ende stürzt.

Das Schloss klickt, als sie sie zuzieht. Den Blick starr auf die Scheibe der Tür gerichtet, weicht sie rasch zurück.

»Mach das Licht aus!«, zischt Amir.

Eva sieht sich um und entdeckt die Lichtschalter neben dem goldumrahmten Spiegel.

»Wieso denn?«, mault Jonas.

»Damit er uns nicht sieht«, flüstert Amir gepresst. »Und damit wir eine Chance haben, ihn zu sehen.«

Finsternis legt sich über den Speiseraum, als Eva das Licht löscht. Es wird noch dunkler, als Lina die Flügeltür zur erleuchteten Eingangshalle schließt. Durch die Fenster und das Glas der Terrassentür fällt das Licht der Außenbeleuchtung zu ihnen herein. Weiche, gelbe Rechtecke ruhen auf dem Teppichboden, über denen Staubpartikel wie goldene Sterne tanzen.

Amir geht zu Jonas. Boxt ihn mitten auf die nackte Brust.

»Du wusstest, dass da draußen ein verdammter Irrer herumrennt! Und du bist einfach abgehauen!«

Schockiert starrt Eva Jonas an.

»Ist das wahr?«, fragt sie.

Jonas schüttelt den Kopf.

»Ich wollte Hilfe holen.«

»Wir saßen hier drinnen, und die Terrassentür stand verflucht noch mal sperrangelweit offen!«

Amirs Stimme ist ganz angespannt vor lauter unterdrücktem Zorn. Für einen Moment sieht es aus, als wolle er Jonas schlagen. Stattdessen dreht er sich schnell um. Presst die Hände an den Kopf.

Jonas sieht zu den anderen. Eva wendet den Blick ab, als er sie anschaut.

»Ich habe das für euch alle getan«, sagt er. »Ich wollte Hilfe rufen, sobald ich wieder Netz habe.«

»Bis dahin hätte alles Mögliche passieren können«, erwidert Nadja kalt.

»Und mit welchem Handy?«, fragt Eva. »Du hast doch bloß eine Badebuxe an.«

Sie ist dermaßen angewidert, dass sie ihn nicht ansehen kann. Auf der Terrasse liegt die Wachstischdecke noch auf der langen Tafel, an der sie heute zu Mittag gegessen haben. In ihrem überdrehten Hirn sehen die eingeklappten Sonnenschirme aus wie Gestalten, die Umhänge tragen.

Irgendwo dort draußen läuft ein Mann herum, der sie töten will. Und Anette liegt schlafend in der Hütte, mit Stöpseln in den Ohren.

Ich habe die Tür nicht abgeschlossen

»Wir müssen Ingela holen«, sagt Lina.

»Sie ist nicht in ihrem Zimmer«, erklärt Jonas. »Ich glaube, sie ist auch tot.«

Widerwillig wendet Eva sich an ihn.

»Was soll das heißen, *auch*?«

»Gibt es noch mehr Türen, die nicht abgeschlossen sein könnten?«, fragt Amir.

»In der Küche«, antwortet Torbjörn und deutet mit der Weinflasche auf die Schwingtür. »Aber jetzt will ich verdammt noch mal erfahren, was hier läuft.«

NADJA

Amir schaut durch das Fenster der Schwingtür in die Küche. Sie selbst reicht kaum so hoch heran.

»Keiner da«, sagt er.

Nadja schiebt die Tür ein Stückchen auf. Tastet die Wand nach dem Lichtschalter ab. Die Leuchtstoffröhren klirren beim Erlöschen.

Sie betritt die Küche. Sieht zum Fenster über der Spüle. Erkennt den erhellten Parkplatz. Den dunkelblauen Kleinbus mit den zerstochenen Reifen.

Erst vor wenigen Minuten ist ein Fremder an diesem Fenster vorbeigelaufen. Hat sie alle gejagt, Kohlis Kopf bis auf die Schultern hinuntergezogen. Jetzt rührt sich nichts mehr da draußen. Jedenfalls nichts, das sie sehen kann.

Nadjas Blick schweift über das Durcheinander in der Hotelküche: Stapelweise Teller und Schalen. Ein geöffneter Karton mit Kaffeetüten. Spuren von Jenny und Roger, die davon ausgegangen sein müssen, wieder herzukommen. Wann sind sie eigentlich verschwunden?

Ingela ist ebenfalls weg. Und Jonas behauptet, Kaj liege mit durchgeschnittener Kehle im Whirlpool.

Nadja sieht zu der Tür in der hintersten Ecke der Küche. Geht mit wild klopfendem Herzen tiefer in den Raum. Amir ist direkt hinter ihr. Wieder schielt sie zum Fenster. Steht jemand dort draußen? Sie sieht sich die Hand nach der Türklinke ausstrecken. Sie hinunterdrücken.

Abgeschlossen.

Nadja hört Amir hinter sich aufatmen. Sie selbst aber ist kein bisschen erleichtert.

Amir geht zur Küchenarbeitsfläche und nimmt zwei Messer von einem Magnethalter an der Wand, aber Nadja starrt weiterhin die Tür an. Ihr wird bewusst, dass sie den Gedanken nicht erträgt, eingesperrt zu sein. Nur darauf zu warten, was dieser Kerl da draußen als Nächstes tun wird.

Ihre Furcht ist so übermächtig, dass sie nicht weiß, wie sie sie aushalten soll. Am liebsten würde sie die Tür aufreißen und in die Nacht hinauslaufen. Was auch immer als Nächstes passiert, danach wird es auf jeden Fall vorbei sein.

Dieser Impuls ist gefährlich, das weiß sie. Aber sie hätte das Gefühl, die Kontrolle zu haben.

Amir wartet an der Schwingtür auf sie. Sie will gerade zu ihm gehen, als sie auf der Arbeitsplatte ein Cuttermesser entdeckt, das zum Öffnen von Kartons benutzt wurde.

Sie greift danach und schiebt probehalber die Klinge heraus. Mustert die scharfe Schneide. Erschauert und zieht die Klinge wieder ein. Steckt das Messer in die Tasche ihrer Lederjacke.

AMIR

Inzwischen ist es fast ein Uhr nachts, und es hat angefangen zu regnen. Große Tropfen explodieren auf den Fensterscheiben. Teilen sich in Tausende glitzernde Juwelen im Licht der Terrassenbeleuchtung.

Sie sitzen in einem losen Kreis hinter einem der Ledersofas. Alle atmen zu schnell. Die Luft ist warm und verbraucht. Ab und zu knackt das alte Haus, was Amir nervös aufhorchen und den Blick auf die geschlossenen Türen zur Eingangshalle lenken lässt.

Er versucht sich einzureden, dass sie hier im Speiseraum einigermaßen geschützt sind. Falls sich jemand Zugang zum Gebäude verschafft, können sie in die entgegengesetzte Richtung fliehen.

Auf dem Teppichboden zwischen ihnen liegen die Messer, die er aus der Küche geholt hat. Beim Gedanken an das Jagdgewehr wirken sie geradezu lächerlich. Wie Spielzeug. Und außerdem weiß Amir nicht, ob er sie gegen einen anderen Menschen einsetzen würde, selbst wenn er sich verteidigen müsste.

»Verdammt, so was gibt es in Wirklichkeit doch gar nicht«, lallt Torbjörn.

Er sagt es nicht zum ersten Mal. Torbjörn hat ziemlich einen in der Krone. In seiner Weinflasche ist höchstens noch ein Schluck übrig.

»Offensichtlich schon«, entgegnet Nadja.

»Aber was ist das für ein Verrückter? Wer tut so etwas?«

»Das spielt jetzt kaum eine Rolle, oder?«, fragt Jonas. »Mich interessiert eher, wie wir überleben sollen.«

»Für mich spielt es eine Rolle.« Torbjörn leert die Flasche und schleudert sie zu Boden. »Wenn ich schon umgebracht werde, dann will ich wenigstens wissen, von wem.«

Die Flasche rollt über den Teppich, bis sie mit einem leisen Klirren an ein paar Stuhlbeinen am anderen Ende des Speiseraums zum Liegen kommt.

Amir reibt sich das Gesicht. Die Haut fühlt sich fettig unter seinen Fingern an. Er schaut zu Lina. Versucht, ihren Blick einzufangen, aber sie wirkt völlig in sich gekehrt.

»Das ist sicher so ein Terrormist«, sagt Torbjörn.

»Warum sollte es hier draußen einen Terroranschlag geben?«, fragt Jonas. »Und warum reden wir verflucht noch mal nicht darüber, was wir jetzt unternehmen?«

»Das beste Motiv hat wohl der Bauer«, meint Nadja.

»Nein«, widerspricht Eva bestimmt. »Lappå würde so etwas nie tun.«

»Und woher willst du das wissen?« Nadja wirft einen Blick auf Jonas. »Wegen uns hat er alles verloren.«

Jonas starrt zornig zurück.

»Das stimmt«, sagt Torbjörn und nickt sich selbst zu. »Er hat nichts mehr zu verlieren. Wer braucht schon einen Bauern ohne Land?«

Er schnaubt. Wischt sich die Nase mit dem Handrücken ab.

»Ich weiß nur zu gut, wie sich das anfühlt«, fährt er fort. »Wenn man plötzlich überflüssig ist.«

Alle zucken zusammen, als der Regen mit einem Mal wieder zunimmt. Es klingt, als würde jemand eine Handvoll Kies gegen die Fenster werfen.

»Es ist übrigens nicht nur der Bauer. Die Leute, die auf dem Hof gearbeitet haben, sind auch arbeitslos geworden«, wirft Nadja ein.

Amir schaut auf den Teppichboden. In ihm wächst eine Erkenntnis. Sie ist absurd. Unmöglich. Und trotzdem fühlt er, dass sie wahr ist.

Es gibt jemanden, der mindestens genauso starke Motive hat wie Lappå. Jemanden, der wegen Kolarängen ebenfalls alles verloren hat. Für den die Rache an der Erschließungsabteilung der Gemeinde sehr viel persönlicher wäre.

Amir denkt an den Mann, der mit angelegtem Gewehr auf den Vorplatz getreten ist. Sieht Kohlis breites Lächeln vor sich. Er versucht, die restliche Erscheinung des Mannes heraufzubeschwören. Erinnert sich an einen Overall mit Tarnmuster.

Die Größe könnte hinhauen. Die Schultern wirkten breiter, der Körper muskulöser, aber es ist über ein halbes Jahr her, dass sie sich zuletzt gesehen haben. Seitdem kann viel passiert sein.

»Oder es ist Frans«, sagt er und sieht auf.

Jonas dreht sich zu ihm. Seine Augen funkeln spöttisch im schwachen Licht.

»Frans? Der ist wohl kaum der Typ dazu.«

»Ist er nicht Jäger?«

»Es ist ein großer Unterschied, ob man Elche jagt oder Menschen«, sagt Eva. »Und warum sollte *Frans* uns umbringen wollen?«

Amir wendet den Blick nicht von Jonas ab. Er spürt, wie die Luft immer dicker wird, als sich die Aufmerksamkeit der anderen auf sie richtet. Die Temperatur scheint noch weiter zu steigen.

»Ihr habt ihn gemobbt.«

Jonas' Augen verengen sich.

»Was redest du da für einen Stuss?«

»Du weißt genau, wovon ich rede.«

»*Ich* verstehe rein gar nichts«, sagt Eva.

»Jonas und Ingela haben ihn gemobbt. Und wir anderen haben die Augen davor verschlossen. Wir wollten es nicht wahrhaben.«

Jonas wirkt verletzt.

»Wenn hier jemand gemobbt wurde, dann ja wohl ich«, meint er.

Amir sieht ihn angewidert an.

»*Du?*«

»Ingela hat mir erzählt, dass ihr sie gegen mich wenden wolltet. Mann, Amir. Bevor Nadja ins Team kam, hättest du so etwas nie getan.«

Amir muss sich zwingen, sitzen zu bleiben. So stark ist sein

Wunsch, Jonas die selbstmitleidige Miene aus dem Gesicht zu prügeln.

»Da hast du verdammt recht«, sagt er. »Und aus genau diesem Grund bin ich froh, dass sie jetzt im Team ist.«

Auf einmal stemmt sich Torbjörn unter gequältem Ächzen vom Boden hoch.

»Wo willst du hin?«, fragt Lina mit tonloser Stimme.

Es ist das erste Mal, seit sie sich gesetzt haben, dass sie etwas sagt. Torbjörn gibt keine Antwort. Er verschwindet in die Küche. Kurz tauchen seine behaarten Schultern in dem kleinen Fenster in der Schwingtür auf, dann ist er weg.

Nervös sieht Amir ihm nach. Kommt sich wie ein Hütehund vor, der verzweifelt versucht, die Herde beisammenzuhalten.

»Heutzutage gibt es doch solche, wie sagt man, Ökoterroristen, oder?«, fragt Eva. »Vielleicht ist das so ein Kerl?«

»Du glaubst also, dass irgendwelche Ökos uns töten wollen, nur um ein paar Salamandern das Leben zu retten?«, fragt Jonas ungläubig.

Amir muss an Anette denken. Hofft, dass sie immer noch im Bett liegt und schläft, nichts von den Ereignissen mitbekommt.

»Für das, was in Kolarängen geschieht, hassen uns noch viel mehr Menschen«, sagt Nadja. »Die Ladenbesitzer im Stadtzentrum ...«

»Jetzt hör aber auf!«, fällt Jonas ihr ins Wort. »Du bist so besessen von Kolarängen, dass dir keine andere Erklärung einfällt.«

»Wir sind hier auf einer Konferenz über Kolarängen«, erwidert sie frostig. »In der Nacht vor dem Baubeginn. Und er hat diesen grässlichen Maskottchenkopf aufgezogen. Das beschissene *Symbol* für das Einkaufszentrum.«

So absurd es wirkt, scheint Jonas tatsächlich beleidigt zu sein, als würde es ihn sogar jetzt noch kränken, dass jemand schlecht über seinen geliebten Kohli spricht.

»Das bedeutet nur, dass dieser Kerl ein mieser Feigling ist, der Angst hat, sich zu zeigen«, entgegnet er. »Vielleicht *gibt* es nicht einmal ein Motiv. Es könnte *irgendein* Verrückter sein. Und was ist mit den Idioten, denen dieses Hotel gehört? Was wissen wir eigentlich über *sie*?«

»Schluss jetzt«, fordert Amir.

»Wie, Schluss jetzt? Ist das etwa eine schlechtere Theorie als *Frans*? Dieser Roger, oder wie auch immer er hieß, war doch total nervös. Man konnte ihm ansehen, dass irgendetwas nicht stimmte. Vielleicht haben sie ja Schulden bei der Mafia?«

»Diese Jenny hat von einem Typen gesprochen, der hier heute eigentlich hätte arbeiten sollen«, sagt Lina, immer noch mit derselben tonlosen Stimme. »Aber er ist nicht aufgetaucht.«

»Oder er hat genau das getan. Vielleicht schleicht er da draußen herum und spielt Scharfschütze«, mutmaßt Jonas.

Amir macht sich nicht die Mühe, zu protestieren. Er weiß, dass Jonas falschliegt, aber er hat keine Argumente. Nur ein Gefühl, das so stark ist, dass er an nichts anderes glauben kann.

Es ist kein Zufall, dass das alles ausgerechnet jetzt passiert. Bei dieser Sache geht es um sie. Um ihr Team.

»Oder es hat mit diesen schwererziehbaren Mädchen zu tun«, fährt Jonas fort. »Wie ich gesagt habe, die Geschichten haben eventuell einen wahren Kern. Eine der kaputten Seelen, die hier gewohnt haben und ...«

»Hör auf, über sie zu reden!«, schneidet Eva ihm das Wort ab.

Erstaunt sieht Amir sie an, und sie schaut zu Boden. Schweigt.

»Warum denn?«, fragt Jonas stur. »Jemand, der hier draußen irgendeinen Mist erlebt hat, ist durchgedreht, und wir sind nur zufällig hier.«

»Ich dachte, es wäre dir nicht so wichtig, wer der Kerl ist«, wirft Torbjörn ein. »Also, halt den Rand.«

Er hat die Schwingtür aufgestoßen und kommt mit einer neuen Flasche Wein aus der Küche.

»Ist das wirklich der richtige Moment, um noch mehr zu trinken?«, fragt Nadja vorwurfsvoll.

Es knackt, als Torbjörn den Drehverschluss öffnet.

»Gab es jemals einen besseren Grund?«

Er nimmt einen großen Schluck und reicht die Flasche an Eva, die einen Moment zögert, ehe sie zugreift.

»Das führt zu nichts«, sagt Nadja. »Jonas hat recht. Völlig egal, wer es ist, wir müssen entscheiden, was zur Hölle wir jetzt unternehmen.«

Sie sehen sich an. Keiner sagt etwas. Noch immer prasselt der Regen gegen die Fensterscheiben.

Amir greift nach Linas Hand. Drückt sie fest, einmal. Aber sie zieht die Hand zurück.

ANETTE

Es ist dunkel, als Anette aufwacht. Sie schaut auf ein unbekanntes Fenster mit heruntergelassenem Rollo, und für einen kurzen Moment hat sie keinen Schimmer, wo sie sich befindet.

Ein schwacher Rauchgeruch von ihrem Zopf. Jetzt weiß sie es wieder. Das Lagerfeuer am See. Sie ist auf einem Seminar am Kolarsjön. In einer Hütte, die sie sich mit Eva teilt. Und sie muss mal.

Anette versucht, ihre Blase zu ignorieren und wieder einzuschlafen, aber ihr Körper ist jetzt hellwach. Steckt voller nervöser Energie, wie immer, wenn sie ein paar Gläser Wein getrunken hat. Widerwillig setzt sie sich im Bett auf und nimmt die Stöpsel aus den Ohren. Hört den Regen gegen das Fenster prasseln und ihr fällt ein, dass sie zum Sanitärgebäude laufen muss, um aufs Klo zu gehen.

»So ein Mist«, murmelt sie leise vor sich hin und lauscht in den dunklen Raum hinein.

Keine anderen Atemzüge sind zu hören. Sie braucht kurz, ehe sie den Lichtschalter am Kabel hinter sich ertastet hat. Die Bettlampe erhellt die kleine Hütte. Wirft Schatten an die Wände. Das andere Bett ist leer, aber die Decke ist zurückgeschlagen.

Eva muss hier gewesen sein – und sie beim Schlafen beobachtet haben.

Der Gedanke ist ihr zutiefst unangenehm.

Anette steigt in ihre Jeans und nimmt einen weiteren Hauch des Rauchgeruchs wahr. Greift in den großen Rucksack und holt die Regenjacke heraus. Zieht sie über das T-Shirt. Der gummiartige Stoff fühlt sich kalt an.

Sie öffnet die Tür und schaut nach draußen. Im Licht der niedrigen Lampenpfosten, die den Gehweg zu den Toiletten säumen, fällt der Regen diagonal. Anette stellt die Kapuze auf. Schließt die Knöpfe der Jacke bis zum Hals und rennt los.

Der Regen dringt überall durch. Anette zieht die Schnüre der Kapuze so fest zu, dass sie ihr Gesicht dicht umschließt. Alle Geräusche von außen verschwinden, bis auf das ohrenbetäubende Prasseln der Regentropfen. Sie hört nicht einmal ihre eigenen Schritte, als sie sich auf dem letzten Wegstück beeilt.

Ihre Jeans ist auf der Vorderseite komplett durchnässt, als sie unter das Vordach des Sanitärgebäudes tritt. Sie schaudert und hantiert mit den Schlüsseln, bis es ihr gelingt, eine Toilettentür aufzuschließen. Sie merkt, dass es jetzt richtig dringend ist. Sobald sie die Toilette betreten hat, zerrt sie den Hosenschlitz auf, zieht die Jeans herunter und schafft es gerade noch, auf der eiskalten Klobrille Platz zu nehmen, als sich die Schotten öffnen. Anette atmet auf.

Anschließend spült sie ab und wäscht sich die Hände. Begutachtet ihr rotes, tropfnasses und von der Kapuze eingerahmtes Gesicht im Spiegel. Die Seife riecht aufdringlich süß, wie Gummibärchen. Auf dem randvollen Pumpseifenspender wird der *Duft von Schätzen des Waldes* versprochen, was auch immer das heißen soll. Anette verabscheut Parfüm, besonders wenn es die Natur nachahmen will, die es eigentlich zerstört. Kein Wunder, dass die Leute kein Gespür mehr für die echten Schätze haben, die der Wald ihnen bieten kann. Irritiert schnuppert sie an ihren Fingern, bevor sie die Toilettentür öffnet.

Regentropfen werden unter das Vordach gepeitscht. Sie bleibt eine Weile stehen. Schaut zum Hauptgebäude hinüber. Von hier aus kann sie eine Hausecke und die Seeseite des Gebäudes erahnen. Nur die Terrasse ist erleuchtet. Bis auf einige wenige eingeschaltete Fensterlampen sind die Räume dunkel. Sie versteht nicht, wo die anderen abgeblieben sind. Vielleicht in der Sauna, oder sie planschen im Pool. Oder sie vergnügen sich in einem der Räume auf der anderen Seite des Hauses.

Dass sie dazu imstande sind.

Ein Anflug von Bitterkeit überkommt Anette. Nie fragt jemand, ob sie dabei sein möchte. Niemand hat versucht, sie zum Bleiben zu überreden, als sie ins Bett gegangen ist. Allerdings, ruft sie sich selbst in Erinnerung, ist sie inzwischen nicht mehr ganz allein. Flüchtig überlegt sie, Frans von ihrem Gespräch mit Amir und Nadja zu erzählen. Oder würde er sich ärgern, dass sie wieder über ihn gesprochen hat?

Anette leckt sich Regenwasser von den Lippen. Will gerade zurück zur Hütte rennen, als etwas auf der anderen Seite der Wiese ihre Aufmerksamkeit auf sich zieht. Über dem hohen Gras scheint ein funkelndes rotes Licht zu schweben.

Ein Autorücklicht.

Anette hadert mit sich. Sie friert, sie ist nass, und sie will eigentlich nichts anderes als zurück ins Bett. Aber vielleicht braucht jemand Hilfe.

LINA

Sie weiß nicht, wie viel Zeit vergangen ist, während sie sich immer stärker in sich selbst zurückgezogen hat. Sie sieht die Todesangst in den Augen der anderen, spürt, wie die angespannte Atmosphäre im Speiseraum diese Angst in Wut verwandelt. Lina selbst fürchtet sich nicht.

Die anderen unterhalten sich über Dinge, die sie nicht zu betreffen scheinen. Irgendwas mit Telefonen.

»Ein Störsender, der den Empfang blockiert, ist leicht zu kaufen«, sagt Amir gerade. »Hier gibt es nur einen mobilen Breitbandanschluss, jeglicher Empfang wird also damit komplett ausgeschaltet.«

Lina sieht aus dem Augenwinkel zu ihm hinüber. Fragt sich, warum er sich so gut damit auskennt, bis ihr einfällt, dass Amir früher in einem Handyladen in Västerås gearbeitet hat.

Vor einer Weile hat er nach ihrer Hand gegriffen. Sie musste sie zurückziehen. Beinahe hätte er ihre Verteidigungsmauern niedergerissen. Sie aus ihrer gedanklichen Abwesenheit geholt.

Das Gefühl der Unwirklichkeit, gegen das sie so lange angekämpft hat, ist plötzlich ihr engster Vertrauter. Sie muss es aufrechterhalten, solange sie kann, denn sie weiß nicht, was passieren wird, wenn dieser Schutzfilm reißt.

Ihr wird plötzlich bewusst, dass sie größere Angst vor sich selbst als vor diesem Ungeheuer da draußen hat.

Eva zündet sich mit zitternder Hand eine Zigarette an. Nimmt einen tiefen Zug und atmet aus. Der Qualm scheint in der sowieso schon stickigen, schwülen Luft hängen zu bleiben. Sich auf die Haut zu heften.

»Gibt es hier ein Festnetztelefon?«, fragt Nadja.

Amir schüttelt den Kopf.

»Nicht soweit ich weiß. Auf der Internetseite stand nur eine Handynummer.«

»Im Büro habe ich auch keines gesehen«, meldet Jonas sich zu Wort.

Lina wünscht, sie würden endlich aufhören, über Telefone zu reden, denn das ruft ihr das Telefongespräch mit Oscar und Noah in Erinnerung. In diesem Augenblick schlafen sie sicher schon im Gästezimmer von Johnnys Mutter. Bestimmt hat sich Noah die Decke weggestrampelt, verschwitzt bis zu den Haarwurzeln. Das genaue Gegenteil von Oscar, der sich die Bettdecke selbst im Sommer bis hoch über die Nase zieht.

»Wir müssen hier weg«, sagt Nadja.

»Und wo, bitte schön, sollen wir hin?«, erwidert Torbjörn.
»Wir laufen raus und verstecken uns im Wald.«
»Aber er hat ein Gewehr!«, ruft Eva aus.
»Er kann uns nicht alle gleichzeitig jagen.«
Nadja scheint eine Idee gekommen zu sein. Sie wendet sich an Amir und erzählt lebhaft von einem Kanu, das sie im Gebüsch hinter dem Sanitärgebäude gesehen hat.

Torbjörn schnaubt verächtlich.

»Wenn es im Gebüsch gelegen hat, wird es uns wohl kaum etwas nützen.«

Nadja verliert die Beherrschung.

»Woher willst du das denn wissen? Vielleicht ist *er* ja damit hergekommen.«

Torbjörn fragt, ob sie ein Paddel gesehen hat. Ob sie weiß, ob der Boden des Kanus heil ist oder kaputt. Nadja antwortet beide Male widerwillig mit nein, und Lina merkt, dass Nadja kurz vor dem Zusammenbruch steht. In dem schwachen Lichtschein wirkt ihr ungeschminktes Gesicht wie das eines Teenagers.

»Hier drinnen sind wir am sichersten«, sagt Amir. »Morgen früh kommt diese Wilma von SBFF. Und für neun Uhr ist eine Präsentation geplant.«

Er tauscht einen Blick mit Jonas, der nickt.

Eine Präsentation um neun. Es klingt so absurd! So normal. Wie etwas aus einer ganz anderen Realität.

In diesem Moment fällt es ihr schwer, zu glauben, dass es irgendwann wieder ein Morgen geben wird. Aber die Sonne schert sich nicht darum, was aus ihnen wird. Sie wird wieder aufgehen. Die Welt wird sich weiterdrehen.

»Sie wird Jonas' vermaledeitem Maskottchen vermutlich direkt in die Arme laufen«, sagt Torbjörn. »Oder einen Kopfschuss kassieren.«

»Wir können ihr von den Fenstern im Obergeschoss aus zurufen, dass sie wegfahren und Hilfe holen soll«, schlägt Amir vor.

»Und du glaubst ernsthaft, dass das gelingt?«, mosert Torbjörn.

»Halt die Klappe!«, schreit Nadja plötzlich. »Musst du wirklich immer jeden einzelnen konstruktiven Vorschlag zunichtemachen?«

»Mache ich doch gar nicht!«, verteidigt sich Torbjörn gekränkt, während die anderen Nadja mit Gesten bedeuten, leiser zu sein.

»Doch, und zwar ständig!«, faucht sie. »*Das klappt nie. Das hat keinen Zweck. Was für ein Blödsinn! Welche Teufelei kommt denn als Nächstes?*«

Ihre Imitation von Torbjörns Gegrummel ist beeindruckend treffend. Lina sieht aus dem Fenster, während die anderen weiter gedämpft, aber hitzig miteinander streiten.

Wann wird man sie vermissen? Erst zur Mittagszeit, wenn die Zeremonie in Kolarängen beginnt? So lange werden sie niemals überleben.

Amir irrt sich. Sie sind nirgendwo sicher. Der Kerl da draußen muss nur die Fensterscheiben einschießen, um hereinzukommen.

Wo ist er also? Was tut er?

»... während du manchmal morgens erst um halb zehn ins Büro geschlendert kommst«, sagt Torbjörn. »Und während der Arbeitszeit zum Sport gehst.«

»Vielleicht bist du eine halbe Stunde früher bei der Arbeit.« Nadjas kalte Stimme hat arktische Tiefen erreicht. »Aber ich bleibe noch, wenn du gegangen bist. Ich beantworte zu Hause E-Mails. Ich arbeite verflucht noch mal ständig, um alles am Laufen zu halten. Was tust du, außer zwischen den Kaffeepausen Solitär auf dem Rechner zu spielen?«

Torbjörn wirkt getroffen. Er macht den Mund auf, um zu widersprechen, aber Nadja kommt ihm zuvor.

»Glaubst du wirklich, dass das niemand merkt?«, sagt sie. »Warum gehst du nicht einfach in Rente?«

»Das sollte ich vielleicht.« Torbjörn nimmt einen Schluck aus seiner Flasche und sieht Eva an. »Es gibt sowieso keine Solidarität mehr.«

»Dass ausgerechnet du von Solidarität sprichst! Was hast du denn bitte getan, als Frans Hilfe von der Gewerkschaft gebraucht hat?«

Torbjörn wirkt völlig baff. Ausnahmsweise einmal ist er sprachlos.

»Du hast keine Ahnung, wie solidarisch ich bin«, fährt Nadja fort. »Während du auf deinem fetten Arsch sitzt und darüber jammerst, dass früher alles besser war, haben Amir und ich versucht, unsere Gemeinde vor einer Katastrophe zu bewahren.«

Lina schielt zu Jonas hinüber. Der panische Ausdruck in seinen Augen wächst.

»Nadja ...«, sagt Amir warnend und schüttelt den Kopf.

»Warum denn nicht? Sie können es genauso gut erfahren.«

»Das interessiert doch sowieso niemanden«, sagt Jonas.

Eva sieht sie verwirrt an.

»Wovon redet ihr?«

Nadja fängt mit gedämpfter Stimme an zu erzählen. Es ist eine bedeutend kürzere Zusammenfassung als Amirs, enthält aber alle wesentlichen Details. Als Jonas sie unterbrechen will, spricht sie einfach weiter. Aber Lina hält es nicht aus, sich alles noch einmal anzuhören. Sie lehnt sich hinter dem Sofa hervor. Sieht zur Terrasse, zum vor Nässe glänzenden Holzboden. Horcht, ob durch die gedämpften Stimmen und das Prasseln des Regens hindurch Schritte auf dem Rasen zu hören sind. Das Geräusch einer Tür, die geöffnet wird. Nichts.

Und plötzlich ist ihr alles klar.

Er treibt sein Spiel mit ihnen. Wie eine Katze, die einen ganzen Wurf Mäuse in die Enge getrieben hat.

Dieser Gedanke kommt ihr mit einer Vehemenz, wie es nur die Wahrheit kann.

»Das ist ja ein Ding!«, sagt Torbjörn und Lina stellt fest, dass es im Speiseraum mucksmäuschenstill geworden ist.

Sie wendet sich wieder den anderen zu. Alle Blicke ruhen auf Jonas. Und der sieht Nadja hasserfüllt an.

»Aber ... SBFF würde mit Kolarängen doch eine Menge Geld verlieren, wenn die Immobilie so schlecht verwaltet wird«, gibt Eva zu bedenken. »Warum haben *sie* der Sache dann nicht viel früher ein Ende gemacht?«

»Ganz genau!«, sagt Jonas und deutet triumphierend auf sie. »Danke.«

Lina kann Nadja ansehen, dass sie nicht weiß, was sie sagen soll. Dass sie für diesen Punkt ebenfalls keine Erklärung hat.

Lina aber schon. Sie kommt von der anderen Seite, aus der Wirtschaft. In Stockholm hat sie im Business Development gearbeitet.

»Für SBFF sind das nur Peanuts«, erklärt sie. »Wenn das Einkaufszentrum nicht läuft, können sie immer noch Serverhallen für Facebook oder etwas Ähnliches daraus bauen lassen. Oder sie verkaufen das Grundstück, es gehört ihnen ja jetzt.«

Die anderen starren sie fassungslos an. Jonas wirkt vollkommen geschockt.

Eva entreißt Torbjörn die Flasche und trinkt einen Schluck.
»Dann war also alles vergebene Liebesmüh?«, sagt sie. »Wir haben Lappå das Land völlig umsonst weggenommen?«

»Nein! Das hier ist das Beste, was dieser Gemeinde hätte passieren können!«, widerspricht Jonas und zeigt auf Nadja. »Sie ist es, die ... Sie ist es, die alles nach etwas klingen lässt, das es nicht ist.«

Eva hat eine neue Zigarette aus der Tasche ihrer Strickjacke gefischt. Klemmt sie zwischen die Lippen, während ihr Blick auf Jonas ruht.

»Und was ist mit den Dingen, die ihr Frans angetan habt?« Sie zündet sich die Zigarette an und nimmt einen Zug. »Verdammt noch mal! Anette hatte die ganze Zeit über recht. Wenn das hier nun Frans' Rache ist, ich könnte es beinahe verstehen.«

Der Zigarettenrauch kringelt sich zur Decke. Brennt in den Augen.

»Aber es kann doch nicht Frans sein!«, sagt Jonas viel zu laut. »Seid ihr denn alle bekloppt? Wir reden hier von *Frans*, Leute!«

Amir bedeutet ihm, leise zu sein. Sieht sich nervös um.

Alle verstummen. Lauschen dem Seufzen des Windes, der gegen die Fensterscheiben drückt, und dem Regen, der gar kein Ende zu nehmen scheint.

»Ich habe ja schon die ganze Zeit gesagt, dass dieses Einkaufszentrum eine echte Katastrophe ist«, sagt Torbjörn schließlich. »Ich habe es gewusst. Aber hat mir jemand zugehört?«

Nadja sieht ihn an und steht eilends auf. Ihre Lederjacke knarrt, als sie geduckt zwischen den Tischen entlangläuft.

»Setz dich hin, Nadja!«, appelliert Amir an sie.

Aber sie stellt sich neben ein Fenster und sieht hinaus. Der Lichtschein von draußen taucht ihr blasses Gesicht in Cremeweiß. Schatten von Regentropfen rinnen über ihre Wangen.

Lina wappnet sich für den Schuss, der jeden Augenblick das Glas zersplittern wird. Sie fürchtet sich so sehr, dass ihr mit voller Klarheit bewusst wird, dass sie sich nicht länger an die Illusion der Unwirklichkeit klammern kann.

Der Schutzfilm zwischen ihr und der Umwelt bekommt immer mehr Risse.

»Weg vom Fenster!«, zischt Amir.

»Ich halte es nicht länger hier aus!« Nadja dreht sich zu ihnen um. »Wir müssen hier weg. Wir nehmen den Kleinbus und fahren auf den Felgen.«

»Mensch, Nadja, das geht nicht, sieh es doch ein!«, sagt Amir.

Nadja versucht sich zu beherrschen. Schaut wieder aus dem Fenster.

»Dann laufen wir eben. Wenigstens zwei von uns. Ich habe immer noch mein Handy. Welche Reichweite hat denn so ein Störsender?«

»Das spielt doch keine Rolle. Er hat ein Gewehr. Wir bleiben hier.« Amir wirkt verzweifelt. »Wenn wir zusammenarbeiten, schaffen wir das.«

Torbjörn lacht auf eine Art auf, die unmissverständlich zeigt, wie betrunken er mittlerweile ist.

»Dann ist die Sache endgültig für uns gelaufen.«

»Geh jetzt weg vom Fenster«, appelliert Amir erneut an Nadja. »Bitte.«

Nadja läuft geduckt durch den Speiseraum zurück. Linas Blick zuckt zwischen ihr und den Fensterscheiben hin und her, bis Nadja wieder hinter dem Ledersofa in Sicherheit ist.

»Das muss es sein!«, sagt Torbjörn plötzlich. »Bestimmt ist das irgend so ein Training, das Ingela von einer ihrer verfluchten Weiterbildungen hat!«

»Wovon faselst du jetzt schon wieder?«, fragt Eva und drückt die Zigarette an ihrer Schuhsohle aus.

»Das ist irgendeine verfluchte Kooperationsübung! Ich habe davon gelesen. Wie ein Krimirätsel, hinter das man kommen muss ...«

»Ich habe gesehen, wie Kaj *abgeschlachtet* wurde!«, flüstert Jonas. »Das hier ist kein verdammtes *Spiel*!«

Aber Torbjörn lässt sich nicht bremsen.

»Vielleicht hast du *geglaubt*, gesehen zu haben, wie Kaj ermordet wird. Aber das war bloß Theater. Ingela und er sitzen in diesem Moment bestimmt irgendwo und beobachten uns.«

Torbjörn erhebt sich steif. Verzieht vor Schmerzen das Gesicht. Aber nicht einmal der Schmerz kann seinen Eifer dämpfen. Eva zupft an seiner Hand. Versucht ihn dazu zu bewegen, sich wieder auf den Boden zu setzen.

»Kapiert ihr es nicht?« Er sieht zur Decke. »Hier sitzt doch garantiert irgendwo eine Kamera.«

Er sieht sich weiter im Raum um. Der Lichtschein der Fenster fällt auf seinen nackten Oberkörper. Er wirkt so nackt. So ungeschützt.

»So etwas würden sie uns nie antun, das ist doch wohl klar«, meldet sich Eva.

»Wir haben auf solchen Konferenzen schon Seltsameres getan.« Er geht zu dem großen goldgerahmten Spiegel. Schüttelt amüsiert den Kopf. »Ihr werdet schon sehen. Ich verwette meine ganze Rente darauf, dass hier die Kamera versteckt ist.«

»Hör jetzt auf!«, sagt Eva.

Aber Torbjörn zerrt an dem schweren Spiegel. Versucht, dahinter zu blicken.

»Ich habe nicht vor, mich auf meiner letzten Konferenz zum Gespött machen zu lassen.«

»Das ist keine Teambuildinggeschichte!«, sagt Amir. »In dem Fall hätte ich sie buchen müssen. Und ich schwöre, das habe ich nicht.«

Seine letzten Worte gehen in dem ohrenbetäubenden Lärm des nach vorn kippenden Spiegels unter, der an einer Tischkante zerspringt. Die Scherben fliegen über den gesamten Fußboden.

Dort, wo die Wandhalterung saß, klafft jetzt ein großes Loch, aber eine Kamera ist nicht zu sehen. Torbjörn bleibt mit vor Enttäuschung herabhängenden Schultern vor der Wand stehen.

ANETTE

Anette steht am Rand der Zufahrtsstraße und wischt sich den Regen aus den Augen. Es ist der SUV, der im Graben liegt. Das benzinschluckende Monster der Hotelbesitzer wurde besiegt. Nur wovon? Sie tritt näher, während der Regen weiter so heftig auf ihre Kapuze niederprasselt, dass es wie Maschinengewehrsalven klingt.

Sie wirft einen Blick durch das Fenster auf der Fahrerseite. Im dunklen Fond ist niemand zu sehen. Probehalber betätigt sie den Türgriff.

Offen.

Die Tür ist schwerer aufzubekommen, als sie gedacht hat.

Die Lampe über dem Rückspiegel springt an, erleuchtet die leeren Vordersitze. Anette beugt sich ins Wageninnere und stellt fest, dass auch die Rückbank leer ist. Statt des Regens auf der Kapuze hört sie ihn nun gegen die Autokarosserie schlagen. Sie dreht den Kopf. Sieht die Tropfen, die an der Frontscheibe hinunterrinnen und dabei immer wieder neue Muster bilden.

Anette richtet sich auf. Lässt die Wagentür zufallen. Jetzt trommelt der Regen wieder auf ihre Kapuze. Ihre Jeans ist nun auch von hinten nass, nachdem sie den Hintern in die Luft gestreckt hat.

Es gibt keine Anzeichen dafür, dass sich jemand verletzt hätte. Trotzdem spürt sie das Unbehagen in ihrem Körper wachsen. Aus welchem Grund würden die Besitzer mitten in der Nacht von hier wegfahren? Und wie sind sie im Graben gelandet? Wo sind sie jetzt?

Das unbehagliche Gefühl explodiert geradezu in ihr, als sie die aufgeschlitzten Reifen entdeckt.

Anette steckt sich einen regennassen Finger in den Mund. Nach den vielen Jahren des Abkauens besteht ihr Nagel nur noch aus dünnen Schichten, und sie erwischt einen kleinen Splitter. Ratlos blickt sie in Richtung des alten Gasthofs. In den Fenstern über der Eingangstür brennt Licht, dort wo sich die Flure befinden, aber in den übrigen Zimmern ist es dunkel.

Irgendjemand muss ihr sagen können, was passiert ist.

In durchnässten Schuhen geht sie wieder zurück zur Straße.

NADJA

Nadja betätigt in dem kleinen WC neben dem Empfangstresen die Toilettenspülung. Nachdem sie sich die Hände gewaschen hat, bleibt sie stehen und beobachtet, wie der letzte Rest Seifenschaum im Abfluss verschwindet. Den Boden des Handwaschbeckens zieren gemalte Kornblumen. Sie konzentriert sich nur auf die Blumen, bis sie wieder atmen kann. Trocknet sich die Hände an einem hellgelben Handtuch ab, das an einem Haken hängt, sieht auf und betrachtet sich selbst im Spiegel. In ihrem Blick liegt ein gehetzter Ausdruck, den sie nicht von sich kennt.

Die Wände scheinen näher zu rücken. Sie muss hier raus. Nicht nur aus der Toilette, sondern aus dem Haus. Es schnürt ihr die Luft ab.

Reiß dich jetzt zusammen! Bloß nicht panisch werden!

Nadja lässt das Handtuch los und legt ein Ohr an das Türblatt. Horcht hinaus in die Eingangshalle. Hört nur entfernt die gedämpften Stimmen der anderen. Sie atmet tief ein und öffnet die Tür.

Jonas steht wartend vor der Wand mit den Fotografien. Kommt auf sie zu.

»Na, bist du jetzt zufrieden?«, fragt er.

Hass lodert in seinem Blick.

Aber auch etwas anderes liegt darin, versteckt sich dahinter. Dieser Augenausdruck kommt ihr neu an ihm vor, und trotzdem weiß sie, dass sie ihn schon einmal gesehen hat.

Jonas ist *traurig*. Und das ist nicht gespielt. Vielleicht weiß er es selbst nicht einmal. Etwas tief in ihm möchte so verzweifelt geliebt werden, dass er ihre Abscheu selbst jetzt nicht ertragen kann. Seine Sehnsucht nach Bestätigung ist wie ein schwarzes Loch. Frisst alles andere auf. Kann nie genug bekommen.

»Zufrieden womit?«, fragt sie und schließt die WC-Tür hinter sich.

»Du hast alle gegen mich aufgehetzt. Das wolltest du doch, oder?«

Nadja schüttelt den Kopf. Nimmt die Flügeltüren zum Speiseraum ins Visier, aber Jonas stellt sich ihr in den Weg.

Als sie um ihn herumgehen will, greift er nach ihrem Arm. Bekommt nur ihre weite Lederjacke zu fassen, aber das reicht, um sie festzuhalten.

»Es ist nicht meine Schuld, dass man dir auf die Schliche gekommen ist«, sagt sie. »Ich habe dich nicht dazu gezwungen, Millionen an Steuergeldern für ein Ego-Projekt zu verheizen.«

»Sei nicht so scheinheilig.«

Sie sieht demonstrativ auf seine Finger hinab, die sich so fest in ihre Jacke krallen, dass das Nagelbett ganz weiß ist.

»Du willst mich nur drankriegen, etwas anderes interessiert dich nicht«, sagt er. »Du Fotze!«

Er spuckt das Wort geradezu heraus. Das bringt sie fast zum Lachen. Sie sieht diesen Mann an, der sich immer ach so feministisch gibt und von starken Frauen spricht. Der seine Töchter Karin und Simone getauft hat.

»Und du bist so *gefickt*«, erwidert sie. »In meinem Postausgang wartet eine Mail darauf, losgeschickt zu werden, sobald wir von hier wegkommen.«

Nadja ist sich der Absurdität ihres Gesprächs in diesem Moment durchaus bewusst. Aber das ist ihr allemal lieber als dazusitzen und daran zu denken, dass sie sich in einem Haus mitten im Nirgendwo befinden und von einem maskierten Mörder gejagt werden.

Jonas öffnet den Mund, um etwas zu erwidern, verstummt aber jäh. Und jetzt kann sie es auch hören.

Ein metallisches Schaben. Es setzt sich unmittelbar in ihr fest. Wie spitze Klauen, die sich in ihre Nackenwirbel graben. Sie dreht den Kopf. Das Geräusch kommt vom Türschloss. Jemand versucht, ins Haus einzudringen.

Plötzlich ertönt eine fröhlich bimmelnde Melodie in der Eingangshalle. Jeder Ton trifft ihre überreizten Hörnerven wie ein Hammerschlag.

»Das muss Anette sein«, sagt Eva, die angelaufen kommt.

Aber Jonas hält sie auf, als sie versucht, in die Eingangshalle zu gelangen.

»Es könnte genauso gut der Mörder sein«, sagt er.

»Und weshalb sollte er *klingeln*?«, zischt Eva.

Aber sie bleibt stehen. Sieht zur Tür. Sieht zu Nadja.

»Was sollen wir tun?«, fragt sie.

Nadja schüttelt den Kopf.

»Keine Ahnung.«

»Wir können die Tür nicht aufmachen, kapiert ihr das nicht?«, sagt Jonas. »Kapiert ihr denn nicht, was passiert, wenn er hier reinkommt?«

»Und wenn es Anette ist?«, erwidert Eva. »Sollen wir sie einfach so da draußen lassen?«

»Glaubst du wirklich, dass sie es wert ist, für sie zu sterben?«, schreit Jonas beinahe.

Eva sieht aus, als hätte sie der Schlag getroffen. Erwidert aber nichts.

Nadja hält es nicht länger aus.

Die rußigen Gesichter der Köhler scheinen sie genau zu beobachten, als sie zur Haustür schleicht. Ihre glühenden Augen erinnern sie viel zu sehr an Kohli.

Ob *er* das dort draußen ist?

Sie hat das Gefühl, als würde das Haus um sie herum schrumpfen, als würden die Schatten an der Decke und in den Winkeln sich ausdehnen, sie einschließen.

»Hallo?«, ruft sie, als sie die Tür erreicht.

Keine Antwort. Aber jetzt kann sie Schritte hören, die sich auf dem Kies entfernen.

Nadja zögert. Sieht zu dem Krater im Holz. Es könnte eine Falle sein. Vielleicht tritt er draußen nur auf der Stelle. Der einfachste Trick der Welt, so haben sie es schon als Kinder gemacht.

Es ist der Gedanke an Anette, der sie das Schloss entriegeln lässt.

»Tu's nicht!«, zischt Jonas hinter ihr. »Verdammt, Nadja!«

Sie drückt die Klinke herunter. Duckt sich, falls er draußen stehen und auf die Tür zielen sollte. Öffnet sie einen Spaltbreit.

Die frische Nachtluft fühlt sich angenehm kühl auf ihrem erhitzten Gesicht an. Sie spürt Regentropfenspritzer auf der Haut. Es ist niemand zu sehen, aber schon zehn Meter weiter ist die Dunkelheit undurchdringlich.

Sie öffnet die Tür noch etwas weiter. Späht zur Hausecke.

TORBJÖRN

Torbjörns Herz rast, es hämmert gegen den Brustkorb wie ein aufgeschreckter Vogel, dessen Flügel gegen einen viel zu kleinen Käfig schlagen.

»Da draußen ist keiner«, sagt Nadja, als sie aus der Eingangshalle zurückkommt.

Die Perserkatze zischt ihr ein *Psst* zu. Er und Lina halten je ein Messer in der Hand und sind vom Boden aufgestanden. Angespannt starren sie zur Terrassentür, so dass Torbjörn sich dorthin dreht.

Jetzt hört er sie auch. Schwere Schritte auf dem Weg hierher. Sie kommen die Treppe aus dem Garten hinauf, aber von hier kann er nichts sehen.

Sein Herz pocht weiter in wahnsinnigem Rhythmus. Die Brust schmerzt.

Der Irre mit dem Gewehr braucht ihn vielleicht gar nicht umzulegen. Sein Körper scheint das ausgezeichnet selbst hinzubekommen.

An einem der Fenster geht eine wohlbekannte Gestalt vorbei. Ihr nassgeregnetes Gesicht ist in die dunkle Kapuze einer Regenjacke eingepackt. Durch die Schatten wirkt ihr sommersprossiges Gesicht viel kantiger, fast schon männlich.

Noch nie war Torbjörn so froh darüber, Anette zu sehen. Sie ist an der Tür angekommen. Klopft fest gegen die Scheibe.

»Hab ich's doch geahnt«, sagt Eva und geht durch den Speiseraum.

Amir folgt ihr zur Terrassentür, und ihre Silhouetten verschmelzen im gelben Gegenlicht zu einem einzigen, sonderbaren Wesen.

»Halt!«, schreit Jonas.

Anette runzelt die Stirn, so als hätte sie ihn gehört. Legt die Hände an das Glas, scheint ihre Kollegen im dunklen Speiseraum aber nicht zu erkennen.

»*Er* ist doch auch da draußen!«, faucht Jonas.

»Genau«, antwortet Eva. »Deshalb machen wir ihr *jetzt* auf.«

Torbjörn ist richtig stolz auf sie. Eva behandelt man eben nicht von oben herab. Und sie scheint endlich kapiert zu haben, was für ein Typ Jonas ist.

»Wieso, glaubst du wohl, hat er sie noch nicht erschossen?«, fragt Jonas aufgebracht. »Er will sie als Köder benutzen!«

Amir legt eine Hand auf Evas Arm. Hält sie zurück, nur zwei Meter vor der Tür.

Anette entdeckt sie. Wischt sich ein paar Regentropfen von der Nasenspitze.

»Was macht ihr da drinnen?«

Ihre Stimme klingt dumpf durch die Glasscheibe. Die Ungeduld darin ist dennoch nicht zu überhören.

»Wir kommen!«, ruft Eva und eilt die letzten Schritte auf die Terrassentür zu.

Sie drückt den Sicherheitsknopf am Türgriff. Aber gerade als sie den Griff herumdrehen will, erstarrt sie. Dreht sich mit panischem Blick zu Torbjörn um.

»Er ist hier«, flüstert sie, und Torbjörns Herz setzt aus.

EVA

Sie sehen einander an. Anettes Gesicht ist nur wenige Zentimeter von ihrem entfernt, ein triefnasses Oval in der eng zusammengeschnürten Kapuze. Eva spürt das kalte Glas der Fensterscheibe an ihrer Nasenspitze. Sie nimmt den Daumen vom Sperrknopf, der sich mit einem leisen Klicken wieder aufstellt.

Ebenso gut hätte es ein Pistolenschuss sein können. Und

Eva hofft inständig, dass Anette nicht mehr die Gelegenheit hat zu begreifen, was geschieht.

Hinter ihr winselt Nadja *Nein, nein, nein.* Auch Torbjörn ruft irgendetwas.

»Komm«, sagt Amir dicht neben ihr.

Eva hört schnelle Schritte. Selbst bleibt sie wie angewurzelt auf dem Teppichboden stehen.

Draußen in der Nacht ertönt ein Knall, und es regnet Blut und Fleischfetzen auf die Glasscheibe.

Die Augen, die Eva gerade noch ungeduldig angeblickt haben, sind verschwunden. Oberhalb des Kiefers existiert nichts als Nachtluft.

Der Körper schwankt kurz, ehe er zur Seite kippt und auf die Holzplanken der Terrasse fällt. Dahinter kommt Kohli wieder zum Vorschein. Er steht ein paar Meter entfernt. Senkt langsam das Gewehr.

Auf dem filzigen Stoff seines Gesichts glitzern Regentropfen. Der Körper wirkt in dem Overall ungewöhnlich kompakt. So als würden ihre Messer einfach daran zersplittern, sollten sie versuchen, auf ihn einzustechen.

Eva spürt, dass er sie durch den weit aufgerissenen Mund beobachtet. In ihr zieht sich alles zusammen.

Ein lautes Krachen aus der Eingangshalle lässt sie zusammenzucken. Die Außentür des Hotels steht sperrangelweit offen.

Kohli dreht sich um. Er ist bereits auf dem Weg in den Garten. Eva schaut auf das Gewehr in seiner Hand. Auf Anettes Körper, der als Bündel vor der Tür liegt. Auf die schmierigen Klumpen, die langsam an der Scheibe nach unten gleiten.

»Nein!«, brüllt sie aus Leibeskräften und dreht sich um. »Nicht rausgehen!«

KOLARSJÖNS STUGBY

Evas Schreie aus dem Speiseraum lassen Amir und Lina abrupt vor der Eingangstür stehen bleiben. Sie rufen Torbjörn zu, zurückzukommen.

Er zieht auf dem Kies eine Blutspur hinter sich her. Eine Scherbe des Spiegels hat seine Ferse aufgeschnitten. Noch hat er es nicht bemerkt, er spürt keinen Schmerz, hört ihre Rufe nicht.

Nadja rennt auf der anderen Seite des Vorplatzes durch die Finsternis. Sie stolpert blind voran, als sie den Wald erreicht. Der vom Regen aufgeweichte Boden ist glitschig, und sie wünscht sich, sie hätte den Mut, ihre Handylampe einzuschalten, aber sie würde strahlen wie ein Polarstern, dem Jäger den Weg weisen.

Jonas rauscht am SUV vorbei, die geschotterte Straße entlang in die Dunkelheit, weiter als das Licht der Scheinwerfer reicht. Er versucht, eine gerade Richtung beizubehalten, aber jetzt spürt er feuchtes Gras an den Waden kitzeln, lange Blumenstängel verfangen sich zwischen den Zehen, und er weiß, dass er im Seitenstreifen gelandet ist. Er ändert die Richtung. Hofft, dass er geradeaus läuft. Die Panik treibt ihn weiter, während er laut durch zusammengepresste Zähne atmet, das Messer aus dem Speiseraum krampfhaft umklammernd.

Torbjörn überquert den Vorplatz, so schnell er kann, aber er weiß, dass es nicht reicht, bei weitem nicht. Und zum Umkehren ist es zu spät.

Eva erreicht die Eingangshalle und schreit Amir und Lina an, sie sollen die Tür absperren. Sie erhascht einen Blick auf Torbjörns Rücken, gerade als Amir die Tür zuschlägt.

»Ingelas Zimmer«, sagt er. »Jonas war eben noch dort. Es müsste offen sein.« Lina und Eva folgen ihm die Treppe nach oben. Im ersten Stock schaut Lina kurz aus dem Fenster. Sieht Torbjörn, der über den Vorplatz in den Schutz der Dunkelheit flüchtet. *Beeil dich*, denkt sie und hastet die Treppe hinauf ins Obergeschoss.

Die Schottersteine unter Torbjörns nackten Füßen sind spitz. Der Regen peitscht auf seine Haut ein. Noch nie ist ihm derart bewusst gewesen, ein Körper zu sein. Ein unendlich müder Körper. Mit jedem Atemzug schrumpfen seine Lungen, er schmeckt Blut, aber er muss weiter.

Plötzlich verschwindet die Straße unter Jonas. Für einen Augenblick scheint er in der Luft zu schweben, dann schlägt er mit der Wange auf dem steinigen Untergrund eines Grabens auf.

In Zimmer Nummer 12 geht Eva einen Schritt zurück, während Amir und Lina die Tür abschließen und die schwere Kommode davorschieben. Sie scharrt über den Holzboden. Ein ohrenbetäubender Lärm schallt durch das Haus. Eva presst sich mit steigender Panik die Hände auf die Ohren. *Was, wenn er schon im Haus ist? Wenn er uns hört? Dann weiß er jetzt, wo wir sind.*

Im Dunkel des Vorplatzes reißt etwas auf Kniehöhe Torbjörns Beine um. Er stürzt vornüber und landet hart im Kies. Seine Zähne schlagen hart aufeinander. Er schafft es nicht, seinen Schrei zu unterdrücken.

TORBJÖRN

Er setzt sich im Kies auf. Versucht sich in der Dunkelheit zu orientieren und erkennt, dass er direkt über den niedrigen Zaun gestolpert ist, der den Spielplatz eingrenzt.

Torbjörn lauscht nach herannahenden Schritten. Hört nur den Regen und sein eigenes Keuchen.

Wie hast du das nur wieder angestellt, du Vollpfosten? Wieso zum Henker bist du nicht im Haus geblieben?

Er schaut zu dem alten Gasthof auf der anderen Seite des Vorplatzes. Genauso gut hätte das Haus in einer anderen Galaxie stehen können. In seinem Hirn muss etwas durchgebrannt sein, wie bei einem Kurzschluss. Ohne nachzudenken, ist er nach draußen gerannt.

Es schüttelt ihn. Er sieht vor sich, wie Anette durch die Scheibe hereinschaute.

Hat sie gesehen, wie er und die anderen aus dem Speiseraum gelaufen sind? Hat sie verstanden, weshalb? Ist Eva bis zum Ende bei ihr stehen geblieben? Er will es glauben. Will glauben, dass Anette in den letzten Augenblicken nicht allein sein musste. Aber er ist froh, nicht mit angesehen zu haben, was passierte. Den Knall zu hören, war mehr als genug für ihn.

wenn du nicht einen Zahn zulegst, bist du als Nächster dran

Torbjörn schnauft kurz und fegt kleine Schottersteine von seinen Ellbogen. In seinem Fuß pocht ein dumpfer Schmerz, und als er die Stelle mit den Fingern befühlt, muss er sich fast übergeben.

Die Ferse ist in zwei Hälften geteilt. Der Schnitt zieht sich weit die Fußsohle hinauf.

steh auf, jetzt steh schon auf

Er weiß, dass er weitermuss. Aber wohin zur Hölle soll er? Und wie soll er sich vom Fleck bewegen?

Nadja und Jonas steigen möglicherweise schon den Berg hinauf. Noch einmal schafft er das nicht, nicht im Dunkeln, nicht in der Kälte und nicht mit diesem elenden Körper, der seit dem letzten Aufstieg noch malträtierter ist.

ich werde es nicht schaffen

Die Erkenntnis trifft ihn wie ein Bombeneinschlag. So geht es also zu Ende mit ihm. Allein und halbnackt auf einem verfluchten Kinderspielplatz. Es nützt nichts, sich etwas anderes einzubilden.

Torbjörn lässt die Tränen laufen. Versucht, seine Haut ein wenig warm zu reiben, aber der Regen kühlt jegliche Wärme augenblicklich wieder herunter. Er fragt sich, was Sylvester wohl gerade treibt. Ob er auf dem Teppich neben dem Bett liegt und schläft, obwohl sein Herrchen gar nicht zu Hause ist?

Torbjörns Schluchzen wandelt sich in ein kehliges Grunzen. Er hatte das Eremitenleben so sattgehabt. Jetzt erscheint es ihm wie das Paradies auf Erden, und Sylvesters Schnarchen wie der lieblichste Engelsgesang.

Mitten im Weinen hält er inne, als er in der Nähe einen gedämpften Schritt vernimmt. Jemand versucht zu schleichen, aber auf dem Kies ist es natürlich unmöglich, keinerlei Geräusche von sich zu geben. Torbjörn erstickt ein Schluchzen, um im Regen besser hören zu können. Sieht wieder zum Hotelgebäude hinauf. Im Licht des Hauses zeichnet sich kein Umriss mit riesigem Kopf ab.

Ein schwaches Knacken. Irgendwo hinter ihm. Er dreht den Kopf und blinzelt in den Regen. In seiner Brust beschleunigt das Herz den Puls, bis es sich anfühlt, als würde es gleich gesprengt werden. Er hält den Atem an, wartet auf den Schuss, der alles beendet.

Ist das mein letzter Moment?
Oder der hier?

Auf einmal streicht auf der Innenseite seines Beins etwas Warmes entlang, und ihm wird klar, dass er die Kontrolle über seine Blase verloren hat.

Jetzt erspäht er ein Paar weißer Turnschuhe, die die letzten Lichtreste der Nacht aufsaugen.

Erst als sie direkt vor ihm steht, erkennt er, dass es Nadja ist. Er räuspert sich eilig. Ob sie ihn weinen gehört hat?

»Nimm meinen Arm.« Das Flüstern ist kaum lauter als der prasselnde Regen auf ihrer Lederjacke. »Steh auf.«

Er findet den ausgestreckten Arm. Hält sich daran fest und schafft es, sich langsam aufzurichten. Die Arthrose macht sich mit ihren allzu bekannten Messerstichen bemerkbar, und als er probehalber mit seinem verletzten Fuß auftritt, kann er einen Schrei nur mit Mühe unterdrücken. Der Schmerz fährt ihm bis in die Nervenenden.

»Kannst du gehen?«, wispert sie.

»Ich glaube, in meinem Fuß steckt eine Glasscherbe.«

Er kann Nadjas Miene nicht sehen, geschweige denn ihr Gesicht. Erahnt nur einen Teil eines weißen Hemdkragens. Sie hat die Lederjacke darüber gezogen, wahrscheinlich, damit sie in der Nacht nicht so schnell zu entdecken ist.

Nadjas Augen leuchten im Dunkeln auf. Sie ist smart genug, zu wissen, dass er ihre Überlebenschancen erheblich verschlechtert. Besäße er einen Deut mehr Rückgrat, würde er ihr sagen, sich auf ihren jungen, gesunden Beinen davonzumachen. Sich selbst zu retten. Aber noch einmal erträgt er es nicht, allein zurückgelassen zu werden.

Sie legt sich Torbjörns Arm um den Nacken, und er beugt sich vor, versucht sich irgendwie an ihr abzustützen. Er kommt sich so unfassbar plump und unbeholfen vor. Zwingt sich, ein paar Schritte mit dem verletzten Fuß zu gehen. Der Schmerz verschlägt ihm den Atem.

»Wir müssen uns beeilen«, zischt sie und lenkt ihn in eine andere Richtung.

»Ich mache schon so schnell ich kann!«

Torbjörns Schulter streift raues Metall, und ihm wird klar, dass es die Schaukel ist. Ohne Nadja wäre er schnurstracks dagegengelaufen. Ihre jungen Augen sehen besser im Dunkeln als seine.

»Schaffst du es bis zu den Hütten?«, raunt sie.

»Nein. Keine Chance.«

Sie sagt nichts mehr. Führt ihn weiter über den Kies, ein Schritt nach dem anderen, und er ist sich sicher, dass sie ihre Entscheidung bereut.

Nadja bleibt neben ihm stehen, als er ein spitzes Holzstück an seinem Knie spürt. Sie haben das andere Ende des Spielplatzes erreicht.

Der Zaun ist niedrig. Steht bloß dort, um die Allerkleinsten aufzuhalten. Und trotzdem hat Torbjörn nicht den Hauch einer Ahnung, wie er es darüberschaffen soll. Er stützt sich mit so viel Gewicht auf Nadja, wie er ihr zumutet. Stellt sich auf die Zehenspitzen seines verletzten Fußes. Versucht die Balance zu halten, während sein gesamtes Körpergewicht auf den Zehen lastet. Tausend Zahnarztbohrer graben sich in seine Ferse. Er hebt den unverletzten Fuß über den Zaun und setzt ihn im nassen Gras auf der anderen Seite ab. Atmet tief ein und steigt dann auch mit dem verwundeten Fuß darüber. Atmet aus. Die Bohrer laufen immer noch, jetzt aber mit niedrigerer Drehzahl.

Nadja und er setzen den Weg über feuchtes Moos und Steine fort. Jetzt sind sie zwischen den Bäumen. Die hellen Birkenstämme sind nichts als diffuse Gespenster. Der Klang des Regens hat sich verändert. Im Schutz der Baumkronen fällt er weicher und spärlicher.

Durch den Regen sind die Gerüche des Waldes zu neuem Leben erwacht. Sie wecken in Torbjörn Erinnerungen an die Pfade, auf denen er hier in der Nähe als Kind herumgerannt ist. Früher am Abend hat er das Schild gesehen, als er und Lina gemeinsam den Hügel nach unten gestiegen sind.

»Mini-Gasthof«, keucht er.

Vor seinem inneren Auge sieht Torbjörn das Spielhaus. Von außen ist es eine exakte Kopie des alten Wirtsgebäudes, mit Fenstern und allem Drum und Dran, aber im Inneren gibt es nur einen einzigen Raum mit Sitzbänken entlang der Wände.

»Weißt du, was ich meine?«, setzt er an, doch Nadja legt eine Hand auf seinen Mund.

Ihre Finger sind so kalt wie Porzellan. Vor Schreck dreht er den Kopf in alle Richtungen, starrt blind in die Finsternis, aber er hört und sieht nichts. Der Regen erstickt alle anderen Geräusche. Verdammtes Unwetter. Wenn wenigstens der Mond schiene, könnte er eventuell etwas erkennen.

Ist dieser Scheißkerl jetzt hier? Ist er hier?

Torbjörn wagt es nicht, zu fragen. Wagt nicht einmal zu atmen. Schließlich lösen sich Nadjas Finger von seinen Lippen. Sie zieht an seinem Arm, und er folgt ihr bestmöglich, stützt sich auf sie und fragt sich, wie lange sie wohl noch durchhält. Sie wiegt kaum mehr als ein Drittel von ihm, aber irgendwie kommen sie voran.

Unter den Füßen spürt er Nadeln und festgestampfte Erde. Sie sind auf dem Waldweg. Nadja hat verstanden, was er sagen wollte. Allerdings weicht seine Erleichterung rasch einem neuen Adrenalinschub, als etwas Kaltes über seine Schulter fährt. Er keucht auf, ehe er begreift, dass es nur ein tief hängender Zweig ist.

Die Zeit scheint sich auszudehnen. Sie hört auf zu existieren, genau wie die sichtbare Welt. Einmal tritt er mit der offenen Ferse auf einen losen Stein und schreit beinahe laut. Aber irgendwann entdeckt er direkt vor sich weiße Eckpfosten. Sie schweben im Dunkel der Nacht, wie Schatten auf einem Fotonegativ.

Der Mini-Gasthof.

Als kleiner Junge erschien ihm das Spielhaus enorm. Jetzt ertastet er sich seinen Weg und merkt, dass ihm das Dach gerade bis zur Brust reicht.

Torbjörn hört die Tür aufschwingen. Erahnt eine noch schwärzere Dunkelheit, die sich wie ein Schlund vor ihm auftut. Im selben Moment, in dem er den Geruch wahrnimmt, dreht sich Nadja ruckartig um, und er hört ein gedämpftes Würgen.

Es riecht nach Tod, aber nicht nach Verwesung. Eisen und Exkremente. Fleisch und Erde. Bestimmt hat ein verletztes Tier in den letzten Tagen hier Schutz gesucht und ist verendet.

Torbjörn will nicht mehr hineingehen. Aber bevor er es aussprechen kann, knackt irgendwo hinter ihnen ein Ast.

Nadja holt tief Luft, als wollte sie unter Wasser tauchen, und verschwindet im Spielhaus. Torbjörn sucht nach dem Türpfosten, klammert sich mit beiden Händen daran und beugt sich nach unten. Irgendwie gelingt es ihm, sich ins Häuschen hineinzuzwängen. Er lässt sich schwerfällig auf die Bank neben der Tür fallen und schließt sie so leise wie möglich.

Jetzt sind sie von dem kleinen Haus umschlossen. Über seinem Kopf trommelt der Regen auf das Dach. Er ist ein Riese, groß und klotzig, an einem Ort, an den er nicht mehr passt. Genau wie Alice im Wunderland, als sie den verzauberten Saft trinkt oder den Kuchen isst, oder was auch immer es war.

Die Dunkelheit ist so massiv, dass es keinen Unterschied macht, ob er die Augen offen oder geschlossen hält. Torbjörn gibt sich Mühe, nicht durch die Nase zu atmen, aber der Gestank von schmutzigem, rohem Fleisch ist so schwer, dass er sich wie ein Film auf die Zunge legt.

Plötzlich erinnert er sich an einen kalten Wintertag hier drinnen. Die Sonne scheint durch die kleinen Fensterscheiben. Eine Klassenkameradin macht mit ihrer Familie einen Ausflug an den Kolarsjön, genau wie er und seine Eltern. Sie haben sich gemeinsam davongestohlen, denn sie will ihm etwas zeigen. Ihre Kleider riechen nach feuchter Wolle, sie haben abwechselnd geschwitzt und gefroren, und jetzt streckt sie sich auf einer Bank aus. Befiehlt ihm, sich bäuchlings auf sie zu legen. Sagt, dass man so Babys macht. Sie hat gerade erst davon erfahren. Sie ziehen kein einziges Kleidungsstück aus, und trotzdem hat er eine Heidenangst, erwischt zu werden. Was sie tun, ist strengstens verboten, so viel weiß er, und anfangs ist es sehr spannend. Aber sie bleiben so lange liegen, dass es langweilig wird, und er ist erleichtert, als die Eltern des Mädchens nach ihrer Tochter rufen.

Babys machte er selbst erst mit fünfundzwanzig. Jetzt wohnen alle drei Söhne in Stockholm und haben ihre eigenen Familien. Sie sind immer viel zu beschäftigt, um ihn zu besuchen, und er selbst hasst die Hauptstadt.

Irgendwo in der Finsternis bewegt sich Nadja. Sie atmet schnell und flach, und erst jetzt wird ihm klar, dass sie ebenso panisch ist wie er.

Jeder Herzschlag pulsiert in seinem aufgeschlitzten Fuß, aus dem es noch immer blutet, wie er spürt. Keine sonderlich große Überraschung. Er nimmt blutverdünnende Medikamente, und all das, was er heute Abend getrunken hat, macht die Sache nicht unbedingt besser.

Er kann wenigstens dafür sorgen, den Fuß hochzulegen. Grunzend dreht sich Torbjörn auf die Seite und hebt den Fuß. Dabei stößt er mit den Zehen zufällig gegen Nadja, und schon die kurze Berührung lässt seinen Fuß vor Schmerzen explodieren. Er flucht laut.

»Was machst du da?«, faucht sie.

Ihre Stimme kommt aus der völlig falschen Richtung. Ist viel zu weit weg.

Nichts stimmt mehr. Es gibt keine Perspektiven, keine Abstände mehr.

Und ihm fällt auf, dass der Jeansstoff, den er an den Zehen gespürt hat, vollkommen trocken ist.

Vorsichtig senkt Torbjörn den Fuß wieder. Rutscht widerwillig seitlich auf der Bank entlang. Spürt, wie der Geruch von kaltem Fleisch und Exkrementen stärker wird.

Nadja zischt ihm ein ungeduldiges *Psst* zu. Aber er streckt die Hand aus, auch wenn es ihm widerstrebt. Berührt einen Arm, der in etwas Rauem, Steifem steckt, vielleicht Jeansstoff.

eine Jeansjacke

und Nadja trägt eine Lederjacke

Er fährt den Arm bis zur Schulter nach oben. Ertastet den Kragen. Und zu den anderen Gerüchen mischt sich der des Lagerfeuerqualms vom frühen Abend.

nein

nein, nein

Eine klebrige Haarsträhne streift seine Finger. Abrupt zieht er die Hand zurück.

Ingela

Der Mörder war bereits hier.

Er war hier und hat sie versteckt.

JONAS

Matsch und feuchtes Gras machen die Böschung des Grabens zu einem gefährlich rutschigen Hang, aber er schafft es zurück auf die Zufahrtsstraße.

Zwischen den Bäumen kann er immer noch die leuchtenden Vorderlichter des SUVs erkennen, also weiß er, in welche Richtung er *nicht* gehen soll. Er wischt sich die Haare aus der Stirn. Versucht, sich so weit zu beruhigen, dass er nachdenken kann. Der Boden verschwand so unerwartet unter seinen Füßen, dass er sich mitten in der scharfen Kurve der Straße befinden muss. Er macht eine leichte Drehung weg von den Autoscheinwerfern. Ungefähr dort sollte sein Ziel liegen. Und wenn er sich richtig entsinnt, verläuft die Zufahrtsstraße mehr oder weniger geradeaus bis zur Brücke.

Bis dorthin ist es weit. Mehrere Kilometer. Und nicht einmal dort kann er davon ausgehen, dass in den nächsten Stunden jemand vorbeifährt. Die Brücke gehört zu einer längst stillgelegten Verbindungsstrecke zwischen halb vergessenen Dörfern und einem Industriegebiet, in das sich nachts kein Mensch verirrt.

Jonas humpelt zu Beginn, rennt aber immer schneller, sobald er sicher ist, die richtige Richtung eingeschlagen zu haben. Zur Not muss er es eben bis zur Autobahn schaffen.

Die Finsternis scheint voller Gestalten zu stecken. Formlose Schatten, die sich auf ihn zubewegen und wieder verschwinden. Nichts als Hirngespinste. Er gibt sein Bestes, sie zu ignorieren. Die einzige Gestalt, vor der er sich zu fürchten braucht, ist höchst real. Und sie hat ein Gewehr.

Beim Gedanken daran läuft Jonas noch schneller. Auf dem

festen Straßenbelag aus Sand und Kies sind seine nackten Fußsohlen kaum zu hören. Der Weg ist leicht abschüssig, verläuft dann immer steiler nach unten, so dass er geradezu darüber hinwegfliegt, und jetzt erinnert er sich an den Hügel, den er heute Morgen hinaufgefahren ist.

Heim, heim, heim, ich muss heim

Auf einmal verspürt er ein Brennen an seinem Knöchel, und er stürzt kopfüber nach vorn. Er schreit vor Schmerz und Erstaunen, als sein Körper von Messern zerschnitten wird. Zumindest fühlt es sich so an, sie kommen von allen Seiten gleichzeitig. Er wird nach hinten geschubst, und sein Schrei verstummt abrupt, als er mit dem Steißbein auf der Schotterstraße aufschlägt.

Er versteht nichts. Nichts ergibt Sinn. Es fühlte sich fast so an, als wäre er an den Messern *abgeprallt*.

Die Signale all der kreischenden Nervenenden seines Körpers lassen sich nicht mehr voneinander unterscheiden. Sie verschmelzen zu einem einzigen Wahnsinnsgebrüll aus feurigen Schmerzen, und die Lautstärke nimmt immer weiter zu.

Drähte
sie brennen
wie die Feuerqualle, in die ich als Kind geschwommen bin
aber so viel schlimmer

Jonas schreit wieder, er kann nichts dagegen tun, denn bereits dieser Schmerz ist zu viel, und trotzdem wird er immer heftiger, wächst sich zu einem Orkan aus, der den letzten Rest von ihm mit sich fegt.

Er rappelt sich auf die Knie hoch. Bewegt tastend die Hände.

Muss herausfinden, was das hier ist. Muss verstehen, was passiert ist.

Er streift einen scharfkantigen Draht, der so hart gespannt ist, dass er bei der Berührung der Finger kein bisschen nachgibt.

Klaviersaiten?

Angelschnur?

Er tastet sich weiter voran. Streckt die Arme in alle Richtungen um sich. Entdeckt weitere Drähte, die in verschiedenen Winkeln kreuz und quer über die Straße verlaufen. Zwischen den Bäumen gespannt, um ihn zu stoppen.

In seinem Auge brennt etwas, das von der Stirn herabrinnt. Es ist wärmer und dicker als das Regenwasser.

Er muss sich Klarheit darüber verschaffen, wie schwer er verletzt ist. Aber seine Angst ist zu groß.

Behutsam befühlt Jonas seinen Knöchel. Stößt sofort auf den Schnitt, den der erste Draht verursacht hat. Der, über den er gestolpert ist. Die Wunde scheint nicht allzu tief.

Scheiße, wer tut so etwas?

Er zwingt sich, mit den Händen weiterzusuchen. Wimmert, als er den Schnitt spürt, der die Haut entlang der Taille aufgerissen hat. Die Finger gleiten weiter nach oben, über den vor Blut glitschigen Bauch. Ein weiterer Schnitt verläuft schräg über die Brust. Ist um einiges länger. Er folgt ihm mit den Fingerspitzen und schreit auf, als er bemerkt, dass seine rechte Brustwarze fehlt. Er betastet seine Unterarme, fühlt eine offene Wunde am rechten Arm, den er schützend hochgerissen hatte, als er fiel.

Wieder muss sich Jonas Blut aus den Augen wischen. Er bemerkt, dass er das Messer beim Sturz hat fallen lassen.

Seine Furcht wächst ebenso stark an wie die Schmerzen, als ihm klar wird, wie durchdacht das alles ist. Wer auch immer sie jagt, hat die Schnüre im Lauf des Abends aufgespannt, ohne dass sie etwas davon ahnten.

Er entdeckt noch eine Schnittwunde, quer über der Nasenwurzel. Aber das Blut von der Stirn kommt nicht daher. Inzwischen gelingt es ihm, die Schmerzsignale leichter auseinanderzuhalten. Der heftigste Schmerz sitzt oben auf dem Kopf. Seine Finger bewegen sich weiter über die Stirn Richtung Haaransatz.

Allerdings gibt es dort keinen Haaransatz mehr. Bloß eine Hautkante, und als er sie streift, verwandeln sich seine Finger in eine Lötlampe.

Unendlich vorsichtig tastet er sich weiter. Von seiner Stirn bis zum hinteren Teil der Schädeldecke liegt ein breiter Hautstreifen lose auf dem Kopf, wie mit einem Sparschäler abgetrennt.

Jonas schreit erneut, als er begreift. Er versucht, die Kopfhaut zurück an ihren Platz zu schieben und spürt, wie sie auf dem von Regen und Blut glatten Schädel hin und her rutscht. Still starrt ihn die Dunkelheit an. Geduldig wartend.

TORBJÖRN

Die entfernten Schreie haben das Karussell panischer Gedanken, das sich in seinem Kopf immer schneller drehte, abrupt zum Stoppen gebracht. Sie hallen am Berg wider, furchterregend in ihrer unverstellten Qual, ein Laut zwischen Mensch und Tier.

Für einen Augenblick bildet er sich ein, das dort draußen sei Ingela. Die nach ihrem Körper sucht. Doch dann verstummen die Schreie ebenso unvermittelt, wie sie begonnen haben.

Er spürt förmlich, dass Nadja ebenso angespannt lauscht wie er.

Die Sekunden verstreichen. Nur der Regen ist zu hören, der gegen die Fenster und das Dach prasselt.

Auf einmal fragt sich Torbjörn, ob überhaupt jemand zu seiner Beerdigung erscheinen wird. Besonders, wenn alle seine Kollegen tot sind. Wer bleibt dann noch übrig, außer den Kindern und ihren Familien? Steht am Ende etwa wirklich nur die Sirene an seinem Grab und schnäuzt sich dröhnend die Nase?

LINA

Lina presst sich in Ingelas Zimmer an die Wand neben dem Fenster. Blickt durch die Scheibe hinaus in die Nacht. Sie haben auch hier drinnen das Licht gelöscht, um besser hinaussehen zu können, aber in Garten und Wald dehnt sich die Finsternis ungehemmt aus. Es wäre ein Leichtes für den Mörder, sich dort versteckt zu halten. Sie muss an die anderen denken. Nadja. Torbjörn. Jonas. Wo sie jetzt wohl sind? Ob sie frieren? Sind sie überhaupt noch am Leben?

Sie hat das Prasseln des Regens gegen die Fensterscheiben immer geliebt. Ein Geräusch, das sie mit der Dankbarkeit und Erleichterung darüber verknüpft, drinnen im Trockenen und Warmen zu sitzen. Für sie hat es immer nach *Geborgenheit* geklungen. Jetzt fragt sie sich, ob sie dieses Geräusch jemals wieder auf dieselbe Weise wird wahrnehmen können, falls sie diese Nacht überlebt.

Die Schreie, die sie gehört haben, sind ihr durch Mark und

Bein gegangen. Haben die letzten Überreste der Unwirklichkeit beseitigt. Was hier vor sich geht, erinnert an einen Horrorfilm, aber dieses Zimmer ist keine Filmkulisse. Es geschieht wirklich.

»Was tun wir, wenn er herkommt?«, flüstert Eva hinter ihr.

»Wir sind drei gegen einen, vielleicht geht das«, erwidert Amir gedämpft von der Tür her.

Aber Lina kann ihm anhören, dass er selbst nicht daran glaubt. Die Angst kriecht ihr unter die Haut wie eine Armee von Termiten, die sie von innen zerfrisst.

Jeden Tag hat sie befürchtet, keine Kraft mehr zum Weiterleben zu haben. Jetzt fällt diese Entscheidung vielleicht jemand anderes für sie.

Der Whirlpool neben der Sauna ist hell erleuchtet. Sie glaubt, Dampfschwaden aus dem Spalt zwischen Poolwand und Abdeckung aufsteigen zu sehen.

Schräg unterhalb des Fensters erstreckt sich die beleuchtete Terrasse. Würde sie sich ans Fenster stellen und sich genügend weit vorbeugen, könnte sie den dort liegenden Leichnam sehen.

Die Termiten bohren sich immer tiefer in sie hinein.

Sie denkt an die Lina, die sich nach etwas gesehnt hatte, das sie aus ihrer Lethargie reißt, sie wachrüttelt.

Herzlichen Glückwunsch! Du hast bekommen, worum du gebeten hast.

»Amir«, sagt Eva. »Ich habe darüber nachgedacht, was du über Frans gesagt hast. Dass er Jäger ist.«

Lina hört ihn in Richtung Bett gehen.

»Ich wusste nicht, dass es so schlimm um ihn stand«, fährt Eva fort. »Ich meine, ich habe das überhaupt nicht begriffen. Vielleicht hasst er uns jetzt, und er hat ja auch allen Grund dazu, aber ... so etwas könnte er niemals tun.«

»Ich weiß nicht mehr, was ich glauben soll«, sagt Amir tonlos.

Lina sieht wieder hinaus in die Finsternis. Auch sie kann sich Frans unmöglich als Mörder vorstellen. Aber woher soll man wissen, wer zu Gewalt fähig ist? Sie hat gesehen, wie Evas Mann sie mit dem Auto von der Arbeit abgeholt hat. Er scheint ein ganz normaler, harmloser Kerl zu sein. Nicht wie jemand, der seine Frau schlägt.

Amir hat sich hinter sie gestellt. Sie spürt seine Körperwärme.

»Siehst du was?«, fragt er.

»Unter dem Fenster ist eine Feuerleiter«, erwidert sie. »Falls wir verschwinden müssen, kommen wir vielleicht darüber aus dem Haus.«

Sie sieht zur Kommode, die sie vor die Tür geschoben haben. Hofft, dass sie den Mörder lang genug aufhalten kann. Die beiden Messer aus der Küche liegen auf der Kommode. Sie weiß, dass sie nicht einmal versuchen wird, von ihnen Gebrauch zu machen.

»Und dann?«, fragt Amir. »Wohin gehen wir dann?«

Sein Gesicht befindet sich ganz dicht vor ihr. Und Lina sieht seinem Blick an, dass sie beide dieselbe Furcht empfinden.

»Ich weiß es nicht«, gesteht sie und dreht sich wieder zum Fenster.

»Ist der Himmel da drüben nicht eine Spur heller?«, sagt er und beugt sich vor, um auf die Stelle zu zeigen.

Plötzlich sieht sie, was er meint. Einen gelbgrauen, schwach von unten erhellten Streifen, vermutlich eine Wolkenschicht. Es muss auf der andere Seeseite sein.

»Vielleicht sind das Scheinwerfer von der Autobahn«, sagt sie.

»Nein, die liegt weiter nördlich«, stellt Eva klar.

Lina dreht sich um. Eva sitzt auf dem Bett, das gehäkelte Zierkissen an die Brust gedrückt. Eva, die sich seit Jahrzehnten um die Kartierung in der Gemeinde kümmert.

»Auf der Anhöhe auf der anderen Seeseite liegt ein Wohngebiet mit vielen Einfamilienhäusern«, fährt sie fort.

»Führt eine Brücke dahin?«, fragt Amir. Eva schüttelt den Kopf.

»Die nächste Brücke ist die, über die wir hergekommen sind. Und bis dahin sind es fast fünf Kilometer.«

»Und wenn wir über die Berge auf dieser Seite nach oben steigen?«, fragt Lina.

»Dort lauern überall Abgründe und alte Gruben. Wir würden uns das Genick brechen. Aber vielleicht wäre das die bessere Alternative.« Sie stößt einen zittrigen Seufzer aus. »Anette hätte einen Weg gefunden. Sie wusste, wie man sich im Wald zurechtfindet.«

Lina blinzelt die Tränen fort, die ihr in die Augen steigen.

»Wir schaffen das schon!«, sagt Amir.

Es ist ein leeres, ein unmögliches Versprechen, und trotzdem tut es gut, ihn das sagen zu hören. Lina lehnt sich an ihn. Spürt, wie sich sein Brustkorb beim Atmen hebt und senkt. Wie er *lebt*.

Und sie stellt überrascht fest, wie stark ihr eigener Lebenswille ist.

Wie sehr sie auch daran gezweifelt hat, welche Angst sie auch davor gehabt hat, festzustellen, dass sie aufgeben will, so will sie doch leben.

Will ihre Kinder in die Arme schließen. Ihnen sagen, dass sie sie liebt. Dieses Bedürfnis ist so stark, dass sie am ganzen Körper ein Ziehen verspürt.

Auf gar keinen Fall wird sie die beiden mit einer ermordeten Mutter aufwachsen lassen. Auf keinen Fall wird sie verpassen, welche Menschen aus ihnen werden!

NADJA

Nadja sitzt auf dem Boden des Spielhauses, die Arme um die Knie geschlungen, den Rücken in die Ecke gezwängt. Sie blickt durch die kleinen Fenster nach draußen. Zwar ist die Nacht einen halben Ton weniger dunkel als im Spielhaus, aber sie würden ihn trotzdem nicht kommen sehen.

Vielleicht weiß er sogar schon, dass sie hier sind. Vielleicht ist er ihnen in der Dunkelheit gefolgt, als die Schreie

Wessen Schreie waren es?

ihn abgelenkt haben. Und falls

sobald

er herkommt, können sie nicht mehr fliehen. Sie säßen in der Falle, und dann wären sie ebenso tot wie das Tier, das irgendwo hier drinnen liegt.

Nadja ist sich immer sicherer, dass sie hier wegmüssen. Torbjörn atmet schwer und keuchend. Sie befürchtet, er könnte einen Herzanfall bekommen, und sie hat gehört, wie sehr seine Zähne klappern. Sie friert zwar auch, aber Torbjörn trägt nichts als eine Badehose am Leib.

Sie muss ihn dazu überreden, mit ihr zum Kanu zu gehen. Womöglich können sie darin entkommen. Und falls nicht, muss sie ihm helfen, eine der Hütten zu erreichen. Dort gibt es Decken, und immerhin kann er die Tür hinter sich verriegeln. Danach will sie, so schnell sie kann, die Straße entlangrennen, bis ihr Handy wieder Empfang hat. Ein

Störsender kann schließlich keine unendliche Reichweite haben.

Aber falls Torbjörn es nicht aus dem Spielhaus hinausschafft, muss sie ihn hier zurücklassen.

Allein den Gedanken daran hält sie kaum aus. Erst wenn sie weiß, dass sie alles andere versucht hat, kann sie ihn zurücklassen.

Sie zieht ihr Handy aus der Jeanstasche. Wirft wieder einen Blick aus dem Fenster, bevor sie vorsichtig über den Boden tappt, in die Richtung, aus der Torbjörns Atemzüge kommen.

»Ich werde jetzt die Handylampe einschalten«, sagt sie gedämpft.

»Nein!«

Seine Stimme ist nicht mehr als ein Keuchen.

»Wir müssen uns deinen Fuß ansehen«, sagt sie. »Ich halte den Schein nach unten, damit das Licht von außen nicht so schnell zu sehen ist.«

Es gelingt ihr, die Stimme fest klingen zu lassen. Als wüsste sie, wovon sie spricht. So als würde sie nicht innerlich vor Angst vergehen.

»Scheiß auf den Fuß!«, zischt er.

»Wir müssen hier weg«, erklärt Nadja.

Sie kniet sich auf den Boden. Seine Stimme ist über ihr. Versehentlich stößt sie mit dem Ellenbogen gegen sein Bein.

»Entschuldige«, sagt sie automatisch.

»Wofür?«

Torbjörn klingt, als sei er meilenweit entfernt. Und das lässt ihre Überzeugung nur noch wachsen. Sie müssen hier weg.

Sie kauert sich über das Handy auf dem Boden und betätigt die seitliche Taste. Das Display erwacht zum Leben. Verbreitet einen bläulichen Schein, ausreichend hell für die Gesichtserkennung, die das Gerät entsperrt.

Noch immer kein Empfang. Sie wusste nicht einmal, dass sie überhaupt darauf gehofft hatte, bevor sie die Enttäuschung trifft.

Es ist gleich zwei Uhr nachts.

Fast sieben Uhr morgens in Bischkek.

»Nicht! Lass das Licht aus. Ich glaube nicht, dass du das sehen willst«, sagt Torbjörn.

»Ich weiß, dass hier drinnen irgendein Tier verendet ist«, sagt sie und drückt auf das Symbol für die Taschenlampenfunktion. »Damit komme ich schon klar.«

Nadja schaltet das Display aus und neigt das Handy leicht nach oben. Das grelle weiße Licht der Handylampe erhellt einen schmutzigen Holzfußboden mit breiten Spalten zwischen den Brettern. Ihr Blick fällt auf ein paar geblümte Sneaker in der Dunkelheit unmittelbar vor ihr.

Ein eiskalter Schauer läuft ihr über den Rücken, lässt sie von Kopf bis Fuß erstarren.

»Mach das Licht aus«, fordert Torbjörn sie auf.

Aber Nadja neigt das Telefon noch eine Spur weiter nach oben. Ein Paar jeansbekleideter Beine tritt aus der Dunkelheit hervor. Sie hebt das Handy an, bis der Schein die Sitzbank erreicht.

Sie schreit auf, ehe sie verarbeiten kann, was sie da sieht.

Torbjörn schaut sie unglücklich an. Neben ihm sitzt das tote Tier.

Nadja lässt das Handy mit einem Knall zu Boden fallen, und die Dunkelheit ergießt sich wieder über das kleine Haus. Aber das spielt jetzt keine Rolle mehr. Was sie gesehen hat, kann sie nie wieder ungesehen machen.

Die Augen waren weit aufgerissen. Die Haare dunkel vor Blut. Ein klaffender Schnitt quer über der Kehle.

Nadja schlägt sich die Hand vor den Mund. Beißt sich in

die Finger, um nicht von neuem aufzuschreien. Ihre Fingerringe schaben über die Vorderzähne.

Was er Ingela angetan hat, muss einer unfassbaren Wut entsprungen sein.

Unter der offenen Jeansjacke quollen die Gedärme aus ihrem Bauch. Schlängelten sich über ihre Schenkel. Blass glänzend im Schein der Handylampe. An manchen Stellen waren sie durchlöchert, und der Inhalt war herausgeronnen. Eine ekelhafte Masse aus Blut, Exkrementen und zerfetztem Stoff.

Sie trug dieselben Kleider, in denen Nadja sie zuletzt gesehen hatte. Das war im Speiseraum gewesen. Ingela hatte einen Arm um Jonas gelegt. Hatte Amir und ihr einen trotzigen Blick zugeworfen. *Weißt du was, Kohli? Ich glaube, wir müssen auf dich anstoßen. Der Sekt geht heute auf die Gemeinde.*

Ingela, du hirnverbrannte Kuh, denkt sie.

Nadja schluchzt auf, sie kann die Tränen nicht zurückhalten. Braucht irgendein Ventil für den inneren Druck, muss all die Bilder aus ihrem Kopf tilgen, alle Furcht, die zu groß ist, um sie zu fassen.

Etwas rührt sich in der Dunkelheit. Aus purem Reflex greift sie nach dem Handy. Ingela sitzt vollkommen reglos da. Aber Torbjörn lässt sich schwer neben ihr zu Boden sinken. Beugt sich vor und tätschelt unbeholfen ihren Arm.

Die Berührung lässt ihre Tränen nur noch ungehemmter fließen.

»Du«, sagt er leise. »Was machst du, wenn das hier vorbei ist?«

Nadja versucht zu begreifen, was er meint.

Das hier wird niemals enden. Erst, wenn sie ebenfalls tot sind. Er wird nicht aufgeben.

»Ich werde nach Hause zu Sylvester fahren«, flüstert Torbjörn.

Spricht er von seinem Hund? Nadja schluchzt.

»Er ist ganz schön verwöhnt«, fährt Torbjörn fort. »Man muss ihn ziemlich drängen, damit er überhaupt frisst. Weißt du, dass ich ihn zweimal am Tag von Hand füttere? Ich habe damit angefangen, als er noch ein Welpe war, und jetzt will er gar nicht mehr aus dem Napf fressen.«

Sie weiß, was Torbjörn da tut. Er will sie auf andere Gedanken bringen. Ein kindisch trotziger Teil ihres Ichs weigert sich, ihm das zuzugestehen.

»Ich bin viel zu weich für diesen Racker. Meine Frau hat gesagt, ich hätte ihn verdorben, und damit hat sie wohl auch recht. Deshalb durfte ich ihn nach unserer Scheidung auch behalten.«

Nadja wusste gar nicht, dass er geschieden ist. Andererseits weiß sie kaum etwas über Torbjörns Leben außerhalb der Arbeit.

»Jede Nacht sitzt er vor der Schlafzimmertür und kratzt daran, bis ich aufstehe«, fährt er fort. »Dann will er raus und ein Reh anknurren oder im Garten herumschnüffeln.«

Ein sehnsuchtsvoller Ton liegt in Torbjörns Stimme. Und Nadja begreift, dass er die Ablenkung ebenso braucht wie sie.

»Du findest das sicher erbärmlich«, sagt er. »Dass ich mich nach nichts Besserem sehne als einem ollen Köter.«

»Nein. Das finde ich nicht.«

Nadja putzt sich die Nase. Lauscht nach Geräuschen von draußen, hört aber nur den Regen auf das Dach trommeln.

»Ich möchte nach Bischkek fahren«, sagt sie.

Sie denkt an ihre Mutter, die bestimmt schon wach ist. Die gerade vielleicht von der armseligen Wohnung aus, in der Nadja aufgewachsen ist, über das Himmelsgebirge schaut.

Nadja wischt sich hastig über die Augen. Vermeidet es sorgfältig, noch einmal zu Ingela zu schauen.

»Darf ich mir deinen Fuß ansehen?«, fragt sie.

Torbjörn zögert kurz, bevor er mühsam das Bein streckt und den Fuß quer über ihren Schoß legt. Seine Zehennägel sind lang und ungerade gewachsen. Die Fußsohle ist schwarz vor Dreck und Erde, die sich mit eingetrocknetem Blut verklumpt haben. Noch immer rinnt Blut aus der langen Wunde, die sich von seiner Ferse bis hinauf ins Fußgewölbe zieht.

»Ich weiß nicht, ob es wegen den Blutverdünnern nicht aufhört zu bluten«, sagt er.

Nadja nickt schwach. Kein Wunder, dass ihm das Gehen schwergefallen ist. Blutverlust kann sie der Liste der Dinge also auch noch hinzufügen, die ihm blühen, wenn er nicht bald ärztliche Hilfe bekommt.

Behutsam streicht sie den schlimmsten Schmutz fort. Teilt die Wundränder mit gespreizten Daumen und Zeigefinger. Versucht, die aufsteigende Übelkeit zu unterdrücken.

Gelbes Unterhautfett schimmert in der Wunde an der Ferse. Seine Fußsohle sieht aus wie ein Schweinefilet, umschlossen von einer perlmuttglänzenden Haut, anscheinend das Bindegewebe. Und im Licht der Handylampe glimmt dort auch eine türkisgrüne Glasscherbe auf.

Shit.

»Ich kann den Splitter sehen«, sagt sie und sieht zu Torbjörn hoch. »Ich versuche, ihn herauszubekommen.«

Er wirkt beschämt, und ihr wird bewusst, dass es ihr nicht gelungen ist, ihren Ekel vor ihm zu verbergen.

»Sieht es so schlimm aus?«, fragt er.

»Nein, das nicht, aber die Scherbe sitzt so tief, dass ich nicht mit den Fingern an sie herankomme«, erwidert Nadja und hofft, dass er ihr glaubt.

Sie holt das Cuttermesser aus ihrer Lederjacke hervor. Schiebt die dünne Klinge heraus. Es rattert unnatürlich laut.

Sie klemmt das Handy zwischen ihre Schenkel, damit das Licht auf die Wunde gerichtet ist, aber stattdessen erhellt sie das gesamte Spielhaus. Von außen leuchtet wahrscheinlich jedes Fenster. Sie muss sich beeilen.

»Bist du bereit?«, fragt sie.

Torbjörn sieht jetzt fast ebenso bleich aus wie Ingela, die immer noch vor sich hinstarrt. Aber er nickt.

Nadja wappnet sich und führt die spitze Klinge in die Wunde. Spürt, wie sie den Rand der Scherbe streift. Ein schabendes Geräusch lässt sie am ganzen Körper erschauern. Torbjörn gibt ein Ächzen von sich.

»Dieses Bischmark...«, sagt er.

»Bischkek.«

Vorsichtig drückt sie die dünne Messerspitze hinter die Glasscherbe. Wieder ein Schaben, aber das Glasstück rührt sich keinen Millimeter. Steckt die Scherbe etwa im Knochen fest?

»Liegt das in Russland?«, fragt er zwischen zusammengebissenen Zähnen.

»In Kirgisistan.«

»Aber jedenfalls in der alten Sowjetunion, oder?«

»Mm.«

Sie sieht das Blut auf ihre Jeans herunterinnen und fragt sich plötzlich, was passieren wird, wenn es ihr tatsächlich gelingt, den Splitter zu entfernen. Malt sich einen Blutschwall aus, der sich nicht stoppen lässt. Aber solange die Scherbe noch im Fuß sitzt, ist Torbjörn hier gefangen, und genau hier könnte das gerade das Gefährlichste überhaupt sein.

Vorsichtig bewegt sie das Messer hin und her, die schmale Klinge gleitet neben dem Glasstück tiefer in den Fuß. Torbjörn stöhnt laut.

»Leben da deine Eltern?«, fragt er, als er wieder zu Atem kommt.

»Mein Opa. Er ist krank, deshalb ist meine Mutter dorthin zurückgekehrt, um ihn zu pflegen.«

Nadja horcht nach Geräuschen vor dem Spielhaus. Denkt an das Geld, das sie jeden Monat schickt. Sie weiß nicht, was ihre Mutter sich noch leisten kann, falls sie den Job im Erschließungsamt verliert, und trotzdem hat ihre Mutter, was Kolarängen betrifft, immer auf ihrer Seite gestanden. Hat sie dazu aufgefordert, das Richtige zu tun. Alles andere werde sich schon fügen.

Endlich scheint die Scherbe sich zu rühren. Nadja stochert vorsichtig weiter mit der Messerklinge im Fleisch herum.

»Mein Opa hat sich um mich gekümmert, als meine Mutter nach Schweden gegangen ist, um Arbeit zu suchen«, sagt sie. »Es dauerte viel länger, hier Fuß zu fassen, als sie erwartet hatte. Als ich nach Schweden kam, hatten wir uns fast zwei Jahre nicht gesehen. Ich war elf und habe kaum gewagt, ihr hallo zu sagen.«

»Hast du dich nach ... nach deiner Heimat gesehnt?«, fragt Torbjörn.

»Jeden Tag.«

Sie denkt selten an ihre erste Zeit in Schweden zurück, als ihr alles fremd vorgekommen war und die anderen Kinder sagten, sie würde so komisch reden, dass sie überhaupt total komisch sei. Also hatte sie beschlossen, immer alles richtig zu machen. Sie erledigte sämtliche Hausaufgaben, bekam Einsen in den Klassenarbeiten, schwänzte nicht eine Schulstunde. Zu Hause beklagte sie sich nie über irgendetwas, denn das wäre das Gleiche gewesen, wie ihrer Mutter, die so viel für ihre Tochter geopfert hatte, vorzuwerfen, die falsche Entscheidung getroffen zu haben.

Das Glasstückchen hat sich gelöst. Sie nutzt die Messerspitze als Hebel, und es gelingt ihr, die Scherbe millimeterweise herauszuschieben. Immer mehr Blut quillt aus dem Fuß, dunkel und glänzend.

»Weißt du, warum ich Jura studiert habe?«, fragt sie.

Torbjörn schüttelt den Kopf.

»Abgesehen von Ärzten schienen Juristen den angesehensten Beruf zu haben. Und ich kann kein Blut sehen.«

Er lacht auf, und sie wischt sich die Finger an der Jeans ab. Versucht, das Glasstückchen mit ihren kurzen Fingernägeln zu fassen zu bekommen.

»Nicht bewegen!«, zischt sie.

»Tue ich doch gar nicht.«

Blut läuft in ihre Handfläche, am Handgelenk entlang und unter den Ärmel ihres Hemds. Sie pult weiter, bis das Glasstück endlich draußen ist. Es ist viel kleiner, als sie erwartet hätte.

»So ein kleiner Bastard!«, sagt Torbjörn und klingt fast wütend.

Aus der Wunde rinnt immer noch Blut, aber es spritzt nicht, wie sie befürchtet hatte. Schnell streift sie die Lederjacke ab und knöpft ihr Hemd auf, dankbar, einen BH darunter zu tragen. Torbjörn sieht schnell zur Seite. Wirkt verlegen.

Sie zieht das Hemd aus, legt einen Ärmel über die Wunde und verknotet das Ende mit einem Doppelknoten auf dem Spann. In null Komma nichts ist der weiße Stoff blutdurchtränkt. Den Rest des Hemds wickelt sie um den Fuß und bindet mit dem zweiten Ärmel einen Knoten, der das gesamte Paket zusammenhält.

Torbjörn inspiziert das Ergebnis, während Nadja die Jacke wieder über ihren nahezu nackten Oberkörper zieht.

»Ein Glück, dass keine Ärztin aus dir geworden ist«, sagt er.

Sie lacht kurz und wischt sich den Schweiß von der Stirn. Setzt Torbjörns Fuß behutsam auf dem Boden ab. Zieht die Klinge des Cuttermessers wieder ein und schaltet die Handylampe aus.

Mit der Dunkelheit kehrt ihre Angst zurück. Für ein paar Minuten war sie so sehr auf Torbjörns Fuß konzentriert, dass sie ihre Angst glatt vergessen hatte.

Fast ist sie dankbar für diese kleine Atempause.

JONAS

Jemand bewegt sich im Wald hinter ihm. Ist auf dem Weg hierher.

Große Tropfen fallen aus den Blättern über Jonas' Kopf, wo er auf der Straße sitzt. Sein Körper hört vor Kälte nicht auf zu zittern, und vor Schock, und vor Angst, und vor Schmerz. Ein Schmerz, an den er sich nicht gewöhnt, er ist konstant und unerträglich.

Er ist sich sicher, dass er beobachtet wird. Dass sein Jäger ihn in der Dunkelheit bereits sieht. Er begreift nur nicht, wie das sein kann.

Jetzt hört er Zweige auf dem Boden knacken. Blätter, die im Gebüsch rascheln.

»Nein«, winselt er und dreht sich um.

Der Schnitt an der Taille fängt wieder Feuer, aber Jonas starrt weiter blind in die Dunkelheit, bis er es nicht länger aushält. Dreht sich wieder nach vorn.

Er hat nach dem Messer gesucht, die Hände zwischen den gespannten Drähten hindurchgesteckt, hat aber nichts als feuchten Kies ertastet. Es spielt keine Rolle. Wie soll er sich gegen einen Feind verteidigen, den er nicht einmal sehen kann?

Vielleicht ist es ja gut, wenn es bald vorbei ist. Es gibt nichts mehr, für das er kämpfen könnte. Er hat nur so schreckliche Angst.

Angst vor noch mehr Schmerzen, selbst wenn das schwer vorstellbar ist. Angst vor allem, was danach passiert. Nach dem Tod. Dieser abstrakte Begriff, der sich auf einmal sehr, sehr konkret anfühlt.

Es erscheint ihm einfach unfassbar, nicht mehr zu existieren. Nicht mehr da zu sein. Nie wieder einen Gedanken zu denken, ein Gefühl zu fühlen. Aber er hat gesehen, was mit Anette geschehen ist. In weniger als einer Sekunde war ihr Kopf weg. Alles, was *sie* war, aufgelöst, zerfetzt, auf einer Scheibe verschmiert. Schwer zu glauben, dass es in dieser Sauerei eine unsterbliche Seele gegeben haben soll.

Das Schlimmste ist das Warten.

Wird er spüren, wenn sein Kopf explodiert? Seine Muskeln ziehen sich krampfhaft zusammen. Lassen die Wundränder auf dem Scheitel von neuem brennen.

Jetzt ertönen mehrere dumpfe Schläge auf dem Boden. Direkt hinter ihm, links von der Straße.

Wirklich? Kommen die Geräusche von links? Er ist sich bei keiner Richtung mehr sicher. Orientiert sich ausschließlich anhand des Gefälles der Straße unter ihm.

»Hallo?«, sagt er mit heiserer, brüchiger Stimme. Er erkennt sie nicht wieder. »Lappå? Bist du das?«

Keine Antwort.

»Ich habe nur meinen Job gemacht! Nicht ich habe das entschieden, das war meine Chefin.«

Noch immer keine Antwort.

»Aber wir können die Sache in Ordnung bringen. Noch ist es nicht zu spät. Ich kann den Bau in Kolarängen stoppen. Ein Anruf von mir, und sie blasen die ganze Sache ab!«

Er hört, wie erbärmlich er klingt. Wie *unglaubwürdig*.

Hat der Schotter da gerade unmittelbar hinter ihm geknirscht? Oder war es Einbildung?

Zielt die Gewehrmündung jetzt auf ihn? Ist sie so nah, dass sie jeden Moment seine Haare berührt? Der Gedanke lässt einen eisigen Schauer von seinem Nacken über den Rücken laufen.

»Du kannst das Land zurückhaben! Hörst du? Wir regeln das!«

Jetzt hört er Atemzüge.

»Frans? Du bist es nicht, oder? Es tut mir schrecklich leid, wie das alles gelaufen ist. Wir müssen doch wenigstens darüber sprechen können.«

Warum hat er ihn noch nicht erschossen? Nimmt er stattdessen das Messer?

Jonas hält sich schützend die Hände vor den Hals. Versucht, das Bild von Kajs bleichem, wachsartigem Gesicht zu verdrängen, das in der Dunkelheit vor ihm schwebt.

»Sag, was ich tun muss, damit alles wieder gut wird. Wir haben uns falsch verhalten. Du hattest recht mit allem, und ich erzähle den anderen, wie es war, denn ich bereue es wirklich, wirklich ...«

Jonas zuckt zusammen, als ein feuchtes, grunzendes Geräusch hinter seinem Ohr erklingt. Die plötzliche Bewegung lässt neue, glühende Schmerzwellen an seiner Taille aufblitzen, durch den Schnitt auf der Brust fahren.

Aber das Geräusch erkennt er wieder. Er hat es schon oft vom Rand seines Gartens gehört. Sogar gesehen hat er sie manchmal. Mit zottigem, verdrecktem Fell. Hässliche, langgezogene Gesichter mit dummen kleinen Augen.

Ein Wildschwein. Er hat sich vor einem Wildschwein erniedrigt.

Wildschweine sind Aasfresser, richtig? Geht es wirklich so mit mir zu Ende?

Oder wartet dieses Mistvieh nicht einmal, bis ich tot bin?

Jonas ist sich im Klaren darüber, was für eine leichte Beute er ist. Ein verletztes Wildtier, blind in der Dunkelheit.

Schnaubendes Atmen. Jonas verkrampft sich in Erwartung einer eifrig wühlenden Schnauze, die sich in seine Seite zu bohren versucht, die an seiner aufgeschlitzten Kopfhaut herumschnüffelt.

Er wartet.

Wartet.

Auf einmal grunzt das Wildschwein. Die Klauen schlagen hastig gegen den Kies, und dann ertönen dumpfe Schritte, die in der Nacht verschwinden. Jonas begreift, dass das Tier die bewaldete Böschung hinaufrennt.

irgendwas hat es erschreckt

irgendwas, das ich noch nicht hören oder sehen kann

Jonas kann nicht fliehen. Geschweige denn sich zur Wehr setzen. Aber vielleicht kann er sich verstecken.

Er darf nicht noch einmal aufgeben. Jonas wischt sich das Blut aus den Augen. Macht ein paar kriechende Schritte. Greift vor sich in die Luft, bis seine Finger einen der Drähte berühren.

schnell jetzt

ich muss nachdenken

Der See liegt rechts von der Straße.

Jonas krabbelt dorthin. Tastet sich weiter. Nasskaltes Gras unter seinen Knien. Die Finger stoßen gegen einen rauen

Baumstamm. Vorsichtig klopft er den Boden vor sich ab. Neben dem Baum fällt der Boden steil ab. Er ist sich ziemlich sicher, dass dieser Straßenabschnitt nah am See liegt.

Er setzt sich hin und rutscht langsam abwärts, durch etwas, das sich wie Farnkraut und Heidelbeersträucher anfühlt. Jede Bewegung ist eine Qual, schlimmer als alles, was er je erlebt hat.

Seine Beine gleiten in das eiskalte Wasser des Sees, die Füße versinken sofort im schlammigen Grund. Jonas hält den Atem an, um nicht laut zu prusten. Als das Wasser ihm bis zum Schritt geht, spürt er endlich eine Art Widerstand unter dem Schlamm. Etwas, worauf er stehen kann.

Neue Schritte oben auf der Straße.

Das ist er.

Jonas wirft einen Blick über die Schulter. Kein Lichtkegel taucht zwischen den Baumstämmen auf. Trotzdem sind die Schritte sicher. Scheinen zu bestätigen, dass dieser Mann übermenschlich ist. *Unmenschlich.* Jonas macht sich klein, taucht ein ins Wasser, bis es ihm über die Schultern geht. Dann begibt er sich so leise wie möglich hinaus in den See.

TORBJÖRN

Seit die Glasscherbe entfernt ist, tut sein Fuß nicht mehr ganz so weh. Mit Nadjas Unterstützung hat er es geschafft, am Fuß des Bergs entlang und um den Vorplatz herum zu humpeln. Jetzt eilen sie über die Straße, weit genug von den entlarvenden Scheinwerfern des SUVs entfernt. Das Licht ist zwar gefährlich, aber Torbjörn ist erleichtert, der pechschwarzen Finsternis des Spielhauses entkommen zu sein. Ganz zu schweigen davon, dass er hier draußen wieder frische Luft atmen kann. Immer wieder musste er den Speichel in seinem Mund ausspucken, um den Geschmack nach Tod loszuwerden, der sich auf seine Zunge gelegt hatte.

Nadja springt in einem eleganten Satz über den tiefen Straßengraben und dreht sich zu ihm um. Hinter ihr breitet sich die große Wiese aus, bis hinunter zum See und dem beleuchteten Toilettengebäude.

Er hofft, dass das Kanu noch im Wasser liegt. Dass es schwimmt. Dass es etwas zum Paddeln gibt. Dass es keine Falle ist. Nach all der erlebten Bösartigkeit kommt es ihm ein bisschen zu leicht vor, einfach in ein Boot zu hüpfen und sich damit aus dem Staub zu machen. Aber er spricht es nicht laut aus. Will Nadjas Geduld nach all ihren Bemühungen für ihn nicht weiter strapazieren.

Torbjörn geht bis zum Rand des Grabens, bis das Stoffpaket mit seinem aufgeschlitzten Fuß genau über der abfallenden Kante steht. Mit dem gesunden Fuß macht er einen großen Schritt nach vorn und setzt ihn auf der anderen Seite des Grabens auf. Unter dem nassen Gras befindet sich nichts als Matsch, und er beginnt augenblicklich abzurutschen. Hastig zieht er den verwundeten Fuß nach, doch er verliert das Gleichgewicht, und der Fuß landet auf dem steinigen Grabenboden. Er brüllt laut, als sich glühende Speerspitzen in seine Ferse pressen.

»Psst!«, zischt Nadja und packt seine fuchtelnde Hand. »Jetzt hilf mit, verdammt!«

Sie versucht, ihn hochzuziehen, während er sein Bestes gibt, den Hang nach oben zu kommen. In den Knien schmerzt die Arthrose, im Fuß brennen Höllenfeuer, und er schwitzt trotz des kalten Regens. Für einen Moment fürchtet er, hintenüber zu kippen und Nadja mit sich nach unten zu ziehen, aber es gelingt ihm, sich nach vorne zu lehnen und die Zähne zusammenzubeißen, bis er das hohe Gras auf der anderen Seite erreicht hat.

Torbjörn schaut auf die Straße. Im Licht der Autoscheinwerfer taucht kein gottverdammtes Einkaufszentrumsmaskottchen auf und kommt ihnen entgegen. Er lässt seinen Blick weiter zum Hotel schweifen. Fragt sich, was Eva gerade macht. Die Fenster geben nichts preis.

Gebückt setzen sie ihren Weg über die Wiese fort. Auf Zehen hinkt er hinter Nadja her, so schnell er eben kann. Nasse Grashalme kitzeln ihn in den Kniekehlen und an den Schenkeln. Als er auf weitere Steine tritt, besitzt er immerhin so viel Verstand, seine Klappe zu halten.

Sie folgen dem Holzzaun, der die Wiese von dem kurzgestutzten Rasen hinter dem Sanitärgebäude trennt. Das Licht von dort reicht aus, um zu erkennen, dass der Hemdstoff um seinen Fuß braun und schmutzig ist. Er fragt sich, wie viel Dreck sich in diesem Moment schon in die Wunde gepresst hat, aber das ist noch das geringste seiner Probleme. Er würde sich den Fuß mit Vergnügen amputieren lassen, wenn er ihn gegen ein Ticket fort von hier tauschen könnte.

Torbjörn schaut zu den Schlafhütten. Was Anette wohl dachte, als sie im Regen von dort losging? Was sie bloß wollte? Sie werden es nie erfahren.

Der Wind braust auf. Lässt die Äste der Birken unten am Seeufer durch die Luft peitschen. Lässt Torbjörns Körpertemperatur noch weiter sinken. Er kann sich nicht vorstellen, jemals wieder warm und trocken zu werden.

Nadja klettert über den Zaun und rennt zu einem Strauch direkt am Wasser. Sie sieht sich hastig um, bevor sie ein silbernes Kanu hervorzieht, das unter den Zweigen versteckt liegt. Torbjörn stellt mit einer gewissen Erleichterung fest, dass es ein offenes Kanu mit Sitzbänken ist.

»Kein Paddel«, flüstert Nadja enttäuscht und untersucht eilig den Rumpf. »Aber in jedem Fall ist es funktionstüchtig.«

Tatsächlich wirkt das Kanu nagelneu, und mit einem Mal ist Torbjörn überzeugt davon, dass Nadja im Speiseraum recht hatte. Mit diesem Boot ist der Mörder hergekommen, um wie ein Berserker auf sie loszugehen. Und jetzt stehlen sie es ihm.

Nadja hebt ein paar Zweige hoch.

»Sieh nach, ob du das Paddel finden kannst«, sagt sie leise und steht auf.

Sie nähert sich dem Wasser, während er in einem Halbkreis vor dem Zaun herumstolpert. Pflichtschuldig schaut er hier und dort ins hohe Gras. Sieht hinter einem großen Stein nach. Zum Großteil aber schweift sein Blick über die Wiese und hält Ausschau nach einer Gestalt mit großem Kopf und Schlapphut. Es ist zu hell hier. Er ist viel zu leicht zu entdecken.

Torbjörn schlingt die Arme um sich. Versucht, die Kälte zu vertreiben, indem er sich den Körper reibt.

wenn ich das hier überlebe, fliege ich für zwei Wochen auf die Kanaren

ich will noch mal Sonne auf der Haut spüren, Teufel noch eins

Gerade als er auf dem Weg in Richtung Holzzaun ist, stößt er mit seinem unverletzten Fuß gegen etwas im Gras. Er schaut nach unten.

Dort liegt die pinkhaarige Besitzerin des Hotels, und so wie es aussieht, hat sie einen Axthieb ins Gesicht bekommen. Dort, wo ihre Augen sitzen sollten, klafft ein länglicher und mit blutigem Regenwasser gefüllter Spalt, und trotzdem kommt es ihm vor, als würde sie seinen starrenden Blick erwidern. Ihr restliches Gesicht ist noch vorhanden, aber die Züge sind auf irgendeine Weise verrutscht, alles wirkt, als sei es an der falschen Stelle. Als wären die Knochen unter der Haut in jede mögliche Richtung verbogen und gebrochen.

Sie ist ein verdammter Picasso.

»Hast du was gefunden?«

Torbjörn sieht zu Nadja, die wieder neben dem Kanu steht.

»Nein«, sagt er rasch und humpelt vor zum Zaun.

Wenn er sich mit einer Sache für Nadjas Hilfe revanchieren kann, dann, dass sie wenigstens diese Sauerei nicht sehen muss.

»Ich auch nicht«, sagt sie. »Wir müssen ohne Paddel auskommen.«

So schnell er kann, klettert Torbjörn über den Zaun. Bleibt mit der Badehose an einer der schrägstehenden Holzstangen hängen, schafft es aber trotzdem auf die andere Seite.

Sie heben das Kanu von beiden Seiten an und tragen es gemeinsam zu der offenen Stelle zwischen den Birken, wo der alte Steg aufs Wasser führt. Auf dem gestutzten Rasen sieht er seinen eigenen Schatten auf Zehen vorantrippeln. Wie ein Ballett tanzendes Nilpferd aus einem Zeichentrickfilm.

Nadja geht als Erste zwischen den Birken hindurch auf die leicht ansteigende Holzrampe, die mit dem Steg verbunden ist. Die Stofffetzen um Torbjörns Fuß schleifen über die Bretter. Der Wind rauscht durch das Schilfrohr.

Als Nadja den Steg betritt, beginnt er unter ihren Füßen zu schwanken, und Torbjörn fragt sich, ob die Bretter ihn überhaupt tragen können. Vorsichtig geht er auf den Steg. Versucht, sich in der Mitte zu halten, aber trotzdem neigt sich die Anlegestelle unter seinem Gewicht mal in die eine, dann wieder in die andere Richtung. Nadja gerät ins Wanken. Seewasser schwappt über die Ränder.

Als sie am dichten Schilfgestrüpp vorbei sind, setzen sie das Kanu ins Wasser.

Torbjörn schaut zu dem erleuchteten Holzdeck vor den Schlafhütten. Dahinter liegen der neue Badesteg und der Felsen mit der Sauna. Der Whirlpool ist von hier aus zwar nicht zu sehen, aber es ist trotzdem ein Leichtes, sich vorzustellen, wie Kaj im sprudelnden Wasser treibt. Wie sich seine Pumpermuskeln in ein Stück Fleisch in einer kochenden Suppe verwandeln.

Irgendwo in der Nähe ertönt ein leises Platschen. Torbjörn guckt auf den See. Durch den Regen erscheint die Wasseroberfläche wie von Pockennarben übersät, aber Torbjörn sieht nichts, das sich auf dem Kolarsjön bewegt.

Wahrscheinlich war es ein Fisch.

»Es ist sicher am besten, wenn du zuerst einsteigst«, meint Nadja.

Mit einem Mal wirkt das Kanu so winzig. Aber entweder trägt es ihn, oder es geht unter. Torbjörn lässt sich neben ihr auf den Steg sinken. Wasser strömt über die Bretter, während er ein Bein ausstreckt und mit dem gesunden Fuß nach dem Boden des Boots tastet. Das Kanu schaukelt gefährlich auf und ab.

»Es wird kentern«, sagt er.

Aber Nadja erwidert nichts. Sie legt einen warnenden Finger auf ihre Lippen. Er verstummt. Lauscht in die Nacht, bis auch er die Schlotterlaute hört. Es ist das unheimlichste Geräusch, das Torbjörn in seinem ganzen Leben vernommen hat. Und es kommt vom See.

Hastig richtet er sich auf. Das Wasser gluckert sanft, als er einen Schritt zurück macht. Sein Herz krampft sich zusammen, als er bemerkt, dass sich direkt vor dem Steg etwas entlang der Wasseroberfläche bewegt.

nein
nicht etwas
jemand

Es ist ein Kopf. Aber irgendetwas an der Form stimmt nicht.

Ein Arm erscheint auf dem Badesteg.

»I-i-i-i-ich-b-b-b-b-bin's.«

Mit vor Kälte klappernden Zähnen versucht die Gestalt im Wasser etwas zu flüstern. Der Lichtschein von den Hütten fällt auf das Gesicht. Es ähnelt dem von Jonas fast nicht mehr. Ein tiefdunkler Schnitt verläuft quer über die Nasenwurzel. Und irgendetwas ist mit seinen Haaren passiert.

»Jonas?«, haucht Nadja und eilt zum Ende des Stegs.

Sie packt ihn unter den Achseln und zieht, während er im Wasser strampelt. Das Plätschern ist viel zu laut.

Torbjörn sieht zum Ufer. Wie leicht sich jemand zwischen den Bäumen verstecken könnte, oder inmitten der großen Schilfbüschel, die sich im Wind hin und her wiegen.

IST es der Wind? Oder ist da JEMAND?

»Kannst du mit anpacken?«, zischt Nadja leise.

Er reißt den Blick vom Schilf los und dreht sich um. Das Wasser reicht ihm bis über die Knöchel, als er Jonas erreicht und seinen anderen Arm umfasst. Mit aller Kraft an ihm zieht. Jonas stöhnt vor Schmerzen, und Torbjörn fürchtet, dass sie mehr Schaden als Nutzen anrichten, als er eine riesige, offene Wunde quer über Jonas' Brust entdeckt. Seewasser fließt an dem zitternden Oberkörper herab, und endlich schafft es Jonas, ein Knie auf den Steg zu setzen, der ein weiteres Stück unter Wasser sinkt.

Torbjörn lässt ihn los und weicht ein paar Schritte zurück. Sieht, was mit Jonas' Kopf nicht stimmt: Ein breiter Streifen Kopfhaut ist lose, als hätte ihm jemand einen Käsehobel über den Kopf gezogen. Darunter ist etwas Hellrosafarbenes zu erkennen, wahrscheinlich der entblößte Schädel.

wie um alles in der Welt
ist das passiert

Noch während er darauf starrt, dringt frisches Blut unter dem schlaffen Streifen hervor. Wird vom Regen weggewaschen.

Jonas blickt auf. Die Lippen dunkelblau vor Kälte.

»W-w-www-wasw-w-wwwwillssd-du-duhu-du?«, stottert er zwischen den Schüttelfrostanfällen.

»Ich wollte nur helfen«, sagt Torbjörn.

Doch dann begreift er, dass Jonas nicht ihn ansieht.

Torbjörn dreht sich um. Hört Nadja im selben Moment aufschreien, in dem die riesige Gestalt die Holzrampe betritt.

Regentropfen glitzern auf dem Stoff von Kohlis Gesicht. Es sieht aus, als hätte ihn jemand mit Tausenden von kleinen Diamanten bestreuselt.

Er hebt das Gewehr.

Torbjörn kneift die Augen zusammen, denn auf keinen Fall wird Kohli das Letzte sein, das er in seinem Leben sieht. Irgendwo am anderen Ende des Universums wimmert Nadja *nein, nein, nein.*

NADJA

Torbjörns Blut auf ihrem Gesicht ist warm. Kleine Knochensplitter stecken in dem Brei, der über ihre Lederjacke gespritzt ist, und etwas Zähes klebt auf ihren Lippen. Wie vom Schlag getroffen verfolgt sie, wie sein Körper schwer vor ihr auf den Steg kracht. Torbjörns einziges verbliebenes Auge ist geschlossen.

Der Steg unter Nadja gerät ins Wanken, als Kohli von der Rampe steigt. Die Gewehrmündung ist jetzt auf sie gerichtet. Er legt den Kopf schief.

Zumindest wird es schnell gehen, denkt Nadja. Vage nimmt sie einen schwachen Geruch nach Schießpulver wahr, der sie an Feuerwerk erinnert, Silvesterabende.

Klick.

Kohlis breites Lächeln ist unverändert, aber die Gestalt vor ihr erstarrt. Es dauert den Bruchteil einer Sekunde, bis sie begreift.

Klick.

Er hat keine Kugeln mehr.

Er dreht sich so hastig zur Seite, dass Regenwasser von den Garnhaaren in seinem Nacken aufspritzt. Schaut zum Ufer. Vielleicht hat er dort noch mehr Munition.

Das ist ihre einzige Chance. Sie ist verschwindend gering. Aber sie bietet sich, hier und jetzt.

Er ist ein hochgewachsener, starker Mann, der imstande ist zu töten. Ist sie das auch? Sie weiß es nicht. Darf nicht darüber nachdenken. Darf überhaupt nicht denken.

Nadja tastet ihre Lederjacke ab, während sie über Torbjörns Leiche steigt. Aus dem Augenwinkel sieht sie das jämmerliche Ergebnis ihres Versuchs, Torbjörn einen Verband anzulegen, und Trauer und Angst drohen sie zu überwältigen. Sie zwingt sich, sich auf ihren Hass zu konzentrieren. Ihre Hand findet die Jackentasche und schließt sich um das Cuttermesser. Jetzt dreht sich Kohli zu ihr um. Die Augen aus glänzend weißem Stoff scheinen munter zu zwinkern, als er ihr entgegengeht.

Nadja reißt das Cuttermesser aus der Tasche. Hat ihn fast

erreicht, als er das Gewehr mit einer schnellen Bewegung in den Händen dreht und mit dem Kolben ihr Gesicht attackiert. Sie kann sich gerade noch wegducken. Als sie die Messerklinge herausschieben will, rutschen ihre nassen Finger vom Stellknopf.

Wieder hebt er das Gewehr. Macht einen geschmeidigen Schritt zur Seite. Seine Körpersprache hat etwas Spielerisches an sich, das viel zu gut zu Kohlis manischem Lächeln passt. Er macht einen weiteren jähen Ausfallschritt nach vorn, und der Gewehrkolben trifft sie mitten auf die Stirn.

Das Pfeifen in ihrem Kopf übertönt alle übrigen Geräusche, sie klingen dumpf und weit entfernt. Schwarze Punkte tanzen vor ihren Augen, und die Lampen bei den Hütten scheinen zu schrumpfen. Sie blinzelt energisch. Hat das Gefühl, ihr sei der Schädel geplatzt, und trotzdem ist der Schmerz weit weg, als beträfe er sie gar nicht richtig. Nadja klammert sich an ihr Bewusstsein. Zwingt sich, nicht vor dem schwarzen Meer zu kapitulieren, das sie zu verschlingen droht. Presst ihren Daumen wieder auf den Knopf des Cuttermessers und schiebt die lange Messerklinge endlich ganz hinaus.

Er mag größer und stärker sein, dafür ist sie kleiner und wendiger.

Nadja wirft sich nach vorn. Zielt auf seine Kehle, aber die spitze Klinge durchschneidet den Stoff von Kohlis Wange, direkt neben dem breit lachenden Mund. Stößt dahinter auf etwas Festes, Fleischiges.

Hastig weicht sie zurück, begibt sich außer Reichweite. Ihre Fersen stoßen gegen Torbjörns Leichnam, so dass sie beinahe das Gleichgewicht verliert. Sie sieht, dass die Klinge des Cuttermessers entlang einer der diagonalen Furchen abgebrochen ist. Sie ist jetzt viel kürzer.

der Rest steckt immer noch in ihm

Ein Blutfleck breitet sich explosionsartig auf Kohlis Wange aus. Sein Brüllen dringt durch den Pfeifton in ihrem Kopf; er lässt das Gewehr fallen.

Die Welt scheint stillzustehen, als es mit lautem Krachen zwischen ihnen auf dem Steg aufprallt.

Sie werfen sich gleichzeitig zu Boden. Ihre Hände schließen sich um den Lauf, ziehen die Waffe weg, bevor er sie zu fassen bekommt. Das Metall fühlt sich warm in ihren unterkühlten Händen an, und das Gewehr ist leichter, als sie erwartet hat. Sie nimmt einen neuen Hauch Schießpulvergeruch wahr, als sie es anhebt und den Kolben mit ganzer Kraft gegen Kohlis Mund rammt.

Etwas unter dem dünnen Stoff zerbricht. Ein weiteres Aufheulen dringt unter dem Kopf des Maskottchens hervor. Es klingt mehr nach Wut als nach Schmerz, und auf einmal weiß sie, dass sie augenblicklich verschwinden muss. Bisher hatte sie Glück, aber es wird nicht für immer auf ihrer Seite sein.

Nadja wirbelt herum. Sieht, dass Jonas das Kanu zum Ende des Stegs gezogen hat. Will gerade hineinspringen, als in ihrem Bein ein flammender Schmerz entbrennt.

Sie sieht nach unten. Kohli steht auf allen vieren auf dem Steg. Hält krampfhaft ein Messer umklammert, dessen Klinge sich in ihren Schenkel bohrt, fast ganz bis zum Schaft. Das Blatt hat den nassen Jeansstoff und ihr Fleisch widerstandslos durchschnitten. Die Messerspitze schabt gegen ihren Schenkelknochen, und mit einer Art distanzierter Faszination trifft sie die Erkenntnis, dass es dasselbe Messer ist, mit dem er auch Kaj und Ingela ermordet hat.

Nadja hebt das Gewehr erneut. Lässt den Kolben so hart wie möglich auf den Nacken unterhalb des großen Schlapphuts hinuntersausen; die Erschütterung des Treffers ist bis in ihre Arme zu spüren.

Er kippt zur Seite, und die Messerklinge gleitet aus ihrem Schenkel. Die letzten Schritte bis zum Ende des Stegs humpelt sie.

Jonas hat sich auf den Vordersitz des Kanus gesetzt. Sieht sie mit großen, furchterfüllten Augen an, als sie hineinsteigt. Es wackelt, aber das Kanu kentert nicht.

Schwankende Schritte auf dem Steg hinter ihr.

»Dreh dich nach vorn!«, schreit sie und stößt sich vom Steg ab.

Lautlos gleitet das Kanu im Wasser davon. Nadja versucht, den Gewehrkolben als Paddel zu benutzen, aber der Lauf entgleitet ihr schon nach wenigen Schlägen. Die Waffe sinkt im Handumdrehen. Nadja fällt auf die Knie, um mit den Händen zu paddeln. Die Wunde an ihrem Bein brennt entsetzlich, aber Nadja paddelt weiter. Schreit Jonas zu, es ihr nachzutun.

Adrenalin schießt durch ihren Körper, es geht nur noch darum, wegzukommen. Weg, weg, nichts wie weg von hier, aber sie weiß, dass sie ernsthaft verletzt ist.

Etwas zischt an ihrem Kopf vorbei; das Messer landet im See.

Sie wagt nicht, sich umzudrehen. Paddelt unermüdlich weiter durch das kalte, schwarze Wasser.

KOLARSJÖNS STUGBY

Amir steht einsam am Fenster in Zimmer 12. Sie haben einen Schuss von draußen gehört. Er denkt an Nadja und wünscht sich, er würde an etwas glauben, zu dem er beten könnte.

Immerhin wäre das etwas, das er *tun* könnte. Er würde sich weniger machtlos fühlen. Stattdessen schaut er zum wiederholten Mal auf seine Handyuhr. In ungefähr fünf Stunden kommt diese Wilma von SBFF. Sobald er das Auto hört, wird er in den Flur rennen und das Fenster auf der Hausvorderseite öffnen. Er versucht daran zu glauben, dass sie Hilfe holen kann, aber Torbjörns Stimme spukt in seinem Kopf herum. *Sie wird Jonas' vermaledeitem Maskottchen vermutlich direkt in die Arme laufen. Oder einen Kopfschuss kassieren.*

Auf einmal kommt es ihm absurd vor, dass sein größtes Problem bis vor einigen Stunden Jonas war. Am meisten Sorgen hatte sich Amir darüber gemacht, wie es mit seiner Arbeit weitergehen sollte. Und er hatte auf den richtigen Augenblick gewartet, Lina seine Gefühle für sie zu gestehen, als bliebe ihm dafür alle Zeit der Welt.

Eva sitzt auf dem Bett. Presst noch immer das gehäkelte Zierkissen an ihre Brust. Sie wagt nicht, die Augen zu schließen, ja, nicht einmal zu blinzeln, denn jedes Mal sieht sie Anette noch einmal sterben. Während sie hier saß, hat sich in ihr die Überzeugung gefestigt, dass Lappå derjenige ist, den sie auf der Terrasse gesehen hat. Der Bauer hat genau diese Statur, ist genauso kompakt. *Er muss es sein.*

Lina hat sich neben dem Kleiderschrank auf den Boden sinken lassen und ihr Handy hervorgeholt. Ein matter, gespenstischer Lichtschein leuchtet von ihrem Teil des Zimmers in den restlichen Raum. Der Schuss hat sie erkennen lassen, was sie zu tun hat. Sosehr sie auch überleben will, damit rechnen kann sie nicht.

Im Kanu stellt Nadja das Paddeln ein. Sie kniet immer noch auf dem Boden, keucht atemlos, schwitzt unter der Jacke. *Warte*, sagt sie und schaut auf Jonas' zitternden Rücken, der sich blass vom finsteren Wasser vor dem Bug abhebt. Nadjas Arme zucken vor Erschöpfung. Das Adrenalin in ihrem Körper ebbt ab, und der Schmerz in ihrem Bein lässt sich nicht länger verdrängen. Eigentlich sollte sie nachsehen, wie schwer ihre Verletzungen sind, aber sie traut sich nicht. Mit einem Blick über die Schulter versucht sie zu erkennen, wie weit sie bereits gekommen sind. Die kühle Brise streichelt ihr Gesicht. Hier draußen ist es schwer, die Distanz richtig einzuschätzen. Durch die Lampen leuchten vereinzelte Inseln aus Licht im Dunkeln auf. Ihr Jäger ist nicht mehr auf dem Steg zu sehen. Torbjörn ist allein zurückgeblieben. *Bestimmt friert er*, denkt sie. Doch dann erinnert sie sich daran, dass Torbjörn nie wieder frieren, nie wieder einen seiner unendlichen Monologe halten oder seinen Hund wiedersehen wird. Nadja will heulen, aber in ihrem Inneren ist alles verstummt. Sie sucht die Dunkelheit entlang des Strands ab. Entdeckt niemanden. Denkt an das Gewehr, das jetzt auf dem Grund des Sees liegt. Niemand wird je wieder damit erschossen werden. Immerhin ein kleiner Sieg. Aber der Gedanke an das Gewehr lässt sie auf ihre Jacke schauen.

Sogar in der Finsternis hier draußen leuchten die Knochensplitter schwach. Sie fühlt in ihren Haaren nach. Findet noch mehr Überreste von Torbjörns Kopf, die der Regen nicht weggespült hat.

Am Bug dreht sich Jonas zu ihr um, als sie vor lauter Panik doch zu weinen beginnt. Seine Augen heften sich auf ihren aufgeschlitzten Schenkel, und was er sieht, erfüllt ihn mit Entsetzen.

Der Mann im Tarnanzug schließt die Tür zum Hotel auf. Er blickt sich in der Eingangshalle um und horcht in das Haus hinein, bevor er Kohlis Kopf absetzt. Der Stoff hat sich mit der Schnittwunde auf seiner Wange verklebt, und er schnaubt laut auf.

Lina sieht in ihr blau schimmerndes Gesicht auf dem Handydisplay. Versucht zu lächeln und drückt den Aufnahmeknopf. »Hallo, meine Süßen«, flüstert sie, während die Sekundenanzeige zu laufen beginnt. »Ich weiß nicht so richtig, wie ich euch das erklären soll, aber ..., wenn ihr das hier seht, dann gibt es mich sehr wahrscheinlich nicht mehr. Und ich wollte nur sagen, dass ... ich weiß, dass ich manchmal traurig war und bestimmt dumme Sachen gesagt habe, aber denkt daran, dass es nie eure Schuld war, mich haben andere Dinge traurig gemacht. Ihr habt mich immer froh gemacht.« Ihr Lächeln erstirbt. Sie beendet die Aufnahme und löscht das Video. Noah und Oscar sollen nicht auch noch ihr schlechtes Gewissen auf sich nehmen müssen. Sie räuspert sich. Wischt die Tränen beiseite und beginnt von vorn.

Eva ist klar geworden, dass sie die Form des Zimmers kennt. Hinter den Tapeten und den schicken Möbeln kann sie den ehemaligen Aufenthaltsraum vor sich sehen. Die Brettspiele mit den ständig fehlenden Spielfiguren, Fragekarten und Buchstabensteinen. Der Fernseher auf seinem Metallgestell, dort wo sich jetzt der Kleiderschrank befindet. Tagsüber die gellenden eingespielten Lacher, abends die ewigen Seifenopern, bis ihre Tochter eines Tages das Kabel herausriss und das Gerät in einem ihrer unerklärlichen Wutanfälle die Treppe hinunterstieß. Eva schielt zu Lina hinüber, die wieder in ihre Kamera flüstert.

»Ich liebe euch so sehr«, sagt sie. »Und ich habe es geliebt, eure Mama zu sein. Ihr seid das Beste auf der ganzen Welt. Und wenn wir uns nicht mehr wiedersehen, versuche ich trotzdem, für euch da zu sein, wenn ihr mich braucht. Ich werde alles tun, was ich nur kann, um euch zu helfen, wenn ihr Mut braucht, und euch trösten, wenn ihr traurig seid. Und ... und es gibt noch so viel mehr, das ich euch sagen will, aber ... vor allem will ich, dass ihr aufeinander aufpasst. Denkt daran, dass ihr euch gegenseitig liebhabt, auch wenn ihr mal streitet.«

Amir sieht ebenfalls zu Lina. Er hat Noah und Oscar nur ein paar Mal auf der Arbeit getroffen. Für sie ist er niemand Besonderes, aber er hat sich oft gefragt, wie es wohl wäre, ihr Bonuspapa zu sein.

Im Erdgeschoss betritt der Mann die kleine Toilette neben dem Rezeptionstresen. Er schiebt das Nachtsichtgerät auf die Stirn und schaltet das Licht an. Zuckt zusammen, als er sich im Spiegel betrachtet. Die Nase ist gebrochen und die gesamte untere Gesichtshälfte blutverschmiert. Dort wo das Cuttermesser seine Wange durchstochen hat, klafft ein Loch. Es hat seine Zunge an der Seite aufgeschlitzt und steckt im Gaumen fest, die Klinge ist abgebrochen. Er spuckt hellrotes Blut ins Waschbecken. Kramt eine Ketamintablette aus einer der vielen Taschen seines Overalls, wirft sie in den Mund und beugt sich zum Wasserhahn vor. Ein Gemisch aus Wasser und Blut tropft beim Trinken aus dem Loch in der Wange und bildet wirbelförmige Muster auf den gemalten Kornblumen des Porzellanbeckens. Er schluckt und richtet sich wieder auf. Tupft sich vorsichtig mit dem Handtuch ab, das immer noch feucht ist, nachdem Nadja sich damit die Hände getrocknet hat.

»Ich muss jetzt aufhören«, sagt Lina. »Vergesst niemals, dass ihr das Beste seid, das mir je passiert ist. Und ich bin so froh, dass ich eure Mama sein durfte.« Schnell beendet sie die Aufnahme, bevor sie hemmungslos zu weinen anfängt. Legt das Handy zur Seite und sieht zu Amir auf. Bittet ihn, sie in den Arm zu nehmen.

JONAS

Seine Zähne klappern so heftig, dass sie die Unterlippe aufgerissen haben.

Er zieht die Hände aus dem kalten Wasser. Seine Schultern und Brustmuskeln zittern vor Anstrengung. Die Wunden an seinem Oberkörper haben wieder zu bluten begonnen.

»Jonas, du darfst nicht aufhören zu paddeln«, mahnt Nadja hinter ihm.

Aber er kann sich nicht dazu durchringen, weiterzukämpfen.

»Wir müssen weitermachen«, drängt sie.

Als wäre es eine Tatsache.

Weitermachen? Wieso denn? Was für einen Wert hat es, zu überleben?

Sein Leben ist zerstört. Er hat alles verloren, und er kann nicht länger so tun, als würde alles wieder in Ordnung kommen.

Nadja hat mit aller wünschenswerten Deutlichkeit bewiesen, dass niemand verstehen wird, was er zustande gebracht hat. Sie *wollen* es nicht verstehen. Im Speiseraum hat sich deutlich gezeigt, wie leicht es war, sie allesamt gegen ihn zu wenden. Und damit gibt Nadja sich nicht zufrieden. Sie hat etwas von einer E-Mail gesagt. Bald steht wirklich niemand mehr auf seiner Seite. Und keiner wird ihm zuhören.

Jonas wird etwas klar, und auf einmal fühlt er sich so schwer wie ein Stein – wie ein Felsbrocken, er sollte untergehen mitsamt dem Kanu und allem anderen.

Einige der Dinge, die Nadja weiß, kann sie nur erfahren haben, wenn sie mit SBFF gesprochen hat. Was hat sie den Leuten dort erzählt? Hat sie ihn dort ebenfalls verleumdet?

Wenn SBFF ihm jetzt auch den Rücken zukehrt, gibt es für ihn keinen Ausweg mehr.

Die Kälte in seinem Körper wird immer schlimmer.

»Jonas?«, fragt Nadja. »Kannst du noch?«

»Ich weiß es nicht«, antwortet er.

Er will nicht mehr in die undurchdringliche Finsternis starren. Es ist, als wäre er erblindet. Er schließt die Augen.

Jeder Regentropfen schmerzt auf seiner skalpierten Kopfhaut. In den Wunden pocht und brennt es. Verdammt, wie wird er überhaupt aussehen, falls er das hier überlebt? Er schluchzt, aber es kommen keine Tränen.

»Jonas? Was hat er mit dir gemacht?«

Der Terrier, der niemals lockerlässt. Der sich weigert, ihn in Ruhe zu lassen.

»Er hat eine Falle aufgestellt.«

Es klingt so verflucht lächerlich. Er will nicht darüber sprechen.

»Woher kamt ihr, Torbjörn und du?«, fragt er, bevor sie weiter nachhaken kann.

»Wir haben uns im Spielhaus versteckt.« Es klingt, als würde Nadja gleich wieder weinen. »Und ... und es tut mir so leid ... aber Ingela ist tot. Er hat sie dort hingebracht.«

Jonas wird vollkommen still. Sogar seine Zähne hören auf zu klappern.

Natürlich wusste er es im Grunde bereits. Es gab keine andere Antwort auf die Frage, wo Ingela abgeblieben ist. Aber es ist etwas völlig anderes, Gewissheit zu haben.

Er wirft einen Blick in Richtung Land. Sieht den erleuchteten Weg zu den Hütten. Erinnert sich, wie er Ingela dort zurückgelassen hat. Sie stand mitten in einer Insel aus Licht. Ein Spot auf einer Bühne. Ist es dort passiert?

Die Kälte macht sich wieder bemerkbar, als er begreift, wie

nah er selbst dem Mörder in diesem Fall gewesen ist. Es hätte ebenso gut ihn treffen können. Dann wäre er im Spielhaus deponiert worden.

Wieder schluchzt Jonas, und dieses Mal laufen heiße Tränen über seine unterkühlten Wangen.

»Es tut mir wirklich leid«, wiederholt Nadja.

»Du brauchst nicht so zu tun, als wäre ich dir wichtig. Oder Ingela.«

Er schaut zum Whirlpool mit der verschlossenen Abdeckung. Vielleicht hatte Kaj Glück. Er musste nur ein paar Minuten dagegen ankämpfen.

Sie werden es nicht schaffen. Sie werden hier draußen sterben.

»Jonas«, sagt Nadja leise. »Selbstverständlich bist du mir wichtig. All die anderen Dinge spielen doch *jetzt* keine Rolle.«

»Für dich ist es ja auch verdammt einfach, das zu sagen.«

Das Kanu schaukelt hin und her, als er vom Boden aufsteht und sich ihr gegenüber auf die Bank setzt.

»Bleib bitte ruhig sitzen«, sagt sie und klingt ängstlich.

Eine Genugtuung.

»Ingela und ich haben uns gestritten, als wir zum letzten Mal miteinander geredet haben, und das war *eure* Schuld«, sagt er anklagend. »Und jetzt ist sie *tot*.«

EVA

Eva sitzt auf dem Bett und starrt zum Fenster. Von hier aus sieht sie nur den schwarzen Nachthimmel, aber sie kann sich nicht zum Zimmer umdrehen. Amir sitzt hinter ihr auf dem Boden und hält Lina umarmt. Ihr Weinen ist so herzergreifend, dass Eva es fast nicht aushält. Sie fühlt sich wie ein Eindringling. Der Moment ist viel zu intim.

Was würde sie selbst sagen, wenn sie eine Nachricht an ihre Tochter aufnehmen wollte? In diesem Zimmer, ausgerechnet hier. Aber sie hat Helene nichts mehr zu sagen.

Wird sie mich überhaupt vermissen?

Eva weiß es nicht. Sie hat keine Ahnung mehr, wer sie für ihre Tochter ist, außer der Person, an der Helene all ihren Zorn und ihre Frustration auslassen kann, all ihre Trauer darüber, dass sie die Welt nicht versteht, sich selbst nicht versteht.

Sie hatte eine solche Angst, hierherzukommen. Angst vor all den Erinnerungen an Helene, die wie Gespenster hinter jeder Ecke lauern würden. Aber das eigentliche Gespenst ist sie selbst.

Einige der schlimmsten Momente ihres Lebens haben sich hier abgespielt, aber damals hatte sie immer noch Hoffnung für Helene. War immer noch überzeugt davon, dass Knut und sie irgendwie die Zauberformel ausfindig machen würden, mit der sich alle Probleme lösen ließen. Dass die richtige Therapeutin oder der richtige Psychologe zu ihr durchdringen, dass eines der Medikamente oder eine der regelmäßig wechselnden Diagnosen helfen würden.

Es heißt, man ist nie glücklicher als sein unglücklichstes Kind, und Evas Tochter ist schon ihr ganzes Leben lang todunglücklich.

Es ist über zwanzig Jahre her, dass sie Helene wieder nach Hause geholt haben. Das war der Punkt, an dem Eva die Hoffnung aufgab. Die Erinnerung an die Person, die sie damals war, spukt hier herum und rasselt mit den Ketten. Erinnert sie an das Schwerste von allem, an das, was am meisten schmerzt.

Dass sie ihre Tochter aufgegeben hat.

Trotzdem hat sie Helene wieder zu Hause einziehen lassen. Knut hat die Nase voll, aber Eva lässt ihn ihr Kind nicht auf die Straße setzen.

Sie werden niemals frei sein. Helene kommt immer wieder zurück.

Vor zwei Monaten stand sie erneut auf der Eingangstreppe, ihr gesamtes Leben in eine Reisetasche und zwei Pappkartons gepackt. Rausgeworfen von ihrem letzten Freund. Ein weiterer Knastbruder und Junkie, den sie mit ihrer desperaten Liebe zu heilen versucht hatte. Sie will diese Männer wieder ganzmachen und dabei selbst Heilung finden. Aber es funktioniert nie.

Helene ist jetzt über vierzig, ihr letzter Freund war erst siebenundzwanzig, und ihre Liebe war wie die von Teenagern. Als es zu Ende ging, war Helene zerstörter, als Eva es je gesehen hatte. Helene ließ all ihren Schmerz mit Stößen, Schlägen und Tritten an Eva aus. Als ihr Freund es sich anders überlegte, nachdem er aus seiner Wohnung in der Innenstadt flog, wurde es noch schlimmer. Aber Eva sprach schließlich ein Machtwort und verbot ihm, auch noch bei ihnen einzuziehen.

Hinter ihr bewegt sich etwas. Sie dreht sich um und sieht, dass Amir aufgestanden ist. Er zieht auch Lina vom Fußboden hoch.

Nach und nach nimmt sie ein rhythmisches Stampfen wahr.

Zielstrebige Schritte nähern sich, steigen die Treppe nach oben, sind auf dem Weg in dieses Stockwerk.

Er versucht nicht einmal mehr zu schleichen. Die Schritte scheinen im gesamten Haus zu vibrieren.

Eva erhebt sich vom Bett. Lässt das Kissen zu Boden fallen.

Wie eine geballte Faust presst die Angst ihr jegliche Kraft aus Armen und Beinen, macht es ihr unmöglich, auch nur einen weiteren Schritt zu gehen.

NADJA

Nadja hat wieder mit dem Paddeln angefangen. Kniend schiebt sie mit den Handflächen Wasser nach hinten, immer und immer wieder.

Jonas hat aufgegeben. Sitzt stumm im Bug und starrt sie an. Nadja zwingt sich dazu, sich auf den Wind in ihrem Rücken zu konzentrieren, der sie weiter auf den See hinaustreibt. Aber als sie einen Blick zurück an Land wirft, kann sie trotz ihrer Bemühungen nicht feststellen, dass sich der Abstand zum Ufer vergrößert hätte.

Nadja hält inne, lässt die Arme schwer über den Rand des Kanus baumeln. Sie keucht angestrengt. Bald sind ihre letzten Energiereserven aufgebraucht. Ihr Bein tut so weh, dass ihr ganz schlecht ist, dabei hat sie noch nicht einmal gewagt, die Wunde anzusehen.

Sie blickt zu den funkelnden Lampen am Strand und versucht sich daran zu erinnern, wie der See bei Tageslicht ausgesehen hat. Überschlägt die Entfernung im Kopf; bis zur anderen Seeseite ist es mindestens doppelt, wenn nicht sogar dreimal so weit. Und sie weiß nicht einmal, was sie tun sollen, falls sie es überhaupt bis dorthin schaffen. Weder Jonas noch sie sind in der Verfassung, irgendwelche Felsen zu erklimmen.

Plötzlich kommt ihr ein Gedanke. Sie zieht das Handy aus

der Jackentasche. Die Anzeige auf dem Display gibt an, dass es nur noch zehn Prozent Akkuleistung hat. Und immer noch keinen Empfang. Aber wenn sie nur weit genug auf den See hinauspaddeln, kann der Störsender die Funksignale womöglich nicht länger blockieren. Vielleicht müssen sie nicht einmal das Kanu verlassen, um Hilfe zu rufen.

Eine neue Schmerzwelle überrollt sie, der Brechreiz wird übermächtig. Sie denkt an das Messer, an das Schaben an ihrem Schenkelknochen. Doch weigert sie sich hartnäckig, die Wunde zu inspizieren. Hier draußen kann sie sowieso nichts dagegen tun.

Es fühlt sich bestimmt schlimmer an, als es ist.

»Jonas?«, sagt sie mit zitternder Stimme. »Ich weiß, dass du Schmerzen hast, aber wir müssen weitermachen. Mit etwas Glück können wir einen Notruf absetzen, wenn wir in die Nähe des anderen Seeufers kommen.«

Jonas erwidert nichts. Nadja sieht auf. Das Blut, das ihm über die Stirn rinnt, wirkt schwarz wie Pech. Ihr wird bewusst, dass es nicht mehr regnet.

»Bitte, hilf mit. Ich schaffe es nicht allein«, sagt sie.

Aber sie ist sich nicht sicher, ob Jonas sie überhaupt gehört hat. Verlangt sie etwas Unmögliches von ihm? Er ist ähnlich schwer verletzt wie sie, und sie weiß nicht, wie lange er sich vorher in dem eiskalten Wasser befunden hat.

Sie zieht ihre Jacke aus. Die kalte Nachtluft an ihrem schweißnassen Rücken zu spüren ist beinahe angenehm, aber sie weiß, dass sie schon bald frieren wird.

»Nimm die, zumindest für einen Moment«, fordert sie ihn auf.

Jonas greift wortlos nach der für ihn viel zu kleinen Jacke. Am ganzen Körper bebend und mit unbeholfenen Fingern versucht er seine Arme in die Ärmel zu stecken. Das Kanu schaukelt während der umständlichen Prozedur. Krampfhaft umklammert Nadja den Rand des Kanus, bis Jonas endlich in die Jacke geschlüpft ist. Sie geht ihm nur bis zum Nabel. Die Ärmel reichen bis knapp über die Ellbogen.

»Das mit IKEA war möglicherweise eine kleine Notlüge«, sagt er unvermittelt und zieht den Reißverschluss hoch. »Aber das habe ich nur gesagt, um das Projekt ein wenig anzukurbeln. Sonst hätten Ingela und die anderen es nie gewagt.«

In seinen Augen liegt ein sonderbares, viel zu intensives Leuchten.

»Und es ist ja nicht gesagt, dass IKEA später nicht doch noch kommt«, fügt er hinzu.

»Hör auf«, sagt sie. »Das spielt keine Rolle. Wir müssen hier weg. Wir müssen Hilfe holen.«

»Für mich spielt es eine Rolle.«

Nadja erwidert nichts. Es gibt nichts mehr zu sagen.

»Wirst du diese Mail abschicken, wenn wir das hier überstehen?«

Er fährt sich mit seiner gewohnten Geste durchs Haar und verzieht vor Schmerz das Gesicht, als der breite Streifen Kopfhaut verrutscht.

Der Wind streichelt mit kalten Fingern über Nadjas bloßen Rücken.

»Das ist mir im Moment wirklich scheißegal«, sagt sie.

»Versprich mir, dass du sie nicht abschickst«, beharrt er. »Denn sonst weiß ich nicht, welchen Sinn es haben soll, es überhaupt zu versuchen.«

Nadja betrachtet die traurige, zitternde Gestalt vor sich.

Mittlerweile bebt auch sie vor Kälte.

Wie viel Zeit bleibt noch, bis ihre letzten Kräfte schwinden? Ist es schon zu spät?

»Ich verspreche es«, sagt sie.

Sie müssen weg. Und dafür braucht sie Jonas' Hilfe. Sie sitzen buchstäblich im selben Boot. Was für eine Ironie.

AMIR

Sie stehen regungslos in der Zimmermitte. Lauschen den Schritten, die sich durch den Flur nähern. Amir bricht kalter Schweiß aus. Er hält Linas Hand fest umklammert. Hinter ihm atmet Eva schwer.

Er schaut zu der Kommode, die sie vor die Tür geschoben haben, sieht die leichten Kratzspuren, die sie auf dem Holzboden hinterlassen hat. Sie war schwer, aber ist sie schwer genug? Sollten sie schon jetzt die Flucht ergreifen? Aber was sollen sie draußen tun, im Kalten und Dunkeln? Wohin sollen sie fliehen?

Linas Hand drückt seine, als von der Tür ein metallisches Schaben zu hören ist.

»Er hat einen Schlüssel«, flüstert Amir.

Im nächsten Augenblick gleitet er ins Schloss.

Die Klinke wird heruntergedrückt. Stößt gegen die Hinterwand der Kommode.

Jetzt weiß er, dass wir hier drinnen sind.

Der Schweiß dringt Amir nun aus sämtlichen Poren.

Eine Sekunde vergeht. Zwei. Er spürt, wie sich seine Nerven immer stärker anspannen.

Ein schwerer Körper wirft sich von außen gegen die Tür. Auf der Kommode klirren die Messer. Ein dröhnendes Scharren, als sich das Möbelstück einige Millimeter nach vorn bewegt.

Amir lässt Linas Hand los und hastet zur Kommode.

Stemmt sich mit dem Rücken dagegen und wappnet sich für den nächsten Stoß.

Lina stellt sich neben ihn. Sie schauen einander in die Augen, als sich der Mann im Flur erneut gegen die Tür wirft. Wieder klirren die Messer. Eines fällt scheppernd zu Boden.

Der Mann rammt die Tür ein drittes Mal, bevor Amir sich darauf vorbereiten kann.

Wieder. Und wieder. Sie halten dagegen, aber der Mann draußen wird nicht aufgeben. Es ist wie in einem Albtraum aus der Kindheit. Neue Kratzgeräusche, als das Möbel auf derselben Stelle millimeterweise vor- und zurückgeschoben wird.

Sie müssen fort von hier. Er sieht Lina an, dass sie dasselbe denkt, und er wendet sich an Eva, die immer noch in der Zimmermitte steht, ohne den Blick von der Tür zu nehmen.

»Wir müssen hier raus«, wispert er. »Nimm die Feuertreppe, solange wir hier dagegenhalten.«

Eva schüttelt nur stumm den Kopf. Ein neues, anderes Krachen erschallt an der Tür, Holz birst. Direkt hinter Amirs Nacken. Und er begreift, dass es eine Axt ist.

JONAS

In der Stille der Nacht sind die Schläge aus dem Haus sogar bis auf den See hinaus zu hören.

Die Fassade verrät nichts über das, was hinter ihr geschieht.

Von hier aus sieht die Hotelanlage beinahe friedvoll aus. Wie ein Ort, an dem sich nichts Böses zutragen könnte.

»Jonas?«

Er wird zurück in die Realität gerissen.

Es gefällt ihm nicht, hier zu sein. Es ist kalt, und seine Wunden schmerzen überall.

Als er sich bewegt, um eine bessere Position zu finden, spürt er, wie die Lederjacke an seinem Rücken spannt.

»Wir haben es eilig, hast du nicht gehört?«, sagt Nadja.

Ein neuer Knall aus dem Hotel lässt sie zusammenzucken. Verzweifelt sieht sie ihn an.

Sie will diejenigen retten, die noch im Haus sind. Aber wieso sollte *er* für Amir und Lina kämpfen? Sie haben alles geschluckt, was Nadja ihnen erzählt hat.

Und er hat diesen grässlichen Maskottchenkopf aufgezogen.

Das beschissene Symbol für das Einkaufszentrum.

Nadja ließ es sogar so klingen, als wäre das, was gerade vor sich geht, *seine* Schuld. Ihr Versprechen ist keinen Pfifferling wert, geht ihm auf. Sie wird ihre Hexenjagd auf ihn selbstverständlich fortsetzen, sobald sie diese Sache hier hinter sich haben.

»Jonas, was ist los mit dir?«, fragt sie und schluchzt kurz.

Ein neuer Schlag aus dem Haus.

Bald sind vom Team des kommunalen Erschließungsamts nur noch Nadja und er selbst übrig.

Sie lehnt sich vor und hält ihre Hände in den See. Versucht, weiter zu paddeln, aber er sieht, wie erschöpft sie ist.

Sie ist schwer verletzt. Hat schlimme Schmerzen. Und sie scheint nicht begriffen zu haben, wie schlecht es um ihr Bein bestellt ist. So wie sie jetzt dakniet, klafft der Riss in ihrer Jeans auseinander und entblößt die Wunde darunter, aber ihm ist aufgefallen, dass Nadja selbst es vermeidet, hinzusehen.

»Ich schaffe das hier nicht allein«, sagt sie.

Ihre Augen sind weit aufgerissen. Voller Panik. Sie hat ihn schon immer an irgendein Tier erinnert. Ihr Gesicht scheint wie dafür gemacht, in eine Disney-Figur verwandelt zu werden. In diesem Moment kommt ihm eine Erkenntnis, deutlicher als je zuvor.

Leidende Tiere muss man erlösen. Alles andere wäre barbarisch.

Es ist ein kristallklarer, völlig logischer Gedanke.

Wieder spannt die Lederjacke an seinem Rücken. Es dauert einen Moment, bis ihm klar wird, dass er bereits mit den Fingern nach der rechten Tasche tastet, in die er sie das Cuttermesser hat stecken sehen.

Wenn Nadja hier draußen auf dem See etwas zustoßen sollte, würde niemand jemals erfahren, wie es passiert ist.

Sie wäre einfach nur ein weiteres Opfer des Massakers am Kolarsjön. Und er wäre der Mann, der sie zu retten versuchte.

Niemandem käme der Gedanke, irgendwelche Verträge zu überprüfen. Niemand würde mehr versuchen, ihn in den Dreck zu ziehen.

Er wäre ein Held.

LINA

Lina müht sich damit ab, die Fensterhaken zu lösen. Das Geräusch eines weiteren Axthiebs ertönt im Zimmer, die Erschütterung hallt in ihrem ganzen Körper wider.

Immer wieder entgleiten ihren schweißnassen Fingern die Metallösen. Ein weiterer Hieb gegen die Tür. Sie hört Holz splittern und weiß, dass er das Türblatt gleich zertrümmert hat.

Endlich gelingt es ihr, den letzten Haken zu öffnen. Sie schiebt beide Fensterflügel weit auf. Kalte Luft strömt herein. Als sie sich umdreht, sieht sie die Panik in Amirs Blick. Über der Kommode ist jetzt ein Spalt zu sehen. Das helle Holz hebt sich vom Farbanstrich der Tür ab wie eine Fleischwunde.

Eva steht wie angewurzelt in der Mitte des Zimmers. In ihrem langen Nachthemd und der Strickjacke, die ihr lose von den Schultern hängt, wirkt sie auf einmal so alt und zerbrechlich. Lina zischt ihr zu, endlich zu kommen. Aber Eva schüttelt den Kopf.

»Ich kann nicht.«

»Was heißt das, du kannst nicht? Du konntest doch verflixt noch mal Zipline fahren, dann kannst du doch wohl eine Feuerleiter runterklettern!«

Aber Eva schüttelt nur wieder den Kopf. Hinter Lina lässt der Wind die Fenster klappern.

»Beeilt euch!«, presst Amir hervor, als die Axt von neuem in die Tür kracht.

Diesmal dringt der gesamte Axtkopf hindurch, und es gibt einen Heidenlärm, als der Mann vor der Tür am Schaft rüttelt. Auf der Axtschneide prangen Blutflecken. Licht sickert aus dem Korridor ins Zimmer. Sie kann den großen Schlapphut erahnen.

Lina bedeutet Eva mit hitzigen Gesten zu ihr zu kommen, doch Eva weicht zurück zum Kleiderschrank.

»Ich kann nicht mehr. Ich kann nicht noch mal wegrennen.«

Sie öffnet den Schrank. Setzt sich auf einen Regalboden in Kniehöhe. Neben ihr hängen Ingelas Kleider von den Kleiderhaken wie abgezogene Felle.

Nach einem weiteren Hieb löst sich ein längliches Stück Holz aus der Tür. Viel zu dicht neben Amirs Kopf. Sein Gesicht glänzt vor Schweiß. Es bleibt keine Zeit mehr, Eva weiter zu überreden.

Lina fegt die Geranientöpfe von der Fensterbank und schwingt ein Bein darüber. Schaut die Leiter hinunter. Der gelbe Lichtschein von der Terrasse erhellt die Leiter vor der Hauswand. Sie schlingt die Arme um den Fensterrahmen und streckt das Bein aus, tastet mit dem Fuß, bis sie eine Sprosse erwischt. Lässt sich seitwärts über den regennassen Fenstersims gleiten.

Amir schreit irgendetwas, das in einem lauten Knirschen untergeht. Als Lina wieder ins Zimmer blickt, sieht sie, wie der Mann mit den Händen ein Holzstück aus der Tür hebelt. Bald ist das Loch groß genug, dass er einen Arm hineinstrecken kann. Amirs Haar packen kann.

Lina umklammert den Fensterrahmen fester und hebt das andere Bein über die Fensterbank. Nimmt aus dem Augenwinkel wahr, wie die Tür des Kleiderschranks zugleitet.

Auf einmal hält Kohli auf dem Korridor inne. Sie erkennt nur seine Silhouette, von hinten angestrahlt, aber irgendwie *weiß* sie, dass er sie gesehen hat. Alles Blut scheint ihr aus dem Kopf zu weichen. Sie klettert die Feuerleiter hinunter. Sieht gerade noch, wie Amir das zu Boden gefallene Messer an sich reißt und zum Fenster hechtet.

So schnell sie kann, klettert sie weiter nach unten. Hört, wie oben im Zimmer die Beine der Kommode über den Fußboden scharren.

NADJA

Jemand klettert aus einem Fenster im Obergeschoss die Feuerleiter hinunter. Nadja kneift die Augen zusammen, glaubt, den gemusterten Stoff von Linas Bomberjacke zu erkennen. Und jetzt taucht eine zweite Person im Fenster auf. Streckt ein Bein in hellgrauen Sweatpants über die Fensterbank. Ein weißer Sneaker stellt sich auf eine Leitersprosse.

Beeil dich, Amir, denkt sie, als könnte er sie hören.

Nadja hält den Atem an.

Ein Scharren dringt aus dem dunklen Zimmer hinaus in die Nacht.

Jetzt steht Amir mit beiden Füßen auf der Leiter. Hält sich an der Fensterbank fest und steigt weiter nach unten. Aber von Eva keine Spur.

Nadjas Hände greifen hastig nach dem Rand des Kanus, als es plötzlich anfängt zu schaukeln.

»Still sitzen!«, sagt sie und dreht sich just in dem Moment um, als sie einen kleinen Stich unter ihrem linken Schulterblatt verspürt.

Jonas hat sich im Kanu erhoben. Starrt sie erschrocken an.

Er gibt einen erbärmlichen Anblick ab in der viel zu engen Lederjacke.

Nadja holt Luft, um ihn zu fragen, was er da treibt, als sie plötzlich ein ungeheures Schmerzgefühl verspürt. Sie versucht ein zweites Mal einzuatmen. Der Schmerz strahlt bis in ihren Brustkorb aus.

Sie bekommt nicht genügend Luft. Etwas Warmes rinnt ihren nackten Rücken hinab. Unter die Jeans.

Jetzt sieht sie das Cuttermesser in Jonas' Hand.

Blut schimmert auf der kurzen, abgebrochenen Klinge. *Frisches Blut. Mein Blut.*

AMIR

Er hat das Fensterbrett gerade losgelassen, als er einen letzten Blick in Ingelas Zimmer wirft. Die Kommode steht fast einen halben Meter von der Tür entfernt. Kohlis Stoffkopf und eine breite Schulter pressen sich durch die schmale Öffnung. Die Person hinter der grinsenden Fratze grunzt vor Anstrengung.

Wer zur Hölle bist du? Wer hat dir das Recht gegeben, das hier zu tun?

Amir passt höllisch auf, nicht zum Kleiderschrank zu sehen, in dem Eva sich versteckt hat, bevor er die oberste Sprosse ergreift und nach unten klettert.

»Pass auf!«, schreit Lina vom Rasen unter ihm.

Amir schaut nach oben, wo Kohlis Gesicht über das Fensterbrett ragt. Eine Wange ist fast schwarz vor Blut. Kohli hat die Axt in die Luft gehoben.

Wie eine Flutwelle steigt die Panik in Amir. Lässt ihn das Gleichgewicht verlieren. Seine Schuhe rutschen auf dem nassen Metall ab, und er klammert sich an die Sprosse über seinem Kopf. Verliert das Messer.

Er steigt weiter hinab. Als die Axt schwer durch die Luft saust, zieht er instinktiv den Kopf ein. Sie trifft auf die Leiter, in seinen Händen singt und vibriert die Sprosse. Erneut hebt Kohli die Axt. Lehnt sich ein Stück weiter aus dem Fenster.

Amir klettert hektisch weiter nach unten. Umfasst die

nächste Sprosse, und da teilt sich vor seinen Augen seine Hand wie eine Krebsschere.

Sie ist der Länge nach gespalten, fast bis zum Handgelenk. Die Finger ziehen sich zusammen, er hat keine Kontrolle darüber.

Beim nächsten Atemzug kommen die Schmerzen.

JONAS

Nadja starrt ihn verständnislos an. Und Jonas bereut seine Entscheidung, bereut sie mit jeder Faser seines Körpers, aber es lässt sich nicht mehr rückgängig machen.

Ebenso wenig kann er die Sache unbeendet lassen.

»Entschuldige«, sagt er. »Ich wollte nicht ...«

Er verliert den Faden. Nimmt Schreie aus Richtung des Ufers wahr. Hat jemand gesehen, was er getan hat?

Herr im Himmel, was habe ich getan

Nadja versucht erneut Luft zu holen. Ein schriller, wimmernder Laut dringt aus ihrer Kehle.

»Schh«, flüstert er. »Alles wird gut.«

Ihre Augen weiten sich. Sie hustet und verzieht augenblicklich das Gesicht vor Schmerz.

ich muss es zu Ende bringen

Nur wie? Schon das erste Mal auf sie einzustechen, hat ihn ungeheure Überwindung gekostet. Wie die Klinge in ihre weiße Haut eintauchte, neben den kleinen Wölbungen der Wirbelsäule. Ihm wurde übel, als er einen Widerstand, einen *Körper* spürte. Er weiß nicht, ob er es noch einmal schafft. Besonders jetzt nicht, wo aus ihren Augen die Panik leuchtet.

Ihre blasse Brust scheint sich zu verkrampfen, als sie nach Luft ringt. Die Atemzüge kommen nun kürzer, stoßweise. Wenn er abwartet, muss er vielleicht gar nichts weiter tun.

Aber wieder erklingt das gellende Wimmern aus ihr. Wandelt sich in einen qualvollen Schrei. Er schaut zum Hotel. Entdeckt niemanden.

»Halt's Maul!«, faucht er frustriert.

Nadja wird es ihm nicht leichtmachen. Natürlich nicht. Immerhin ist sie *Nadja*.

Das Kanu schwankt bedrohlich, als er einen Schritt näher kommt. Sie schlägt nach ihm und trifft ihn knapp unterhalb der Kniescheibe, so dass sein Bein einknickt, aber er kann das Gleichgewicht halten. Schwingt blind das Messer nach ihr, will das Ergebnis nicht ansehen müssen.

Nadjas eiskalte Finger schließen sich um sein Handgelenk. Er dreht die Hand hin und her, um sich loszureißen, doch sie bekommt das Cuttermesser zu fassen. Befreit es in dem Moment aus seinem Griff, in dem sich die ganze Welt auf den Kopf zu drehen scheint.

Er ist zurück im eisigen Wasser. Es hat ihn komplett verschluckt, und er weiß nicht mehr, wo oben und wo unten ist. Panisch schlägt er mit den Armen um sich, kann sich in der engen Lederjacke aber kaum bewegen. Als steckte er in einer Zwangsjacke. Sein Kopf ist ein grelles Feuerwerk aus Schmerzen. Jonas spürt, wie der lose Teil seiner Kopfhaut den wallenden Bewegungen des Wassers folgt.

Er strampelt mit den Füßen, versucht an die Oberfläche zu gelangen, die ganze Zeit voller Furcht, die hauchdünne Klinge des Cuttermessers durch seine Haut schneiden zu spüren.

Plötzlich ist er über Wasser. Gierig atmet er ein und sieht das Kanu einige Meter weiter auf dem See treiben. Die silberne Bootunterseite ist dem Himmel zugewandt. Blitzt im Dunkeln schwach auf. Er hält Ausschau nach Nadja, während er den Reißverschluss der Lederjacke nach unten zieht. Das durchnässte Futter haftet an seinen Armen, er bekommt die Jacke nicht ganz ausgezogen, aber wenigstens kann er sich jetzt ein wenig freier bewegen.

Nadja taucht auf, nur ein paar Meter vor ihm. Er sieht auf ihren Nacken. Hört, wie sie nach Luft ringt. Weiß nicht, ob sie das Messer noch bei sich hat, aber ihr fällt es schwer, sich über Wasser zu halten. Sie schlägt nur mit einem Arm platschend um sich, und mit ihrem aufgeschlitzten Bein ist sie wahrscheinlich nicht in der Lage, zu schwimmen.

Jeden Moment wird sie sich umdrehen und ihn entdecken. Noch einmal kann er sich ein Zögern nicht erlauben.

Jonas wirft sich nach vorn. Legt die Arme auf Nadjas Schultern und lässt sein Gewicht den Rest erledigen. Sie schreit auf, gerade als sie wieder unter Wasser gedrückt wird. Zur Sicherheit presst er ihr eine Hand auf den Mund, so fest, dass er ihre Zähne durch die Oberlippe hindurch spüren kann.

Die Lichter der Hotelanlage funkeln auf seinen Wimpern, als er den Blick dorthin richtet. Doch niemand ist dort drüben zu sehen.

Nadja windet sich in seinen Armen, aber sie kann sich nicht befreien.

Es tut mir leid, denkt er. Aber so hätte es nicht kommen müssen. Du hast mich dazu gezwungen.

Er muss nur noch ein paar Sekunden durchhalten.

EVA

Hier drinnen im Kleiderschrank ist es viel zu warm, viel zu eng. Er erinnert Eva an einen Sarg, daran, *lebendig begraben zu werden*. Aber jetzt ist es zu spät. Sie kommt hier nicht weg. Er steht immer noch am Fenster. Scheint hinaus in die Nacht zu lauschen.

Sind Amir und Lina entkommen?

Durch den schmalen Türspalt erhascht Eva nur flüchtige Blicke auf ihn, aber sie hört sein gehetztes Keuchen. Selbst wagt sie es kaum, Luft zu holen. Ihre Sinne stehen allesamt unter Strom, jeder Eindruck ist zu stark, überlastet ihr System. Die zusammengerollte Decke neben ihr kratzt an ihrem Unterschenkel. Ihr Fußknöchel schmerzt, wo er gegen den Regalboden gepresst wird, auf dem sie sitzt. Überall Gerüche. Holz und Lavendel. Schweiß und blumiges Parfüm von dem Hosenanzug, den Ingela tagsüber getragen hat. Dazu der beißende Gestank von Evas eigenem Schweiß und der klebrige Alkoholdunst, der aus all ihren Poren dringt.

Draußen im dunklen Zimmer stöhnt er vor Anstrengung. Scheint zu wanken. Eva lauscht angespannt. Sein schwerer Atem ist jetzt deutlicher zu hören, und ihr wird klar, dass er Kohlis Kopf abgenommen hat.

Wenn sie ihn nur besser sehen könnte. Vielleicht wüsste sie dann endlich, wer er ist.

Eva wartet seinen nächsten Atemzug ab. Lässt vorsichtig Luft aus ihrem eigenen, offenen Mund strömen. Passt sich an seinen Rhythmus an und atmet noch vorsichtiger wieder ein. Sie dreht den Kopf, um den Winkel ihres schmalen, vertikalen Sichtfelds zu ändern. Erblickt seine Schulter, die Seite des Halses. Beugt sich ein Stück vor, und ihre Brille stößt von innen gegen die Schranktür. Ein leises Tocken ertönt.

Schnell zieht sich Eva zurück. Streift Ingelas Hosenanzug, wobei der Bügel mit einem schwachen Kratzen ein paar Millimeter über die Kleiderstange gleitet.

Panik überkommt sie. Aber er scheint nicht zu reagieren. Stattdessen hört sie jetzt, dass sich seine Lippen bewegen.

Er redet mit sich selbst, so leise, dass es fast nicht wahrnehmbar ist. Konsonanten und feuchtklebrige Laute von der Zunge, die im Mund auf und ab schnalzt, sind alles, was Eva hört. Trotz der Wärme breitet sich eine Gänsehaut auf ihren Armen aus.

Er erinnert sie an Helene, wenn sie etwas eingeworfen hat. Das Knacken der Blumentopfscherben unter den Schuhsohlen. Er hat seine Position vor dem Fenster geändert. Dreht den Kopf, als hätte er dort draußen etwas gehört. Sie erkennt blutige Kompressen, die schlampig auf die Wange geklebt wurden. Irgendetwas ist mit Riemen an seinen Kopf geschnallt.

Evas Herz pocht so heftig, dass die Schläge an den Schrankwänden widerhallen, sie in eine Bassbox verwandeln müssten, die das Dröhnen durchs ganze Haus verbreitet.

Jetzt ist er ganz aus ihrem begrenzten Sichtfeld verschwunden, und sie hört, dass er den Maskottchenkopf wieder aufzieht. Erneut knackt und knirscht es auf dem Fußboden. Ein Teil seines Rückens ist zu erkennen, als er auf der anderen Seite des Betts auf die Knie fällt. Darunter nachschaut.

Weiß er, dass sie zu dritt in diesem Zimmer waren? Dass sich hier noch jemand versteckt? Viele Stellen, an denen er suchen könnte, gibt es sicher nicht mehr.

Sie sollte davonlaufen. Jetzt. Das ist vielleicht die einzige Gelegenheit, die sie dazu hat.

Aber sie traut sich nicht.

Er kommt wieder auf die Beine. Wieder vernimmt Eva Schritte. Sie halten in der Zimmermitte inne.

Schaut er jetzt auf den Schrank? Sieht er sich selbst im Spiegel an der Tür?

Kann er ihr Herz schlagen hören?

Kann er ihren Geruch wahrnehmen?

Wieder Schritte, und dann wird die Badezimmertür geöffnet.

Wenn er sich dort umsieht, wendet er dem Kleiderschrank den Rücken zu. Aber das Bad ist winzig. Sie hat höchstens Sekunden.

Sie muss es wagen. Und sie muss sich beeilen.

Eva schiebt die Tür des Kleiderschranks auf. Sieht, wie das vom Spiegel reflektierte Licht über die gegenüberliegende Zimmerwand gleitet. Über seinen breiten Rücken. Sie setzt ihre Schuhe auf den Holzboden. Ein Bein ist eingeschlafen. Es fühlt sich taub und wackelig an.

Im Bad raschelt es laut, als er den Duschvorhang zur Seite zieht. Sie richtet sich auf. Weiß, dass sie keine Zeit hat, zu schleichen.

Eva saust zur Zimmertür. Schnappt das Messer, das noch auf der Kommode liegt, und öffnet die Tür, so weit es geht. Sie poltert gegen das schwere Möbelstück, und Eva quetscht sich durch den Spalt, presst Hüfte und Bauch am Türrahmen vorbei.

Sie schafft es in den Korridor, wo ihr das Licht nach all den Stunden in Dunkelheit unwirklich grell vorkommt. Rennt wieder los, aber schon beim ersten Schritt wird sie von etwas gepackt und zurück zur Tür gerissen.

Sie dreht sich um. Sieht, dass sich der Türgriff in ihrer Strickjacke verfangen hat. Schwere Schritte aus dem Zimmer.

Eva zieht fest an ihrer Jacke und erschrickt fast, als sie augenblicklich wieder freikommt. Sie hastet durch den kurzen Flur. Erreicht das niedrige Bücherregal, als es an der Tür hinter ihr geräuschvoll knallt.

Aus einem Impuls heraus nimmt sie die Petroleumlampe von dem kleinen Tisch. Sie wendet sich um und erkennt, dass Kohli dabei ist, sich durch die Tür zu schieben. Das Petroleum gluckert in der Lampe, als sie sie über den Kopf hebt und mit aller Kraft in Richtung Kohli schleudert.

Sie verfehlt ihn. Die Lampe zerschellt am Türrahmen über dem großen Maskottchenkopf. Glasscherben splittern durch die Luft, und Eva riecht das Petroleum.

Er schaut zu ihr hoch, und sofort bereut sie ihren Wurf. Sie war schon immer schlecht im Zurückschlagen. Das Einzige, was sie kann, ist fliehen. Und jetzt hat sie ihn nur noch wütender gemacht.

Sie stürzt zur Treppe am Ende des Korridors. Hinter ihr nimmt Kohli mit schweren Schritten die Jagd auf.

NADJA

Luft. Sie braucht Luft.

Bei jedem Tritt im Wasser tut ihr Bein weh, und trotzdem ist der Schmerz völlig nebensächlich. Nichts ist noch wichtig, nur Luft.

Jonas hält sie von hinten in einem Klammergriff, als würde er sie umarmen, und das Wasser um sie beide schlägt aufgebrachte Wellen.

Seine Hand presst sich fest auf ihren Mund.

ich brauche Luft

Der Hieb unter dem Schulterblatt hatte ihr das Atmen schon im Kanu schwer gemacht, und jetzt schnappen ihre Lungen verzweifelt nach Sauerstoff, möchten nichts anderes als atmen, *jetzt sofort,* begreifen nicht, dass es hier unten unmöglich ist. Bald werden sie sie im Stich lassen. Das kalte, dunkle Wasser in ihren Körper saugen.

In ihrem Brustkorb krampfen sich die Muskeln zusammen. Bald kann sie nicht mehr dagegen ankämpfen.

Nadja zwingt sich dazu, sich für einen Moment nicht zu rühren. Ihre letzten Kräfte für die Schultern zu mobilisieren. Wirbelt energisch herum und kann plötzlich ihren linken Arm aus der Umklammerung befreien. Weiß, dass ihr nur eine Sekunde bleibt. Greift mit der freien Hand nach dem Cuttermesser in der anderen Hand. Erreicht sie nicht. Streckt sich stattdessen nach oben. Spürt kühle Luft an den Fingerspitzen, aber was ihre Lungen betrifft, könnte die Wasseroberfläche ebenso gut auch Tausende Meter entfernt sein. Der Sauerstoff ist so unerreichbar, als befände sie sich auf dem Grund des Marianengrabens.

Ihre Fingerknöchel streifen sein Gesicht, sie tastet danach, bekommt nasses Haar zu fassen.

Aus purem Instinkt krallt sie die Hand darum zusammen und zieht, so fest sie kann.

Jonas' Schrei klingt unter Wasser verzerrt. Sein Griff um sie löst sich, und sie reißt noch stärker an seinen Haaren. Spürt einen zähen Widerstand. Der Schrei aus der Welt über ihr steigert sich.

Und mit einem Mal lässt der Widerstand nach, wie ein reißendes Gummiband. Noch immer sind seine Haare um ihre Finger gewickelt, aber ihr Arm befindet sich wieder unter Wasser. Es kommt ihr unlogisch vor, aber sie hat keine Zeit,

darüber nachzudenken. Sie dreht und windet sich und stellt fest, dass sie sich diesmal leicht aus seinem Griff befreien kann. Er schreit immer noch da oben in der Welt voller
Luft
und sie tritt mit ganzer Kraft Wasser, um von ihm fortzukommen, *um hochzukommen,* und endlich, endlich, durchbricht sie die Wasseroberfläche und schnappt gierig nach Luft. Aber es schmerzt höllisch. Als würde sie erneut von einem Messer durchbohrt.

Sie dreht sich um. Sieht zu Jonas.

Das lose sitzende Stück seiner Kopfhaut mitsamt Haaren ist abgerissen. Sie hält den Hautlappen in der Hand. Voller Panik streckt sie die Finger und schüttelt ihre Hand, aber die Haarsträhnen haben sich an ihren Ringen verfangen.

Das Seewasser hat das Blut von Jonas' Kopf abgespült; der bloße Schädelknochen wirkt schockierend weiß. Aus seinen Augen strahlt ein Schmerz, der sich in Irrsinn verwandelt hat. Sein Gesicht hat nichts Menschliches mehr an sich. Es kommt auf sie zu. Kurz blitzt das Armband mit den Kunststoffperlen auf. Sie muss an die schrillen Stimmen im Lautsprecher des Kleinbusses denken, daran, wie Karins und Simones Haare wie eine weißblonde Wolke um ihre kindlichen Köpfe flogen.

denk jetzt nicht an sie

Jonas wirft sich über sie. Beinahe verliert sie das Cuttermesser, als er die Hände auf ihre Schultern legt und sie wieder unter die Wasseroberfläche drückt.

Über ihrem Kopf schließt sich das Wasser, und sie sticht mit dem Messer blind um sich.

Manchmal durchschneidet die Klinge nur das dunkle Wasser, manchmal stößt sie auf größeren Widerstand.

Sie versucht, seine Hilfeschreie zu ignorieren.

In ihr flammt urplötzlich eine Erkenntnis auf, die sich seltsam distanziert anfühlt: Sie ist tatsächlich bereit, alles zu tun, um zu überleben.

Jonas muss sterben. Sonst stirbt sie. So einfach ist es.

Sie sticht weiter um sich, bis die Hände, die ihre Schultern hinunterdrücken, schlaff werden. Als sie wieder an die Wasseroberfläche kommt, begegnet sie Jonas' leerem Blick.

Er geht bereits unter. Das Wasser schließt sich über dem Schädel. Sein Körper streift ihren, als er weiter hinabsinkt, versehentlich tritt sie gegen seinen Kopf. Dann ist er verschwunden.

Nadja prustet und spuckt. Ringt nach Luft, während sie immer wieder kaltes Wasser schluckt.

Sie sieht das Kanu, das nur wenige Meter entfernt von ihr zu versinken droht.

Die Angst kann keine weiteren Kräfte in ihr freisetzen. Ihr Körper ist am Ende.

»Hilfe!«, japst sie noch, bevor sich ihr Mund mit Wasser füllt.

Sie spuckt. Legt den Kopf in den Nacken, blickt in den dunklen Himmel und schnappt nach Luft. Doch sie geht unter.

Sinkt zum Grund. Zu Jonas. Ob er dort auf sie wartet? Ihr entgegenkommt? Sie versucht, mit dem unverletzten Bein fester zu strampeln, ist sich sicher, jeden Augenblick nach ihr tastende Finger zu spüren. Finger, die sie mit sich hinab in die Tiefe ziehen wollen.

Nadja kommt wieder an die Oberfläche. Gibt einen gellenden Schrei von sich, obwohl es ungeheuer schmerzt, obwohl sie wieder Wasser schluckt, obwohl sie ihre allerletzten Kräfte und den restlichen Sauerstoff aufsparen sollte. Sie schreit, um ihre Angst zum Verstummen zu bringen und um sich selbst zu versichern, dass sie noch am Leben ist, dass sie auf irgendeine wundersame Weise noch nicht tot ist.

EVA

Eva läuft durch den Flur im ersten Stock. Kommt an einer Vitrine mit Nippes vorbei und erkennt ihr durchsichtiges Spiegelbild in den Glastüren, Kohlis Profil unmittelbar hinter sich.

Er greift nach ihr. Sein Gesicht scheint fröhlich über die Jagd zu lachen.

Die Treppe zum Erdgeschoss ist nur wenige Meter entfernt, rechts von der offen stehenden Tür des Konferenzraums am Ende des Flurs.

Eva biegt zur Treppe ab, aber ihr Tempo ist zu hoch. Auf dem glatten Boden verrutscht der Teppich unter ihr, faltet sich zusammen wie eine Ziehharmonika, und sie fällt beinahe, gewinnt das Gleichgewicht aber rechtzeitig wieder. Will gerade den Fuß auf die erste Stufe setzen, als er den Halsausschnitt ihres Nachthemds zu fassen bekommt. Er reißt sie zurück.

Für einen Moment scheint sie im Korridor zu schweben, bevor sie vor einer der Zimmertüren auf dem Boden aufschlägt. Es presst ihr jegliche Luft aus den Lungen, die als groteskes Stöhnen entweicht. Ein altbekannter Schmerz in ihrer linken Schulter blitzt auf, und sie weiß sofort, dass das Gelenk ausgekugelt ist.

Der Mann steht noch immer in der Mitte des Flurs. Beobachtet sie schweigend.

Das ist der Moment, in dem Helene aufgehört hätte und angefangen, um Entschuldigung zu bitten, bis Eva sie hätte trösten müssen. Aber jetzt hört sie nur Atemzüge, gedämpft hinter dem lachenden Mund.

Ihr fällt auf, dass eine von Kohlis runden Wangen blutdurchtränkt ist.

Er ist verletzt. Jemand hat es geschafft, ihn zu verwunden. Und sie bemerkt, dass es ihm schwerfällt, das Gleichgewicht zu halten.

Das Messer wiegt schwer in Evas Hand. Er ist nur ein Mensch, trotz allem. Hoffnung keimt in ihr auf. Eine wilde und wahnsinnige Hoffnung.

Mit zittrigen Beinen rappelt sie sich auf, muss sich an der Zimmertür abstützen. Hält das Messer fest mit der rechten Hand umklammert, doch ihr anderer Arm hängt schlaff und unbrauchbar herab.

Ihre Hoffnung erlischt ebenso schnell, wie sie aufgeflammt ist.

Wie sollte sie diesen riesigen Kerl überwältigen? Sie, die sich nicht einmal gegen ihre eigene Tochter verteidigen kann?

»Was willst du?«, fragt sie so sanft wie möglich und blinzelt die Tränen weg, die ihr in den Augen brennen.

Tränen haben ihr noch nie geholfen. Wenn, dann haben sie nur noch mehr Zorn entfacht.

»Kann ich denn nichts tun?«, fragt sie weiter.

Keine Antwort.

Sie wirft das Messer fort. Es landet klirrend auf dem Boden und rutscht unter die Vitrine.

»Ich will dir helfen«, sagt sie.

Er legt den Kopf schief. Scheint zuzuhören.

Vielleicht gefällt es ihm, sie betteln zu hören.

Im Licht der Deckenlampe fühlt sie sich entblößt. Entlarvt.

Aber sie kann auch ihn sehen. Und sie erkennt etwas in den Körperproportionen wieder. Vor ihr steht nicht Frans, davon ist sie überzeugt. Und es ist auch nicht Lappå. Der muss inzwischen Mitte fünfzig sein, und das hier ist ein junger Mensch. Sie sieht es an seinen Händen. An der Art, wie er sich bewegt.

Etwas regt sich, tief in ihrem Bewusstsein, aber ihre Gedanken rauschen zu schnell vorüber, als dass sie einen Schluss daraus ziehen könnte.

»Du würdest das hier nicht tun, wenn du nicht dazu gezwungen wärst«, sagt sie. »Dessen bin ich mir sicher.«

Ihr Blick bleibt an der Axt in seiner Hand hängen. Frisches Blut auf der Schneide. Sie hört beinahe den metallischen Klang der Feuerleiter, als sie an Amir denkt.

Auch der Tarnoverall ist an der Brust blutverschmiert, wie ihr jetzt auffällt, aber diese Flecken sind braun und eingetrocknet.

»Vielleicht fühlt es sich besser an, wenn du darüber sprichst. Vielleicht finden wir gemeinsam eine Lösung, du und ich.«

Sie weiß kaum noch, was sie sagt. Ist viel stärker darauf konzentriert, nicht zur Treppe zu schauen, oder zur offenen Tür des Konferenzraums direkt neben sich.

Würde sie es schaffen?

»Oder ich höre dir einfach zu. Ich glaube ... ich glaube, du möchtest, dass dir jemand zuhört. Vielleicht magst du dich ja mir anvertrauen? Du könntest es jedenfalls versuchen. Ich bin eine gute Zuhörerin.«

Die flehenden Worte kommen ihr so leicht über die Lippen.

Er macht einen Schritt auf sie zu. Der Axtkopf scharrt über den Holzboden.

»Ich bin auf deiner Seite«, sagt sie, und er bleibt wieder stehen. »Mir ist ja klar, dass wir das hier verdient haben. Das ist mir heute Abend bewusst geworden. Ich wusste es nicht besser, aber ich hätte es wissen müssen. Und jetzt verstehe ich es. Dank dir.«

Eva schielt zur Treppe, ehe sie es unterdrücken kann. Hält den Atem an, als sie wieder zu ihm sieht.

Kohlis Lachen ist zu einem stummen Zornesschrei geworden. Die Augen aus dem glatten Nylongewebe haben sich verengt.

Nein. Das Stoffgesicht ist dasselbe
natürlich ist es das
aber er hat begriffen, dass sie jetzt lügt. Eva sieht es an seiner Körpersprache. Falls sie eben noch zu ihm durchgedrungen ist, hat sie genau das gerade zunichtegemacht. Der Hass, der von ihm ausgeht, ist so intensiv, dass die Luft zu flimmern scheint. Er hebt die Axt mit beiden Händen in die Höhe. Und Eva zwingt ihre wackligen Beine zu gehorchen, als sie in den Konferenzraum prescht.

Sie unternimmt nicht einmal den Versuch, die Tür hinter sich zuzuwerfen, dafür ist keine Zeit. Sie eilt zwischen Tisch und Servierwagen hindurch, reißt die Stühle hinter sich um. Die Holzbeine stoßen klappernd gegeneinander, und im selben Moment, in dem sie die Balkontür erreicht, hört sie, wie Kohli krachend zu Boden geht. Sie öffnet die Verriegelung am Türgriff, während er sich hochzurappeln versucht, und rennt dann auf den Balkon.

Durch den Regen sind die Holzplanken so glitschig, als wären sie mit Seife eingeschmiert, und sie fängt sich mit ihrer einzigen brauchbaren Hand an der Balustrade ab. Für einen Augenblick fürchtet sie, zu schnell zu sein, über das Geländer zu fliegen und auf die erleuchtete Terrasse darunter zu stürzen. Aber sie bleibt stehen, ein heftiger Schwindel erfasst ihren Körper.

Es hat aufgehört zu regnen. Die Luft ist kühl und klar. Draußen auf dem See schreit jemand. Anette liegt immer noch vor der Terrassentür, in einer Stellung, die auf keinen Fall mit der eines schlafenden Menschen zu verwechseln ist. Eva will sie nicht ansehen. Aber genau hier muss sie nach unten springen. Die Terrasse ist zwar härter und gibt weniger nach als der Rasen, dafür ist der Fall kürzer. Sie rafft das Nachthemd bis zur Taille nach oben. Klettert unbeholfen über die Balustrade, kann sich nur mit einer Hand abstützen.

Hinter ihr auf dem Balkon erklingen Schritte. Sie kann nicht hinsehen. Sonst verlässt sie der letzte Mut.

Eva peilt die Holzdielen zwischen den Tischen an. Wirft sich in die Tiefe, als sie hört, wie die Axt die Nachtluft hinter ihr zerteilt. Die Schneide streift ihre flatternde Strickjacke. Die Terrasse rauscht auf sie zu.

LINA

Der Kolarsjön ist so kalt, dass Lina beim Sprung vom Badesteg die Luft weggeblieben ist. Jetzt stößt sie sich mit ganzer Kraft im Wasser vorwärts, hält den Rettungsring in sicherem Griff vor sich.

»Ich komme!«, ruft sie und kann nur hoffen, dass Nadja sie hört, dass sie es schafft, noch einen kleinen Moment weiterzukämpfen.

Aber die Pausen zwischen den Schreien werden immer größer. Die Schreie immer kürzer. Lina hat oben am Haus zu lange gezögert, das muss sie jetzt wieder aufholen.

Amir hat ihr versprochen, sich bis zu ihrer Rückkehr zu

verstecken, aber es widerstrebte ihr zutiefst, ihn allein zu lassen. Sie haben das Messer, das er fallen gelassen hatte, wiedergefunden, aber sie weiß nicht, ob er es benutzen kann, er hat sich geweigert, ihr die verletzte Hand zu zeigen.

Eigentlich sagt ihr das alles, was sie wissen muss. Es ist schlimm.

Vor dem Rettungsring teilt sich still das Wasser. Lina versucht, sich in der Dunkelheit schneller vorwärtszuschieben. Wischt sich Wasser aus den Augen. Draußen auf dem See ist es bis auf ihre eigenen keuchenden Atemzüge inzwischen vollkommen still. Und sie kann Nadja nirgends sehen.

Lina hält inne, ist sich auf einmal unsicher, ob sie vielleicht zu weit geschwommen ist. Sie ruft Nadjas Namen. Wo Lina sie zuletzt gesehen hat, ist unmöglich festzustellen. Es existieren überhaupt keine Referenzpunkte. Die Finsternis erscheint ihr unendlich.

Wie ist Nadja überhaupt so weit gekommen? Hat sie das Kanu gefunden, das sie im Speiseraum erwähnt hatte?

In diesem Fall ist es jetzt nicht mehr da.

Ein Plätschern im Wasser, etwa zehn Meter entfernt. Nadjas Kopf taucht wieder über der Wasseroberfläche auf; ihre Blicke begegnen sich. Die blanke Panik in Nadjas Augen trifft Lina wie ein Stromschlag.

Nadja verschwindet wieder unter Wasser. Lina schwimmt zu der Stelle, bis sie einen Blick auf Nadjas blasse Haut erhascht. Bekommt ihren Arm zu fassen und zieht sie hoch. Nadja hustet. Schaut nicht einmal zum Rettungsring, sondern wirft sich in Linas Richtung. Schlingt die Arme um ihren Nacken.

»Beruhig dich! Sonst ziehst du uns beide in die Tiefe!«

Lina entgleitet der Rettungsring. Wasser dringt in ihre Nase, strömt in ihren Rachen.

Ihre Jeans erschweren jede Bewegung. Sie hätte sich vor dem Sprung ins Wasser ausziehen sollen, so weit hat sie nicht gedacht. Nicht einmal die Schuhe hat sie abgestreift.

Endlich gelingt es Lina, Nadjas klammernde Arme von sich zu lösen. Sie ist sich bewusst, dass ihr das nur gelingt, weil Nadja so erschöpft ist. Sie stülpt den Rettungsring über Nadjas Kopf. Zerrt ihre Arme durch das Loch, so dass Nadja über dem Ring hängen bleibt. Aber Nadja tastet wieder nach ihr.

Schnell schwimmt Lina einen Zug zurück, um Nadjas Armen auszuweichen. Auf einmal merkt sie, dass ihre Jacke bleischwer geworden ist. Sie in die Tiefe zu ziehen droht.

Nadja hustet und spuckt. Jetzt sieht Lina das Blut an Nadjas Rücken. Ein mit Wasser vermischtes Rinnsal fließt über ihre Schulter.

»Kannst du Jonas sehen?«, keucht sie.

Lina dreht sich im Wasser um.

»War er bei dir?«

Soweit sie erkennen kann, rührt sich nichts auf der Wasseroberfläche. Sie hat Angst, ihn nicht zu finden, fürchtet sich aber genauso vor dem, was passieren wird, wenn sie es tut. Sie kann unmöglich zwei Menschen und sich selbst mit nur einem Rettungsring in Sicherheit bringen.

»Er will mich umbringen«, sagt Nadja mit heiserer, brüchiger Stimme.

Ihre Atmung ist hektisch und flach. Sie steht kurz davor, zu hyperventilieren. Lina weiß nicht, was sie glauben soll. Was Nadja da sagt, klingt absurd, aber ihre ganze Situation ist derart grotesk, dass ihr nichts mehr abwegig erscheint.

»Du glaubst mir doch?«, fragt Nadja.

Lina versichert es ihr. Etwas anderes kann sie im Augenblick nicht tun.

»Versuch, dich zu entspannen«, sagt sie und greift nach dem Rettungsring.

Eine geradezu lächerliche Aufforderung. Besonders wenn sie nicht wissen, was sie an Land erwartet.

Lina versucht, sich an die Lebensrettungsregeln von Oscars Schwimmkurs zu erinnern.

»Leg dich auf den Rücken«, fordert sie Nadja auf.

Nadjas Atmung wird immer rascher, aber schließlich kann Lina sie dazu bewegen, sich rücklings über den Rettungsring zu legen. Sie erhascht einen Blick auf eine Stichwunde direkt neben dem Schulterblatt. Von dort kommt das Blut.

Sie legt sich hinter Nadja auf den Rücken. Redet beruhigend auf sie ein, während sie, den Rettungsring in festem Griff, in Richtung Land schwimmt. Sie bemüht sich, tief einzuatmen, um auch Nadjas Atmung ruhiger werden zu lassen.

»Torbjörn ist tot«, flüstert Nadja und schluchzt. »Er liegt noch auf dem Steg.«

Lina sieht sie besorgt an. Sie ist gerade erst vom Badesteg ins Wasser gesprungen. Torbjörn lag definitiv nicht dort.

»Glaubst du, dass Jonas tot ist?«, fragt Nadja.

Sie plappert weiter. Ihre Aussprache ist undeutlich, die Worte zwischen ihren abgehackten Atemzügen und dem Zähneklappern werden immer unzusammenhängender. Sie redet von Fallen entlang der Straße. Davon, dass Ingela in einem Spielhaus ist, dass das Gewehr auf dem Grund des Sees liegt, dass Torbjörn seinen Hund nie wiedersehen wird.

Lina schwimmt schweigend weiter.

Als sie bemerkt, dass die Wasseroberfläche um sie herum Lichtstrahlen reflektiert, dreht sie sich um. Das Ufer ist immer noch ein Stück entfernt. Ihr Blick schweift zu der Leiter des Badestegs und zum Holzdeck vor der Sauna. Sie weiß nicht, ob Nadja sich dort an Land begeben kann, und ändert die Richtung. Schwimmt mit dem Rettungsring zum Sandstrand, während sie nervös die Uferränder absucht.

Ihr Blick heftet sich auf den alten Steg, der hinter den Hütten aus dem Schilf ragt. Den hatte Lina ganz vergessen. Der Lichtschein reicht kaum so weit, aber sie sieht Torbjörn dort liegen.

Lina verliert sich in Gedanken. Hört auf zu schwimmen. Sieht wieder zu Nadja. Die nicht länger redet, nur vor Kälte schlottert. Aber es ist Nadjas leerer Blick, der wieder Bewegung in Lina bringt.

Sie schwimmt weiter auf den Strand zu. Bittet Nadja, ihr alles noch einmal zu erzählen, aber sie reagiert nicht.

Als sie auf der Höhe des Badestegs sind, schaut Lina dorthin. Denkt daran, wie sie dort mit Amir gestanden hat.

Wir kommen, Amir.

Lina hört das rhythmische Schwappen des Wassers gegen den Steg, als sie sich nähert. Erinnert sich plötzlich daran, dass sie auf der anderen Seeseite etwas aufblitzen gesehen hat, kurz bevor Amir kam. Sie hat ein Foto mit dem Handy geschossen und es herangezoomt, aber keine Person darauf erkannt. Hat sich eingeredet, dass das Gefühl, beobachtet zu werden, nur Einbildung war. Aber hatte sie doch recht? War es vielleicht sogar der Mann, der sie jetzt jagt? Was wäre geschehen, wenn sie auf ihren Instinkt gehört hätte?

Sie schiebt das Schuldgefühl beiseite. Denn was hätte sie sagen können? Wie hätte sie jemand anderen davon überzeugen können, wenn sie nicht einmal sich selbst vertraute?

Linas Fersen berühren sandigen Boden. Sie macht noch einige wenige Schwimmzüge, bevor sie sich zum Stehen aufrichtet. Das Wasser reicht ihr knapp bis zur Brust. So leise wie möglich watet sie an Land. Zieht den Rettungsring hinter sich her. Ihr Körper wird immer schwerer, als sie Schritt für Schritt die Schwerelosigkeit des Wassers verlässt.

Die blasse Haut an Nadjas Oberkörper wirkt unter Wasser fast gelblich. Erst jetzt fällt Lina der lange Schnitt auf, der entlang der Schenkelaußenseite von Nadjas Jeans klafft. Was sich darunter verbirgt, kann sie nicht erkennen. Sie hofft inständig, dass die Wunde nicht zu tief ist.

Nadja scheint ihre Anwesenheit nicht einmal zu bemerken. Sie starrt in den Himmel; Lina folgt ihrem Blick. Hinter den Rissen in der Wolkendecke glitzern Sterne. Kalt, schön, in weiter Ferne.

Schwer vorstellbar, dass es derselbe Himmel sein soll, der sich heute Mittag über Amir und sie gespannt hat, als sie auf dem Steg standen. Die Sonne stand hoch am Himmel, während sie versuchte, in die Rolle eines normalen Menschen zu schlüpfen, der Witze über die Zipline und alberne Teambuilding-Maßnahmen reißen konnte.

Lina stutzt.

Die Zipline.

Das Stahlseil hebt sich ebenso wenig vom Nachthimmel ab wie die Sterne bei Tag. Aber trotzdem ist es da. Lina dreht sich um und guckt ganz genau hin, bis sie den etwas helleren Streifen am Himmel hinter dem See sehen kann. Die Wolken, die schwach von den Lichtern des dort liegenden Wohngebiets angestrahlt werden.

Es gibt einen Weg dorthin.

Aber wie soll sie es schaffen? Sie hat es selbst bei Tageslicht nicht hinbekommen, obwohl jemand dabei war, der sie anleitete. Und selbst wenn sie an die Gurte in der verschlossenen Kunststoffbox oben auf dem Berg herankäme, weiß sie nicht, wie man sie richtig anlegt.

Das Seewasser reicht ihr jetzt nur noch bis zur Mitte der Schenkel. Sie sieht zu Nadja. Es ist unmöglich festzustellen, wie schwer die Verletzung an ihrem Bein ist. Aber es ist offensichtlich, dass sie ärztliche Hilfe braucht, so schnell wie möglich. Amir genauso.

Sie können nicht darauf warten, dass jemand kommt und ihnen hilft. Lina ist die Einzige, die dazu in der Lage ist.

Sie schaut zum Garten. Niemand zu sehen. Der Strandsaum wird von den Lampen entlang des Gehweges erhellt. Nadja und sie müssen ihn überqueren, auch wenn sie dann dem Licht ausgesetzt sind. Danach müssen sie Amir holen.

»Glaubst du, du kannst aufstehen?« flüstert sie.

Nadja blinzelt verwirrt mit ihrem schaurig leeren Blick, richtet sich aber gehorsam auf. Verzieht vor Schmerzen das Gesicht, als sie sich auf das verletzte Bein stützt. Lina hilft ihr hoch. Nimmt ihr den Rettungsring ab und wirft ihn von sich ins Wasser. Während sie Nadja zum Strand führt, suchen ihre Augen den dunklen Rasen ab. Entdecken einen Schatten, der zur Terrasse hochläuft.

Amir. Völlig schutzlos in dem gelben Licht.

Sie will ihn anschreien.

Du Idiot! Wieso versteckst du dich nicht? Du hast es mir versprochen.

KOLARSJÖNS STUGBY

Eva wacht davon auf, dass die nassen Planken unter ihr vibrieren. Schritte nähern sich. Sie will sich wieder in die Bewusstlosigkeit flüchten, aber die Schmerzen in ihrer Schulter machen es unmöglich. Sie hebt den Kopf. Bemerkt, dass sie ihre Brille verloren hat. Verschwommene Umrisse sind alles, was sie in dem gelben Licht erkennen kann, das jegliche anderen Farben auslöscht. Einer der Umrisse bewegt sich auf sie zu. Steigt über den dunklen Haufen, von dem sie weiß, dass er Anette ist. Eva schließt die Augen. Macht sich auf die Axt gefasst, die gleich in ihr einschlagen wird. Wenn es vorbei ist, muss sie wenigstens nie wieder Schmerzen leiden.

»Eva«, flüstert Amir. »Kannst du aufstehen?« Sie öffnet die Augen wieder, und er begegnet ihrem verwirrten Blick. Hilft ihr, sich aufzusetzen, während er zum Balkon über ihnen schielt. Niemand zu sehen. *Vielleicht ist er schon auf dem Weg nach unten. Vielleicht holt er sein Gewehr. Vielleicht hat er uns gerade im Visier.* Amir hat es eilig. Will Eva am Arm hochziehen, aber sie gibt einen gellenden Schmerzensschrei von sich. Ihre Strickjacke ist heruntergerutscht, und jetzt sieht er eine kantige Wölbung auf der Schulter, sogar durch ihr Flanellnachthemd. Sie stützt sich mit dem anderen Arm auf ihn und kommt auf die Beine. »Meine Brille«, flüstert sie. Amir sieht sich hastig um. Vermeidet es, zu Anette zu schauen, ist sich aber die ganze Zeit bewusst, dass sie dort liegt. Plötzlich wird ihm übel, er weiß nicht, ob aus Angst oder wegen des Blutverlusts. Hinter der Hausecke im Schatten kauernd, ist es ihm gelungen, einen schwarzen Strumpf über seine Hand zu stülpen und einen Schnürsenkel um das Handgelenk zu wickeln. Mit den Zähnen hat er so fest wie möglich daran gezogen, um die Blutung zu stoppen. Hat Doppelknoten geknüpft, von denen er hofft, dass sie eine Weile halten. Aber der Strumpf hat sich bereits vollgesogen. Mit jedem Herzschlag wird der glühende Schmerz von neuem angefacht. Gerade wenn er halbwegs erträglich geworden ist, lässt der nächste Schlag ihn wieder in qualvolle Höhen schießen. Das Einzige, was hilft, ist, immer in Bewegung zu bleiben. An etwas anderes zu denken.

Er findet Evas Brille unter einem Stuhl und hebt sie schnell auf. Gemeinsam schlängeln sie sich an den Tischen vorbei, eilen zur Treppe, die in den Garten hinabführt. Er hält das Messer vor sich. Weiß, dass er nicht den Hauch einer Chance hätte, sich damit ernsthaft zu verteidigen, besonders nicht gegen ein Gewehr, aber er hofft entgegen aller Wahrscheinlichkeit, damit wenigstens ein bedrohliches Bild abzugeben.

Als sie den Rasen erreichen, sieht er Lina und Nadja zum Badestrand waten, und für einen Augenblick ist er dermaßen erleichtert, dass er alles andere vergisst.

Jetzt sind nur noch vier von ihnen übrig. Sie und der Mann, der sie jagt.

Kohlis Kopf liegt auf dem großen Eichentisch im Konferenzraum. Er stinkt nach Petroleum. Auf dem Hut glitzern Glassplitter, haben sich im Garnhaar am Nacken verfangen. Die Augen scheinen den Mann zu beobachten, der auf einem Stuhl sitzt. Er hat das Nachtsichtgerät abgelegt und sich nach vorn gebeugt, die Stirn auf der Tischkante ruhend.

Er öffnet den Mund und erbricht alles Blut, das er verschluckt hat. Die Magensäure brennt auf der zerschnittenen Zunge. Er würgt, bis nur noch Galle und Wasser herauskommen. Tränen rinnen aus seinen Augen. Tropfen auf den Boden.

AMIR

Licht sickert zwischen den Planken des Holzdecks über ihnen hindurch, bildet ein Streifenmuster auf dem Schilfrohr und dem trüben Wasser, das Amirs Füße durchnässt und tiefgekühlt hat.

Sie sitzen auf der mit Steinen und kleinen Felsen übersäten Uferböschung unter dem Holzdeck, die sich bis zu den Hüttenfundamenten ein paar Meter weiter oben erstreckt.

Amir fragt sich, wie lange Nadja im See war. Was dort draußen eigentlich passiert ist.

Sie fing zu weinen an, als sie wieder ins Wasser stiegen. Lina hat versucht, Nadjas Schilderungen wiederzugeben. Die unzusammenhängenden Puzzleteile zusammenzufügen.

Nadja selbst können sie nicht mehr fragen. Ihr Blick wird mit jeder Sekunde gläserner. Sie weint immer noch leise. Zittert und starrt auf den dichten Wald aus Schilfröhricht, als wäre sie überzeugt davon, dass Jonas jeden Moment daraus hervorgekrochen kommt. Sie steht offensichtlich unter Schock. Aber sie lebt. Und das hat sie Lina zu verdanken.

Eva hat sich neben sie gesetzt, ihre Strickjacke über sie beide gebreitet, der verletzte Arm liegt schlaff auf ihren Knien.

Hier unter dem Holzdeck ist es nicht sicher für sie. Sie sind nirgendwo sicher. Aber sie sind viel zu entkräftet, um weiter zu fliehen. Amir weiß, dass seine Hand nie wieder so sein wird wie zuvor, egal, was geschieht. Auf dem Weg hierher hat er bemerkt, dass dünne Knochensplitter ein Loch in den Strumpf gerissen haben. Sie ähnelten den Rippen eines kleinen Tieres. Die anderen sollten es nicht sehen, denn ihre Reaktion würde die Verletzung zu real werden lassen. Als er den Stoff verschob, verlor er vor Schmerz beinahe das Bewusstsein.

Zumindest liegt das Gewehr auf dem Grund des Sees, wenn sie Nadjas Aussage richtig interpretiert haben. Bleibt nur zu hoffen, dass ihr Jäger keine weiteren Schusswaffen besitzt, aber auch gegen eine Axt haben sie keine Chance. *Oder welche Teufelei auch immer als Nächstes kommt*, wie Torbjörn es formuliert hätte. Torbjörn mit seinen lahmen Perserkatze-Witzen. Torbjörn, der immer alles besser wusste, alles schon einmal gesehen hatte, immer nur reden und nie zuhören wollte. Jetzt liegt er tot auf einem Steg, nur knapp zehn Meter von ihnen entfernt, und Amir vermisst ihn bereits, so wie er einen nervigen Verwandten vermissen würde.

Ein sanftes Rascheln aus dem Schilf lässt ihn zusammenzucken. Er schaut in die Richtung, aus der das Geräusch kam. Begreift, dass es nur der Wind ist, der das Schilf bewegt. Ihn fröstelt. Tatsächlich fühlt er sich auf eine Art und Weise durchgefroren, die nicht nur mit der kalten Luft und seinen nassen Schuhen zu tun hat. Diese Kälte kommt von innen. Wie ein fiebriger Schüttelfrost. Und es scheint schlimmer zu werden.

Lina steht neben ihm auf, duckt sich, um nicht mit dem Kopf gegen das Holzdeck zu stoßen. Ein Lichtstreifen fällt über ihr Auge, als sie ihn ansieht und eine Hand auf sein Knie legt.

»Kann ich dein Handy haben? Meins hat im Wasser seinen Geist aufgegeben«, flüstert sie.

Amir schenkt ihr einen verwirrten Blick. Ob sie eine neue Nachricht an Oscar und Noah aufnehmen will? Hier ist es viel zu riskant dafür, so gern er ihr auch helfen würde.

»Ich will auf den Berg«, erklärt sie. »Mit etwas Glück reicht der Störsender nicht bis dorthin. Ansonsten versuche ich es auf die andere Seite des Sees zu schaffen. So groß kann die Reichweite dieses Senders ja nicht sein, oder?«

»Keine Ahnung. Nein, ich glaube nicht. Aber wie willst du ...«

»Zipline«, fällt sie ihm ins Wort und sieht ihn ernst an.

Amirs Mund wird staubtrocken. Lina war kaum bei der Einweisung dabei. Hat nie den Gurt anprobiert, mit all den Schnallen und Riemen, die an den richtigen Stellen sitzen müssen. All die Geschehnisse dieser Nacht haben seine Phantasie mit viel zu vielen grausamen Vorstellungen versorgt, und jetzt sieht er vor sich, wie sie von der Plattform tritt und in die Tiefe stürzt. Es kommt ihm so real vor, dass er einen Moment lang sicher ist, hellsehen zu können, obwohl er nicht einmal an solche Dinge glaubt.

»Du kannst nicht ...«, setzt er an. »Du hast ja nicht einmal ...«

Die Worte bleiben ihm im Hals stecken, und Lina drückt sein Knie.

»Ich bin die Einzige, die es tun kann. Wir brauchen *jetzt* Hilfe«, sagt sie.

»Aber diese Wilma von SBFF kommt ...«

»Das dauert noch Stunden. Und eine Garantie ist das auch nicht«, entgegnet Lina.

Amir versteht, was sie nicht laut aussprechen will. Hier draußen sind ihre Chancen, Wilma zu warnen, noch geringer, wenn sie sich dem Mörder nicht aussetzen wollen.

»Sie hat recht«, stimmt Eva flüsternd zu.

Nadja zeigt keinerlei Reaktion. Sie ist weit weg. An einem anderen Ort. Fast ist er ein wenig neidisch.

Amir steht auf. Stellt die Füße in das kalte Wasser unterhalb der Ufersteine. Er kann nicht einfach hier sitzen bleiben und auf den Tod warten. Er muss etwas unternehmen.

»Ich begleite dich«, sagt er leise.

Lina sieht auf seine verletzte Hand. Öffnet den Mund, um zu protestieren.

»Lass es mich wenigstens versuchen«, drängt er weiter. »Wenn ich den Baum nicht nach oben komme, kann ich dir immerhin mit dem Gurt helfen.«

Sie zögert. Und er weiß, dass er gewonnen hat.

»Ich bleibe hier bei Nadja«, wispert Eva.

Amir wirft ihr einen dankbaren Blick zu. Gibt ihr das Messer. Eva ringt kurz mit sich selbst, ehe sie es entgegennimmt. Amir stellt sich vor Nadja. Versucht, ihre Aufmerksamkeit einzufangen, aber bekommt keinen Kontakt zu ihr. Vorsichtig legt er die Arme um sie, ein wenig linkisch in der vornübergebeugten Haltung.

»Wir werden es schaffen«, spricht er leise in ihr Ohr. »Gib nur nicht auf. Komm zurück, wenn du bereit bist. Okay?«

Keine Reaktion.

EVA

Eva steht komplett unter Strom. Sieht Amir und Lina nach, die gebückt über die Steine balancieren und sich immer weiter entfernen. Als sie das Licht am Ende des Holzdecks erreichen, drehen sie sich ein letztes Mal um. Winken eilig. Dann klettern sie die kleine Böschung hinauf und verschwinden aus ihrem Blickfeld. Nervös lauscht Eva nach herannahenden Schritten aus einer anderen Richtung. Ein Stiefel, unter dem der Kies des Gehwegs knirscht. Aber sie hört nichts außer Nadjas bebenden, feuchten Atemzügen.

Eva zieht sie näher an sich heran. Versucht, sie mit ihrem Körper zu wärmen. Hofft, dass Nadja ihre Nähe spürt, wo auch immer sie sich hinter ihren grauen, leeren Puppenaugen befindet. Vor weniger als vierundzwanzig Stunden wäre ihr die Vorstellung, auf diese Weise mit dem mürrischen Mädchen aus dem Büro zusammenzusitzen, alles andere als leichtgefallen.

Aber da hätte sie sich so vieles noch nicht vorstellen können.

Sie streichelt Nadjas Rücken. Achtet darauf, dabei nicht in die Nähe der Stichwunde zu gelangen, die ihr jemand zugefügt hat. Jemand, der möglicherweise Jonas war.

Es ist zu viel, zu unbegreiflich, in einer Nacht, in der ohnehin schon alles zu viel und zu unbegreiflich ist. Aber Jonas war nie der, für den Eva ihn gehalten hatte.

Sie hätte sehen müssen, dass er im Begriff war, die Gemeinde schnurstracks in eine Katastrophe zu führen. Dass er ständig log und andere ausnutzte. Ihr hätte es klar sein müssen, aber sie hatte eine solche Angst davor, eine alte Schachtel zu werden, die nicht mehr mithalten kann. Die Angst vor Veränderungen hat.

Torbjörn und Anette haben ihn durchschaut.

Sie muss an Anettes ungeduldige Augen hinter dem Fensterglas denken. An Torbjörn in seiner hawaii-gemusterten Badehose, völlig allein auf dem Vorplatz, bevor die Eingangstür zuschlug. Jetzt liegt er im Dunkeln auf einem Steg. Immer noch einsam und allein.

In seinem Leben war Torbjörn schon einsam genug, auch wenn er die halbe Stadt kannte. Wenn man mit ihm zu Mittag essen ging, wurde man von jedem zweiten, der vorüberkam, unterbrochen. Aber echte Freunde schien er nie gehabt zu haben.

Sie hätte ihnen beiden eine bessere Freundin sein sollen. Ihm und Anette.

Wieder denkt sie an den Menschen, der Torbjörn einmal war. Der für das brannte, was er für richtig hielt, und der auch andere dafür begeistern konnte. Dank ihm schien Unmögliches auf einmal möglich. Der direkte Gegensatz des Torbjörn, zu dem er später wurde. Womöglich ist sie die Letzte, die sich noch daran erinnert, wie er früher war.

Eva betrachtet Nadjas Gesicht. Denkt an ihren Versuch, das Wahnsinnsprojekt in Kolarängen aufzuhalten. Dabei fällt ihr auf, dass sie dem jungen Torbjörn tatsächlich sogar ein wenig ähnelt. Vielleicht gerieten die beiden deshalb immer so leicht aneinander.

Torbjörn selbst hätte diese Theorie natürlich mit einem verächtlichen Schnauben abgetan.

LINA

Der Pfad ist noch steiler, als Lina ihn in Erinnerung hatte. Sie halten sich an den Händen, während sie im Dunkeln über Wurzeln stolpern, auf nassen Kiefernnadeln und losen Steinchen ausrutschen. Am liebsten würde sie den Weg ganz verlassen. Ihr ist alarmierend im Hinterkopf geblieben, was Nadja über Fallen erzählt hat, aber es ist schon schwer genug, überhaupt den Pfad zu erklimmen. Amir verliert das Gleichgewicht häufiger als sie und kann sich mit seiner verletzten Hand nicht gut abstützen. Aber er lässt Lina nicht los.

Zwischendurch bleiben sie stehen, um nach Schritten zu horchen oder zu schauen, ob Amirs Handy wieder Empfang hat. Manchmal möchte sie Amir nur die Gelegenheit geben, zu verschnaufen. Wenn sie gewusst hätte, wie schlimm er verletzt ist, hätte sie ihn genötigt, bei Eva und Nadja zu bleiben.

Er fühlt sich so kalt an. Wie viel Blut er wohl verloren hat? Der durchtränkte Strumpf um seine verletzte Hand verströmt einen süßlich-metallischen Geruch, der sich mit den feuchten Gerüchen des Waldes mischt.

Bald ist es fünf Uhr früh, über dem Berg dämmert es grauviolett. Lina nimmt die schaukelnden Bewegungen der Kiefernkronen wahr und erahnt die helle Plattform der Zipline, aber noch kein Stahlseil.

Sie verachtet sich selbst dafür, dass der Gedanke an die Zipline ihr immer noch eine solch tiefe, irrationale Angst einflößt. Sie wiegt genauso schwer wie die höchst reale Gefahr, die ihnen auf den Fersen ist.

Sie drückt Amirs Hand.

»Es wird bald schon hell«, flüstert sie.

Er erwidert den Händedruck. Sie steigen weiter nach oben.

EVA

Nadja zittert unaufhörlich. Eva hält sie mit ihrem unverletzten Arm fest umschlossen. Legt ihr Kinn auf Nadjas Kopf und starrt ins Schilfdickicht. Trotzdem sieht sie *ihn* vor sich, so klar und deutlich, als wäre sie zurück im Flur des Hotels. Verzweifelt versucht sie zu fassen zu bekommen, was ihr an der Gestalt, die sie stumm und mit der Axt in der Hand anschaute, so bekannt vorkommt.

Er ist jung. In Ingelas Zimmer hat er mit sich selbst gesprochen, so wie ihre Tochter es manchmal tat, wenn sie etwas eingeworfen hatte.

Helene, die diesen Ort mehr als alles andere auf der Welt hasst. Die ihre Mutter gerade mehr denn je zuvor hasst, weil die genug hatte und ihren Freund nicht einziehen ließ.

Diesen viel zu jungen Freund, einen drogenabhängigen und vorbestraften Gewalttäter. Der hoch und heilig versprochen hatte, dieses Mal alles zu tun, was Helene von ihm verlangt.

Könnte Helene ihn zu so etwas gebracht haben?

Widerwillig lässt Eva sich auf den Gedanken ein, und einen Moment lang hat sie das Gefühl, ins Bodenlose zu fallen. Denn wenn es wahr ist, trägt sie die Schuld für alles, was heute Nacht geschehen ist.

Noch nie hat sie sich derart nach einem Schluck Wodka gesehnt wie jetzt, aber die Flasche in ihrer Hütte könnte genauso gut auf dem Mond liegen.

Er *kann* es nicht sein. Es ist lediglich ihr wirres Hirn, das Muster erkennt, die es eigentlich gar nicht gibt. Wenn er sie wirklich umbringen wollte, wieso dann alle ihre Kollegen mit ins Elend stürzen? Wozu sich diese fürchterlichen Umstände machen? Das wenige, was sie bisher von ihm gesehen hat, lässt sie nur schwer glauben, dass er zu der Planung imstande wäre, die für die Ereignisse dieser Nacht nötig gewesen sein muss.

Aber eins ist sicher. An diesem Körper in dem schmutzigen, blutbesudelten Tarnoverall ist etwas Bekanntes.

Eva sieht, dass der Himmel zwischen den Schilfhalmen ein wenig heller geworden ist, aber sie konzentriert sich weiter auf die Bilder ihrer Erinnerung. Dort steht er im Flur. Hört sich das erbärmliche Betteln an, das ihr so selbstverständlich über die Lippen kommt. Und dann begeht sie den Fehler, zur Treppe zu schielen. Er strahlt diesen Hass aus. Einen so starken Hass, dass sie schwören könnte, Kohlis Gesichtszüge hätten sich verändert.

Weiß Gott, wieso er sich heute Nacht hinter dieser Maske versteckt hat. Ist es etwas Symbolisches, wie Nadja im Speiseraum meinte? Oder ist es bloß einfacher, seine Opfer abzuschlachten, wenn sie ihm nicht in die Augen sehen können?

Am wahrscheinlichsten will er wohl nicht riskieren, dass eventuelle Überlebende ihn später anzeigen. Aber irgendetwas an diesem Gedanken ist falsch.

Die Hände.

Er trägt keine Handschuhe.

Trotz der Maske ist es ihm gleichgültig, ob er Fingerabdrücke hinterlässt. Er will seine Identität nicht vor der Nachwelt geheim halten.

Vielleicht *will* er sogar, dass alle erfahren, wer er ist. Aber warum?

Ist er stolz auf das, was er anrichtet? Ist es eine Botschaft?

Ist er möglicherweise einer dieser Irren, von denen man so oft liest? Die alles beenden, indem sie sich selbst das Leben nehmen? Mit einem Mal ist sie sicher, dass es so ist, und die allumfassende Sinnlosigkeit der Ereignisse bekommt eine völlig neue Dimension.

Zum ersten Mal verspürt sie etwas anderes als Angst. Sie hasst ihn.

Du hättest dich besser direkt umbringen sollen. Das hätte uns allen diesen Horror erspart.

Ihre Gedanken werden von eigenartigen Tönen unterbrochen, die Nadja von sich gibt, und Eva lehnt sich ein wenig zurück, so dass sie sich Nadja genauer ansehen kann.

Nadja hat den Mund weit aufgerissen. Ringt nach Atem,

wieder und wieder. Das Zittern ist heftiger geworden. Ihre blasse Haut wirkt bläulich.

»Wie geht's dir, Liebes?«, fragt Eva.

Sie schält sich aus der Strickjacke, lässt sie auf Nadjas Schultern liegen. Klettert die Steine hinab und stellt sich ins Wasser. Es ist so kalt, als würde eine eiserne Hand ihre Füße packen. Die Schuhe versinken im Schlamm, als sie vor Nadja in die Hocke geht.

Ihre Lippen sind dunkelblau, die Augen starren ins Leere. Eva sieht auf den Schnitt in der Jeans, der sich in einer geraden Linie über die Außenseite ihres Schenkels zieht.

»Darf ich mal schauen, nur kurz?«, fragt sie vorsichtig.

Die nasse Jeans klebt an Nadjas Bein. Sie blinzelt nicht einmal, als Eva behutsam die Zeigefinger auf beiden Seiten der Wunde unter den Stoff schiebt und ihn dann auseinanderreißt.

Sie muss würgen, als sie sieht, was sich unter dem Jeansstoff verbirgt. Wie tief das Messer ins Fleisch geschnitten haben muss. Die Wundränder klaffen auseinander, als die Jeans die blasse Haut nicht länger zusammenhält. Es ist wenig Blut zu sehen, aber dafür quillt helles Unterhautfett hervor.

»O mein Gott«, hört sie sich selbst wispern. »Du armes Ding.«

Tränen steigen ihr in die Augen, und sie blinzelt schnell.

Sie müssen nach oben in die Hütte. Der Gedanke erfüllt sie mit Grauen. Als müsste sie wieder in den Kleiderschrank steigen. Schlösser helfen ihnen nicht, sie weiß, dass er die Schlüssel hat.

Eva zögert. Versucht sich davon zu überzeugen, dass ihnen trotzdem eine Chance bleibt. Die Hütten haben zwei Türen. Kommt er durch eine hinein, schaffen sie es vielleicht, durch die andere Tür zu fliehen.

Die Chance ist nicht groß. Aber andererseits haben sie keine Wahl. Nadja kann nicht länger hierbleiben. Sie muss sich aufwärmen, und wenn es keinen Erste-Hilfe-Kasten gibt, muss Eva eben ein Laken zerreißen, um den Schenkel damit zu verbinden. Danach können sie wieder aus der Hütte verschwinden. Sich ein Versteck suchen.

»Nadja?«, sagt sie.

Keine Reaktion. Eva richtet sich auf. Der untere Teil ihres Nachthemds ist durchnässt und hat sich an ihre Waden geheftet. Sie schaut zu dem Messer, das Amir zurückgelassen hat.

Weder sie noch Nadja könnten sich damit verteidigen, falls der Mörder auftaucht. Aber im Gegensatz zu Nadja kann sie wenigstens etwas gegen ihr Handicap unternehmen.

Sie geht zu einem der Pfeiler, die das Holzdeck stützen.

Es wird weh tun. Vielleicht schlimmer als je zuvor, denn dieses Mal scheint ernsthaft etwas kaputt gegangen zu sein. Aber sie muss es probieren, um die Schulter wieder einzurenken.

Sie hat es schon öfter getan. Knut weiß nur von dem einen Mal, als er sie in die Notaufnahme brachte. Sie wussten beide nur zu gut, welchen Verdacht der Arzt hegte, als er Knut bat, ins Wartezimmer zu gehen. *Ich möchte mich kurz allein mit Ihrer Frau unterhalten.* Und dann, als der arme Knut die Tür hinter sich zugezogen hatte: *Wie läuft es bei Ihnen zu Hause?* Und Eva hielt stur an der Behauptung fest, sie sei die Treppe hinuntergefallen.

Seitdem ist sie mit der Schulter nicht mehr ins Krankenhaus gegangen. Sie hat sich selbst darum gekümmert, den Türrahmen zwischen Küche und Wohnzimmer zu Hilfe genommen, und einige ordentliche Gläser voll.

So leise wie möglich watet sie durch das Wasser. Legt die

verletzte Schulter gegen den Pfeiler. Presst sie dagegen, zunächst noch etwas zurückhaltend, um die Muskeln aufzulockern.

Eva hofft, dass noch genügend Alkohol in ihrer Blutbahn ist, um den Schmerz ein wenig zu betäuben, aber sie hat sich nie nüchterner gefühlt als in diesem Moment. Sie führt die andere Hand an den Mund. Beißt in den Ärmel des Nachthemds, bis der Stoff zwischen ihren Zähnen knirscht. Stemmt sich weiter gegen den Holzpfeiler, damit die Muskeln nachgeben. Noch leisten sie verzweifelten Widerstand.

Die Minuten vergehen. Länger kann sie nicht warten.

Schweiß bricht auf ihrer Stirn aus, als sie den Oberkörper so dreht, dass sie noch mehr Druck auf die Schulter ausübt. Es fühlt sich an, als würden die Muskeln gleich reißen, der Arm abfallen, und sie richtet ihren Blick auf Nadja, um sich selbst daran zu erinnern, wieso sie das hier tut. Drückt weiter und zwingt sich, nicht lauthals zu schreien.

Sie merkt, dass die Oberfläche des Pfeilers durch die Feuchtigkeit glatt geworden ist, und bekommt eine Heidenangst davor, mit der Schulter abzurutschen. Eva weiß, dass sie auf keinen Fall die Willensstärke aufbringen könnte, es ein zweites Mal zu versuchen. Nicht einmal für Nadja.

Es scheint kein Ende nehmen zu wollen, doch dann, ohne Vorwarnung, rutscht das Schultergelenk mit dem gleichen ekelhaften Knacken zurück an seinen Platz, das ihr jedes Mal eine Gänsehaut verursacht.

Die Erleichterung ist so groß, dass sich ihre Augen erneut mit Tränen füllen. Eva bewegt probehalber den Arm. Er ist taub und widerspenstig, aber die schlimmsten Schmerzen haben bereits nachgelassen.

Sie geht zurück zu Nadja. Hebt das Messer auf und steckt es in die Tasche ihrer Strickjacke.

»Wir müssen hoch in die Hütte«, flüstert sie und legt ihr eine Hand auf die Wange. »Du musst dich aufwärmen.«

Nadja blinzelt. In ihren Augen entflammt etwas. Nur schwach, das Feuer kann jeden Moment wieder erlöschen. Aber endlich *sieht* sie Eva an.

»Nein«, widerspricht sie, und ihre Unterlippe zieht sich zusammen. »*Ja bojus.*«

Eva braucht die Worte nicht zu verstehen, um zu wissen, was sie bedeuten. Nadja hat Angst.

»Komm jetzt. Du brauchst dich nicht zu fürchten«, sagt sie und will Nadjas Hand nehmen, die jedoch den Kopf schüttelt.

»*Tam on naidet nas.* Dort wird er uns finden.«

»Wir werden nicht lange bleiben. Du musst dich nur einmal aufwärmen und dir etwas anziehen. Dann verstecken wir uns wieder.«

Sie verliert kein Wort über die Wunde, die unbedingt versorgt werden muss. Will nicht riskieren, Nadja zu erschrecken und sie an den Ort zurückzutreiben, wo keiner zu ihr durchdringt.

»Wir müssen nicht mehr lange durchhalten. Amir und Lina sind unterwegs, um Hilfe zu holen. Alles wird gut.«

Sie wünschte, sie könnte selbst daran glauben. Aber Nadja ergreift ihre Hand. Richtet sich schwerfällig auf, und Eva hilft ihr, so gut sie kann, von den Steinen hinunterzuklettern.

Gemeinsam waten sie den Weg zurück, den sie gekommen sind. Eva hält den zitternden Körper dicht an sich gepresst, achtet darauf, dass keine von ihnen auf dem rutschigen Seegrund den Halt verliert. Als sie sich dem Ende des Holzdecks nähern, hält sie inne. Lauscht angespannt, nachdem sich das Wasser um ihre Füße beruhigt hat. Hört nur Nadjas angestrengten Atem.

In dem Moment, in dem Eva aus dem Schatten des Holzdecks treten will, fällt ihr ein, dass Anette zuletzt in der Hütte war. Vielleicht hat sie abgeschlossen. Und Eva hat keinen Schlüssel bei sich. Es hat keinen Zweck, sich den ganzen Weg bis zu den Hütten nach oben zu schleppen, nur um dort festzustellen, dass sie nicht hineinkommen.

Sie versucht, die aufkeimende Panik herunterzuschlucken. Setzt ein Lächeln für Nadja auf, so gezwungen, dass ein Mundwinkel zittert. Aber vielleicht spielt es gar keine Rolle. Sie merkt, dass Nadjas Blick wieder in die Ferne schweift.

»Hast du deine Schlüssel dabei?«, fragt sie mit leiser Stimme.

Nadja scheint die Frage nicht zu verstehen. Und Eva bleibt keine Zeit, sie wieder zurück in die Realität zu locken. Sie steckt die Hand in Nadjas nasse Hosentasche. Spürt ein gezacktes Metallstück an den Fingerspitzen.

bitte nicht ihre Schlüssel von zu Hause

Sie greift tiefer. Merkt, dass ein rundliches Metallplättchen am Schlüsselbund befestigt ist, und sie atmet erleichtert auf.

Der nasse Stoff arbeitet gegen sie. Sie kann die Schlüssel erst herausziehen, als die ganze Hosentasche nach außen gestülpt ist. Auf dem Messinganhänger ist die Ziffer 4 eingraviert.

Eva zieht Nadja mit sich aus dem Schatten des Holzdecks und wird sich schmerzhaft bewusst, wie schutzlos sie Blicken ausgeliefert sind. Im Garten ist die Dunkelheit verwässert wie Aquarellfarbe. Eva schaut hinauf zum Hauptgebäude. Sie sieht ihn nicht, aber er könnte definitiv hinter einem der dunklen Fenster stehen. Ihr Blick gleitet weiter zu den alten Skipisten. Dort ist der Himmel noch heller. Die Sonne geht gegen Viertel vor sechs auf. Jetzt muss es kurz nach fünf Uhr sein. Sie fragt sich, wo Lina und Amir gerade sind. Ob sie es schon nach oben geschafft haben.

Sie keucht vor Anstrengung, während sie Nadja die Böschung auf der Vorderseite der Hütten nach oben schleift. Eine der Lampen am Gehweg leuchtet ihr direkt ins Gesicht. Sie ist sich jeder einzelnen Sekunde bewusst, die verstreicht. Dass sie den Unterschied zwischen Leben und Tod darstellen könnte. Beinahe überlegt sie es sich anders, aber sie können nicht umdrehen.

ein Schritt nach dem anderen

Eva blickt sich weiter um. Niemand ist am Badesteg zu sehen, oder am Felsen, wo sie und Torbjörn Kaj im Whirlpool zurückgelassen haben. Und jetzt ist Kaj tot. Genau wie Ingela und Jonas. Und Torbjörn und Anette. Menschen, die Eva nicht selbst ausgewählt, mit denen sie aber die Hälfte ihrer Tage verbracht hat. Fort. Für immer.

Hier soll niemand mehr sterben. Es reicht.

Sie und Nadja kommen auf den Gehweg, und endlich haben sie wieder ebenen Boden unter den Füßen. Eva geht auf die Hütte Nummer 3 zu, die sie sich mit Anette geteilt hat. Sie liegt am nächsten. Und sowohl sie als auch Nadja können einen ordentlichen Schluck aus ihrer Wodkaflasche vertragen.

Sie drückt die Klinke.

Unverschlossen.

Eva sieht sich auf dem hell erleuchteten Weg ein letztes Mal um. Hilft Nadja gerade über die Schwelle, als sie vom Berg her ein Hämmern hört. Irgendwo in der Nähe singt ein Vogel ein schwermütiges Lied, als würde er beklagen, aus seinem Schlaf gerissen worden zu sein.

Sicher sind das Amir und Lina, die versuchen, die Kiste mit den Gurten zu öffnen.

Wenigstens hofft sie das.

Beeilt euch, denkt sie. *Beeilt euch.*

AMIR

Amir sitzt auf einem feuchten Felsen und lehnt sich an den Stamm einer Kiefer. Fühlt die raue Rinde durch die Kleider. Hoch über ihm rauscht der Wind durch die Baumkrone.

Lina kniet vor der Kunststoffbox. Schlägt mit einem Stein gegen das Vorhängeschloss. Das Hämmern scheint in der gesamten Gegend widerzuhallen. Sie sieht sich um. Legt den Stein zur Seite. Flucht frustriert.

Amir friert, aber wenn er die Augen schließt und dem einschläfernden Rauschen der Kiefernkrone lauscht, vergisst er es beinahe.

Die Luft ist so frisch und klar. Die ganze Welt kommt ihm wie frisch gewaschen vor.

Vielleicht ist es kein gewöhnlicher Wind, der durch die Baumwipfel weht. Vielleicht ist es der Fahrtwind, den er hört, vielleicht trägt er ihn weit, weit weg ...

Ein lautes Geräusch schreckt ihn auf, und er schaut verwirrt zu Lina. Sie hat einen zweiten Stein geholt, rot gesprenkelt und rau, den sie als Stütze hinter dem Hängeschloss platziert. Schlägt weiter dagegen. Manchmal prallen die Steine aufeinander, und es klingt wie Platzpatronen.

Amir lächelt, als er ihre konzentrierte Miene bemerkt. Das metallische Klirren nimmt er kaum wahr, oder dass sie die Steine beiseitewirft. Erst als sie die Bügel des Schlosses aushängt und die Kiste öffnet, wird ihm klar, dass sie es geschafft hat.

Ihm wird warm. Es kommt alles wieder in Ordnung. Er muss nur kurz die Augen schließen.

»Amir?«

Er sieht auf. Lina steht plötzlich vor ihm, in jeder Hand einen Gurt.

»Wie geht's dir?«

»Wird schon wieder.«

Er steht auf. Stützt sich am Stamm ab. Schwarze Wolken trüben sein gesamtes Sichtfeld. Amir hält sich die Hand an die Stirn, bis der Schwindel vorüber ist und die schwarzen Wolken sich im Wind aufgelöst haben.

Lina beäugt ihn kritisch.

»Du kannst nicht mitkommen«, stellt sie fest. »Wir müssen dich irgendwo verstecken.«

»Es ist alles in Ordnung, ich bin nur zu schnell aufgestanden.«

»Amir, du schaffst es nie im Leben, bis zur Plattform zu klettern.«

Wieder ergreift die Angst Besitz von ihm, und mit ihr macht sich auch der Schmerz in der Hand von neuem bemerkbar. Mit einem Mal ist er hellwach.

»Ich will nicht allein hier sein, wenn er kommt«, sagt er und besieht sich den durchgebluteten Strumpf. Sogar die Schnürsenkel um das Handgelenk haben inzwischen eine hellrote Farbe angenommen. »Es gibt absolut nichts, was ich gegen ihn ausrichten könnte.«

In Linas Augen glänzen Tränen. Sie legt die Arme um ihn, drückt ihn fest an sich. Ihre Haare riechen nach Seewasser.

»Okay«, sagt sie. »Okay. Wir schaffen es zusammen.«

KOLARSJÖNS STUGBY

Der Mann im Tarnanzug hat das Hämmern durch die offenen Balkontüren gehört. Er sitzt auf dem Stuhl im Konferenzraum und liest in einer der Broschüren, die auf dem Eichentisch liegen geblieben sind. Er hat noch mehr Ritalin genommen, so viel, dass er nicht still sitzen kann, nicht damit aufhören kann, seine zerfetzte Zunge tastend gegen die Zähne zu drücken. Frisches Blut füllt seinen Mund.

Das Licht aus dem Flur reicht aus, damit er die fotorealistischen Abbildungen des Gebäudes aus Glas und Metall erkennen kann. Die Kinder, die ihre Eltern durch die Eingangstüren schleifen. Das Versprechen über das Shopping-Center der Zukunft.

Der Mann spuckt Blut und guckt zur Whiteboard-Tafel. Darauf ist das Wort *Traumprojekt* zweimal unterstrichen. Sein Blick huscht kreuz und quer über die Tafel. Registriert einzelne Begriffe. *Spielanlage. Outdoor-Bewegungsparcours. Skulpturenpark. Fußballplatz. Schlittschuhbahn.*

Schließlich steht er auf. Geht zum Servierwagen und kramt eine Oxazepam aus der Tasche. Schluckt die Tablette mit kleinen Schlucken Wasser direkt aus der Karaffe herunter. Schaut aus dem Fenster. Sieht in den dämmernden Himmel, bevor er den Maskottchenkopf wieder aufsetzt. Die Axt lehnt noch an der Wand, er schultert sie. Lässt das Nachtsichtgerät auf dem Tisch liegen, als er den Konferenzraum verlässt.

Der Flickenteppich liegt noch immer zusammengeschoben wie eine Ziehharmonika im Flur. Er nimmt die Treppe ins Erdgeschoss. Geht durch die Eingangstür nach draußen.

EVA

Eva hat Nadja in zwei Decken gepackt und nötigt sie, etwas zu trinken. Nadjas klappernde Zähne stoßen gegen das Glas, das Wasser schwappt über den Rand, aber ein paar Schlucke scheint sie herunterzubekommen.

»So ist's gut«, sagt Eva. »So ist's gut.«

Sie weiß nicht, ob sie es sich einbildet, aber Nadjas Blick wirkt nun wacher. Eva füllt dasselbe Glas mit mehr Wasser und leert es, bevor sie Nadja zu ihrem Bett führt. Hilft ihr, sich auf die untere Matratze zu setzen.

Eva hat sich nicht getraut, eine Lampe einzuschalten. Das Licht der Außenbeleuchtung, das an den Seiten des Rollos in die Hütte dringt, muss reichen. Sie zieht das Laken von der Matratze des anderen Betts. Versucht, nicht an Anettes lange kupferrote Haarsträhnen zu denken, die sich noch am Kopfende befinden. Schneidet mit dem Messer Löcher ins Laken. Reißt lange Streifen davon ab.

Es dauert. Ihr Arm will ihr immer noch nicht richtig gehorchen, und an den Saumrändern muss sie wieder das Messer zu Hilfe nehmen. Die Reißgeräusche sind in der Hütte viel zu laut. Aber dann ist sie endlich fertig und geht vor Nadja auf die Knie.

Nadja ist völlig still. Beobachtet Eva schweigend, als sie in ihrer Reisetasche wühlt und die Wodkaflasche hervorholt. Mehrere tiefe Schlucke davon nimmt.

Sobald der Alkohol auf ihrer Zunge brennt, fühlt sie sich schon etwas ruhiger. Sie setzt die Flasche an Nadjas Lippen.

»Das hilft gegen die Schmerzen«, sagt sie.

Nadja verzieht keine Miene. Macht keinerlei Anstalten, zu trinken.

Eva nickt.

»Es geht sicher auch so.«

Sie nimmt einen weiteren Schluck und wappnet sich, bevor sie sich Nadjas Beinverletzung ansieht. Trotzdem würgt sie den Wodka fast wieder hoch.

Das hellrosafarbene Fett, das sich aus der aufgeschnittenen Haut drückt, erinnert sie an das Innere einer Pizza Calzone. Auf dem Weg hierher hat die Wunde erneut zu bluten begonnen, doch weniger schlimm, als sie befürchtet hat. Zum Glück hat das Messer keine größeren Blutgefäße verletzt. Eva beschließt, nicht zu versuchen, Nadja die Jeans abzustreifen. Sie hat zu große Angst, ihr dabei unnötig weh zu tun. Und außerdem hilft die Hose dabei, die Wunde zusammenzuhalten.

»Du wirst sehen, Lina und Amir sind schon auf dem Weg über den See. Bald kommt Hilfe«, sagt sie aufmunternd.

Behutsam wickelt sie einen Lakenstreifen um das Bein. Nadja verzieht das Gesicht zu einer Grimasse, sagt aber nichts, als Eva den Streifen so straff festzieht, wie sie es wagt. Sie bindet einen weiteren Streifen um die Wunde, und dann noch einen, während sie aufmerksam nach Geräuschen lauscht. Der Wodka verbreitet eine wohlige Wärme in ihrem Körper. Besänftigt ein vibrierendes Gefühl, das sie erst jetzt wahrnimmt, als es langsam abebbt. Sie kommt hoch auf ihre steifen Beine und befreit Nadja aus den Decken. Zieht ihr die Strickjacke aus.

An den Wundrändern auf Nadjas Rücken haben sich ein paar Fusseln gesammelt, aber die Wunde blutet fast nicht mehr. Eva holt einen frischen Strumpf aus ihrer Tasche. Befeuchtet ihn mit den letzten Wodkatropfen und tupft die Stelle vorsichtig damit ab. Flüstert beruhigend auf Nadja ein, die hörbar einatmet, und presst den Strumpf als Kompresse auf die Verletzung. Wickelt ihr einen der Bettlakenstreifen um die Schulter und verknotet ihn unter der Achsel. Dann nimmt sie ein gestreiftes T-Shirt aus der Reisetasche und hilft Nadja hinein. Legt ihr wieder die Strickjacke um und stellt fest, dass Nadja endlich aufgehört hat zu zittern.

In Nadjas Augen glimmt kurz ein Zeichen von Dankbarkeit auf, ehe es gleich wieder verschwindet. Aber es ist mehr, als Eva je von Helene zurückbekommen hat. Das *Einzige*, das sie von ihr wollte.

Sie wirft einen hastigen Blick in ihre Tasche. Kneift die Augen fest zusammen. Sie hat keinen warmen Pullover eingepackt, und sie dreht sich zum anderen Bett. Dort hängt Anettes Fleecejacke über der Leiter zum oberen Bett. Eva zögert einen Moment, bevor sie nach der Jacke greift und sie sich überzieht. Sie schnüffelt vorsichtig daran, aber außer dem Rauch vom Lagerfeuer kann sie nichts wahrnehmen. Sie weiß nicht, was sie erwartet hat. Anette roch nie nach irgendetwas. Parfüm war ihr absoluter Todfeind, gleich nach Mobiltelefonen. Bis zuletzt hatte sie sich gesträubt, eines zu benutzen, bis Ingela sie schließlich dazu zwingen musste.

Eva schaut auf ihr eigenes Handy, das noch dort liegt, wo sie es auf dem Boden liegen gelassen hat. Noch immer kein Empfang. Sie überlegt, ein kurzes Video für Knut aufzunehmen, wie Lina für ihre Kinder, aber sie würde es nicht hinbekommen. Und außerdem müssen sie wieder von hier verschwinden. Zurück unter das Holzdeck, oder in den Wald, je nachdem, wie gut Nadja jetzt zu Fuß ist.

Die Zeit drängt.

LINA

Sie schaut am Kiefernstamm empor, zu den Metallkrampen über der Leiter, und fragt sich erneut, wie Amir es jemals bis zur Plattform schaffen soll.

Die gespannten Nylonriemen pressen die nasse Kleidung dicht an ihren Körper. Lassen sie noch mehr frieren. Sie haben sich gegenseitig geholfen, die Gurte festzuziehen. Amir hat versucht, sich daran zu erinnern, wie es ging, und Lina ist seinen Anweisungen gefolgt. Prüfend zieht sie an einem Schulterriemen. Ist sich nicht sicher, ob sie es jetzt endlich richtig gemacht haben, aber ohne Amir wäre sie hoffnungslos verloren gewesen.

Lina geht zum Abgrund nach vorn und schaut in die Tiefe. Unmittelbar vor der Kiefer fällt der Boden so steil ab, dass sie sich wundert, wie der Baum überhaupt so sicher stehen kann, wie es möglich sein kann, dass die Wurzeln sich am Hang festkrallen. Der Himmel ist wieder ein Stück heller geworden, aber auf dem Boden herrscht immer noch tiefe Finsternis. Den Pfad am Hang knapp unter ihnen erkennt sie kaum. Die Baumstämme und die großen Findlinge sind nichts als dunkle Schemen. Viel zu viele Stellen, an denen jemand lauern könnte.

Lina zieht sich wieder von der Kante zurück. Es kommt ihr unwirklich vor, dass der Mann, der sie jagt, nicht schon längst aufgetaucht ist. Zu schön, um wahr zu sein.

»Du musst zuerst klettern«, sagt Amir. »Und falls ich es nicht nach oben schaffe ..., musst du mir versprechen, ohne mich zu fahren.«

Ihr Magen krampft sich zusammen. Aber sie weiß, dass er recht hat. Sie muss hier weg, ob er nun mitkommen kann oder nicht. Es ist das Beste, das sie für ihn tun kann. *Das Einzige.*

»Weißt du noch, wie du dich ins Stahlseil einhaken musst?«, fragt er.

»Ich glaube schon.«

In Wirklichkeit weiß sie nicht, ob sie irgendetwas begriffen hat, und Amir scheint ihr das anzuhören. Er zeigt es ihr noch einmal, und Lina zwingt sich, die Information aufzunehmen. Die Furcht und die Kälte auszublenden und die Tatsache, wie warm sich sein Atem auf ihrem Gesicht anfühlt. Sie muss Hilfe holen, und es hilft niemandem, wenn sie von der Plattform in den Tod stürzt.

»Falls ich es nicht schaffe, möchte ich, dass du eines weißt«, sagt Amir leise.

Lina sieht ihn an. Ihr zerbricht fast das Herz, aber sie kann jetzt nicht hören, was er ihr sagen will. Nicht jetzt, nicht an diesem Ort.

»Ich weiß«, sagt sie schnell. »Ich dich auch.«

Amir lächelt schwach. Dann macht er sie am Sicherungsseil fest. Sie greift nach einer Leitersprosse. Das regennasse Metall ist so kalt, dass es sich anfühlt, als würde sie sich die Finger verbrennen.

»Bis gleich«, sagt er.

»Es ist so am besten für dich«, sagt sie und klettert los.

EVA

Sie presst ein Ohr gegen die Tür. Ihr Herz pocht so laut, dass sie die Schritte auf dem Gehweg draußen kaum wahrnimmt.

Aber sie sind da. Jetzt ist sie ganz sicher. Und sie kommen näher.

Sie hätte sich mehr beeilen müssen. Jetzt sitzen sie in der Hütte fest. Sie ist für Nadja verantwortlich, und Eva weiß nicht, was sie unternehmen soll.

Draußen wird eine Tür geöffnet.

Schwere Schritte auf dem Fußboden einer Hütte. Er sucht. Sucht nach ihnen.

Aber auf einmal weiß Eva, was zu tun ist. Sie schleicht zurück zum Bett und geht vor Nadja in die Hocke. Ergreift ihre Hand.

»Liebes?« Eva fällt auf, dass sie denselben Kosenamen wie früher benutzt, wenn sie Helene als Kind gut zuredete. »Du musst versuchen, von hier zu fliehen.«

Keine Antwort. Die Schritte bewegen sich jetzt wieder auf dem Kiesweg vor den Hütten.

»Du musst aufwachen. Bitte.«

Keine Regung. Eva zögert einen Augenblick, ehe sie aufsteht und Nadja eine Ohrfeige verpasst, die ihre Handfläche schmerzen lässt.

Nadja blinzelt.

»Ich versuche, ihn aufzuhalten. Aber du musst durch die andere Tür verschwinden, wenn er kommt«, erklärt Eva.

Eine weitere Hüttentür wird aufgerissen, so fest, dass sie gegen die Außenwand knallt. Ihre Hütte ist die nächste in der Reihe.

Eva weiß ganz genau, dass sie ihn nicht daran hindern kann, die Hütte zu betreten. Allerhöchstens verschafft sie Nadja ein paar Sekunden. Aber das ist immerhin etwas.

Sie hat keine Kraft mehr für einen weiteren Fluchtversuch. Hat mit allem abgeschlossen.

Mit einem Mal ist sie voller Dankbarkeit, dass sie sich nie

von Knut hat scheiden lassen. Er hat nie auch nur geahnt, wie kurz sie davorstand, ihn zu verlassen. Von all den Dingen, die sie gemeinsam durchgestanden haben, wird das niemals zu seinen Erinnerungen an sie zählen.

Eva zieht Nadja an der Hand, bis sie aufsteht. Führt sie zur Tür auf der Seeseite und öffnet sie vorsichtig.

»Geh jetzt«, wispert sie. »Versteck dich irgendwo.«

Nadja sieht sie mit ausdruckslosem Blick an.

Auf dem Fußboden der Nachbarhütte geht irgendetwas krachend zu Bruch. Er ist wütend. Rasend vor Zorn.

»Bitte. Versuch es«, flüstert sie.

Jetzt erklingen die Schritte auf dem Kies vor ihrer Hütte. Eva hebt das Messer vom Boden auf und hastet zur Vordertür. Greift schnell nach dem Türknauf und wirft einen Blick über die Schulter.

Nadja steht noch dort, wo sie sie zurückgelassen hat.

Ein Schlüssel wird lärmend ins Schloss gesteckt. Eva spürt die Vibrationen in ihren Fingern.

Er dreht um, aber sie hält dagegen. Die Klinke wird heruntergedrückt. Er rüttelt an der Tür. Der Knauf bewegt sich erneut, dieses Mal unbarmherziger, aber Eva gelingt es, ihn in der verschlossenen Position festzuhalten.

Sie schaut noch einmal über die Schulter und sieht, dass Nadja sich unter das Bett schiebt.

»Nein!«, zischt sie. »Dort wird er dich finden!«

Der Mann vor der Tür versucht, den Schlüssel ein weiteres Mal umzudrehen. Die Kanten des Knaufs sind scharf, und Evas Finger schmerzen vor Anstrengung. Sie kann nicht mehr lange dagegenhalten.

Nadjas Füße verschwinden unter dem Stockbett. Es hat keinen Sinn, noch einmal zu protestieren. Vielleicht wird er glauben, Nadja sei durch die angelehnte Tür geflohen.

Ein Klicken im Schloss. Eva will den Knauf wieder zurückdrehen, aber die Klinke ist bereits nach unten gedrückt.

Sie weicht zurück, als die Tür aufgerissen wird. Umklammert das Messer, während der Wind durch die Hütte braust.

Da steht er. Hinter ihm ist die Dämmerung ein Stück weiter über den Berg gezogen. Der Himmel immer noch bewölkt. Ein verregneter Tag bahnt sich an, doch sie wird ihn nicht erleben.

Mit dem Messer in der Hand stürzt sich Eva auf ihn, aber er fegt es einfach beiseite und boxt sie hart in die Brust. Sie taumelt rückwärts. Bekommt eine Stuhllehne zu fassen und bleibt auf den Beinen, das Messer fällt zu Boden.

Seine Bewegungen haben etwas Ungeduldiges an sich, als er auf sie zuläuft. Sie ist lediglich ein Hindernis, das aus dem Weg geräumt werden muss.

Ein Faustschlag ins Gesicht lässt weiße Blitze vor ihren Augen zucken. Die Knie geben unter ihr nach, und plötzlich liegt sie auf dem Boden. Sie hört Nadja unter dem Bett aufschluchzen. Sieht, wie der Mann zu einem Tritt ausholt.

Der Stiefel trifft sie mitten auf der Stirn, und sie stürzt in eine endlose Dunkelheit. Hört noch die schweren Schritte durch die Hütte poltern. Dann verliert sie das Bewusstsein.

LINA

Sie lässt die letzte Leitersprosse los und umklammert eine Krampe. Testet, ob die Stahlöse auch fest im Stamm sitzt. Sie rührt sich nicht. *Natürlich nicht.*

Lina klettert weiter. Sieht nicht nach unten. Hält ihren Blick starr auf die raue Oberfläche des Baumstamms geheftet. Von nahem sieht die Borke aus wie eine außerirdische Landschaft, trocken und rissig, mit tiefen Schluchten.

Aus dem Augenwinkel erkennt sie jetzt die Baumkronen. Und dann enden die Krampen.

Lina packt die letzte mit beiden Händen und schaut nach rechts. Kämpft gegen das Schwindelgefühl an, als sie ein Bein ausstreckt und den Schuh auf den Rand der Plattform stellt.

Der Fuß, der noch auf der unteren Krampe steht, rutscht auf dem nassen Metall weg. Lina macht sich darauf gefasst, kopfüber zu Boden zu stürzen. Ihr Herz macht einen Satz, doch sie fällt nicht. Sie greift nach dem Geländer der Plattform und steigt hinüber. Atmet auf, als sie endlich mit beiden Beinen fest auf den Brettern steht.

Sie sieht nach unten und verspürt ein Ziehen im Bauch. Die Plattform befindet sich noch viel höher über dem Erdboden, als sie dachte. Amir lehnt unten am Stamm und lächelt ihr aufmunternd zu, aber sie sieht, wie erschöpft er ist.

Jetzt fängt auch er an zu klettern. Benutzt dabei nur seine unverletzte Hand, die andere hält er an seine Brust gedrückt. Hastig ergreift er eine Sprosse nach der anderen. Lina kann gar nicht hinsehen. Amir ist zwar ebenfalls am Sicherungsseil befestigt, aber was soll sie tun, wenn er fällt und in der Luft hängen bleibt?

Die Baumkronen rund um die Plattform bewegen sich im Wind, und ihr wird schwindelig. Sie versucht sich einzureden, dass das Gefühl, zu fallen, nur Einbildung ist. Stünde die Plattform auf dem Boden, würde sie keinen Gedanken daran verschwenden, oder?

Aber sie befindet sich eben nicht auf dem Boden. Und dessen ist sie sich viel zu bewusst. Sie betrachtet ihren Gurt. Auf einmal ist alles, was Amir gesagt hat, wie weggeblasen. Die Riemen, der Karabinerhaken und die Seilrolle sind ihr ein unlösbares Rätsel.

Lina klammert sich an das Geländer, während sie sich wieder der Vorderkante der Plattform nähert. Sucht den steilen Hang mit ihren Blicken ab. Kann immer noch niemanden da unten entdecken.

Sie müsste erleichtert sein. Warum ist sie es dann nicht?

Am Fuß des Berges ist das Hauptgebäude zu sehen, einige Fenster sind immer noch erleuchtet. Der warme Schein der Außenlampen lässt einen halbkreisförmigen Teil des Vorplatzes wie eine Insel aus der grauvioletten Dämmerung hervortreten.

Das Schwindelgefühl wird unerträglich, als ihr Blick am Stahlseil der Zipline entlangschweift. Es wirkt so unvorstellbar lang. Das kann einfach nicht funktionieren. Sie klammert sich noch fester an das Geländer. Entdeckt ein paar vereinzelte funkelnde Lichter tief zwischen den Bäumen auf der anderen Seeseite. Darauf muss sie sich jetzt konzentrieren.

Sie geht zurück zum Kiefernstamm. Schaut hinunter zu Amir, der sich dem Ende der Leiter nähert und die erste Krampe ergreift.

Selbst in diesem schwachen Licht kann sie den Schweiß auf seiner Nase und der Stirn glänzen sehen. Ihr Blick schwenkt zu seiner unverletzten Hand, die die Stahlöse loslässt. Sie hält den Atem an, bis er die nächste zu fassen bekommen hat.

»Du bist gleich da«, sagt sie.

Er sieht erst auf, als er die letzte Krampe gepackt hat. Sein

Gesicht ist erschreckend blass. Die Schatten unter seinen Augen sind so tief, das man meint, seine Augenhöhlen zu sehen.

Amir stellt einen Fuß auf die Plattform.

»Und wie zum Teufel mache ich das jetzt?«, fragt er schwach, und Lina begreift sofort, was er meint.

Er kann die verletzte Hand nicht nach dem Geländer ausstrecken, um sich auf die Plattform zu ziehen.

Für einen Moment scheint es, als wollte Amir aufgeben.

Lina kniet sich auf alle viere. Klammert sich an das äußerste Ende des Geländers. Beugt sich so weit vor, wie sie nur kann.

Amir hakt seinen Arm in ihren ein. Nickt verbissen, und sie beginnt zu zählen.

»Eins ...«

Er wappnet sich.

»... zwei ...«

Mit einem Quietschen löst sich seine Sohle von der Krampe.

»... drei.«

Sie zieht ihn im selben Moment nach oben, als er hinübersteigt.

NADJA

Sie liegt unter dem Bett und schaut zu Eva, die in Nachthemd und Fleecejacke zwischen den Stühlen und dem Tisch zu erkennen ist.

Der Mann steigt über ihren Körper. Die schweren Stiefel

gehen am Tisch vorbei. Nadja weiß, dass er nach ihr sucht. Und diesmal wird er sie nicht davonkommen lassen.

Sie kneift die Augen zusammen. Versucht sich wieder in ihr Innerstes zurückzuziehen, sich in diesen Zustand zu versetzen, in dem ihr nichts etwas anhaben konnte, in dem alles egal war, weil es nicht real war.

Es war Eva, die sie zurück in die Wirklichkeit gezwungen hatte. Und jetzt ist Eva tot.

ja ne chotschu byt sdes, mama, pomogi mne
ich will hier nicht sein, Mama, hilf mir

Die schweren Schritte halten inne. Nadja öffnet die Augen. Er steht auf dem Flickenteppich zwischen den Betten. Erd- und Lehmklumpen sitzen im Profil seiner Sohlen. Sie atmet vorsichtig ein. Ihr Brustkorb streift den Lattenrost. Die Realität drängt sich ihr auf, so gern sie sie auch ausblenden würde. Ihre Lunge brennt. Staubkörner kitzeln sie in der Nase. Der Fußboden drückt gegen den Schenkel, den Eva notdürftig verbunden hat.

Eva hat sie dazu gebracht, Wasser zu trinken. Hat sie angezogen wie ein Kind. Wenn sie daran denkt, kommt es ihr vor wie ein Traum, aus dem sie gerade erst erwacht ist.

Langsam atmet sie durch den geöffneten Mund aus.

Der Mann fällt auf die Knie. Entsetzt starrt sie auf Kohlis breit grinsendes Profil und nimmt einen schwachen Petroleumgeruch wahr. Hört ein leises Wimmern und stellt fest, dass es von ihr selbst stammt.

Das Garnhaar fegt über den Boden, als er den Kopf dreht und sie direkt ansieht. Sie presst sich enger an die Wand.

LINA

Lina hakt sich in die Zipline ein.

Sie ist nicht auf den Zug gefasst, der sie sanft, aber entschieden nach oben zieht. Ihre Fersen heben sich vom Boden.

nein, nein, nein, ich bin noch nicht bereit

Ihr Herz zappelt wie ein Fisch am Haken. Sie klammert sich an das Geländer. Blickt zu Amir. Er hat sich schon in das Stahlseil eingehängt. Sieht aus, als könnte er jeden Augenblick in Ohnmacht fallen, wie er dort an der Vorderkante der Plattform steht, mit nichts weiter als dieser großen Leere im Rücken. Er ist genauso blass wie der Himmel hinter ihm.

Das Stahlseil zieht weiter an ihr, kaum merklich, aber beharrlich, während sie seinen Gurt prüft, am Karabinerhaken an seiner Brust zerrt, wahllos die Nylonriemen abtastet. Sie hat solche Angst, etwas falsch gemacht, etwas übersehen zu haben.

Als Lina die Arme um Amir legt, klirren die Karabinerhaken aneinander. Sie legt ihre Stirn an seine. Versucht, ihm ein klein wenig von ihrer Kraft abzugeben.

So stehen sie ein paar Atemzüge lang da. Kalte Regentropfen lösen sich aus der Kiefernkrone und fallen auf sie hinab.

Sie drückt ihren Mund auf Amirs Lippen. Sie sind schaurig kalt. Aber noch genauso weich wie in ihrer Erinnerung.

»Lass mich nicht los«, sagt sie.

Er verspricht es.

»Bleib bei Bewusstsein«, sagt sie.

Er verspricht es.

NADJA

Er streckt eine Hand unter das Bett und packt sie am Haar. Zieht so fest daran, dass ihre Kopfhaut wie von tausend glühenden Nadeln brennt. Nadja tastet nach irgendetwas, an dem sie sich festhalten kann, aber er reißt sie hoch auf die Füße. Stößt sie gegen das Fenster.

Kohlis Stoffnase streift ihre Stirn. Der Petroleumgestank kommt von seinen Haaren. Hinter der Maske nimmt sie Blutgeruch wahr, als würde Kohli leibhaftig atmen. Sie begreift es nicht. Alles geht so schnell. Ihr Rücken berührt das Rollo, und es saust mit einem Knallen hinauf an seinen Platz.

Der Schein der Außenbeleuchtung fällt auf Kohlis Gesicht. Eine Wange ist dunkel von eingetrocknetem Blut. Sie kann die Einstichstelle sehen, wo sie ihn mit dem Cuttermesser erwischt hat. Und hinter dem dünnen roten Stoff des Mundes erahnt sie die Umrisse seines wahren Gesichts. Ein Auge blitzt auf, eine Zahnreihe.

Er strafft den Griff um ihr Haar; schlägt ihren Nacken gegen das Fenster. Glas zersplittert, und Nadja schreit auf, mehr vor Überraschung als vor Schmerz. Er presst ihren Kopf gegen die Scheibe. Mit jeder Faser ihres Körpers spürt sie, wie sehr er sie hasst. Hört es seinen Atemzügen an. Und als sie einen Blick auf die Axt auf dem Fußboden hinter ihm erhascht, weiß sie sofort, warum er sie dort liegen gelassen hat. Er will sie mit bloßen Händen töten. Das hier ist etwas Persönliches. Es ist ihre Strafe für das, was sie ihm auf dem Steg angetan hat.

Die Scheibe hinter ihr knackt wie die Eisfläche eines Sees, kurz bevor sie einbricht. Sie kann hören, wie sich die Risse bis zu den Fensterrahmen ausbreiten. Sobald das Fensterglas zerbricht, werden die Scherben in ihre Sehnen und ihr Fleisch schneiden.

Sie schreit laut, um das Geräusch der gegeneinander reibenden Fugen zu übertönen. Kratzt ihn im Gesicht, auf der Brust, aber er schlägt ihre Hände einfach weg. Nadja tastet panisch die Fensterbank und die Wand hinter sich ab, sucht nach etwas, irgendetwas. Stößt auf Evas Zigarettenschachtel. Und noch etwas anderes.

Ein Feuerzeug. Sie wird sich wieder des Petroleumgestanks bewusst.

EVA

Ein gelber Schein erfüllt die Hütte, als sie wieder zu Bewusstsein kommt. Schreie gellen durch den Raum, und sie dreht verwirrt den Kopf. Bei der Bewegung detoniert eine Bombe in ihrem Schädel.

Durch die Stuhlbeine sieht sie Nadja auf dem Boden sitzen, die dort etwas beobachtet. Aber die Schreie stammen nicht von ihr.

Eva rappelt sich auf. Trotzt einer weiteren Explosion in ihrem Kopf und lugt hinter dem Tisch hervor. Spürt die Wärme auf ihrem Gesicht, als ihr Blick auf den brennenden Mann fällt.

Die Flammen machen sich über den Schlapphut her. Unter der Krempe hat sich das Haar aus Garn zusammengekräuselt. Er versucht, sich die Maske herunterzureißen. Die Schreie dahinter geraten immer gutturaler. Mit erstaunlicher Geschwindigkeit breitet sich das Feuer über seinen Rücken aus, und Eva erinnert sich an die Petroleumlampe, die am Türrahmen über ihm zerschellt ist.

Jetzt wankt er in Richtung Hintertür, die immer noch angelehnt ist. Er stößt sie weit auf.

Zwischen den Betten liegt die Axt auf dem Fußboden. Eva bewegt sich kriechend darauf zu. Durch das Fenster sieht sie, wie er über das Holzdeck taumelt. Sich über das Geländer wirft. Ihre Finger schließen sich im selben Moment um den Schaft der Axt, als von draußen ein lautes Platschen ertönt.

Verdutzt blinzelt Nadja ihr zu.

»Ist es vorbei?«, fragt sie mit einem Blick auf die Tür.

»Wir sehen nach.«

Eva stützt sich am Bett ab, um auf die Füße zu kommen. Stemmt sich einem neuen Anflug von Kopfschmerzen entgegen und hebt die Axt. Sie ist schwerer, als sie gedacht hätte. In seinen Händen schien sie nahezu kein Gewicht zu haben.

Für einen Augenblick bleibt sie im Türrahmen stehen, um Luft zu holen. Sie schaut zu Nadja, ehe sie in die kühle Dämmerung hinaustritt und zum Geländer geht.

Der Geruch von verbranntem Fleisch steigt zu Eva hinauf. Er kniet im Schilf, noch immer den Maskottchenkopf tragend, aber das Feuer ist erloschen.

Auf seinem Rücken ist die Haut durch die Hitze aufgeplatzt. Im Schatten des Holzdecks kann sie nicht erkennen, wo sein Körper endet und wo der Stoff des Overalls beginnt. Eigenartige Klänge dringen aus seiner Kehle, gedämpft durch Kohlis Kopf.

Er ist verwundet. Aber es ist nur eine Frage der Zeit, bis er die Jagd auf sie wieder aufnimmt.

So leise sie kann, steigt Eva über das Geländer. Das Schilf kitzelt ihre Waden.

Wenn sie wenigstens wüsste, in welcher Verfassung er sich wirklich befindet.

Sie packt die schwere Axt mit festem Griff und springt.

Das Wasser spritzt in die Höhe, als sie direkt neben ihm im Schilfröhricht landet. Sie kommt auf dem glitschigen Untergrund ins Schlingern, fängt sich aber. Hebt die Axt in die Luft. Die schwache Schulter lässt ihren linken Arm vor Anstrengung zittern.

Der Maskottchenkopf dreht sich zu ihr um. Eine rußige Masse bedeckt die runde Stoffwange.

Plötzlich wird die Welt von einem durchdringenden Schrei erfüllt, er hallt von den Bergen wider, und ihr wird klar, dass es ihr eigenes Schreien ist, als sie gleichzeitig die Axt niedersausen lässt.

Mit einem schmatzenden, knackenden Laut gräbt sich die Schneide tief in die Seite seines Halses. Der Schlag lässt sie beinahe den Halt um den Schaft verlieren, und sie greift noch fester zu. Zerrt daran, bis sich die Axt wieder aus dem Fleisch löst. Blut spritzt unter dem Rand von Kohlis Kopf hervor, fällt wie roter Regen auf die langen Schilfhalme.

Sie schreit noch immer. Ihr kommt es vor, als würde dieser Schrei niemals verstummen, jetzt, da sie ihn erst einmal herausgelassen hat.

Eva hat sich selbst noch nie auf diese Weise brüllen hören. Bisher hat sie den Schmerz immer heruntergeschluckt, um nicht alles nur schlimmer zu machen. Hat immer sorgsam darauf geachtet, dass die Nachbarn nichts mitbekommen. Das war wichtiger als alles andere, hat alle anderen Instinkte übertrumpft.

Sie schaut zu, während er aus dem Schilfdickicht krabbelt. Es aus dem Schatten des Holzdecks ins Licht davor schafft.

Eva geht ihm hinterher, als er erneut zusammenbricht. Der warme Lichtschein der Lampen zeichnet wechselnde Muster auf die Wellen rund um seinen Körper. Sie reckt die Axt in die Luft. Zielt auf die verkohlte Fleischmasse auf dem Rücken. Legt all ihre Kraft in den Axthieb und hört, wie seine Wirbelsäule in zwei Teile birst.

AMIR

»Amir«, sagt sie und rüttelt an seinen Schultern.

Er dachte, im Traum einen Schrei gehört zu haben. Jetzt ist es nur ein Vogel, der in einer der Baumkronen ganz in ihrer Nähe sein Lied trällert. Er sieht zu Lina nach oben.

Wie dankbar er ist, dass sie hier bei ihm ist. Aber wenn es eines gäbe, das er sich wünschen dürfte, dann nur, dass sie niemals mit auf dieses Seminar gefahren wäre.

»Du musst jetzt mitmachen«, sagt sie.

Er liebt sie. So sehr, dass sein Herz davon zerspringt.

Amir sieht, dass sie Angst hat. Aber das braucht sie nicht. Sie ist so viel mutiger, als sie glaubt.

Er will es ihr sagen, aber es fällt ihm schwer, sich auszudrücken. Als steckten die Worte in Treibsand fest.

»Wenn wir auf die andere Seite kommen, musst du die Füße hochziehen. Weißt du das noch?«

Er nickt.

»Ich weiß. Mach ich.«

Sein Mund ist wie ausgetrocknet.

Lina macht einen Schritt vor, er einen zurück. Ein Tanz am Abgrund.

Amirs Ferse ragt über die Kante, als sie abrupt innehält. Seine unverletzte Hand nimmt und mit dem Daumen über seinen Handrücken streicht. Es fühlt sich so schön an, dass er am ganzen Körper eine Gänsehaut bekommt. Mit einem Mal kann er etwas klarer denken.

Lina hat immer noch Angst.

»Du weißt ja, es geht darum, sich selbst herauszufordern«, bringt er heraus. »Den Schritt ins Ungewisse zu wagen ... bla bla bla.«

Sie ist so verdutzt, dass er lachen muss. Und dann versteht sie. Will gerade etwas erwidern, als er einen Schritt ins Leere macht.

Lina schnappt nach Luft.

Sie federn leicht nach oben, gerade als es sich so anfühlt, als würden sie fallen.

EVA

Nadja ist aus der Hütte auf das Holzdeck gekommen. Sie hustet. Stützt sich am Türrahmen ab.

Eva wird gleich zu ihr gehen. Sie wirft die Axt ins Wasser. Watet zu ihm und packt seine Schultern, um ihn umzudrehen. In dem flachen Wasser rollt der Körper leicht auf den Rücken.

Die Stoffaugen scheinen geradewegs in den Himmel zu starren. Evas Blick fällt auf seine jungen Hände. Sie bildet sich urplötzlich ein, sie erwachten wieder zum Leben und griffen nach ihren Beinen. Beginnt nun alles von vorn? Aber er bleibt vollkommen regungslos liegen.

Er muss tot sein. Das muss er einfach.

Eva beugt sich herunter zu dem großen Kopf aus Stoff. Sie hat Angst vor dem, was sich darunter verbirgt. Aber sie muss es wissen.

Ein metallisches Surren von oben lässt sie den Blick zum Stahlseil heben. Lina und Amir sind noch nicht zu sehen, aber sie begreift, dass die beiden jetzt unterwegs sind.

Sie packt den Hut an der Krempe und zieht.

LINA

Sie klammert sich an Amir fest. Ihre beiden Körper wiegen schwer, und sie rasen immer schneller durch die Luft, das Kreischen der Seilrolle schwillt immer weiter an.

Das Hotel unter ihnen wirkt wie ein Puppenhaus. Außerhalb des Lampenscheins ist in dem schwachen Licht der Morgendämmerung, in dem noch keine Farben hervortreten, alles fahl. Wie eine Unterwasserlandschaft. Sie blickt zu den Hütten hinüber.

»Schau doch, Amir«, sagt sie lebhaft.

Seine Bartstoppeln kratzen über ihre Wange, als er benommen den Kopf dreht, aber er ist nicht schnell genug. Sie sind schon weit draußen über dem See, als er über ihre Schulter blickt.

Im Licht der Lampen des Holzdecks vor den Hütten hat sie Kohlis Kopf im Wasser treiben sehen. Und Eva war dort, sie hat ihnen zugewinkt.

Lina dreht sich wieder nach vorn. Schmiegt ihre Wange an Amirs.

»Ich glaube, es ist …«, setzt sie an, verstummt aber, bevor sie den Satz beenden kann.

Ich glaube, es ist vorbei.

Aber es ist noch längst nicht vorbei. Es hat noch nicht einmal begonnen – für alle Angehörigen, die noch nicht wissen, dass sie eine Mutter oder einen Vater, ein Kind, eine Schwester, einen Bruder, einen geliebten Menschen verloren haben.

Mit aller Kraft unterdrückt sie die Tränen.

Der See liegt jetzt hinter ihnen. Unter ihnen steigen die Felsen an. Sie sieht die Plattform näherkommen. Die Holzrampe hebt sich geisterhaft hell von den dunklen Bäumen ab.

»Heb die Beine«, sagt sie im selben Moment, als auch sie ihre Füße anzieht.

Aber er scheint sie nicht gehört zu haben.

»Füße hoch, Amir!«, sagt sie und zieht an seinem Bein.

Sie sieht wieder zur Plattform hinauf.

Irgendetwas stimmt nicht mit der Konstruktion, die auf sie zurast.

Zwei Birkenstämme mit gespitzten Enden sind mit Seilen daran festgezurrt. Sie liegen gekreuzt über der Rampe. Als hätte jemand dort riesige Mikadostäbe liegen lassen.

Um sie damit aufzuspießen.

Deshalb hat er uns fahren lassen

Reflexartig streckt Lina die Hand nach dem Stahlseil über ihnen aus. Versucht, das Unvermeidliche aufzuhalten. Sofort gräbt sich das Seil bis auf die Fingerknochen durch ihr Fleisch; mit einem Schrei lässt sie es wieder los. Beobachtet, wie die spitzen Pflöcke auf sie zurasen.

Auf einmal ist Amirs Blick hellwach. Er dreht den Kopf, um zu sehen, was vor sich geht, aber sie fasst nach seinem Kinn. Lässt seinen Blick nicht los.

Aus dem Augenwinkel betrachtet sind die Bäume auf den Felsen nur ein verschwommenes Grün.

Und dann endet die Fahrt abrupt. Ihr bleibt die Luft weg, und die Welt um sie herum verstummt. Bis auf das leise Surren des Stahlseils ist nichts zu hören.

Dann holt der Schmerz sie ein. Trifft sie wie ein entgleisender Zug.

Amirs Augen weiten sich erstaunt. Er will etwas sagen, aber es gelingt seinem Mund nicht, die Worte zu formen.

Lina schaut an ihnen hinab. Sieht einen Birkenstamm zwischen ihren dicht aneinandergepressten Körpern.

Er ist mitten durch sie beide hindurchgegangen. Vereint sie.

»Lina?«, hört sie ihn plötzlich.

Es ist nicht mehr als ein Flüstern. Sie blickt hastig auf.

»Amir?«

Aber sie weiß es schon. Seine Augen scheinen sie direkt anzusehen, doch alles, was Amir einmal ausgemacht hat, ist erloschen.

EVA

Sie schaut auf den Mann, der vor ihren Füßen im Wasser liegt.

Die Augen in dem von Blut und Ruß bedeckten Gesicht sind immer noch geöffnet.

Sie sind eisblau. Dieselbe Farbe wie die von Lappå.

Aber das hier ist nicht Lappå.

Das beste Motiv hat wohl der Bauer, meinte Nadja oben im Speiseraum. *Wegen uns hat er alles verloren.*

Und Torbjörn war derselben Meinung gewesen.

Das stimmt. Wer braucht schon einen Bauern ohne Land?

Aber sie haben nicht nur Lappå das Land gestohlen.

Der Körper im Wasser vor ihr ist riesig. Aber das Gesicht ist das eines jungen Menschen. Pickel auf den Wangen. Fliehendes Kinn.

Anscheinend ist es allen egal, was für eine Welt wir unseren Kindern hinterlassen, sagte Anette im Speiseraum.

»Wer ist er?«, fragt Nadja vom Holzdeck.

Eva muss schlucken.

Der Weihnachtsbasar im Gemeindezentrum.

Der hellblonde Junge, er hatte dieselben eisblauen Augen wie sein Vater.

Der Traktor in seiner kleinen runden Hand. Er war so stolz, als er ihr erzählte, dass er ebenfalls Bauer werden würde.

»Das ist Lappås Sohn«, sagt sie.

Sie hat ihn getötet.

Sie weint. Laute, auseinandergerissene Schluchzer.

Es hat wieder zu regnen begonnen. Große Tropfen fallen in die weit geöffneten Augen von Lappås Sohn. Spülen das Blut nach und nach weg.

Sie dreht den Kopf und schaut zum alten Badesteg. Sieht zum ersten Mal Torbjörn dort liegen. Sie muss so heftig schluchzen, dass sie fürchtet, keine Luft mehr zu bekommen.

Als die Tränen nachlassen, geschieht es aus reiner Erschöpfung.

Eva steigt aus dem Wasser, das feuchte Nachthemd klebt ihr an den Beinen. Oben auf dem Holzdeck legt sie die Arme um Nadja. Hält sie lange fest an sich gedrückt, bevor sie gemeinsam in die Hütte gehen.

EPILOG

Jetzt erkennt Wilma, dass es eine ältere Dame in Nachthemd und Fleecejacke ist, die aus der Hütte tritt. Sie ruft etwas, das im strömenden Regen unter Wilmas Schirm nicht zu verstehen ist. Aber die Frau braucht eindeutig Hilfe. Wilma zögert. Schaut zu ihrem Firmenwagen auf dem Parkplatz, ehe sie doch auf die Hütten zuläuft. »Was ist passiert?«, ruft sie. Klappt den Regenschirm ein, um die Antwort verstehen zu können. In der Tür sieht sie eine Person stehen, die in eine Decke gehüllt ist.

Lina hört sie von der anderen Seite des Sees. Die Hotelanlage kann sie nicht sehen, nicht einmal den Kopf dorthin drehen, aber sie hat verstanden, dass die Vertreterin von SBFF endlich gekommen ist. Sie versucht, zu schreien, aber es tut zu weh. Der Pflock aus Birkenholz hat ihren Bauch seitlich durchstochen, knapp unterhalb der Rippen. Die Schmerzen sind ein weißes, alles verschlingendes Feuer. Es macht sie gewichtlos, sie könnte sich selbst darin verlieren. Nie wieder zurückkommen. Es lockt sie, zerrt an ihr. Aber in diesem Moment lebt sie. Die Minuten vergehen, eine nach der anderen, und sie lebt weiter, die Füße ein paar Zentimeter über der Holzrampe baumelnd.

Auf dem Kiesweg nehmen Wilma und Eva Nadja stützend zwischen sich und gehen langsam in Richtung Parkplatz. Eva versucht zu erklären, was geschehen ist, aber alles gerät zu einem wirren Durcheinander. »Sind Sie sicher, dass er tot ist?«, will Wilma wissen. »Sind Sie sicher, dass es nicht mehrere waren?« Sie lässt das Auto keinen Moment aus den Augen. Sie kommen so langsam voran. Nadja kann nur mit winzigen Schritten vorwärts humpeln. Wilmas Herz pocht so heftig, dass sie glaubt, es springe ihr gleich aus der Brust. Sie kämpft gegen die Panik an, die in ihr den Impuls auslöst, davonrennen zu wollen. Die beiden zurückzulassen. Dem abscheulichen Bericht der älteren Frau und dem leeren Blick der jüngeren zu entfliehen.

Endlich erreichen sie den Parkplatz. Eva bugsiert Nadja auf die Rückbank, während Wilma hinter dem Steuer Platz nimmt und sich das feuchte Haar aus der Stirn streicht. Sie zittert innerlich, aber ihre Hand ist erstaunlich ruhig, als sie den Rückspiegel einstellt. Sie sieht zu Eva, die um das Auto herumgeht und sich neben Nadja setzt.

Wilma startet den Motor, und sie zucken alle drei zusammen, als ein alter Schlager durch den Wagen dröhnt.

Wie Fieber in meinem Herzen, so heiß ist deine Liebe ...

Rasch schaltet sie das Radio aus. Nadja schaut zur Decke und lauscht dem Prasseln des Regens. Denkt an Amir. Wo er und Lina wohl sind? *Wenn sie es geschafft hätten, Hilfe zu rufen, wäre schon früher jemand gekommen.*

Lina hört den Wagen auf dem Parkplatz zurücksetzen. Wenn sie könnte, würde sie weinen. *Sie werden Hilfe holen*, denkt sie. *Sie werden verstehen, dass ich noch hier bin.* Sie versucht, den Schmerz zu veratmen. Versucht, Noah und Oscar vor sich heraufzubeschwören. *Ich komme nach Hause. Ich komme nach Hause.* Amirs Körper drückt sich an ihren eigenen, eiskalt, und trotzdem fühlt es sich so an, als wäre er bei ihr. Als bliebe er, bis alles vorbei ist. *Ich will nach Hause. Nach Hause.*

Sie kommen an dem SUV vorbei, und Eva dreht sich auf der Rückbank nach hinten. Wirft einen letzten Blick auf den ehemaligen Gasthof und wünscht sich, Wilma würde schneller fahren. Eva wagt noch nicht daran zu glauben, dass sie von hier entkommen. Als sie sich wieder nach vorne wendet, entdeckt sie die Zeitung auf dem Beifahrersitz. Sie ist in der Mitte gefaltet, direkt unterhalb von Lappås Augen. Sein Blick scheint sie förmlich zu durchbohren.

Eva greift zwischen den Sitzen nach vorn und nimmt die Zeitung. Überfliegt schnell den Artikel, während der Wagen um die Kurve fährt und der Straße am See folgt. Lappå redet über die Zeremonie, die den Bau des Einkaufszentrums heute einweihen sollte, und sie versteht kaum, was sie da liest. Am Ende des Artikels stockt sie. *Er wird einmal ein besserer Bauer als ich und mein Vater sein, und natürlich hatte ich gehofft, dass er den Hof übernimmt, wenn ich einmal zu alt für die Arbeit bin.* Und dann: *Sie haben mir nicht nur meine Familiengeschichte geraubt. Sondern auch meine gesamte Zukunft.* Eva schlägt die Zeitung zu. Fragt sich, was Lappå wohl gerade tut, und mit einem Mal erfasst sie eine innere Kälte. *Sind Sie sicher, dass es nicht mehrere waren?*, hat Wilma mehrfach gefragt. Eva will nicht darüber nachdenken, aber sie muss sich eingestehen, dass sie es nicht weiß. Sie ist nicht sicher.

Das graue Licht der Morgendämmerung fällt durch die kleinen Fensterscheiben des Mini-Gasthofs. Glitzert auf einer Scherbe Spiegelglas, auf der geronnenes Blut klebt. Noch reichen die Strahlen nicht bis zu Ingelas geblümten Sneakern.

Unter der Whirlpoolabdeckung treibt Kaj langsam zwischen den Wasserdüsen hin und her.

Am Grund des Kolarsjön sind Jonas' Augen noch immer

aufgerissen. Weit über ihm kräuselt der Wind die Wasseroberfläche. Zerzaust Torbjörns üppiges Haar auf dem alten Badesteg. Eva ist bei ihm gewesen und hat eine dicke Decke über ihn gebreitet, als würde er bloß dort liegen und sich ausruhen.

Die Kohlmeise ist zurück auf der Terrasse. Hat sich auf den Tisch gesetzt, an dem die Teammitglieder vor weniger als vierundzwanzig Stunden zu Mittag gegessen haben. Neugierig beobachten die Vogelaugen Anette. Die Kohlmeise legt den Kopf schief und flattert dann zu dem Leichnam. Eifrig pickt sie die Stücke des fetten und nahrhaften Gehirns auf, die vor der Tür gelandet sind.

Vier Kilometer entfernt, nahe der Mündung des Kanals, fährt der weiße Toyota an Josefs Leiche vorbei. Er war der Erste, den der Mann im Tarnanzug am Kolarsjön tötete. Die Sonne war noch nicht aufgegangen, als er auf seinem Fahrrad erschossen wurde, auf dem Weg, um bei der bevorstehenden Konferenz im Tagungshotel auszuhelfen. Der Mann schickte mit Josefs Handy eine SMS an Jenny. *Sorry, bin heute krank. Kann nicht arbeiten.* Fahrrad und Handy versenkte der Mann im See, die Leiche versteckte er hinter einem umgestürzten Baumstamm und bedeckte sie mit Ästen und Laub. Es war ein Versteck, das einen Tag lang halten konnte. Mehr brauchte er nicht.

Wilmas Handy hat wieder Empfang, und Eva schildert der Notrufzentrale, was passiert ist. Es gelingt ihr jetzt besser, nachdem sie ihre Gedanken gesammelt hat. Sobald sie fertig ist, will sie Knut anrufen. Endlich seine Stimme hören. Nadja drückt sich enger an sie, als sie auf die Brücke über den Kanal fahren. Denkt daran, dass sie nach den Erlebnissen der letzten Nacht nun für immer miteinander verbunden sein werden. Jede von ihnen hat einen Menschen getötet. Sie haben gemeinsam überlebt. Und nichts wird mehr so sein, wie es war.

Rogers Leiche ist die letzte, die man finden wird, verkeilt zwischen zwei Felsen auf dem Grund des Sees unterhalb der Lagerfeuerstelle. Er und Jenny sind die letzten Besitzer des alten Gasthofs am Kolarsjön. Die Hütten werden wieder verfallen, diesmal endgültig. Vögel werden Nester auf der Zipline-Plattform in der Kiefer bauen. Was sich in dieser Nacht zugetragen hat, reicht aus, um die Menschen alle anderen Gruselgeschichten über diesen Ort vergessen zu lassen. Stattdessen werden sie von dem jungen Bauerssohn erzählen, der seine gesamte Familie umbrachte, ehe er zum Kolarsjön fuhr, um den Landraub zu rächen, der an ihnen begangen worden war. Sein Abschiedsbrief geht viral. Teenager fordern sich gegenseitig dazu heraus, im Hauptgebäude zu übernachten, wo sich die geblümte Tapete bereits von den Wänden der Eingangshalle löst. Youtuber halten Séancen im Mini-Gasthof ab.

Aber es dauert noch lange, bis all das geschieht.

In diesem Augenblick ertönen Sirenen im Wohngebiet am anderen Seeufer. Weiter oben auf dem Berg taucht Blaulicht die Baumstämme in ein kaltes Licht. Lina sieht sie. Sie hält durch. Einen Moment nach dem anderen.

KAUF IN KOLARÄNGEN

DANK DES AUTORS

Es war keine allzu leichte Aufgabe, während einer Pandemie ein Buch über Arbeitsplatzkonflikte zu schreiben, wenn alle, die von zu Hause arbeiten konnten, daheim blieben und ihre Kolleginnen und Kollegen vermissten.

Ich wusste nicht, für welche Art von Welt ich dieses Buch hier schrieb. (Unter anderem deshalb habe ich die Handlung ins Jahr 2019 verlegt, was – ein schöner kleiner Nebeneffekt – dem Projekt in Kolarängen einen besonders ironischen Touch verlieh. Denn inzwischen wissen wir, wie sehr Ingela danebenliegt, wenn sie davon ausgeht, dass 2020 ein gutes Jahr wird.) Daher möchte ich damit beginnen, meinen Followern in den sozialen Medien zu danken, die mich angespornt haben und von der Idee dieses Romans begeistert waren. Gerade in der Endkorrektur des Buchs war das eine größere Hilfe, als ihr ahnt, und ich hoffe, das Ergebnis hat euch nicht enttäuscht.

Wie immer habe ich bei meinen Recherchen große Hilfe von phantastischen Menschen erfahren, die ihr Expertenwissen oder höchst private Erfahrungen mit mir geteilt haben. Zuallererst all diejenigen, die in schwedischen Kommunalverwaltungen arbeiten, in dieser Danksagung aber nicht erwähnt werden möchten. Jedes Mal, wenn ich fürchtete, bei den Ereignissen rund um Kolarängen zu dick aufzutragen, erhielt ich Beispiele von weit schlimmeren Geschichten zurück – lustig und inspirierend für mein Schriftsteller-Ich, weniger lustig und inspirierend für mein Steuerzahler-Ich.

Ein riesiges, riesiges Dankeschön richte ich auch an: Helen Ablatova, Levan Akin, Fredrik Aldaeus, Anna Aminoff, Anna Andersson, Maria Andersson Vogel, Sofia Andersson, Åsa Avdic, Anna Bennich, Björn Bergenholtz, Sara Bergmark Elfgren, Ylva Blomqvist, Jenni Brunn, Daniel DiGrado, Johnny Dyrander, Klas Ekman, Emma Hanfot, Björn Hedensjö, John Häggblom, Karl Johnsson, Jenny Jägerfeld, Carl-Henrik Lindgren, Andreas Mayor, Niklas Natt och Dag, Lina Neidestam, Thobias Nilsson, Patrik Olsson, Jonas Paulsson, Jennie Petersen, Sofia Rasmussen, Sophia Rosenlöf, Anita Rostén, Alexander Rönnberg, Sara Rörbecker, Lisa Röstlund, Arash Sanari, Mattias Skoglund, Johanna Strandberg, Micko Strandberg, Björn Ståhlnacke, Aleksandar Velevski und Katarina Wennstam.

Ein ganz besonderer Dank geht an Emil »Biberschnaps« Maxén und Johan »Norrlands Guld« Sköld, zwei überlebenskundige Menschen, die meine endlosen Fragen rund um die Uhr beantwortet haben.

Danke auch an Anna Thunman Sköld, dass ich dir immer auf den Geist gehen darf und dafür, dass du mich nach all den unheimlichen Streichen, die ich dir gespielt habe, als wir zusammen arbeiteten, nicht umgebracht hast. (Brumm Brumm!)

Danke an alle bei Norstedts – besonders an Eva Gedin und Håkan Bravinger, die schon früh mit im Boot waren, an meinen Lektor Peter Karlsson, meine Redakteurin Eva Bergman, an Fanny Birath und Eva Whitebrook.

Danke, Lena Stjernström und der gesamten Grand Agency für alles, was ihr tut.

Meinen allergrößten Dank richte ich aber an Johan Ehn. Danke, dass du es fast zwei Jahre lang mit mir und diesen Figuren zusammen ausgehalten hast. Es ist ein Privileg, mit einem seiner Lieblingsautoren verheiratet zu sein und sich auf langen Spaziergängen bei der Ideensuche helfen zu lassen. Ich habe es viel zu oft ausgenutzt und freue mich schon darauf, mich revanchieren zu dürfen.

ZITATE

S. 45: »Wie eh und je« von Helmer Grundström. Aus dem Schwedischen von Justus Carl. Im Original: »Som förut« aus der Gedichtsammlung *I torparskogen* (Wahlström & Widstrand, 1945) von Helmer Grundström.

S. 161: »Lied bei der Kohlewacht« aus dem Band *Die Schneeharfe. Schwarze Lieder von Dan Andersson* (Anacreon, 2018) von Dan Andersson. Aus dem Schwedischen von Klaus-Rüdiger Utschick. Im Original: »Visa vid kolvakten« aus der Gedicht- und Novellensammlung *Kolvaktarens visor* (Tiden, 1915) von Dan Andersson.